Christine Leutkart • Vom Gelben Felsen

Christine Leutkart

Vom Gelben Felsen

Ein Krimi aus dem Donautal

Maximilian Dietrich Verlag

Für Andreas.
Weil er an mich glaubt.

Die Geschichte und alle darin vorkommenden Personen sind frei erfunden

Umschlagbild: Andreas Leutkart
Druck: Memminger MedienCentrum
Printed in Germany
ISBN 3-87164-151-0

Aus dem Gleis

Die Bahngleise waren ein Reißverschluss mitten in der Landschaft*, rechts und links Wiesen und Felder, ausgeklappte Seiten einer flachen Welt, die von hohen, waldbewachsenen Felsen gehalten wurden.*

Wie ertrug es die Wiese, so durchtrennt zu sein?

Die Frau konnte ihre eigenen Schritte kaum hören, obwohl die Schuhabsätze hart waren und beim Aufeinandertreffen mit Metall ein Geräusch zu erwarten wäre. Vielleicht lag es an der ausgedehnten Stille, die über dem Tal lag; die Kälte fror jeden Laut ein.

Sie war allein. Seltsam, dass keine Menschen an diesem frühen Morgen unterwegs waren. Die Sommerferien waren gerade vorbei und alle darum bemüht die Arbeit aufzuholen, die sie zu tun verpasst hatten in den letzten klaren, goldgetönten Tagen.

Sie konzentrierte sich auf den Abstand zwischen den Schwellen. Wie konnten die vielen kleinen Pflänzchen dort nur existieren? Indem sie sich jedes Mal rechtzeitig vor dem anrasenden metallenen Monstrum duckten? Oder nahezu widerstandslos an seinem Unterbau entlangstrichen? Ihr Grün bewies jedenfalls, dass sie sich nicht unterdrücken ließen, sondern stets wieder auflebten, wer weiß wie bewusst, in den Zeiten zwischen dem einen Pfeifen und dem nächsten.

Sie erinnerte sich, wie sie als Kinder Münzen auf die blanken Schienen gelegt und sich dann hinter der Böschung versteckt hatten. Das Kitzeln im Bauch war fast nicht zu ertragen gewesen, und doch waren sie froh, wenn der Zug wieder nicht entgleist war. Denn das hatten sie behauptet, die großen Jungs aus der Nachbarschaft: ein Zweimarkstück würde genügen, um die Eisenbahn aus dem Gleis zu werfen.

„... Nicht aus dem Gleis geraten, nicht ins Wanken kommen – bloß nicht aus dem Gleis geraten!...“

Aus dem Gleis geraten - was für eine Redewendung! Wenn sie sich nur gut auf ihren Laufrhythmus konzentrieren und nicht stolpern würde, dann würde sie sicher nicht aus dem Gleis geraten. Nur nicht das Gleichgewicht verlieren.

Es gab in diesem Moment nichts anderes als diesen Balanceakt: sich von einer Schwelle auf die nächste hin zu bewegen. Wie im Zirkus, die Ballerina auf dem Hochseil. Aber der Schirm, der fehlte. Auch das Sicherheitsnetz war nicht gespannt.

„... Geh weiter, nur Mut! ...“

Da, ein Fahrradfahrer. Er fuhr wie ein silberner Blitz gar nicht so weit an ihr vorbei und beachtete sie nicht.

„... Du bist nur ein kleiner, unerreichbarer Stern. Keiner bemerkt dich, keiner sieht deinen Glanz. Denn du bist ein nichtssagender Fleck in der Ferne – und sonst nichts! ...“

„Schon ewig nicht mehr auf einem Fahrrad gesessen, das wird einen wunden Po geben heute Abend!“, dachte Sandra, als sie Schwung holte, um sich auf den nächsten Hügel vorzubereiten. Dabei sollte es doch für sie als Sportlehrerin kein Problem sein, und fit war sie nun wirklich. Wandern und Joggen hatten ihrem schlanken Körperbau eine muskulöse Festigkeit verliehen.

Verbissen kämpfte sie sich den Hügel hoch und fühlte sich dabei wie ein Schwächling. Der hektische Verkehr und die nur spärlich vorhandenen Radwege in Stuttgart hatten sie die letzten Jahre nicht gerade dazu ermutigt, sich aufs Rad zu schwingen. Das sollte jetzt anders werden.

Wie könnte sie die neue Umgebung besser als auf dem Fahrrad kennenlernen? In kurzer Zeit wollte sie viel sehen und dabei die Gerüche und andere Details der Natur wahrnehmen. Die beste Zeit war morgens, noch bevor der Unterricht begann und die Tierwelt sich benahm, als sei sie unter sich.

Schön war es hier, das hatte sie gleich bei ihrem ersten Besuch gemerkt. Das Oberschulamt hatte ihr in Mühlheim eine Stelle am hiesigen Gymnasium angeboten. Sie fragte sich, ob sie sich nach ihrem siebenunddreißigjährigen Leben in Stuttgart überhaupt an ein ländliches Dasein gewöhnen könnte. Der massive rote Ziegelsteinbau mit der verglasten Turnhalle besaß eine solide, warme Ausstrahlung, und die Schüler wirkten freundlich und weniger hektisch als die in der Großstadt.

„Unsere Schule ist ein Ort der Geborgenheit, und dazu gehören auch strenge Regeln", hatte der Schulleiter Herr Albinger in ihrem Vorstellungsgespräch betont. Seine Strenge stand in merkwürdigem Kontrast zu dem Hauch von Verwegenheit, der ihn umgab: der hünenhaft große, ungelenk wirkende Mann hatte dünnes, schulterlanges Haar, das er offen trug.

Am schwersten fiel es Sandra zuerst, sich an den donautälerischen Dialekt zu gewöhnen. Er setzte sich selbst in der Schule gegenüber der hochdeutschen Sprache durch. Wie könnte es auch anders sein, wenn man Herrn Albinger reden hörte, von dem Sandra beim ersten Gespräch zuerst glaubte, er spreche Schwyzerdütsch mit ihr. Aber inzwischen mochte sie den schwäbisch-alemannischen Dialekt richtig gern, er hörte sich irgendwie exotisch an und erinnerte an Urlaub und Fremde.

Es war noch ein ganzes Stück bis nach Hause. Sandra machte am Heiligenbrünnle Halt. Eine kleine Quelle, die aus dem Wurzelwerk einer großen, alten Buche hervorsprudelte und auf moosbewachsene Steine tropfte, füllte ein natürlich geformtes, kleines Becken. Im körnigen Erdreich versickerte das Wasser wieder, als hätte es die Aufgabe, exakt diese höhlenartige Ausbuchtung am Wegesrand immer frisch und feucht zu halten.

Nachdem sie vom Wasser getrunken hatte, zog Sandra ihr Skizzenheft aus der Satteltasche und setzte sich mit gespitztem Bleistift auf die Bank. Ein behaglicher Ort zum Ausruhen und zum Zeichnen. Obwohl die Morgenkälte an den Fingern biss, wollte sie an dem Bild, das sie neulich hier begonnen hatte, weiter arbeiten.

Vom breiten Stamm lächelte eine in eine Holztafel geschnitzte Mutter Maria herab, die schützend ihr kleines Kind im Arm hielt.

Sandras Blick tauchte in die lebhafte Farbigkeit der Wiesen und Wälder ein. Kleine orange und rote Tupfer in den Laubbäumen, die vereinzelt zwischen den Nadelhölzern wuchsen, kündigten einen frühen Herbst an.

Ein zischendes Geräusch schreckte plötzlich die Wildenten am Ufer der Donau auf, die braun und träge unterhalb des Weges floss. Wusch, schon wieder weg ... ein in Silber und Blau gekleideter Rennradfahrer zog blitzschnell an Sandra vorbei. Ihr freundlicher Versuch „Guten Morgen“ zu sagen hatte keine Chance, den Eiligen zu erreichen.

Nach einem Blick auf ihre Uhr stellte Sandra fest, dass es nun auch für sie Zeit wurde, sich in den Schulalltag zu stürzen.

Nun wurden auch ihre Ohren kalt, als sie bald darauf den nächsten Hügel hinuntersauste. Zwei Reiher, die auf dem noch morgenfeuchten Feld saßen, sahen Sandra gleichgültig nach, ihre dünnen Schnäbel ragten wie geradegebogene Henkel in die Luft. Hinter ihnen wölbte sich die Eisenbahnbrücke, ein dunkles, zusammengeschweißtes Ungetüm. Darauf war ein einsames Hakenkreuz schwach zu erkennen, von dem die ersten weißen Kreidestriche abbröckelten.

Oftmals fuhren die Wochenendausflügler mit ihren Rädern im Donautalexpress bis nach Beuron und Sigmaringen mit, um sich den Rückweg nach Tuttlingen auf dem Fahrrad vorzunehmen. „Das werde ich bei Gelegenheit auch mal tun“, nahm Sandra sich vor. „Vielleicht kann ich ja Kai dazu überreden, mitzugehen!“

Und während sie noch darüber sinnierte, ob das Fahrrad ihres 14jährigen Sohnes überhaupt noch in Ordnung war und er Spaß an einem solchen Ausflug haben würde – was sie schon anzuzweifeln begann, je mehr sie darüber nachdachte – kamen, kaum sichtbar, Tausende von winzig kleinen Fliegen in einem Schwarm angeflogen. Sie knallten wie kleine schwarze Regentropfen gegen Sandras Gesicht und verfingen sich in ihrem vollen rotblonden Haar, bis eine in ihrem Augenwinkel kleben blieb.

Sandra trat in die Bremse, um sich das kleine Insekt aus dem Auge zu reiben. Beiläufig nahm sie das anschwellende Rattern der Bahn wahr, die sich rasch in das nostalgische Landschaftsbild hineinschob und ihm damit einen fast brutalen Akzent setzte. Das Signalrot der Waggons hob sich grell von der felsig-waldigen Umgebung ab.

Sandras Atem stockte, das Fahrrad kam kurz ins Schlingern.

Etwa auf ihrer Höhe war auf den Schienen eine Person zu sehen – war das ein Kind, das dort spielte? Nein, dazu war die

Gestalt zu groß, wenn auch sehr schlank. Eine Frau. Bemerkte sie die Gefahr denn nicht?

Sandra trat in die Bremsen und legte ihre Hände trichterförmig an den Mund. Die schmale Silhouette wanderte noch immer leichtfüßig über die Schienen.

„Passen Sie doch auf, der Zug! Schnell runter da! *Schnell doch*!", brüllte Sandra der Frau zu, die, noch immer ganz in Gedanken versunken, von einer Schwelle auf die nächste hüpfte, als habe sie keine Furcht davor, von dem heraneilenden Zug in ihrem Spiel gestört zu werden.

Die Frau hörte sie nicht, wie auch, zu laut war das Rattern und Dröhnen, die ganze Luft zitterte davon und die Enten schnatterten zusätzlich, als würden sie sich über die Ruhestörung beklagen wollen. Sandra widerstand dem Impuls, sich die Hände vors Gesicht zu schlagen.

Gelassen blickte die Frau auf und schaute nach vorn, dem Zugführer entgegen. Ihren Gesichtsausdruck konnte Sandra nicht erkennen.

Es hatte etwas von Bedauern an sich, als die Frau in der allerletzten Sekunde mit einem überraschend kräftigen Sprung die Schienen verließ.

Ihre langen hellblonden Haare, vom scharfen Luftzug der vorbeirasenden Bahn in die Höhe gezerrt, ließen ein großes Fragezeichen zurück. In wirren Strähnen senkten sie sich wieder über die Schultern. Was blieb, war der kreischende Nachhall der Zugsirene, den die Felsen ins Tal zurück warfen.

Sie musste wohl den Schlüssel im Haus liegen gelassen haben. Sandra klingelte Sturm – irgendwann würde Kai sie schon hören. Dass er auch schon so früh am Morgen seine grässliche Musik laufen lassen musste! Erschöpft lehnte sie sich gegen die Wand und rieb sich die Stirn. Hoffentlich kündigte die Spannung im Kopf keine Migräne an. Gut, dass das Wochenende gleich anfangen würde, den letzten Schultag der Woche würde sie auch noch schaffen.

„Mach endlich auf!", rief Sandra genervt. Nur noch zwanzig Minuten, bis die Schule anfing. Nachdem sie weitere drei Minuten mit Hämmern an der Tür verbracht hatte, erleichtert darüber, nicht mehr in einer dicht bewohnten Stadt zu leben mit vielen reizbaren Nachbarn drum herum, ging die Türe endlich auf.

Kai strich sich mit einer Hand die strähnigen, dunkel gefärbten Haare aus dem Gesicht. Mit der anderen hielt er einen langen Pinsel, von dem Farbe herab tropfte.

„Was machst du mit der schwarzen Farbe?", fragte Sandra misstrauisch. „Und überhaupt, gleich ist doch Schule. Du musst losgehen!"

„Ne, keine Eile. Heute früh ist erste Stunde Reli, da geh ich nicht hin. Mal grad meine Wände an", informierte der schlaksige Vierzehnjährige seine Mutter mit einem Blick auf den Pinsel.

„Wie, deine Wände – in Schwarz?" Nein, nicht auch das noch. Unerträglich die Vorstellung, überall die dunkle Farbe um sich herum zu haben.

„Ja klar, alles in Schwarz. Musst du dir ja nicht angucken. Ist ja mein Zimmer."

Wenigstens war der Teppichrand mit Zeitungspapier abgedeckt, das bemerkte Sandra noch erleichtert, bevor die halbfertig und mit chaotisch-wilden Strichen bemalten Wände in Kais Zimmer sie nicht minder brutal bestürmten wie soeben der Zug, der immer näher rückte, immer näher auf die zarte Gestalt zu.

Sandras Kopf bebte, eine Woge von Beklemmung tobte unter ihrer Schädeldecke. Die Aspirins waren bestimmt schon ausgepackt, die Umzugs-Badkiste war jedenfalls schon leer geräumt. Vielleicht würde eine Tablette erst einmal ausreichen, um Schlimmeres zu verhindern.

Die Straßen der Oberstadt waren belebt mit Kindern und Jugendlichen, morgens ging es immer hoch her. Es war schwierig, in dem Tumult der engen Gassen einen Parkplatz zu finden. Heute hatte der aufregende Morgen Sandra keine Zeit dazu gelassen, den Weg zur Schule zu Fuß zurück zu legen. Genau zum Klingelzeichen schob Sandra die schwere Eichentüre der alten Schule auf.

In der großen Pause holte ein Becher mit Kaffee ihre Lebensgeister wieder zurück. Ohne Zucker und schwarz.

Schwarz! Wie konnte Kai nur auf die Idee kommen, sein Zimmer so düster anzumalen? Sollte sie es ihm nicht doch verbieten, seinem eigenen Seelenheil zuliebe? Aber damit würde sie den nächsten Streit provozieren, das war klar.

Sandra fühlte sich nicht in der Lage zu entscheiden, zu welchem der neuen Kollegen sie sich setzen sollte. Am liebsten hätte sie heute ganz und gar ihre Ruhe gehabt. Sie entschied sich für einen Fensterplatz; der Blick in das weite Grün versprach Entspannung.

Schwungvoll kam eine Kollegin in das Lehrerzimmer, an deren Namen Sandra sich nicht erinnern konnte. Nur der graue Haaransatz, der sich von den übrigen dunkel getönten Haaren abhob, gab einen Hinweis auf ihr Alter.

Viel zu energisch für Sandras Geschmack, schnappte sich die sportlich Gekleidete einen Stuhl und ließ sich neben die neue Kollegin nieder.

„Du, gut dass ich dich treffe. Ich hätte dich sonst noch daheim angerufen!", eröffnete die, wie Sandra sich inzwischen erinnerte, Lehrerin mit Schwerpunkt in Bio und Deutsch das Gespräch.

„Um was geht's denn ... ? Ähemm, tut mir leid, ich hab mir deinen Namen noch nicht gemerkt!", bekannte Sandra freimütig.

„Lissy heiß ich. Das ist doch egal, du musst dir ja auch als Neue hier viel mehr Namen merken als ich!" Lissy war eine „echte" Mühlheimerin wie einige der Kollegen und Kolleginnen, die zum Teil wie sie aus der näheren Umgebung stammten.

„Hör zu, Sandra – könntest du nicht heute abend zur Probe von unserer Laienschauspielgruppe kommen? Eine Mitspielerin fällt aus, und wir brauchen dringend einen Ersatz!"

Von der Laienschauspielgruppe, die jedes Jahr zwei Stücke einübte, ein ernstes und eine Komödie, hatte sie schon gehört, und Sandra hatte früher für ihr Leben gern gespielt. Aber eine Komödie käme absolut nicht in Frage – auf Kommando lachen, davon hielt sie nichts.

Sich einer Gruppe anzuschließen könnte jedoch dabei helfen, in Mühlheimer Kreise vorzudringen und Fuß zu fassen in der neuen Umgebung.

„Wir spielen ‚Der Hauptmann im Turm' , das behandelt die Geschichte Mühlheims im Dreißigjährigen Krieg ... Flucht vor den Schweden und Belagerung der Stadt", half Lissy bei der Entscheidung nach.

Im Tal fuhr die Bahn vorbei, von einem schrillen Pfeifen begleitet. Der hämmernde Schmerz unter Sandras Schädeldecke schwoll wieder an.

„Das finde ich ja nett, dass du an mich gedacht hast ... und ich habe eigentlich auch Lust dazu, wir haben ja neulich schon darüber geredet ... aber ich fühle mich heute absolut nicht gut. Und Kai ist daheim, morgen kommt mein Ex, um das neue Zuhause seines Sohnes anzugucken. Ich muss auch noch einiges einräumen ...", stammelte Sandra.

„Kein Problem", erwiderte Lissy, scheinbar einsichtig. „Du guckst heute einfach nur mal zu, und der Heiner schwätzt deinen Text vom Blatt. Und dann nimmst du ihn mit. Den Text, mein ich!"

So in etwa hatte der Tag begonnen, den Leo ein Jahr später als den Beginn aller weiteren dramatischen Ereignisse geschildert bekam.

Vielleicht weigerte sich Sandras Bewusstsein das aufzunehmen, wovon es nichts wissen wollte. Die Spannung zwischen ihrem bisherigen Leben und dem, was sich anzuschließen drohte, war einfach unerträglich.

„Deshalb hatte sie das Gefühl, der Kopf werde ihr gleich bersten", dachte er, als er nach den ersten geschriebenen Seiten den Laptop zuklappte.

Das zweifache Gesicht

Leo Mannski war ein neugieriger Mensch, womit er eine der Grundvoraussetzungen für den Beruf des Journalisten erfüllte. Was aber nicht gleichzeitig bedeutete, dass er besonders abenteuerlich veranlagt gewesen wäre. Er war eher ein Romantiker, der sich für wundersame Geschichten und idyllische Landschaften begeistern konnte. Nachdem seine Serie zum Thema „Der Mensch und seine Geheimnisse" für eine Illustrierte, die sich vornehmlich an der jüngeren Generation orientierte, zum Abschluss gekommen war, signalisierte ihm sein Verleger, dass vorerst kein neuer Auftrag in Aussicht stünde. Das alljährliche Manko der Sommermonate: Sauregurkenzeit für Fortsetzungsgeschichten. Alles machte Urlaub, also beschloss auch er, sich für zwei oder drei Wochen zurückzuziehen. Die letzte Reportage sowie der Verkauf eines Buches für junge Erwachsene, das er vor einem halben Jahr herausgebracht hatte und das sich auf Anhieb gut verkaufen ließ, hatten seinen Kontostand erheblich aufgebessert. Ums Geld musste er sich vorerst also keine Sorgen machen.

Eine Zeitlang hatte Leo Mannski darüber sinniert, ob er eine Fahrradtour machen oder lieber wandern gehen sollte. Hauptsache nicht zu weit weg. Den Süden und die Hitze mochte er nicht. Außerdem zog er es vor, sich in seiner Muttersprache verständigen zu können.

Jochen versuchte, ihm bei der Entscheidung behilflich zu sein, und warf die Idee auf, ins Donautal zu gehen. Leo war es etwas peinlich, dass er nicht genau wusste, wo das sein sollte.

„Ist das nicht Richtung Ungarn?", fragte er Jochen, der das Glück hatte, in dem Verlag, für den Leo des öfteren schrieb, eine feste Anstellung zu haben. Der Vermittlung des Kollegen hatte Leo manchen Auftrag zu verdanken. Jochen hatte sich auf das Ressort „Reisen in und um Deutschland herum" spezialisiert.

„Na ja, irgendwann schon, das Donautal eben ... das geht von Donaueschingen bis ans Schwarze Meer. Allein in Deutschland annähernd 600 Kilometer Fluss, Rad- und Wanderwege! Ich kenne welche, die da regelmäßig zum Kanufahren hingehen."

„Bloß kein Sportstress! Ich will mich erholen."

Leo war nicht der Supersportler, sondern eher der Typ, der sich ganz gern mal bewegte, aber dabei nicht zu sehr ins Schwitzen geraten mochte. Außerdem war er ein Einsiedler, und Leute treffen, ganz unverbindlich, war mal beim Zelten oder beim Rad Aufpumpen ganz nett. Gruppentouren waren jedenfalls nichts für ihn.

„Wie wär's denn mit der Gegend um Tuttlingen? Das ist seit kurzem eine sehr beliebte Urlaubsregion, vor allem des beschaulichen Städtchens Mühlheim wegen."

„Mühlheim ..., Mühlheim ...? Irgendwoher kenne ich doch diesen Namen." Leo geriet ins Grübeln.

„Vermutlich aus der Presse. Mühlheim ist letztes Jahr wegen eines Verbrechens in die Schlagzeilen gekommen", erinnerte ihn Jochen.

Da fiel es Leo wieder ein. Im vergangenen Sommer waren mehrere Artikel mit den Schlagworten „Tod" und „Donautal" durch die Redaktion gegangen.

„Stimmt, irgendein dubioser Mordfall. Gab es nicht sogar noch mehr Tote? Und da soll ich Urlaub machen? Du weißt doch, dass das kriminelle Pflaster nicht so mein Metier ist."

„Red doch keinen Quatsch! Mühlheim ist ein ganz idyllischer Ort, noch richtig ursprünglich, mit einem Schloss, in dem seit Generationen eine Baronenfamilie wohnt und ihre Tradition pflegt." Leos Journalistenfreund kam richtig gehend ins Schwärmen. „Du kommst durch ein Stadttor und bist mit einem Mal von lauter Fachwerkhäuschen umgeben. Die Leute sind nett, manche sogar ein bisschen geschwätzig. Wenn du wolltest, könntest du da sicher leicht Anschluss finden. Um das Städtchen herum gibt es viele ruhig gelegene Ausflugsziele, und zum Bodensee ist es auch nicht sehr weit."

Leo blieb skeptisch. War da nicht doch ein wenig zu viel los für seinen Geschmack? Die Beschreibung erinnerte ihn irgendwie an Bodrum in den 80er Jahren, ein Fischerdorf in der Türkei, verschwiegen und ursprünglich, hatte es damals geheißen. Doch als er hinkam, traf ihn fast der Schlag: Jachten über Jachten und an jedem Haus ein Schild mit ‚Room for rent'. Kaum ein Türke, der mit einer Angel oder einem Fischerboot zu sehen gewesen wäre. Statt dessen Horden von Rucksacktouristen. Oder solche, die gleich ein eigenes Hotel hinzustellen gedachten.

„Ich weiß nicht, Jochen, ich bin nicht auf Rummel versessen."

„Herrscht dort doch auch gar nicht! Außerdem, denk mal drüber nach, vielleicht könntest du Vergnügen und Arbeit miteinander verbinden, zum Beispiel eine Reportage über den aufstrebenden Urlaubsort schreiben." Jochen gab sich alle Mühe, seinen Freund zu überzeugen. „In der Altstadt, unten im Tal, gibt es einen Fahrradladen, von dem aus eine Frau Touren organisiert, zu Fuß und mit dem Fahrrad. Sie ist eine ehemalige Lehrerin, so viel ich weiß. Ich sag dir, Leo: die Frau ist echt klasse."

Leo Mannski ging schon am nächsten Tag auf den Urlaubsvorschlag seines Journalistenkollegen ein. Nachdem er sich noch schnell per Internet ein Zimmer reserviert hatte, packte er sowohl den Wanderrucksack, der schon seit zwanzig Jahren seinen Keller geziert hatte, als auch das ziemlich betagte Fahrrad, ohne es eingehend inspiziert zu haben, in den Kofferraum seines Autos. Eventuelle Reparaturen könnte ja die Fahrradfrau übernehmen, dachte er sich, während er das übrige Reisegepäck samt Wanderstiefel und Notebook sorgfältig in den Zwischenräumen verstaute. Als ihm nichts mehr einfiel, was er vergessen haben könnte, setzte er sich hinters Lenkrad und fuhr los, gespannt auf den Ort, den Jochen ihm so sehr ans Herz gelegt hatte. Es war früh morgens und wenig Verkehr. Leo hoffte, sein Reiseziel zur Mittagszeit erreicht zu haben.

Die Wiesen glänzten wie frisch geschrubbt, als er, vom Tal her kommend, die gewundene Straße in den oberen Teil Mühlheims hoch fuhr. Ein schwerer Regen hatte die Donau gefüllt. Auf dem Bergsporn stand ein gut instandgehaltenes Schloss.

Die mit blau-gelbem Zickzackmuster bemalten Fensterläden unterstrichen den strengen Ausdruck des alten Gemäuers. Trotz des leichten Nieselregens flatterten hier und da Wäschestücke, die vor den Häuserfronten hoch über der Donau hingen.

Leo fühlte sich an Süditalien erinnert, ein Dorf mit Hanglage, bunte, flatternde Kleider, ein weiter Blick ins Tal. Nur mit der Sonne war es nicht weit her. Beeindruckt hielt Leo in einer Ausbuchtung an, um ein paar Fotos zu schießen. Oben angekommen, folgte er der Hauptstraße durch die Ortschaft und verließ es auch schon wieder, als er das Stadttor passierte, noch bevor er seine Bleibe entdeckt hatte. Das Städtchen schien sehr klein zu sein.

Also umkehren. Leo parkte zwischen zwei großen Blumenkübeln mit riesigen Trompetenpflanzen. Die Blüten waren fleischige Mäuler, die sich seinem Gesicht entgegenstreckten, ihr Duft übel riechender Mundgeruch. Es wäre ihm schlecht davon geworden, hätte er intensiver daran gerochen.

In dem Rathaus, einem mittelalterlichen, gepflegten Gebäude mit rotbraunem Fachwerk, das exakt in der Ortsmitte stand, ließ er sich aufklären, wo er die Familie Wirth finden würde. Die junge Frau Wirth, mit einem Kleinkind auf dem Arm, erwartete Leo auch schon wenige Häuser entfernt. Es würde dem erholungsbedürftigen Journalisten leicht fallen, sich in der freundlich eingerichteten Pension wohl zu fühlen, denn auch die Gerüche aus der Küche waren vielversprechend. Die frische Tomatensuppe des Herrn Wirth, der unter der Pension das Restaurant „Zum Füchsle" führte, war vom Feinsten. Er hatte wohl die Kräuter im Wald selbst gesammelt, dachte Leo, als ihm der bärige Mann seine Pranke reichte.

Redselig erklärte dieser ihm, wo er das Fahrradgeschäft finden würde:

„Wir hier oben sind im ‚Städtle', wissen Sie, und unten im Tal gibt es die Vorstadt mit den neueren Häusern, und die Altstadt, den ältesten Ortsteil. Die Frau Lachner ist am Friedhof, direkt am Wanderweg zu finden. Ein uraltes Haus, das war einige Jahre leer. Muss ganz schön zugig sein da drinnen!"

Ein Drahtesel, geschickt aus Draht zurechtgebogen und verlötet, war an einem alten Apfelbaum befestigt und klärte darüber auf, dass man allerlei Dinge für sein Fahrrad nur wenige Meter vom Hauptweg entfernt bekommen konnte. Sonst hätte wohl kaum einer der Wanderer und Radfahrer, die sich hier am Eingang ins Donautal befanden, das unscheinbare Haus bemerkt. Es schmiegte sich an die zerfurchte Friedhofsmauer und schien zu dem Anwesen des Friedhofes zu gehören.

Wenige Meter vor dem Haus lag ein kleiner Teich, an dem Kinder spielten. Leo hörte sie kreischen und rufen, als würden sie jemanden anfeuern. Einer von ihnen hatte eine ganze Stofftasche mit Brotresten ins Wasser geschüttet.

Das Getümmel im Wasser erinnerte an eine wilde Schlacht, gierig machten sich die Tiere über die Beute her: Flügelschlagen, Federn und schnappende Fischmäuler, plumpe Enten und fette Karpfen.

Leo lehnte sein altes Ross gegen die hellgelbe Hauswand, über der ein Schild „Blech und mehr“ ankündigte. Es gab dem Haus fast unmerklich eine künstlerische Note.

Nach kurzem Zögern, weil alles so privat wirkte, drückte er die Türklinke hinunter.

Nur ganz kurz erschrak er, als eine Fahrradklingel, die irgendwie mit der Tür verbunden war, seinen Besuch ankündigte.

Ein hoch aufgeschossener Jugendlicher schraubte mitten im Raum an dem Hinterrad eines roten Mountainbikes herum. Er wirkte lustlos, als sei er sich nicht so ganz sicher, mit welchem Werkzeug er vorgehen müsse. Auf dem Boden um ihn herum lagen zahllose Schraubenschlüssel, Rätschenköpfe und Rohrzangen verteilt, die man vielleicht für eine Reparatur gebrauchen könnte. Eine dunkle Katze strich um seine Waden. Der Junge beachtete sie nicht, schien sich aber durch sie auch nicht gestört zu fühlen.

Sein ordentlich gekämmtes, schrill gefärbtes blaues Haar war durch einen Seitenscheitel geteilt. Haarspangen hielten die halblangen Haare auf beiden Seiten zusammen. Er wirkte gelangweilt, als er sich endlich bequemte in Leos Richtung zu schauen.

„Ja, was gibt's?", brummelte er fast unverständlich, als habe er beschlossen, der Fremde sei die Mühe nicht wert, dass er seine Stimmbänder übermäßig beanspruche.

„Könnte hier jemand nach meinem Rad schauen? Es braucht eine Inspektion. Ich will hier ein paar Tage bleiben und wandern gehen. Kann ich hier auch Auskünfte über die Gegend bekommen?", fragte der Journalist, gespannt darauf, wie viele Wörter der Junge für ihn in seiner Antwort übrig haben würde.

Der aber schenkte dem potentiellen Kunden nicht einmal einen weiteren Blick.

„Mum!", tönte er zu Leos Überraschung mit einer kräftigen und tief klingenden Stimme.

Die Mutter hatte Leo sich ganz anders vorgestellt: kleiner, netter, weiblicher. Statt dessen kam eine große Frau vom oberen Stockwerk die Treppe hinab, ein bunt gemustertes Tuch hielt die krausen rotblonden Haare davon ab ins Gesicht zu fallen, und die farbbefleckten Jeans, die um ihre schmale Hüfte Falten warfen, zog sie beim Gehen ein Stück hoch.

Die Frau kickte energisch einen Rätschekasten aus dem Weg, schlug die Arme übereinander und stellte sich breitbeinig vor Leo hin. Den Kopf hielt sie leicht zur rechten Schulter geneigt, als müsse sie erst jedes Wort, bevor es ausgesprochen wurde, völlig in Ruhe überdenken. Ihre runden braunen Augen starrten nach unten. Leo trug seine modischen Stiefel, deren Spitzen leicht nach oben gebogen waren. Das ideale Schuhwerk zum Wandern und Radfahren.

„Guten Tag. Sie wünschen?", begrüßte sie ihn knapp.

„Ich wollte Sie bitten, mein Rad durchzuchecken. Es ist nicht mehr das neueste und könnte bestimmt das eine oder andere Ersatzteil gebrauchen", erneuerte Leo sein Anliegen.

„Ich habe ziemlich viel zu tun, die Saison läuft auf vollen Touren", schränkte sie von vornherein ein. Doch wollte sie ihren Kunden nicht gleich abwiegeln. „Zeigen Sie mal her!"

Einigermaßen eingeschüchtert schob Leo sein rostiges Gefährt in den Raum. Im Hintergrund drehte der Jugendliche Musik, wenn man das so nennen konnte, auf: blecherne, harte Geräusche, als versuche gerade einer, etwas mit einem Vorschlaghammer zu zerschlagen, begleitet von einem angestrengt klingenden, gepressten Stöhnen.

„Mit *dem* Fahrrad kommen Sie nicht mehr weit!“, bemerkte die Frau trocken.

Vor seinem geistigen Auge sah Leo, wie ein Fahrrad nach dem anderen, zerknautscht und verbogen, sich zu einem riesigen Berg auftürmten. Seines oben drauf.

„Was heißt das? Können Sie es mir nicht in Ordnung bringen?“

Es schien, als spiele ein leichtes Grinsen um ihren großen Mund mit der schmalen Oberlippe. Zum ersten Mal sah ihm die Frau richtig ins Gesicht.

„Es könnte Sie billiger kommen, ein gebrauchtes Rad von mir zu kaufen. Aber, wenn Sie so sehr an dem da hängen ...“

Leo begrub die Hoffnung, sein altes Stahlross könne noch einmal überholt und flott gemacht werden. „Wenn es schon nichts mehr taugt, wär's dann nicht besser, es gleich stehen zu lassen?“

„Von mir aus, – bevor auf dem Heimweg noch was passiert.“ Ihr Grinsen war in ein Lächeln übergegangen. „Und das mit dem neuen, ich mein gebrauchten Rad, können Sie sich ja noch mal durch den Kopf gehen lassen.“

Das war Leos erste Begegnung mit Sandra.

Radlos, aber voll von Gedanken, ging Leo den Rückweg zur Pension mit locker leichten Stiefelschritten an. Erst in der schmalen Fußgängersteige, die zur Oberstadt hinauf führte, wurden sie ein wenig schwerer.

„Spiel nicht mit den Schmuddelkindern, sing nicht ihre Lieder ...Geh doch in die Oberstadt, mach‘s wie deine Brühü...hüder!“

Der alte Song von Franz Josef Degenhardt fiel ihm ein, als er den schmalen, leicht gebogenen Weg zur Oberstadt hoch lief.

Am Ende des Weges stand, wie zur Bekräftigung des Liedes, das Schloss der Mühlheimer Baronenfamilie. Leo fühlte sich ein wenig eingeschüchtert von der weißen Vornehmheit des über den Hügelrand hinausragenden Gebäudes, das von zwei grünen Häubchen gekrönt wurde, den zwiebelförmigen Turmspitzen.

Als er in den letzten anstrengenden Metern den tuffsteinernen Turmbogen durchschritt, fiel ihm das darin eingemeißelte Wahrzeichen des Städtchens, ein Mühlenrad, auf. Wie ein Mandala sah es aus, kreisförmig und symmetrisch aufgeteilt. Ein Symbol der Harmonie.

Am nächsten Tag schon machten sie die erste Tour zusammen. Zu Fuß. Leo hatte sich wegen eines neuen, vielmehr gebrauchten Fahrrades, Bedenkzeit erbeten. Sandras Pauschale für einen von ihr organisierten und begleiteten Ausflug war akzeptabel.

So machten sie eine kleine Wanderung zu einer Tropfsteinhöhle, die sie die „Felsenhöhle" nannte. Während beide den schmalen Pfad hoch liefen, der gegenüber dem Friedhofseingang steil in die Höhe führte, erzählte Sandra dem Journalisten mehr über die Entstehung Mühlheims, und das ohne dabei eine Spur von Anstrengung zu zeigen. Seine Wanderführerin brachte ihn, was seine eigene Kondition betraf, etwas in Verlegenheit. Leos Beine waren lang und schwergewichtig war er nicht, so kam er mit der großen Schrittlänge immer noch einigermaßen gut hinterher. Da Leo sich hinter Sandras Rücken abmühte, konnte sie seinen hochroten Kopf glücklicherweise nicht sehen. Wenigstens hatte er seine Cowboystiefel gegen solide Wanderschuhe eingetauscht. Leo bewunderte, mit welcher Leichtigkeit sie den schmalen, weichen Pfad entlang federte und überlegte, wann der richtige Zeitpunkt kommen würde, ihr das ‚Du' anzubieten.

„Hier etwa standen die ersten Gebäude in der Geschichte Mühlheims", berichtete Sandra, und wies dabei unter sich auf die am Bach entlang verstreuten, adretten Häuser, die immer kleiner wurden, denn ihr Fußmarsch ließ sie schnell an Höhe gewinnen. Links und rechts von ihnen verströmten Wacholderbüsche einen kräftig-bitteren Duft. Allmählich standen die

Bäume dichter beieinander, bis sich die lichten Kronen der Laubbäume zu einem freundlichen Blätterdach über sie vereinten.

„Ursprünglich waren es drei Mühlen, die den Menschen im Tal, direkt am Wulfbach, und vielleicht schon zur Römerzeit, einen Broterwerb sicherten. Ungefähr im 5. Jahrhundert ließen sich dann die Alemannen auf der Hochterrasse, der heutigen ‚Oberstadt', oder dem ‚Städtle', wie wir sagen, über der Donau nieder." Ihre Siedlung nannten sie Mühlheim, nach den Mühlen am Wulfbach, erfuhr Leo weiter. Ihm war schon aufgefallen, dass eine davon, ebenfalls am Radwanderweg und nicht weit von Sandras Haus gelegen, aufwändig restauriert worden war. Schwitzende Radfahrer hatten sich im Biergarten dort mit großzügig eingeschenktem Weizenbier und hausgemachtem Vesper für die Weiterfahrt gestärkt.

„Und wo die St. Galluskirche ist, die hinter unserem Haus steht, wurde im 10.,11. Jahrhundert die erste Kirche gebaut. Daran kann man sehen, dass die Menschen hier schon früh christianisiert worden sind", schloss die Begleiterin ihren Ausflug in die Geschichte, bevor sie endlich eine kurze Pause einlegte.

„Und, merkt man es ihnen an?", fragte Leo mit einem ironischen Unterton. Dass Leo katholisch getauft worden war und der Kirche noch immer angehörte, obwohl er längst kein aktives Mitglied mehr war, erwähnte er nicht. Sein Verhältnis zur Kirche war ihm vor langer Zeit verdorben worden. Wie es um Sandra in dieser Beziehung stand, konnte er nicht erraten.

Sandra drehte sich kurz um und warf ihrem Begleiter einen dunkelbraunen Blick zu, der verriet, dass sie seine läppisch hingeworfene Frage nicht sehr amüsant fand.

„Mühlheim ist katholisch geprägt. Die Leute hängen an ihren Traditionen", ging sie ernst auf seine Frage ein. „Die Menschen sind hier gesellig. Familie, Vereine und Kirche bedeuten ihnen viel."

Sie bogen um eine scharfe Haarnadelkurve und wurden von einem hübschen Ausblick überrascht. Leo bedauerte insgeheim, dass keine Sitzbank für sie bereit stand, aber der Weg war einfach zu schmal dafür. Das Dach von Sandras Haus war gerade noch zu sehen, der Rest war von einem schwer tragenden Kastanienbaum und der kleinen Kirche verstellt.

Zuletzt hatte vor einigen Jahren ein katholischer Mesner bescheiden und einsam in dem kleinen Haus gelebt, erzählte Sandra, während sie schon wieder weiter lief, aber das Tempo wenigstens leicht gedrosselt hatte. Sie hatte das Haus gemietet, denn es hatte ihr trotz des verwahrlosten Zustandes gut gefallen, vor allem die Lage am Teich, und dahinter die scharfkantigen, bewaldeten Felsen. Der Friedhof dahinter störe sie nicht, dort gäbe es schließlich nur eine „ruhige Menschenansammlung“.

Die Formulierung irritierte ihn. War das etwa ein Anflug trockenen Humors?

Die ersten Sommerferien, die Sandra im letzten Jahr mit ihrem Sohn hier verbracht hatte, bevor sie im Gymnasium ihre Stelle antreten musste, hatte sie zum Renovieren des neuen Heims verwandt, erzählte sie weiter.

Kai war also ihr Sohn, schloss Leo. Er fragte sich, ob es denn keinen Vater zu dem Jungen gab, der ihr beigestanden hätte, fand es aber zu früh, eine solche Frage zu stellen. Sie schien eine Frau zu sein, die etwas anzupacken verstand.

Sandra erwähnte, dass sie vorläufig aus dem Schulleben ausgestiegen war, nachdem sie die Fahrradwerkstatt eröffnet hatte. Demnach hatte sie nicht einmal ein Schuljahr lang an dem Mühlheimer Gymnasium gearbeitet, rechnete Leo nach. War ihre Arbeit als Lehrerin denn so unerträglich gewesen? Und was meinte sie mit „vorläufig“? Doch beim weiteren Nachfragen wurde Sandra immer einsilbiger. Offenbar hatte sie keine Lust, näher auf das Thema einzugehen.

Sie standen schneller vor der Höhle, als er erwartet hatte. Der schwarze Schlund, der in das Erdinnerste führte und umrahmt wurde von einer schroffen, kalten Felswand, war von einer Gittertüre verschlossen. „Die Höhle darf nur in Begleitung eines Höhlenführers begangen werden“, besagte ein Schild, das der Schwäbische Albverein sorgsam über der Gittertür am überhängenden Felsen angebracht hatte. Die Höhle sei der

Öffentlichkeit nur einmal im Jahr, nämlich an Christi Himmelfahrt, zugänglich, erklärte Sandra.

Es schien ihr nichts auszumachen, dass sie ihren Schlüssel, den sie als Wanderführerin besaß, vergessen hatte, und so setzten sie sich auf die von Leo dankbar zur Kenntnis genommene Bank vor die Höhle. Vor ihnen breiteten sich bunt besprenkelte Wiesen, kahlgeschorene goldgelbe Getreidefelder und das in mehreren Teilen zerpflückte Städtchen aus. Dazwischen die langgezogenen Dächer größerer und kleinerer Betriebe. Die Kleinindustrie hatte seit jeher in Mühlheim Tradition, erklärte Sandra.

Das Schloss mochte sich etwas unterhalb von ihnen auf dem gegenüber liegenden Hügel befinden, doch war die Sicht darauf gleichermaßen von dunkelgrünen Tannen wie hellgrünen Laubbäumen verdeckt. Der wolkenlose Himmel spiegelte sich in der Donau, die drunten im Tal wie eine silbrig glänzende Schlange ruhte.

„Komm, ich zeige dir noch meinen Lieblingsplatz!" Sandra stand ruckartig auf, als habe sie sich kurzerhand entschlossen, ihrem Begleiter mehr Vertrauen als vielleicht sonst für sie üblich entgegenzubringen. Die Frage mit dem Duzen hatte sich somit auch erledigt, stellte Leo fest.

Sie verließen den schönen Aussichtsplatz und den schmalen Weg, der noch weiter nach oben zu führen schien, und drangen in den lichten Wald ein. Unterwegs bückte Sandra sich des öfteren, bis sie ein aus Gräsern, Blumen und Blättern zusammengestelltes Sträußchen in der Hand hielt. Der Wald öffnete sich, und sie traten ins Freie.

Vor ihnen ragte ein mit Gras bewachsener, ockerfarbener Felsvorsprung weit in die Landschaft hinein. Die Kalksteinwand fiel senkrecht bis ins Tal hinab und traf unten auf den Wanderweg, auf dem sich winzige Gestalten bewegten: Spaziergänger, Hunde und sich tummelnde Kinder.

Ohne zu zögern lief Sandra den beängstigend schmalen Grat auf den gelben Felsen hinaus. In scharfen Konturen hob sich ihre schlanke Silhouette gegen den gleißenden Sommerhimmel ab. Einen Moment lang glaubte Leo zu sehen, wie sie die Arme ausbreitete, sich sanft über das gelbliche Gestein hinweg in die Höhe erhob und mit eleganten Schwüngen einem vorbeiziehenden Reiher in die schier endlose Weite folgte.

Doch stattdessen setzte Sandra sich auf die kleine, flache Grasplatte und ließ furchtlos ihre langen Beine über dem Abgrund baumeln. Ein Anblick, der Leo nicht minder aufwühlte. Sie winkte ihm zu und wies auf den noch freien Flecken Gras neben sich. Konnte das ihr Ernst sein? Die Luft anhaltend und möglichst ohne den Blick in die Ferne zu richten, balancierte Leo Schritt für Schritt zu ihr hinaus. Erleichtert ließ er sich neben ihr nieder. Es war wenig Platz auf der Felskuppe, und so mussten sie eng aneinander rücken.

Nachdem Leos Puls sich einigermaßen beruhigt hatte und er die Augen wieder schweifen lassen konnte, fiel sein Blick auf einen ebenmäßig gerundeten Stein, der aus dem Fels um sie herum herausgelöst worden war. Er wirkte wie zurecht geschliffen und war offenbar mit Bedacht an die äußerste Kante des Felsvorsprungs platziert, denn jemand hatte ihn eines sichereren Standes wegen mit dem unteren Teil in die Erde gestemmt. Das bunte Sträußchen, das Sandra kurz zuvor gepflückt hatte, lag jetzt oben drauf. Kein Zweifel, der Stein musste bearbeitet worden sein, denn als Leo noch genauer hinschaute, entdeckte er eine kleinflächige, farbige Bemalung. Er versuchte, das Motiv zu erschließen. Es handelte sich um einen Kopf, leicht abstrahiert. Eine Vorderansicht: ein Antlitz, das weibliche Züge trug und in zwei Hälften geteilt war, eine helle und eine dunkle Seite.

„Das habe ich gemalt“, beantwortete Sandra seine unausgesprochene Frage.

„Ein schöner Platz für ein Bild“, bemerkte Leo, und grübelte über die Bedeutung des kleinen Kunstwerkes nach.

Sandra schaute auf und sah ihm prüfend ins Gesicht.

„Es ist auch ein schöner Platz, um zu sterben“, sagte sie.

Steter Tropfen höhlt den Stein. Auch so eine Redewendung. Geduld braucht man, und davon hatte sie viel, so viel, dass sie immer dachte, es könnte für mehrere Leben ausreichen. Märchen, Redewendungen und alte Geschichten verwirrten manchmal ihre Gedanken, und wenn sie sich an einem Platz aufhielt wie an diesem, dann vergaß sie manchmal, wer sie selbst eigentlich war.

„... Du denkst, du bist eine Prinzessin, die in einer Kammer gefangengehalten wird? Nein, eine Bauerstochter bist du, und musst Stroh zu Gold spinnen! ...“

Vorsichtig griff sie sich in die Haare. Sie waren lange nicht mehr so voll wie früher. In der Sonne hatten sie geglänzt, dass jeder sie berühren mochte. Aber Gold würde nun nie mehr aus ihnen werden.

Tropf, tropf, tropf. Stalagmiten und Stalaktiten – wie hießen die, die nach oben wuchsen? Die fand sie am Schönsten, weil sie nicht gleich ins Auge sprangen, aber ihr Kleid hatte sie an ihnen aufgerissen, als die Angst kam und sie im Dunkeln herum gekrochen war. Endlich hatte sie die flauschige Decke wieder gefunden und sich darin eingehüllt.

Obwohl die Zapfen an ein lange nicht abgetautes Kühlfach erinnerten, fühlten sie sich nicht sehr kalt an. Vielleicht würde sie an ihnen lutschen, wenn der Durst käme.

„... Ach, wie gut, dass niemand weiß ... ach, wie gut, dass ... ach, ach, ach ... ...“

Der Zahn der Zeit, Zeugen des Seins. Davon gab es hier viele.

Seit mehr als einer Woche hielt Leo Mannski sich nun schon in Mühlheim auf. Seinen anfänglichen Plan, zwischen Wanderungen und Radtouren eine dokumentarische Reportage über das verschlafene Mühlheim und dessen wild romantische Umgebung zu schreiben, hatte er schneller als gedacht aufgegeben. Stattdessen entwickelten sich seine Aufschriebe zu einer völlig anderen, ganz eigenwilligen Geschichte, – Sandras Geschichte. So oft es ging, verabredete er sich mit ihr, um weitere Ausflüge zu unternehmen. Doch ging es ihm längst nicht mehr nur um das Kennenlernen der verstecktesten und verschwiegensten Plätze des oberen Donautals samt der ihnen zugesprochenen Mythen und Legenden. Irgend etwas schien sich hinter der Idylle zu verbergen, das spürte Leo ganz deutlich, als zeige so manches hier nicht immer sein wahres Gesicht. Geradewegs wie die Natur, der es gelang, ihn mit ihrem betörenden Charme zu umarmen und gleich darauf wieder mit gebleckten Zähnen zu erschrecken. Sicherlich hatten Sandras Erzählungen zu dieser Ansicht beigetragen, nur durchschaute er noch nicht, worauf sie ihn damit hinweisen wollte. Entsprechend aufmerksam horchte er auf jedes ihrer Worte, wenn sie ihn irgendwohin führte und er den Eindruck gewann, als gäbe es dort eine versteckte Botschaft, die er entschlüsseln sollte. Sandra stand unter Spannung, das wurde ihm mit jedem Tag klarer. Bestimmt tat es ihr gut, sich auf diesem Weg etliches von der Seele zu reden, doch wusste Leo keine Mittel, es zu enträtseln. Bis jetzt jedenfalls nicht.

Wenn er zurück in der Pension war, hielt er das Erlebte in Stichworten fest, verglich es mit seinen bisherigen Aufschrieben und versuchte das ganze zu interpretieren. Vieles sprach dafür, als würde dieses Mühlheim und seine Umgebung noch immer im tiefsten Dornröschenschlaf liegen, aber es war auch nicht auszuschließen, dass da mitunter gewisse Alpträume mitmischten.

Urlaub bedeutete, ohne Verpflichtung und Ziel einfach drauf los schreiben zu können. Der Text war an niemanden gerichtet, keiner würde ihn bewerten, bezahlen, kommentieren. Und wenn sich die Aufschriebe irgendwann verwerten ließen – warum nicht. Aber das stand noch auf einem ganz anderen Blatt.

Leo liebte Geschichten, in denen sich ein Geheimnis erahnen ließ. Alles deutete darauf hin, dass es hier solche gab.

Der Hauptmann im Turm

Sie hatte sich überrumpeln lassen, das war klar. Es war schwer, Lissy eine Abfuhr zu geben.

Lissy hatte in der Schule nach der Pause noch ein schmales, kopiertes Büchlein in Sandras Fach gelegt. Wenigstens einen Blick wollte sie noch hineinwerfen, bevor sie sich auf das Theatertreffen begeben würde.

In der flach gefüllten Badewanne lagen ein Pinsel und ein Eimer. Das schwarz gefärbte Wasser hinterließ bereits einen dicken dunklen Ring am Wannenrand. Das Waschbecken sah auch nicht viel anders aus. Eine Tropfspur vom Bad aus durch den Gang gab an, welchen Weg Pinsel und Eimer genommen hatten.

Da, wo die Spur endete, drangen Geräusche aus der Türe, die auf Krieg und Kampf deuteten, zwischen Geknatter und rhythmischen Explosionen das „Aarrrg“ und „Uffffs“ von Verwundeten.

Ohne anzuklopfen stürmte Sandra in das Zimmer ihres Sohnes.

„Kai, was für eine Sauerei ...“

Ein fremder Rücken hielt sie von einer weiteren Schimpfkanonade ab. Ein zierliches Mädchen mit halblangen Haaren stand hinter Kai, der mit leicht gekrümmtem Rücken vor seinem Computer saß. Beide starrten gebannt auf den Bildschirm, Gefangene einer farbigen Kriegsszenerie. Kais über die Tastatur fliegende Hände hielten das Schauspiel in Bewegung. Ihr Sohn, Richter über Leben und Tod.

Keiner der beiden schien Sandras Hereinkommen bemerkt zu haben.

Sandra blieb stehen, plötzlich unentschlossen, wie sie sich bemerkbar machen sollte. Das Tageslicht wurde von dunkelroten Stoffbahnen, die mit Reißzwecken nachlässig vor den Fenstern befestigt waren, ferngehalten. Die beiden Jugendlichen und der Computer bildeten eine Dreiheit, eingebettet in die Düsternis der schwarzen Wände.

Eine seltsame Harmonie lag in dem Raum, die Sandra befremdete und anrührte zugleich.

Der Badewannenrand war nach Scheuerpulver und heißem Wasser zwar wieder sauber, aber nicht das Richtige für einen Kopf, der sich anlehnen und entspannen wollte. Sie würde sich für diesen Zweck noch eine Kopfstütze besorgen müssen. Dieser Wunsch ging über den Horizont des Supermarktes, der sich am Ende der Straße befand, sicher hinaus und würde sich erst beim nächsten Besuch in Tuttlingen, der acht Kilometer entfernten Kreisstadt, erfüllen lassen.

Auf dem Vorderblatt der sechzig zusammengehefteten Kopien stand in fetter schwarzer Schrift: „Der Hauptmann im Turm", darunter kleiner: „Eine Geschichte zu Zeiten der Schwedenkriege. Schauspiel in 4 Akten, geschrieben von Friedhelm Lobmann." Ein kurzer Vorspann führte in das Thema des Schauspieles ein:

„Im Jahre 1633, als Süddeutschland im tobenden Dreißigjährigen Krieg beinahe ganz unter schwedischer Herrschaft stand, drangen 3000 schwedische Reiter in Mühlheim an der Donau ein. Die Schweden hatten eine Verteidigungslinie von Tuttlingen bis in die Mühlheimer Altstadt errichtet. Die Einwohner verließen fluchtartig ihre Häuser [...] ... manche auseinandergerissenen Familien fanden sich erst nach acht Tagen wieder. [...] Während dieser Zeit lebten sie im Wald wie die wilden Tiere ..."*

„Mum, ich muss mal aufs Klo!", rief Kai hinter der Badezimmertür.

Das Wasser wurde sowieso schon kalt.

„Wer ist denn das Mädchen?", konnte Sandra sich nicht zurückhalten zu fragen, als sie das Bad verließ und dabei ihre Haare abrubbelte.

„Ach, das ist Claudia, die geht in meine Klasse. Wir haben

heute mal in der Pause gequatscht und sie hat gesagt, sie war als kleines Kind öfter hier im Haus, weil ihr Onkel früher hier gewohnt hat.“ Claudias Onkel muss also der Mesner gewesen sein, registrierte Sandra beiläufig.

„Müsst ihr denn eigentlich am Computer sitzen, wenn du schon mal Besuch bekommst?“, kritisierte sie.

Bäng. Kais Augentüren fielen mit einem Knall zu.

„Lass mich einfach in Ruhe, ja? Claudia steht auch auf PC-Spiele. Und sie mag dieselbe Musik. Was geht dich das überhaupt an?!“

Kai verschloss die Badezimmertür hinter sich. Wenigstens hier konnte er wohl ein bisschen Privatsphäre erwarten.

Bevor sie Kai und seine Besucherin im Haus zurückgelassen hatte – sie hatte ihnen noch ein paar belegte Brote und eine Flasche Orangensaft neben den Computer gestellt, bei der Gelegenheit dem fremden Mädchen kurz ins Gesicht geschaut und somit einen Blick aus tiefblauen, verträumten Augen ergattert – ging das Telefon. Fast wäre sie nicht mehr dran gegangen, denn Zeit für ein längeres Gespräch war sowieso nicht mehr. Der Anrufbeantworter war aber noch nicht installiert und Sandra zu neugierig. Sie hob den Hörer ab.

„Hey Maus, wie geht's denn?“

Tom.

Er der Kater, sie die Maus. So hatte er es immer gern gesehen. Trotz seiner Versicherungen, dass die finanzielle und mentale Unabhängigkeit der Frau die wichtigste Voraussetzung für eine gleichberechtigte und auf Dauer angelegte Beziehung sei.

Dass im Zeichentrickfilm der gleichnamige Kater immer schlechter wegkam weil er nur gierig und dumm war, hatte Thomas anscheinend noch nie gestört.

„Du, Tom, ich muss gleich los. Ist es wegen morgen, oder? Wann kommst du denn?“ Sandra bereute, ihrer Neugierde nicht widerstanden zu haben. Nun würde sie sicher zu spät kommen, und das gleich am ersten Abend.

„Hast du denn eine Verabredung? Ich denke, du hast so viel zu tun – habt ihr denn überhaupt schon alles ausgepackt?“

„Willst du zum Mittagessen kommen, so gegen ein Uhr? Wenn du magst, gehen wir danach noch ein Stück spazieren", ignorierte Sandra die Fragen ihres Ex-Freundes.

Warum sollte sie ihm denn so genaue Auskünfte über ihr neues Leben geben, schließlich hatten sie sich vor drei Monaten getrennt, und Thomas hatte keinen Hehl daraus gemacht, dass er trotzdem nicht sehr oft allein am Frühstückstisch saß. Sandra war entschlossen, sich darüber keine weiteren Gedanken zu machen, denn sie hatten schon zu oft versucht, ihrer Beziehung eine neue Chance zu geben. Vielleicht zu oft, denn inzwischen konnte keiner von beiden mehr an ein Gelingen glauben.

Aber manchmal zog sich alles in ihr zusammen, wenn sie an das blonde Flimmern seiner Haut dachte: auf den Unterarmen dichte drahtige Borsten, die das Sonnenlicht einfingen. Darin Staubkörnchen, die auf der Zunge zerschmolzen.

Der Weg zum evangelischen Gemeindehaus war nicht weit. Großzügig geschnittene Grundstücke konkurrierten mit ihren aufgeräumten Vorgärten und üppiger Blumenpracht.

Mittendrin in einer solchen Siedlung zu leben, das hatte sich Sandra, die sich eher als Stadtmenschen sah, nie vorstellen können. Die soziale Kontrolle könnte zu groß sein, und wenn man den Nachbarn am Zaun traf, müsste man sich nett unterhalten, ob man gerade Lust dazu hatte oder nicht. In der Stadt ließ es sich anonymer und deshalb einfacher unter Menschen leben. In ihrem Mesnerhäuschen am Rande des Friedhofes war sie abseits vom Geschehen, auch wenn sie dafür verstorbene Nachbarn in Kauf nehmen musste.

Dass sie sich aber gerade deshalb ins öffentliche Bewusstsein rücken könnte, hatte sie nicht bedacht.

„Grüß Gott, Sie sind wohl unsere neue Bürgerin in Mühlheim!" Ein leicht untersetzter, mittelgroßer Mann kam flott auf Sandra zu, als sie vom Rad abstieg, die bunten Ornamente seines kurzärmeligen Hemdes tanzten ihr entgegen. Er verließ gerade das Gebäude neben der Kirche, in dem Sandra das Gemeindehaus vermutete.

„Ja, ich bin die Sandra Lachner, – und wer sind Sie? Gehören

Sie auch zur Schauspieltruppe?" Sandra erwiderte den herzlichen Händedruck und den offenen Blick aus warmen braunen Augen.

„Oh nein, auch wenn mir das sicher Spaß machen könnte. Aber für solch schöne Sachen habe ich leider zu wenig Zeit. Ich habe die Truppe gerade hereingelassen. Übrigens stehe ich sozusagen selber oft genug auf der Bühne, in der Kirche hier. Mein Name ist Lobmann, Albert Lobmann. Ich bin der evangelische Pfarrer hier am Ort. Und denken Sie mal, ich bin in dem Haus aufgewachsen, in dem Sie jetzt wohnen!"

Gern hätte Sandra das kleine Gespräch fortgesetzt. Sie war etwas verwirrt und versuchte auf die Schnelle, verschiedene Gedanken unter einen Hut zu bringen: Wenn Claudias Onkel der katholische Mesner war, der bis vor ein paar Jahren in dem nun von ihr bewohnten Haus gelebt hatte, und der evangelische Pfarrer ebenfalls darin aufgewachsen war, dann waren beide Männer vermutlich Brüder. War Claudia dann die Tochter des Pfarrers? Und hatte nicht auf dem Theaterbüchlein auch der Name „Lobmann" gestanden? Oder hieß hier sowieso jeder Zweite „Lobmann" mit Nachnamen?

Sandras Fragen mussten vorerst unbeantwortet bleiben.

Ein Kinderschrei, der aus dem flachen, langgezogenen Haus auf der gegenüberliegenden Seite des Hofes kam, zog die Aufmerksamkeit des Mannes auf sich: „Entschuldigen Sie, meine drei Kleinen warten auf mich, ich muss sie heute ins Bett bringen, weil meine Frau Nachtschicht hat. Viel Vergnügen dann noch heute Abend!"

Dass ein Zipfel seines modischen Hemdes aus dem Hosenbund hervor lugte, und er beim Zuknöpfen einen Knopf übersprungen hatte, war dem Pfarrer wohl entgangen. Eilig lief er weiter, und rief dabei mit beruhigender Stimme: „Ist ja schon gut, keine Panik, ich bin gleich da ..."

Sandra konnte Stimmengewirr und Möbelrücken hören, als sie die schwere Tür des Gemeindehauses öffnete.

Mitten in einem holzgetäfelten, großen Raum wurden von ungefähr fünfzehn Leuten viele Tische hin- und hergeschoben, die schließlich an einer Wand nebeneinander zum Stehen kamen. Darüber hing das einzige Plakat im Raum mit dem Slogan: „Brot für die Welt“.

Wie hatte Kai sich neulich über das Bild lustig gemacht? „Brot für Geld!“, hatte er gelacht. Aber alleine. Seine Mutter verstand keinen Spaß, wenn es um ernste Themen wie Hunger und Armut ging.

„Hallo Sandra, du hast uns also gefunden. Wie schön!“ Lissy vervollständigte gerade einen Stuhlkreis und winkte Sandra zu sich, die sich plötzlich ganz schüchtern fühlte, als würde sie als eine Schülerin eine neue Klasse betreten.

„Du hast Glück, wir konnten noch nicht anfangen“, erklärte Lissy.

„Friedhelm ist noch nicht da, darum hat uns sein Bruder, der Pfarrer, reingelassen. Er wird hoffentlich gleich kommen – oder, was meinst du, Amelie?“

Die Leute hatten sich gerade auf den Stühlen niedergelassen, als die Türe aufging und eine schmale, hübsche Frau, an die Lissy die Frage gestellt hatte, herein trat. Ihre langen blonden Haare waren zu einem Pferdeschwanz zusammengebunden und ließen sie auf den ersten Blick sehr jugendlich aussehen. Erst auf den zweiten Blick verrieten die dünnen Linien um die Augen herum, dass sie mindestens Ende dreißig sein musste.

Die Kopfhaltung und ein wehmütiger Zug um den Mund der Frau gaben Sandra die plötzliche Gewissheit: Sie hatte sie schon einmal gesehen.

Ein leichtes Kribbeln befiel Sandras Stirn, als würde sie jemand sanft kitzeln.

Wie ein Streifschuss war am frühen Morgen der Zug an dieser Frau vorbei gerast.

Amelie setzte sich auf einen der beiden freien Stühle im Kreis und schlug ihren Rock in leichten Falten übereinander, so dass der Riss, den Sandra bemerkt hatte, sich darin verbergen konnte.

„Ich weiß nicht, wo Friedhelm bleibt“, sagte die Frau mit leiser Stimme.

„Ich bin seit heute Mittag unterwegs und war gar nicht zu Hause."

Da schaltete sich eine ältere Frau ein, die Sandra schon oft beim Einkaufen in dem kleinen Supermarkt bemerkt hatte. Sie war ihr deshalb aufgefallen, weil sie sich gern mit den Kassiererinnen unterhielt. Dass sich deswegen hinter ihr regelmäßig eine Warteschlange bildete, schien sie dabei nicht zu stören.

„Der Friedhelm muss sicher erst noch die Bestellung fertig machen", klärte die Frau die Runde auf. „Er hat gesagt, er will versuchen pünktlich zu sein, aber es könnte ein bisschen später werden als sonst."

„Und du bist wieder im Wald gewesen, oder?" Lissy hatte ihren Blick nicht von Amelie gewandt, doch nun drehte sie sich zu Sandra um, die an ihrer rechten Seite saß.

„Amelie ist nämlich unsere Kräuterfrau, sie sammelt allerlei und kennt sich mit Pflanzen bestens aus. Aber vielleicht sollten wir die Zeit nutzen und die Leute stellen sich dir mal alle vor, solange wir noch auf Friedhelm warten!"

Es schien selbstverständlich zu sein, dass Lissy den Ton angab.

Das Laienschauspieltheater hatte Tradition, es existierte im Städtchen schon seit fünfzig Jahren. Der abwesende Leiter der Gruppe, Amelies Mann, der tatsächlich ein weiterer Bruder zu dem Pfarrer und dem Mesner zu sein schien, leitete die Theatergruppe viele Jahre schon als anspruchsvolles Hobby. Als Regisseur der Stücke war er der Kern der Schauspielgruppe.

„Er macht es sehr professionell!" Der junge Mann hatte sich Sandra als „Heiner, Bankangestellter" vorgestellt. Seinen intensiven Blick mit den arrogant hochgezogenen Augenbrauen empfand sie als aufdringlich. Die Gruppe bestand aus einer bunten Mischung von Leuten: Verena, die korpulente, ältere Frau, die Sandra schon vom Sehen aus dem Supermarkt kannte und deren Mutter auch schon in der Theatergruppe mitgewirkt hatte, war genauso dabei wie der sechzehnjährige Schüler Patrick.

„Ich mag Brecht", sagte er schüchtern. Sandra fand die Bemerkung für sein Alter erstaunlich, kannte ihr eigener Sohn doch den Namen kaum.

„Ich spiele nicht nur in Friedhelms Truppe mit, sondern helfe ihm auch stundenweise im Betrieb!“, erklärte Verena stolz in der Vorstellungsrunde, als sei das eine besondere Leistung. Friedhelm führe einen Ein-Mann-Betrieb in der Vorstadt, in dem er spezielle chirurgische Instrumente herstelle, erfuhr Sandra bei der Gelegenheit. Außerdem waren Verena und sie fast Nachbarinnen, wie ihr die gesprächige Frau eröffnete, die in der Alten Mühle wohnte. Das große Gelände stand ebenfalls am Wanderweg und nur fünfzig Meter von Sandras Anwesen entfernt.

Amelie war als Kostüm- und Bühnenbildnerin ein wichtiger Teil der Truppe.

„Unsere Künstlerin ist für den ästhetischen Part zuständig.“ War da nicht ein ironischer Beiklang in Lissys Stimme zu hören?

„Was ich sehr schade finde!“ Verena schoss ihre Worte scharf durch den Raum. „Amelie kann nämlich sehr gut spielen. Aber es gibt die Meinung, dass sie mit den Kostümen genug zu tun hat.“

Amelie schaute verlegen auf den Boden. Und hob lange nicht mehr ihren Kopf.

Sandra folgte ihrem Blick: Zwei Käfer, die sich in den Raum verirrt hatten, waren zu Amelies Füßen ineinander verknäult – ob im Liebes- oder Todestanz, war nicht zu erkennen.

An den bequemen Laufschuhen der in sich zusammengesunkenen Frau bemerkte Sandra angetrockneten Dreck. Sie musste kürzlich durch Matsch gelaufen sein. Von den Schuhsohlen bröselten kleine Lehmkrümel herab, die Amelie mit ihren Schuhspitzen wie ein Nest um die Käfer verteilte.

„Was soll denn mein Part sein?“ Mit dem Wegzug von Stuttgart hatte Sandra sich vorgenommen, mit vielem neu anzufangen. Das Theaterspielen stand dabei ganz oben auf ihrer Liste.

„Ich habe früher auch schon Bühnenbilder gemacht“, fügte sie hinzu, woraufhin Amelie sie interessiert anschaute.

Das neue Stück, das in drei Wochen schon aufgeführt werden sollte – „Im Freien natürlich, wie immer!“, wie Verena wichtigtuerisch angemerkt hatte – war schon seit Monaten in Arbeit.

Friedhelm hatte aus den historischen Fragmenten, die sich in den Geschichtsbüchern finden ließen, ein Stück entwickelt, das sich in Mühlheim vielleicht ähnlich zugetragen haben konnte.

„Hast du im Turm des Rathauses schon mal das Gemälde des Hauptmannes bemerkt? Das ist der, um den es in unserem Stück geht!“, belehrte Heiner sie.

Sandra erinnerte sich: Wenn sie morgens auf dem Weg in die Schule hoch in die Oberstadt lief und am Ende der Steige durch den Torbogen kam, stand ein paar Meter weiter vor ihr das Rathaus. Ob der in den Turm gemalte Kopf zu ihr herab lächelte, ihr zuwinkte oder um Hilfe rief, vermochte sie nie zu sagen.

Das also war der berühmte schwedische Hauptmann, den die Mühlheimer im Laufe des großen Kampfes gefangen hatten, um seine Truppen zum Abzug zu bewegen.

Ob sich der Hauptmann anschließend aus Scham zu Tode gestürzt hatte, oder ob ihn jemand aus dem Turm geworfen hatte, aus Rache für die große Zerstörung, die seine Männer in der Stadt angerichtet hatten, wusste man heutzutage nicht mehr so genau. Die Interpretation der damaligen Ereignisse blieb Friedhelms künstlerischer Freiheit überlassen, erklärte Lissy.

„Die Hauptrolle des Stückes hat der Friedhelm selbst“, fügte sie hinzu.

„Ist das nicht sehr viel – die Regie zu führen *und* die wichtigste Rolle zu übernehmen?“, stutzte Sandra.

„Friedhelm wird selten was zu viel. Und er verspricht sich viel von diesem Stück.“ Amelie flüsterte fast. Es fiel Sandra schwer, sie zu verstehen.

„Er hat viel mehr Werbung geplant als sonst und hat uns damit bei den ‚Laienschauspieltagen‘ angemeldet, einem Wettbewerb aller Schauspielgruppen Baden-Württembergs. Der findet alle fünf Jahre statt. Friedhelm rechnet damit, dass er Mühlheim damit bis weit über Tuttlingen hinaus bekannt machen kann.“

„Und damit wohl auch sich selbst“, dachte Sandra unwillkürlich. Sie war gespannt auf diesen Mann, der sich so viel Ehrfurcht und Anerkennung bei den anderen verdient hatte.

Es war Zeit, etwas zu tun. Lissy schlug vor, dass Heiner Sandras Part einfach mitsprechen sollte, so dass Sandra die Gelegenheit hätte, sich in das Stück hinein zu denken und es erst einmal von außen zu verfolgen.

„Ich könnte ja auch Friedhelms Rolle übernehmen, bis er da ist", bot Heiner sich an. Seine eigentliche Rolle war eher nebensächlich. Er spielte einen Bürger, der den anderen dazu riet die Lage abzuwarten, statt sich zu wehren.

Die werdende Mutter, für die Sandra einspringen sollte, mühe sich gerade mit einer schwierigen Schwangerschaft ab, erklärte Verena, die genauestens informiert zu sein schien: „Sie muss sich ständig übergeben und hat Schwindelanfälle. Mit ihr können wir in nächster Zeit also gar nicht rechnen!"

Der Ablauf wirkte routiniert, die Mitspieler stellten sich auf und Lissy dirigierte die Szene, als täte sie es jedes Mal. Sie schien sich pudelwohl in ihrer Haut zu fühlen.

Sandra kam sich ziemlich überflüssig vor, wie sie tatenlos auf ihrem Stuhl saß. Amelie lief hin und her, sie rückte ein paar Möbelstücke so hin, dass sie ein richtiges Bühnenbild ersetzten.

Die Gruppe einigte sich darauf, sich den dritten und vierten Akt vorzunehmen.

Das Stück war kurzweilig. Es gab ein paar Momente, in denen Sandra herzlich auflachte, und sie spürte wie allmählich eine Spannung in ihr zunahm, als ein paar mutige Bürger und Bürgerinnen einen Plan zum Überlisten des Hauptmannes ausheckten. An dieser Stelle trat Verena als listige Bäuerin in den Vordergrund.

Regelmäßige Stolperstellen kamen vor, sobald Heiner die kurzen Textpassagen vorlas, die Sandra künftig übernehmen sollte. Er versuchte kein bisschen, ihre Rolle lebendig werden zu lassen. Sobald sein Einsatz als Hauptmann kam, musste er hingegen kaum einmal auf sein Blatt schauen. Er trug den Text vor, als wäre es nicht zum ersten Mal.

Sandra sollte eine Magd spielen, die von den schwedischen

Soldaten festgehalten wurde, um sie zu bedienen. Dass sie von ihnen auch als Mätresse benutzt wurde, kam nur in Andeutungen vor. Sie würde die Verbindung zu den im Wald versteckten Menschen halten und entscheidend dazu beitragen, dass der Hauptmann überwältigt wurde.

Heiner las ihren Text nüchtern und emotionslos vor. Vielleicht wollte er damit verhindern, dass man ihn mit einer Frau verwechselte.

Die Stimmung im Raum war konzentriert und trotzdem heiter. Wenn jemand nicht weiter wusste oder zu früh einsetzte half ihm ein anderer, oder sie gingen locker darüber hinweg.

Sandra war vor allem von Lissys Spiel fasziniert.

Ihre Kollegin tat sich als virtuose Schauspielerin hervor, die überzeugend von einer Stimmung in die nächste gleiten und dabei in Sandra die verschiedensten Gefühle auslösen konnte. Lissys ganzer Körper, von den Zehen bis in die Spitzen der kurzen gelockten Haare, stand unter Spannung. Sandra fragte sich, woher sie diese Intensität nahm – oder war sie immer da, und in der Schule unter einer lässigen Alltagsdecke nur gut verborgen?

Als Ehefrau des Bürgermeisters, der gleich zu Beginn des Stückes erstochen wurde, besetzte Lissy die weibliche Hauptrolle. Martha, wie sie in dem Stück hieß, setzte mit aller Raffinesse alles daran, um ihre Heimatstadt von der schwedischen Belagerung zu befreien. Ihr Dialekt fügte sich dabei ganz natürlich in ihre Rolle ein.

Überhaupt verlieh die alemannisch-schwäbische Sprachmelodie der Mitspieler dem Stück einen besonderen Charme. Sandra fragte sich, ob ihr geschliffenes Schwäbisch nicht allzu steif wirken würde. Viel Text würde sie zum Glück nicht beherrschen müssen.

Der vierte Akt näherte sich dem Ende. Lissy, die für Sandra endgültig zu Martha geworden war, ging in den Turm, um den Hauptmann mit seinem Schicksal zu konfrontieren.

Schauspieler und Sandra schauten gebannt auf den Hauptmann, der um Martha warb, ohne zu erkennen, wie nah er dem Tod bereits war. Amelie hatte ihren Kopf auf beide Hände gestützt, der Pferdeschwanz hatte sich inzwischen gelöst, und die blonden Haare fielen ihr vors Gesicht. Sandra konnte nicht erkennen, ob sie gespannt lauschte oder einfach nur vor sich hin döste.

Die Tür des Gemeindesaales wurde langsam geöffnet. Sie knarrte leise, als versuche jemand sich hineinzuschleichen.

Die Schauspieler unterbrachen ihr Spiel, als sie ihren Pfarrer bemerkten. Es kam selten vor, dass er sie störte.

Pfarrer Lobmann stand im Türrahmen und schaute forschend in den Raum, bis sein Blick an Amelie hängen blieb. Mit schweren Schritten ging er auf sie zu. Es war nichts mehr von dem hektischen, fröhlichen Mann zu sehen, als der er Sandra vor wenigen Stunden gegenübergetreten war.

Amelie löste ihren Blick vom Boden und setzte sich mit einem Ruck kerzengerade hin. Als würde sie vom Pfarrer gleich die heilige Kommunion empfangen wollen, dachte Sandra unwillkürlich, obwohl sie sich doch in einem evangelischen Gemeindehaus befanden.

Pfarrer Lobmann stellte sich vor Amelie und nahm fest ihre Hände in seine. Er sah ihr eindringlich in die Augen. Sein Gesicht war fahl, selbst die Farben seines bunten Hemdes schienen verblasst. Amelie sah zu ihm hoch und nickte leicht, als wollte sie ihn dazu ermutigen, eine schwere Aufgabe zu erfüllen.

„Amelie ... es ist etwas Schlimmes passiert“, sagte Pfarrer Lobmann und ließ ihre feingliedrigen Hände nicht los, als müsse er sich selbst an ihnen festhalten.

„Ich kann es gar nicht fassen. Der Friedhelm – er ist tot.“

In der Felsenhöhle

Wie ein treues Hündlein kam Ralph, sobald er von Sandra gerufen wurde.

Der gut aussehende Mann mit dem muskulösen Oberkörper half ihr in der Werkstatt und im Garten, wenn die Arbeit überhand nahm. Leo hatte ihn auch schon bei den Wirths im Lokal getroffen, als er die Salattheke auffüllte. Er schien im Ort der „Mann für alles" zu sein.

Sobald Ralph kam, trieb Sandra regelmäßig den urlaubsreifen Journalisten die nächsten kleinen Berge hinauf, auf die sie überall unweigerlich gerieten. Manchmal tauchten sie in die Wälder ein und suchten sie nach unentdeckten Höhlen ab. Leo gewann den Eindruck, als zeige Sandra ihm Plätze, die ihr vertraut und voller Bedeutung waren, und ihn so an einem Geschehen teilhaben ließ, das sie alleine nicht ertragen konnte. Nur durch Andeutungen und indem sie tagein, tagaus das Tal bewanderten, machte sie ihn zu einem Mitwisser. Doch *was* war es, was sie ihm mitteilen wollte?

Einmal stießen sie auf eine Erdspalte; die war an der Stelle, wo das Gebüsch am dichtesten war und kein Sonnenlicht mehr hinkam. Außer ein paar violetten Punkten auf dem Waldboden, die von kleinen Herbstblumen herrührten, sah Leo vor sich ein rosa Oval schimmern: Sandras breiter, schön geformter Mund. Fast hätte er ihn berührt, er war halb geöffnet und zum Greifen nah.

Aber sie fing seine Hand ab und zog sie mit sanfter Kraft hinunter, so dass er schließlich auf dem Erdboden kniete. Und immer noch gab sie Leo nicht frei, gezielt legte sie seine ganze Handfläche auf den weichen Boden, der mit vermodernden Blättern gefüllt war, bis die Fingerspitzen eine Verwerfung wahrnahmen, einen Riss in der Erde. Er war erstaunlich lang, Leo schaffte es nicht, ihn in seiner ganzen Länge zu erkunden.

Der Riss wurde immer breiter, bis er zu einer großen Spalte wurde, durch die ein Kind – oder ein schlanker Mensch – gut hindurch passen könnte.

Leo glaubte, dass Sandra die Stelle kannte, denn zufällig konnte man fast nicht darauf stoßen.

„Und, wo geht's heute wieder hin?" Herr Wirth hatte sich einen Kaffee eingeschenkt und sich zu Leo gesetzt, während er den letzten Bissen eines krossen Brötchens mit Rührei zu sich nahm. Seine erste Vermutung hatte sich bestätigt: die Kochkünste des freundlichen Ehepaares bewährten sich, und die Auswahl war groß. Noch keine der immer frisch zubereiteten Mahlzeiten hatte er in den zwei Wochen doppelt zu sich nehmen müssen. Sie hatten ihm sogar einen Preisnachlass für sein Zimmer gewährt, da er beschlossen hatte das Zimmer zumindest für die ganze Länge der Sommerferien zu behalten.

Ja, das war eine gute Frage. Sandra hatte ihn am Abend zuvor angerufen um ihm zu sagen, dass sie am nächsten Tag unbedingt noch ein Fahrrad fertig reparieren müsse. Ralph, der sonst die Reparatur übernommen hätte, war für ein paar Tage an den Bodensee gefahren, um bei der Kirschernte sein kleines Einkommen aufzubessern. Deshalb würde sie Leo zum ersten Mal nicht auf einem Ausflug begleiten können.

Der Journalist hatte sich an dem sonnigen Morgen draußen an einen freien Tisch gesetzt. Leider versperrte ihm die gegenüberliegende Häuserreihe die Sicht. Zu dieser Jahreszeit würde da unten richtig was los sein: junge Mütter und fidele Omis schoben Kinderwägen vor sich her, und an ihnen vorbei flitzten Fahrradfahrer mit schwer bepackten Satteltaschen.

Freitags, das hatte er schon beobachtet, ging im Tal der Sporttourismus los, der vor Sonntagabend nicht aufhörte.

Das hübsche Blumenarrangement auf dem Frühstückstisch – blassviolette, von Efeu umschlungene Orchideen – barg die Antwort auf Herrn Wirths Frage. Es war dem Urlauber plötzlich eilig, sein spontan gesetztes Wanderziel sofort zu verfolgen.

Dennoch schaute er kurz bei Sandra vorbei. Ihr kleines blaues

Auto stand nicht auf dem Friedhofsparkplatz. Sie musste in die Stadt gefahren sein, um ein paar Besorgungen zu machen.

Leo warf einen Blick in den Schuppen, der im Garten stand, denn darin bewahrte Sandra allerlei Gerätschaften für Wanderungen auf. Er schnappte sich ein Seil, eines mit Steighilfen, wie es die Kletterer an den ausgeschriebenen Donaufelsen benutzen, obwohl er selbst noch nie geklettert war. Beobachtet hatte er die wagemutigen Menschen jedoch schon öfter. Jedes Mal fragte er sich, ob sie ein Mindestmaß an Selbstmordpotential besitzen mussten, um Gefallen an diesem Sport zu finden.

Kai saß auf einer Gartenbank vor der Hütte und blätterte ein Magazin durch. Neben ihm lag zusammengerollt die Katze.

Auf dem Titelblatt war ein grimmig aussehender Mann mit weiß und schwarz geschminktem Gesicht zu sehen, der seinen Mund weit aufriss. Der Kerl sah aus, als wolle er gleich in die E-Gitarre beißen, die er wie eine Fleischkeule in Gesichtshöhe hielt.

Es waren noch Sommerferien, Kais letzten, wie er Leo aus einer Laune heraus erzählte, gesprächiger als sonst. In einem Jahr würde er mit der Schule fertig sein. Auf das Abitur wollte er verzichten, und sich lieber eine Lehrstelle mit einem Spitzengehalt suchen. Und dann mit Sicherheit nie wieder einen Schulboden betreten, versicherte er Leo entschlossen.

Kai schien sich mal wieder vor der Arbeit zu drücken. Er traf sich lieber mit seinen Kumpels, als sich in der Werkstatt ein kleines Taschengeld zu verdienen.

„Könntest du dir jetzt in den Ferien nicht ein bisschen Geld verdienen?“, fragte Leo. Er konnte sich noch gut an den chronischen Geldmangel erinnern, den er als Jugendlicher hatte, obwohl er nie zu den Rauchern gezählt hatte.

„Na ja ... auf Fahrräder hab ich halt grad keinen Bock. Vielleicht frag ich mal drüben in der Alten Mühle, die brauchen ab und zu einen Aushilfskellner.“

„Du kannst bedienen?“, fragte Leo überrascht. Die Vielseitigkeit hätte er dem Jungen nicht zugetraut.

„Nö, nicht wirklich. Aber ich könnt‘s ja mal probieren.“

Diese Unschlüssigkeit und Lustlosigkeit, die der knapp Sechzehnjährige an den Tag legte, waren Leo von seiner eigenen Person gut bekannt. Nur, dass er sie mittlerweile gut zu verbergen wusste, um seine Mitmenschen nicht unnötig zu provozieren. Vielleicht war er deshalb Journalist geworden: Er brauchte eine Rechtfertigung, mit der er als Voyeur das, wie ihm oft schien, sinnlose Treiben anderer verfolgen durfte. Als wäre bei ihnen die Lösung eines schweren Rätsels zu finden. Oft fragte Leo sich, wo der Motor, der andere anscheinend mühelos durchs Leben zog, bei ihm zu finden war. Und dann wieder: wenn er den Motor fände, würde er es überhaupt verstehen, ihn anzuwerfen, ja – würde er es überhaupt wollen?

Immer schon hatte Leo mit Erstaunen wahrgenommen, wie leidenschaftlich andere sich ins Leben stürzen konnten, Gefühle erlebten und Ziele verfolgten. Während er ihnen fasziniert und verständnislos dabei zusah. Die meisten Menschen schienen sich selbst als Zentrum allen Geschehens zu erleben; Leo bot sich ihnen als Peripherie an.

„Bei diesen vielen Nabeln der Welt müsste unsere alte Kugel eigentlich schon ziemlich eingedellt sein", dachte der Journalist.

Die Neugierde hatte seine Scheu vor Abenteuern und Aufregung besiegt. Leo zog an jenem Tag also alleine los, bei jedem Schritt stieß die Taschenlampe gegen die Trinkflasche.

Einige Male war ein hässliches Knirschen zu hören, als er den festen Weg verließ und in den Wald eindrang. Dicke Weinbergschnecken bevölkerten den weichen Boden, denn es hatte die Nacht zuvor leicht geregnet.

Die violetten Blümchen, die zwischen dem dunkelblättrigen Efeu an der aufgerissenen Erdspalte entlang wuchsen, waren noch nicht verblüht.

Vielleicht gab es doch so etwas wie ein leises Tuckern einer verborgenen inneren Maschine, das einsetzte, als Leo nach einer Befestigungsmöglichkeit für sein Seil suchte und sie schließlich in einer borstigen, starken Tanne fand.

„So müssen sich die Männer fühlen, kurz bevor sie sich hinunter in ihr Bergwerk begeben", dachte er, während er sich die Taschenlampe über die Stirn zog.

Der große Mann quetschte sich an der Stelle durch die Erdöffnung, die ihm am breitesten erschien und ließ sich in das überraschend geräumige Innere des Berges hinein gleiten. Kleine Brocken des lockeren Waldbodens rieselten auf ihn herab, während seine Füße unbeholfen einen Halt in den dünnen Schlingen der Steighilfe suchten. Leo kam sich vor wie ein Spielzeug, das hölzerne Männchen, das forsch zwischen zwei Holzstäben nach unten ruckelt. Langsam nur gewann er an Sicherheit beim Verstellen der Schlingen, bis er es schaffte sich allmählich ganz und gar vom Erdinneren verschlucken zu lassen.

Die Luft, die in all ihrer Morgenfrische den Geruch von Sonne und Sommer verströmt hatte, wich nun einer feuchter werdenden Kühle, die nach Kalk und abgestandenem Wasser schmeckte. Leo war schon fast am Ende des Seils angelangt, als er endlich festen Boden unter sich spürte. Das Licht seiner Taschenlampe verriet ihm, dass er in einer Nische angekommen war, die in eine tunnelartige Öffnung mündete. Es schien eine Fortsetzung zu geben, die noch tiefer in die Eingeweide des Berges drang.

Was für einen Sinn hätte es gemacht, jetzt umzukehren? Leo befreite seine Füße aus den Steighilfen, ließ das Seil einfach hängen und holte ein Stück Kreide aus dem Rucksack.

Seit dem Austritt aus dem Mutterleib hatte er sich nicht mehr durch einen so engen Gang winden müssen. Die Kreide erwies sich als überflüssig, denn verlaufen konnte er sich hier nun wirklich nicht. Allmählich schwang Leo sich auf einen Bauchlage-Schiebe-Rhythmus ein, der ein gleichmäßiges Vorwärtskommen möglich machte.

Schließlich fing der ungeübte Kletterer ernsthaft an daran zu zweifeln, ob er jemals wieder diesen Tunnel würde verlassen können, denn rückwärts zurück zu kriechen schien ihm unmöglich, sich in die andere Richtung zu drehen war ebenfalls ein aussichtsloses Unterfangen. Er hatte keine Vorstellung davon, wie lang der enge Gang noch sein würde.

Da veränderte sich die Geräuschkulisse, die sich dadurch ergeben hatte, dass Leo sich nach vorne zog, der Körper sich dabei am Boden rieb und die Schuhe sich vom unebenen, steinigen Boden abstießen – die neue Akustik deutete darauf hin, dass der Raum sich bald öffnen würde.

Verschwitzt setzte er sich endlich hin, dankbar dafür, dass der Oberkörper sich nach oben ausdehnen durfte.

Eine neue Röhre, die diesmal senkrecht nach oben führte, brachte ihm das Gefühl von Mutlosigkeit zurück. Ein Brunnen, dessen oberer Rand in der Dunkelheit versank, und er darin gefangen, ohne Seil oder Kletterhaken.

Das leise Tuckern seines inneren Motors, das ihn auf seinem Gang durch Mutter Erde begleitet hatte, drohte allmählich zu ersterben. Mehr aus Ratlosigkeit über die Situation, als dass er den Funken einer Idee gehabt hätte, wie er weiter vorgehen sollte, stand er auf. Mit beiden Händen befühlte er die raue, feuchte Oberfläche des sandigen Gesteins, das sich um ihn schloss. Bis seine Finger einen Gegenstand ertasteten, an den er nicht zu denken gewagt hätte: die dünnen metallenen Sprossen einer herabhängenden Strickleiter waren sicher weniger überrascht als er über ihr Zusammentreffen.

Ermutigt machte sich Leo auf den Weg nach oben.

Tom Sawyer musste hier gewesen sein, als er sich vor Indianer Joe versteckt hielt.

Das leichte Kitzeln in der Magengrube, das Leo als Kind beim Lesen von Mark Twains Romanen gespürt hatte, meldete sich nach vielen Jahren wieder. Er musste aufpassen, nicht über die fingerähnlichen Tropfsteine zu stolpern, die wild am Boden wucherten. Dank seines mittlerweile schwachen Lichtes – er hoffte, im Rucksack neue Batterien zu finden – konnte Leo den Raum, in den er geraten war, ausleuchten. Das Bild einer Kirche stieg auf: vor ihm ein unkonventioneller Altar, aus dem heraus phantastische Figuren in den hohen Raum hinein wuchsen. Sie trafen sich auf halber Höhe mit Gebilden, deren Ursprung wiederum an der unregelmäßig gewölbten Decke zu finden war.

„Stalaktiten – Titten hängen", murmelte Leo unwillkürlich die Eselsbrücke vor sich hin, die sich ihm seit Jugendzeiten bildhaft eingeprägt hatte.

Die größte Belohnung seiner Neugierde aber fand sich, als er fast übermütig auf einen Vorsprung kletterte, der ihm einen großzügigen Ausblick auf die schmuckvolle Höhle schenkte.

Sein Licht fiel auf eine Spalte im Gestein, die er, da versteckt im Vorsprung, fast übersehen hätte. Sie wurde von den wirren Schatten, die die Tropfsteingebilde warfen, ganz verdeckt. Ohne nachzudenken, schob Leo eine Hand in den breiten Spalt hinein.

Sie wurde nicht von feuchtem, kühlem Gestein, sondern von einem angenehm flauschigen Etwas empfangen. Es war leicht, die weiche Decke heraus zu ziehen. Darin eingewickelt fand er Streichhölzer, ein Stück Papier und eine dicke Kerze.

Als würde Leo ein altes, heiliges Ritual ausführen, setzte er sich auf die Kante des Vorsprunges, schlug die Decke um seine Schultern und zündete die Kerze an. Er stellte sie auf die breite Kuppe eines vielleicht einstmals abgeschlagenen Tropfsteines. Auf deren weicher Oberfläche fühlte er Spuren, die von Wachstropfen herrühren konnten.

Seine Augen wanderten über die bizarre Formenlandschaft, die in blassen Pastelltönen gespenstisch schimmerte. Elfenpaläste, deren Vorhöfe von den seltsamsten Tieren bevölkert wurden, glitzerten im flackernden Kerzenlicht.

Leo merkte, wie er sich entspannte. Sein Unterkörper passte sich der weichen Kuhle unter seinem Gesäß an. Trotz der fröstelígen Temperatur stieg eine angenehme Wärme in ihm auf. In dieser fremden Welt, in die er eingedrungen war, fühlte er sich willkommen.

Das Papier fiel ihm wieder ein. Er faltete es auseinander und hielt es an die Kerze um zu sehen, was darauf war. Die Fotokopie eines gemalten Bildes starrte Leo an: das Porträt eines Mannes, der einen schwarzen Helm trug. Stilisiert wirkte es, der Prototyp eines Soldaten. Aus welcher Zeit und für welches Land der junge Soldat kämpfte, war Leo nicht klar. Ein kantiges Gesicht, weltmännisch und stolz.

Jeder ist sich selbst der Nächste. Steter Tropfen höhlt den Stein. Was Hänschen nicht lernt, lernt Hans nimmermehr.

Wenn sie schon eine Gefangene sein musste, dann wollte sie sich zumindest die Gefängnismauern selbst aussuchen. Hier waren sie so schön, dass selbst der reichste Palast nicht wunderbarer ausgestattet sein könnte. Und hier konnte sie allein sein, kein Herrscher, der immerzu nach ihren Diensten verlangen würde: Komm her, sei mir eine gute Frau, deiner Tochter eine gute Mutter, und meinem Volk eine verständige Königin. Ihr Gebieter war wie dieser Hans, der wie ein Kind nie damit aufhören wollte sich zu nehmen, was er haben wollte. Es gab niemanden, der ihm Einhalt gebieten konnte, nicht die, die ihn fürchteten, noch die, die ihn liebten. Und was sein Bestes war, bestimmte alleine er.

„… Ruhig bleiben, Amelie. Tief durchatmen. Mit den Aufregungen hat es nun ein Ende …"

Hier höhlte der Tropfen den Stein nicht, sondern ließ ihn wachsen, in Hunderten von Jahren wenige Millimeter nur, bis er zu einem uralten Zahn der Zeit geworden war. Menschen mögen ihn berührt, sich an ihm festgehalten, ihn mit ihrer Hand sorgenvoll umklammert haben, während draußen die Feinde den Wald nach ihnen absuchten.

Hier an diesem Platz hatte jemand lange vor ihr eine Kuhle in den Boden gesessen, während er darauf wartete, dass wieder Friede einkehren würde.

„… Geduld, Amelie, du schaffst das schon. Irgendwann ist es soweit, dann ist es wieder ruhig: unter den Menschen, in ihren Häusern, und vor allem: in deinem Herzen …!"

Mord mit Trokar

Es war ein Trokar. Das sei eine Art Hülse mit einem scharfen Spieß in der Mitte, erfuhr Sandra. Man benutze es vor allem, um Bauchspiegelungen damit durchzuführen.

Mit einem solchen Trokar, den er selbst eigenhändig hergestellt hatte, war Friedhelm erstochen worden. Claudia hatte ihren Vater tot in seiner Werkstatt aufgefunden und daraufhin ihren Onkel angerufen. Das Telefongespräch mit seiner Nichte hatte wohl gerade erst stattgefunden.

Pfarrer Lobmann gab sichtlich erschüttert die wenigen Details, die er von dem Tod seines Bruders wusste, an die Theatergruppe weiter. Seine kurzen grauen Haare standen in allen Richtungen ab, immer wieder fuhr er sich mit der Hand über den Kopf.

Verena stand auf und gesellte sich zu Amelie. Sie stand schräg hinter ihr und massierte ihr leicht den Rücken, als wolle sie ihr Rückendeckung und Halt geben, so, wie es vielleicht eine Mutter tun würde, wenn sie ihr Kind trösten und ermutigen wollte.

„Claudia? Sie ist alleine bei Friedhelm?“ Die Vorstellung rüttelte Amelie aus ihrer Versunkenheit.

Pfarrer Lobmann ließ Amelies Hand nicht los, als er sie zur Türe führte. „Ich habe die Polizei gleich informiert, es wird vielleicht schon jemand drüben sein. Ich werde dich begleiten. Willst du, dass sonst noch jemand mit uns kommt?“

Ein Ruck schien durch den Körper der leicht gebeugt stehenden Frau zu gehen und sie mit einem Male aufzurichten. Amelie drehte sich zu der Schauspieltruppe um. So hilflos und verträumt sie vorher gewirkt hatte, so durchdringend und wach war nun ihr Blick.

Alle standen an ihren Plätzen, als seien sie mitten im Spiel vom Stab einer Zauberin berührt worden und von nun an dazu verdammt, bewegungslos an einer Stelle zu verharren.

Amelies Worte drangen durch die Betäubung der Schauspieler:

„Er wollte mich nie verlassen“, sagte sie, als wolle sie etwas richtig stellen, und dann mit Nachdruck: „Lissy, du kommst mit. Wenn Friedhelm ermordet worden ist, soll dir der Anblick auch nicht erspart bleiben.“

War der Auftritt des Pfarrers nur ein Teil des Schauspiels?

Erst als Lissy sich aus ihrer Erstarrung löste wurde es Sandra klar, dass das vordem flüssig gespielte Stück von der harten Realität abgelöst worden war. Sandras Rolle als passives Publikum war damit nun auch vorbei.

Lissys Stimme klang ungewohnt kleinlaut, als sie Sandra ansprach: „Bitte, gehst du auch mit? Ich habe Angst davor, den Friedhelm tot zu sehen.“

„Warum gerade ich?“, fragte sich Sandra, die der Kollegin doch gerade zum ersten Mal außerhalb der Schule begegnet war. Die Bitte abzulehnen schien ihr jedoch unmöglich.

Schweigend schlossen sich Sandra und Lissy dem Pfarrer und seiner Schwägerin an.

„Amelie, gell, du rufst mich nachher noch an? Ich komm sofort, wenn du mich brauchst!“, rief Verena noch, bevor die schwere Tür des Gemeindehauses hinter der Gruppe zufiel.

Wie bei einem Trauermarsch machten sich die Vier auf den Weg zur Werkstatt, die nur zwei Straßen weiter in einer der ruhigen Vorstadtstraßen lag. Außer ihnen war kein Mensch unterwegs, nur jagdfreudige Kater, die mit gespitzten Ohren durch die Dunkelheit schlichen. Blaue Mülltonnen säumten in unregelmäßiger Folge den Weg und zwangen die kleine Truppe zu einem schwerfälligen Slalom. Amelies Schritt wurde schneller, je näher sie einem freistehenden Haus kamen, das von hohen Büschen und bunt blühenden Stauden halb verdeckt wurde.

Auf dem Treppenabsatz vor der halb offenen Türe saß Claudia. Sie sprang auf, sobald sie ihre Mutter sah, die der Gruppe vorausgeeilt war. Amelie schloss das schlanke Mädchen, das einen Kopf kleiner war als sie selbst, in ihre Arme und flüsterte ihr mit beruhigender Stimme etwas zu.

„Ich geh da nicht mehr rein!" Claudias Stimme überschlug sich fast. Entsetzen und Panik hatten ihrem Gesicht einen maskenhaften Ausdruck verliehen. Ihre dunkelblauen Augen suchten einen Halt in den Gesichtern der anderen, die inzwischen auch den Vorgarten betreten hatten. Amelie verschwand allein im Inneren des Hauses.

Lissy und Sandra blieben bei Claudia stehen, unschlüssig, ob sie sich um das Mädchen kümmern oder Amelie folgen sollten.

„Setz dich her, Mädle, es ist ja nicht kalt. Wir sind gleich wieder bei dir." Pfarrer Lobmann half seiner Nichte, sich wieder auf die Stufe zu setzen. Sein nervöses Gebaren war einer ruhigen Entschlossenheit gewichen. Die Professionalität des Seelsorgers hatte wieder die Oberhand gewonnen. Lissy berührte Sandras Hand und deutete mit ihrem Kinn auf die Haustür. Sandra nickte. Zögernd betraten sie den Hausgang.

Um die Ecke bogen verschiedene Fahrzeuge. Albert Lobmann hob seinen Arm, und das grün-weiße Auto bremste zuerst. Der Pfarrer signalisierte den Fahrern, dass sie ihr Ziel erreicht hatten. Den Tatort.

Obwohl Lissy unterwegs kein Wort gesagt hatte, hatte Sandra gespürt, was die bedrückte Kollegin von ihr wollte: Sie war angefüllt mit Angst und brauchte jemanden, der ihr einfach zur Seite stand. Die starke Frau, die die abendliche Theaterprobe spielend gemeistert hatte, war verschwunden. An ihre Stelle war ein ängstliches Mädchen getreten.

Ein mit kunterbunten Bildern gestalteter Flur führte die Frauen geradewegs auf eine riesige Glasvitrine zu, die neben einer gläsernen Schiebetüre stand. Darin lagen raffiniert gearbeitete Gegenstände, deren Zweck Sandra nicht gleich erfassen konnte, da sie ihr vollkommen fremd waren. Offensichtlich entstammten sie der Arbeit aus der Chirurgiewerkstatt.

Das Milchglas der Schiebetür verriet, dass der Raum dahinter erleuchtet war. Langsam schob Lissy den schmalen Spalt ein weiteres Stück auf, sie schien jede Bewegung bewusst und mit großer Anstrengung auszuführen. Nacheinander betraten die beiden Frauen die hell erleuchtete Werkstatt.

Auf einem Bürostuhl, der vom Arbeitstisch weg geschoben worden war, saß ein Mann in einer völlig entspannten Haltung, leicht in sich zusammen gesackt. Sein schwerer Kopf war nach hinten gekippt und fand Halt an der Wand hinter ihm; Sandra konnte sein leises Schnarchen deutlich hören. Das Gesicht war kaum zu sehen, denn es war von der Türe abgewandt, zudem verdeckte ein Vorhang dichter, halblanger Haare eine Gesichtshälfte. Auf dem Schoß der hell gekleideten Gestalt hatte sich eine dunkelgraue Katze zusammengerollt. Der rechte Unterarm des Mannes lag lässig auf ihr, während der linke Arm an seiner Seite herabhing. Das weiche Knäuel schmiegte sich an den menschlichen Körper.

Neben ihm stand Amelie, sie hatte leicht ihre Hand auf seinen Kopf gelegt und betrachtete ihn mit einem zärtlichen Ausdruck in den Augen.

Ein friedliches Bild von einem, der in seiner Arbeitspause eingenickt war, mit seinem Haustier auf dem Schoß. Daneben die Ehefrau, die dabei war, ihn sanft zu wecken.

Etwas aber störte die Harmonie.

Das Katzengeschnurre hörte auf – und somit auch das Schnarchen.

Das Tier hatte auf den Schenkeln des Mannes, der seit Stunden schon seine Position nicht verändert hatte, einen bequemen Schlafplatz gefunden. Irritiert von den plötzlichen Besuchern, hob es seinen dreieckigen Kopf und taxierte die Störenfriede. Dabei stieß die Katze gegen einen schmalen, silbernen Gegenstand, der fast unauffällig aus der Brust des Mannes ragte. Ein langgezogener Fleck zog über das hellblaue Hemd eine dunkle Bahn.

Mit einem langsamen Sprung und vorwurfsvollem Blick sprang die Katze vom Schoß des toten Mannes. Gemächlich bahnte sich das Tier einen Weg durch die Beine der Frauen nach draußen.

„Meine Damen, gehen Sie bitte nicht weiter in den Raum hinein. Halten Sie sich von dem Toten fern und fassen Sie nichts an!“ Die Stimme näherte sich zusammen mit den schweren

Schritten eines beleibten Mannes. Von draußen war das Türschlagen weiterer Fahrzeuge zu hören.

Die Ermittlungen begannen.

Was geschehen ist, ist geschehen, doch die Liebe ist stärker als der Tod.

Sie achtete nicht auf den Zuruf der fremden Stimme, sondern näherte sich, um den friedlichen Bann im Raum nicht zu brechen und mit sachten Schritten dem Geliebten.

„… Berühre ihn, Amelie. Es ist das letzte Mal …“

Behutsam strich sie ihm die hellbraunen, mit wenigen Silbersträhnen durchzogenen Haare aus dem Gesicht.

Er war immer ein schöner Mann gewesen. Die Komposition von Harmonie und Kraft in den Linien seines Profils faszinierten sie auch jetzt.

Wohin er auch immer gegangen war – jetzt war er allein. Wie sie.

„… Nicht für lang, Amelie. Er wird zu dir zurückkehren. Du wirst schon sehen …“

Im TuWass

Die Hose war im Eimer, vielleicht hätte die lederne den engen Tunnelmarsch durch das Erdinnere besser verkraftet. Überall abgeschabte Stellen und helle Kalkflecken, die sich tief in den Stoff gerieben hatten. Mit einem bedauernden Seufzer stopfte Leo das Kleidungsstück in den Mülleimer. Nur indem er ab und zu nach dem Erhalt eines guten Honorars teure und haltbare Kleidung einkaufte, vermied der Journalist über längere Zeitspannen den Weg in die Modegeschäfte. Zur Zeit musste er sich um sein Konto keine Sorgen machen. In Tuttlingen gab es sicher auch ein gutes Bekleidungsgeschäft. Vielleicht würde ja Sandra ihn beraten.

Leos Glieder waren zerschlagen, er verspürte nicht die geringste Lust auf eine neue Wanderung und noch weniger auf die vielleicht damit verbundenen Abenteuer. Es war höchste Zeit, um einfach mal einen ruhigen, faulen Tag zu verbringen.

Rings um ihn herum saßen viele andere Pensionsgäste, die sonst um dieselbe Zeit schon irgendwo im Grünen anzutreffen gewesen wären. Das trübe Wetter schien sie heute davon abzuhalten.

Leo schlug die Tageszeitung auf, als das Telefon hinter Wirths Theke läutete. Im Lokalteil sprang ihm ein farbiges Foto ins Auge, auf dem lachende Frauen und bunte Stoffe zu sehen waren. Dazu die Überschrift: „Tausende von Narrenbändel!“ Darunter etwas kleiner: „Bis zur nächsten Fasnet näht das Team vom Honberg mit einer speziellen Nähmaschine in monatelanger Arbeit noch Tausende von Narrenbändel“. Leo schüttelte verständnislos seinen Kopf. Wovon war hier die Rede – band man sich diese Stofffetzen an die Faschingskostüme? Oder wurden sie als Fähnchen an die Kinder verteilt? In Köln gab es so etwas nicht.

„Herr Mannski, für Sie!“ Es schien der Chefin des Hauses

nichts auszumachen, dass Sandra die Nummer der Pension wählte, wenn sie ihn sprechen wollte.

„Leo, grüß dich. Wollen wir heute wieder los?“

Wie konnte man nur um halb neun Uhr morgens schon so fit sein! Ob die Tatsache, ein Kind zu haben, Eltern ihr ganzes weiteres Leben lang zu Frühaufstehern machte?

„Ich lese gerade die Tageszeitung und blicke überhaupt nicht durch. Was sind denn um Himmels willen *Narrenbändel*?!“

Sandra lachte: „Du willst doch nicht etwa so lange hierbleiben? Fasnet ist erst nächstes Jahr im Februar wieder. Narrenbändel kündigen die Fasnet an, das Narrentreiben, das die Ortschaften hier tagelang auf den Kopf stellt. Es sieht phantastisch aus, wenn sie über die Straßen gespannt sind. Besonders in Mühlheim kann man den Himmel vor lauter Bändel kaum noch sehen, wenn man darunter läuft“, erklärte sie, um gleich auf den Anlass ihres Anrufes zu kommen: „Du könntest heute das Fahrrad haben, das ich gestern repariert habe. Ein knallrotes Mountainbike. Der Besitzer hat sich gemeldet, er kann es nun doch nicht vor morgen abholen.“

„Ein Fahrradausflug? Bei dem Wetter?“

Draußen peitschte ein Wind, und gerade setzte sich eine dunkle Wolke wie ein fettes graues Huhn auf das gegenüberliegende Hausdach.

„Nach Tuttlingen ist es ja nicht so weit. Und im ‚TuWass‘ könnten wir ein bisschen schwimmen und ins Dampfbad ‘reinsitzen. Was meinst du?“

Sandra im Badeanzug. Oder vielleicht sogar im Bikini?

Es gab keinen vernünftigen Grund mehr, nicht auf den Vorschlag einzugehen.

Es wurde zu einem Wettrennen mit dem herannahenden Unwetter. Sandras Haare tanzten im Wind wie prasselnde Flammen, vergeblich versuchten die ersten Regentropfen, sie zu löschen. Leos Regencape blies sich so stark auf, dass er glaubte, gleich wie ein Ballon vom Fahrrad abzuheben.

Auf einer offenen, ungeschützten Wiesen- und Feldstrecke nahm der untrainierte Radfahrer den Kampf mit dem Wind auf. Eine Gruppe älterer Damen flog ihm auf ihren sportlichen Rädern fast entgegen. Sie schien sich, getragen von dem Wind in ihrem Rücken, über Leo lustig zu machen.

Die dicht aneinander gedrängten Häuser des einstigen Bauerndorfes kurz vor Tuttlingen gönnten ihnen eine kurze Windpause. Nendingen machte den Eindruck als könne es sich nicht entscheiden, ob es den eigenwilligen, bäuerlichen Charakter behalten oder doch lieber Stadtvorort sein wolle. Der Charme der schnuckeligen bis ärmlichen Häuser wurde von dem Kontrast zu den herausgeputzten Einfamilien- und Reihenhäuschen betont.

„Los, weiter, bevor es noch schlimmer wird!" Sandra war einfach nicht klein zu kriegen.

Wäre es nach Leo gegangen, er hätte nach der nächsten Gaststätte Ausschau gehalten und bei einem Kaffee und Korn den Gesprächen der Einheimischen gelauscht. Auch wenn er wegen des Dialektes manches nicht verstand, ließ er sich von ihrer kernigen Wortmelodie doch immer gern einlullen. In den Kneipengesprächen, die Leo manchmal abends in Wirths Gaststube verfolgen konnte, kamen immer wieder Wortgesänge vor, die wie ein Mantra auf ihn wirkten. Die spätabendliche Zubettgehstimmung wurde dadurch erheblich unterstützt:

„... weischt scho ... do bin I gsei ... I gang da nimme na ... aba sags ni'ermer ..."

Doch es war noch relativ früh und die Gaststätten hatten bis zur Mittagszeit sowieso geschlossen. Statt dessen radelten Sandra und Leo dem Radwegschild nach, bis sie durch eine Art Industriegebiet kamen. Kleinbetriebe und Müllcontainer blockierten die Sicht auf die farbigen Felder ringsum.

„Sing and lohohove! Sing and lohohove!" Auf der breiten Ladefläche eines LKWs, die ihnen als Bühne diente, schwangen zwei Mädchen ihre Hüften und schwenkten dabei imaginäre Mikrofone. Wild grölten sie in den Morgen hinein. Sie übten ihren Auftritt fürs Leben. Der Wind, der immer stärker wurde, zerriss ihre dünnen Stimmchen in der Luft. Leider konnte Leo nicht freihändig fahren, sonst hätte er als einziges Publikum Beifall geklatscht.

Es konnte, nein, es durfte nicht mehr weit sein bis zum Endziel, sie kamen der Hauptstraße, die parallel zu ihnen verlaufen war, immer näher. Aber Sandra schien jede Gelegenheit nutzen zu wollen, dem Massengeschehen so lange wie möglich auszuweichen. Sie schlugen dem Verkehr ein Schnippchen und flitzten durch eine Unterführung – auf der anderen Seite lag wieder der Wald vor ihnen – über eine schmale Brücke und hinein in das windgepeitschte Grün.

Es wurde Zeit, dass der Journalist sich fragte was ihn dazu trieb, Sandra bei Wind und Wetter zu folgen. Nicht einmal drehte sie sich nach ihm um. Ein Ast hätte ihn erschlagen können – sie wäre ihm zu weit voraus gewesen, um es zu bemerken. Als hätte sie überhaupt vergessen, dass sie zusammen losgefahren waren.

Doch sobald sein Blick wieder frei wurde und Leos Frust sich verzog, erkannte er, wer vor ihm radelte: eine gehetzte Frau, die irgendetwas loswerden wollte.

Sandra würde ihn nicht abhängen können, dafür würde Leo sorgen. Hartnäckig trat er weiter in die Pedale.

Das Betreten des großzügig gebauten Fun-Bades kam der Erfahrung gleich, als Gestrandeter Schutz auf einer rettenden Insel zu finden. Der Regen draußen fiel nicht, sondern schmetterte gegen die Scheiben.

Sandra musste sich irgendwann wieder an Leos Anwesenheit erinnert haben, denn sie wartete mit den Eintrittchips auf ihn.

„Drei Stunden haben wir jetzt Zeit hier drin!", strahlte sie. „Bis dahin hat sich die Lage draußen vielleicht auch wieder beruhigt. Und jetzt: ab ins Vergnügen! Bis gleich!"

Sie waren nicht die Einzigen, die lieber in einem geschützten Bad als draußen ihren Tag verbrachten. Als sei eine Gruppe von Menschen knapp dem Tod entronnen und feiere nun im Wasser ihr verloren geglaubtes Leben.

Leo hatte vergessen, wie sehr er den Besuch in einem fremden Hallenbad verabscheute. Schrankschlüssel – braucht man Münzen? Umkleidekabinen, Duschen – wo? Und dann der Auftritt: frierend, weil man gerade aus der Dusche kommt. Fast nackt läuft man vor lauter fremden Menschen herum, bis man herausgefunden hat, welches Becken für welches Bedürfnis wo ist. Um dann schnell unterzutauchen.

Nun würde er Sandra so gegenübertreten müssen, mit der kleinen Speckrolle um die Hüfte, die sich nun nicht mehr kaschieren ließ. Das hatte er bei seiner spontanen Begeisterung über Sandras Vorschlag völlig vergessen.

Nervös zog Leo an seiner altmodischen Badehose den Bändel zu und hielt nach der hochgewachsenen Frau mit den struppigen roten Haaren, wegen der er diesen frühen Ausflug auf sich genommen hatte, Ausschau.

Jemand stupste ihn am Arm. Ein honiggelbes Etwas, das Teile von Sandras Körper bedeckte, blendete ihn einen Moment lang.

Die ungemütliche Radtour hatte sich gelohnt.

Gerade hatte er es noch verflucht, und schon gab es nichts Angenehmeres: Wasser, das Symbol des Lebens.

Sie lagen im Außenbecken, mit fünf fremden Leuten neben sich, auf einem bettähnlich gestalteten Kachelrand, zugedeckt mit Heilwasser. Aus einer kleinen Düse sprudelte weiches Wasser hervor, das Leos strapaziertes Steißbein massierte. Neben ihm kicherte ein Pärchen, zwei hübsche Frauen, eine mit kurz geschnittenem Haar, die andere mit langen, dunklen Locken. Die Langhaarige massierte den Rücken ihrer Freundin und küsste sie immer wieder in den Nacken, ganz hinten, wo der Haaransatz begann. Das erste Mal, dass Leo in diesen ländlichen Gefilden ein Paar sah, das sich offen zu ihrer Homosexualität bekannte.

Ein leichter Nebel, der um die Badenden herum aufstieg, hüllte alle ein. Von oben fiel der Regen mittlerweile gleichmäßig, er rann über die Gesichter und vereinte sich im Becken mit dem großen Nass.

Das Pärchen schwamm dicht an Leo vorbei, auf den Ausgang des Beckens zu. Leo stutzte. Die langhaarige Person hatte einen muskulösen, schmalen Körper und trug kein Oberteil.

Schade – es war ein schöner Mann mit gepflegtem, vermutlich künstlich gedrehtem Lockenhaar. Städtischer Flair war eben nicht allein durch moderne Architektur zu erreichen. Auf die Menschen, die die Gebäude belebten, kam es an.

Leo fiel nichts weiter ein, jeder Gesprächsstoff hätte der falsche sein können.

„Du kannst ihn nicht leiden, stimmt's?"

Leo wusste sofort, wen Sandra meinte.

„Ich denke, er ist am Bodensee, bei der Kirschernte?" Alarmiert schaute er sich um.

„Klar ist er am See, vor übermorgen kommt er nicht zurück. Und damit du es nur weißt: es ist nichts zwischen Ralph und mir. Absolut nichts!"

Beruhigt schloss Leo wieder die Augen.

Der Krug bricht am Brunnen

„Wie siehst *du* denn aus?“ Es musste schlimm um sie bestellt sein, wenn ihr Sohn sie so ansprach. Normalerweise hätte Sandra mit einem Kochtopf auf dem Kopf vor Kai herumspazieren können, er hätte es sicher nicht registriert. Eher beschwerte er sich darüber, dass das Essen so lange auf sich warten ließ.

„Halten Sie sich bitte zu meiner Verfügung, Frau Lachner“, hatte Herr Grau von der Mordkommission sie gebeten, nein, eigentlich befohlen. Aber auf eine gemütliche Art, als sei es ihm peinlich, sie mit dieser Aufforderung behelligen zu müssen. Sandra hatte den Eindruck, es sei ihm lästig an die viele Arbeit zu denken, die ihm bevorstand.

Was sollte das heißen – durfte sie das Land, oder nicht einmal den Wohnort verlassen? Sie hätte sich danach erkundigen sollen, ob sie am Wochenende einen Ausflug außerhalb von Mühlheim machen dürfe.

„Kai, ich erzähle dir morgen, was los war ... Hast du noch dein Zimmer ein bisschen eingeräumt? Du weißt ja, morgen kommt dein Vater.“

„Keinen Bock mehr. Was machen wir denn, wenn er da ist? Gehen wir irgendwohin zum Mittagessen?“

Manchmal hatte Kai wohl nur Essen im Kopf. Das größte Vergnügen, was der Junge sich zusammen mit seinen Eltern vorstellen konnte, schien ein Besuch im Restaurant zu sein.

Ermattet von den Ereignissen des Tages setzte sich Sandra auf einen der gepolsterten, orangenen Küchenstühle aus Kunststoff. Früher hatte sie einmal ein Faible für die 50er Jahre gehegt.

Gegessen hatte sie auch schon lange nichts mehr.

„Was hältst du von ein paar Spiegeleiern?“, fragte sie und öffnete die Kühlschranktür. Kais Gesicht hellte sich auf, die flüchtige Sorge um seine Mutter war so schnell verschwunden, wie sie aufgetaucht war.

„Geil, Spiegeleier – haben wir noch Toast? Und Tomatenketchup?“

Eine dunkelrote Spur auf hellblauem Grund flimmerte vor Sandras innerem Auge. Der Mann war erstochen worden, das war wohl klar. War er an den inneren Blutungen gestorben? Wäre er noch zu retten gewesen, wenn man ihn früher entdeckt hätte?

„Es gibt noch Ketchup in der Speisekammer, schau mal nach. Und bring die sauren Gurken mit!“

Vor allem aber: *wer* hatte das getan?

Irgendwie war Sandra froh über das heftige Hungergefühl, das sie so plötzlich befiel.

Fettspritzer, Eigelbtropfen im Mundwinkel, Tomatensauce auf dem Tischtuch. Dazu einen Schluck vom guten Chianti, um den Genuss abzurunden.

„Danke auch für die belegten Brote, die du uns noch gemacht hast“, bemerkte Kai beiläufig, während Sandra ihren Teller in die Spüle stellte. So höflich war ihr Sohn meistens dann, wenn sich ein Zweck damit verbinden ließ. Belegte Brote ... das schien eine ganze Ewigkeit her zu sein. Die hatte sie ihrem Sohn und seinem Gast zubereitet, bevor die Theatergruppe die Hiobsbotschaft von Friedhelms Tod bekommen hatte.

Eine Verknüpfung in irgendeiner versteckten Gehirnwindung löste in ihr den Schock eines kleinen elektrischen Stromschlages aus.

„Stimmt ja, das Mädchen – Claudia hieß sie doch – das war doch bei dir. Wann ist sie eigentlich nach Hause gegangen?“ Sandra versuchte, ruhig zu klingen. Sie war sich unsicher, ob sie Kai von dem schrecklichen Fund erzählen sollte, den seine neue Schulfreundin zu Hause gemacht hatte.

Alle Leichtigkeit war wieder dahin.

„Weiß nicht genau, vielleicht um zehne oder so, sie hat gesagt, sie muß am Wochenende um halb zehn zu Hause sein. Und dass sie bestimmt schon viel zu spät dran sei. Ich habe nicht auf die Uhr geschaut, das Computerspiel war zu spannend. Sie will übrigens morgen wieder kommen. Und wenn du es erlaubst, auch bei uns übernachten."

Sandra drehte sich von der Spüle weg und schaute Kai an. Er kaute an den letzten Bissen seines vierten Toastbrotes. So genüsslich mampfend weckte er in ihr die Erinnerung an das rundliche, kleine Kerlchen, das er einmal vor langer Zeit gewesen war.

„Hör zu, Kai, vielleicht solltest du es doch wissen. Ich hoffe, du kannst dann trotzdem noch gut schlafen, es ist ja schon spät ... Die Claudia hat was Schlimmes erlebt. Sie hat ihren Vater in der Werkstatt zu Hause gefunden. Tot, von irgend jemandem erstochen. Ich glaube nicht, dass sie den Kopf dafür haben wird, dich morgen wieder zu besuchen."

Cola, um die Zeit ... Sandra widerstand dem Impuls, ihrem Sohn die Flasche wegzunehmen. Na ja, nach dieser Nachricht würde er wohl ohnehin unruhig schlafen.

Ohne das Glas abzusetzen, trank Kai es mit einem Male leer, wischte sich die Toastkrümel vom Schoß und schob seinen Teller auf die Seite als Zeichen, dass er das nächtliche Mahl beendet hatte.

„Ach Mum, du weißt das also auch schon? *Deshalb* will sie ja morgen wieder herkommen. Du glaubst doch nicht, sie will in dem Haus sein, wo sie ihren Dad tot gefunden hat?"

Zum ersten Mal, dass es Sandra schauderte, als sie am Morgen den Rollladen hoch zog und ihr Blick dabei auf die Friedhofsmauer fiel. Bald würde wohl auch Friedhelm Lobmann dahinter liegen – zu einem der Toten im angrenzenden Grundstück hätte sie somit sogar indirekt eine Beziehung. Positiv betrachtet, konnte man das vielleicht als Zeichen dafür sehen, dass sie sich in der neuen Umgebung allmählich einzuleben begann und Kontakte geknüpft hatte.

„Mum, nimmst du ab?" Kais Stimme schallte gereizt durch das Haus. An Wochenenden schlief er gerne in den Tag hinein. Es hing noch kein Bild an der Wand, und die Schränke waren auch noch nicht alle aufgestellt. Ungebremst hallte jedes Geräusch durch die neuen Räume.

„Ja, bitte?"

„Frau Lachner? Hier Kriminalkommissar Ewald Grau. Ich wollte mich bei Ihnen ankündigen. Sind Sie nachher zu Hause? Ich hätte Sie gern noch ein paar Sachen gefragt."

Gönnte man ihr denn keinen Moment Ruhe? Kaum die Augen aufgemacht, sollte sie schon wieder mit den Schrecken des gestrigen Tages konfrontiert werden.

„Muss das denn sein? Ich habe viel zu tun, und heute Mittag bekommen wir Besuch. Schließlich ist heute Samstag!"

„Ich hatte auch andere Pläne, wissen Sie, mein Enkel hat heute Geburtstag ... na ja, so ist das halt, da kann man nichts machen. Aber je mehr Zeit verstreicht, desto schwieriger wird es mit der Aufklärung eines Falles. Sie sind also daheim?"

Was soll's, dachte Sandra. Besser war es, das Gespräch mit dem Kommissar bald hinter sich zu bringen.

„Gut, wenn's denn sein muss! Trinken Sie einen Kaffee mit?"

Auch Kai hatte sich aus dem Bett gequält. Vielleicht würde auch er Rede und Antwort stehen müssen.

Kommissar Ewald Grau stieg trotz seines Alters – und trotz seines Gewichtes – erstaunlich behende von seinem Fahrrad ab. Sandra hatte eine Wachsdecke auf den Gartentisch geworfen und wartete auf Kai, der vom nahegelegenen kleinen Supermarkt frische Brezeln holte.

So einsam es sich manchmal anfühlen mochte am äußersten und ältesten Zipfel Mühlheims, die Infrastruktur war doch angenehm komfortabel.

„Frau Lachner, guten Morgen. Ist es nicht schön, mal wieder draußen frühstücken zu können? Es hat in der letzten Zeit zu viel geregnet, finden Sie nicht? Und heute hat es ausnahmsweise auch nicht so viel Nebel wie sonst."

Ewald Grau setzte sich vorsichtig auf einen der eher zierlichen Klappstühle. Auf dem rechten Brillenglas klebte eine kleine Fliege, die er mit zwei Fingern wegschnipste. Die Beine des Gartentisches wuchsen allmählich von allerlei Grünzeug zu, und vom Teich hörte man das Schnattern der Enten. Kein Zaun, der dem Garten eine feste Grenze gab. Sandra mochte den Charme ihres wild wuchernden Gartens.

Der Kommissar hatte anscheinend keine Hemmungen, sich zu einem morgendlichen Imbiss einladen zu lassen. Sandra schenkte ihm einen Kaffee ein, in den er reichlich Milch und Zucker gab.

„Ein bisschen Frühsport tut mir gut, nur der schreckliche Gegenwind auf dieser Wiesenstrecke ... Ich bin von Nendingen mit dem Rad her gekommen." Herr Grau wischte sich die Schweißperlen von der Stirn, lehnte sich mit seiner Kaffeetasse zufrieden zurück und ließ in aller Ruhe seine Blicke um sich schweifen.

„So, jetzt wohnen Sie also hier auf diesem schönen Stück Erde. Man war ja schon gespannt, wer sich das alte Häuschen noch antun würde. Haben Sie denn arg viel renovieren müssen?"

Auf diese Art Fragen war Sandra nicht gefasst. Würde der gesellige Mann heute überhaupt noch zur Sache kommen?

„Doch, schon, es war sehr heruntergekommen, wir haben wochenlang im Haus gearbeitet. Jetzt ist es zwar nicht hochmodern, aber gemütlich. Meinem Sohn und mir gefällt es."

Wenn er jetzt bitte nur nicht ...

„Und Ihr Mann, Frau Lachner? Was tut der so? Oder sind Sie allein her gezogen?"

Eine Biene, die sich gerade auf das offene Marmeladenglas stürzen wollte, verharrte einen Moment lang in der Luft, bevor sie ihren Weg fortsetzte. Sie war gerade unterwegs zu dem gelben Kasten, der wenige Meter entfernt auf der Grenze zwischen Wiese und Bach stand. Das süße Glas hatte sie zu einem Abstecher verlockt.

„Ich bin nicht verheiratet, Herr Grau. – Und Sie? Was macht eigentlich Ihre Frau denn so?"

Strampelnd versuchte die Biene, sich aus dem klebrigen, roten Matsch zu befreien. Fast blieb ihr Stachel darin hängen.

„Oh, da bin ich wohl ins Fettnäpfchen getreten, was? Ich will halt immer alles wissen, Frau Lachner – ob's dazu gehört, oder nicht!"

„Wann kam Frau Lobmann im Gemeindehaus dazu? Erinnern Sie sich an die Uhrzeit? Ist Ihnen vielleicht etwas Besonderes an ihr aufgefallen?"

Ja, dass sie mit Käfern mehr anfangen kann als mit den Menschen, hätte Sandra fast gesagt.

Und dass ihr Rock an einer Stelle zerrissen war; an ihren Schuhen hing angetrockneter Dreck.

„Sie hat nicht viel gesagt", erinnerte sich Sandra.

„Sie kam etwas später als wir anderen, ich war auch schon spät dran. Es war wohl so gegen halb neun. Als wir dann zu ihrem Haus gingen, ist sie uns voraus geeilt, weil sie ihre Tochter gesehen hat. – Was macht sie denn jetzt? Ich meine – bleibt sie in dem Haus wohnen?"

„Wie die Leute von der Spurensicherung feststellen konnten, wurde der Mord eindeutig in der Werkstatt verübt. Frau Lobmann und ihre Tochter haben sich erst einmal bei Pfarrer Lobmann einquartiert, denn wir haben das Haus abgeriegelt – man weiß ja nie, es könnten verdächtige Spuren zu finden sein, die sich mit denen am Tatort decken. Aber ich denke, wir können die Wohnräume bald wieder freigeben.

Frau Lobmann hat natürlich die Auflage, den Ermittlungen zur Verfügung zu stehen. Es wurde nicht mit Gewalt in die Werkstatt eingedrungen, was darauf schließen lässt, dass Herr Lobmann seinen Mörder – oder Mörderin – sehr wahrscheinlich gekannt hat. Oder, wenn es um einen Kunden ging, erwartet hat. Einen Raubüberfall können wir jedenfalls ausschließen.

Wenn Frau Lobmann nach Fridingen, wo ihre Familie lebt, gehen will – das würde gehen. Das ist ja nur um die Ecke." Vertraulich beugte sich Kommissar Grau zu Sandra hinüber, als wolle er sie in ein Geheimnis einweihen:

„Die Amelie ist aus dem nächsten Ort, der liegt noch tiefer im Tal. Der Vater hat einen kleinen Betrieb und versorgt die Umgebung hier mit seinen Malerarbeiten. Ein feines Händchen mit Farben hat er, ein verkappter Künstler, wenn Sie mich fragen. Von ihm hat Amelie die künstlerische Ader. Niemand in der Umgebung kann so schöne Masken und Gewänder herstellen wie sie."

Ewald Grau hatte ein Steckenpferd: Kunst. Er machte kein Hehl daraus, dass er ein Bewunderer von Amelies Können war.

Er selbst sah sich zwar als künstlerisch völlig unbegabt, doch sobald er in Pension ginge, was in wenigen Monaten der Fall wäre, würde er einen Verein gründen, um das Kunstgeschehen auf dem Lande besser zu organisieren.

Bis Kai sich zu ihnen gesellte, hatte Sandra den Verdacht, dass sie mehr über den Kommissar erfahren hatte als umgekehrt.

Kai setzte sich zu ihnen. Aus seinem knappen Gespräch mit dem Kommissar erfuhr Sandra, dass Claudia ihren Sohn als Ersten angerufen hatte, nachdem sie in der Chirurgiewerkstatt ihren toten Vater gefunden hatte.

Der Brötchenkorb war durch das kräftige Zulangen des Kommissars endlich leer. Vereinzelt platschten Regentropfen in die Kaffeetassen.

„Ich komme vielleicht noch mal auf Sie zu, gell? Jetzt muss ich weiter, bevor das Donnerwetter losgeht! Vielleicht schaffe ich es gerade noch trocken zur Amelie“, verabschiedete sich Herr Grau. Sein schweres Gesäß hing über dem hinteren Sattelteil, und während des Fahrens versuchte er seinen bunten Regenschirm aufzuspannen. Ob es ihm gelungen war, konnte Sandra nicht mehr verfolgen, denn der Regenguss nahm an Heftigkeit zu. Eilig räumte sie die Frühstückssachen auf das Tablett und flüchtete ins Haus.

In was nur waren Kai und sie da hinein geraten?

„Hör mal, was denkst du – wieso warst du der Erste, den Claudia angerufen hat?“

Es wollte Sandra einfach nicht in den Kopf, dass ihr Sohn vor allen anderen von dem Mord erfahren hatte. Wie konnte sich Claudia in so einer Situation an jemanden wenden, den sie doch gerade erst etwas näher kennengelernt hatte?

Das Muster des altmodisch gekachelten Küchenfußbodens schien Kais Aufmerksamkeit zu fesseln; er selbst hatte sich die Frage bisher wohl noch nicht gestellt. Überhaupt schien ihm die ganze Angelegenheit weitaus weniger Kopfschmerzen zu bereiten als seiner Mutter. Als sei er es gewohnt, ständig Katastrophenmeldungen entgegenzunehmen.

In einem der kleinen schwarzweißen Quadrate schien er schließlich die Antwort gefunden zu haben.

„Sie hat sich die Telefonnummer auf ihre Handfläche geschrieben“, erinnerte er sich, „mit ‘nem Kugelschreiber, weil wir ausgemacht hatten, sie würde sich am nächsten Tag melden. Ihr Vater würde nicht wollen, dass ich sie anrufe, hat sie gesagt. Das würde nur Ärger geben.“

Der Krug geht so lange zum Brunnen, bis er bricht. Bis er bricht.

Was aber zerbricht ihn – ein Riss vielleicht, der, erst ganz fein und fast nicht zu sehen, im Laufe der Zeit immer tiefer wird? Bis das Gefäß das Gewicht seiner Last nicht mehr zu tragen vermag. Und dann auseinanderfällt. Scherben überall.

Wie aber ist der kleine Riss entstanden, was war die Wurzel allen Übels? Wer oder was hat den Krug beschädigt, wie, und warum?

Sie schaute in den Spiegel und sah lauter Linien, wie feine Risse, die waren noch dünn und verästelten sich im ganzen Gesicht. Sie wurden immer mehr, von Tag zu Tag, von Jahr zu Jahr. Irgendwann würden die Linien tiefer in die Haut eindringen, immer tiefer, bis aus den Rissen Rillen wurden, und aus denen Furchen und Gräben.

„… Spürst du das Ziehen, die Spannung in deinem Kopf? Dein Gesicht wird zerspringen, und der Kopf zerplatzen …“

Sie hätte sich so gern weiterhin am Brunnen gelabt, ohne sich daran zu stören, dass der Genuss nur einen Augenblick dauerte. Die Mühe des Gehens, zum Brunnen hin und wieder weg, wohin auch immer, hätte sie immer wieder auf sich genommen.

„… Der Brunnen war vergiftet, Amelie. Und jetzt ist er leer. Wieviel hast du daraus getrunken?…“

Betont lässig, feminin-körperbetont, oder einfach praktisch? Die meisten Kleider waren ausgepackt und lagen kreuz und quer über den Stühlen und auf Matratzen.

Hatte sie die Wahl ihrer Kleider schon immer davon abhängig gemacht, welche Wirkung sie auf Tom haben würde? Er hatte ihr immer das Gefühl gegeben, er wäre ihr nicht sicher und sie müsse sich um ihn bemühen. Sie war ja schließlich nicht die einzige attraktive Frau auf der Welt. Jedenfalls nicht für ihn.

Die Zeit der Beziehungskämpfe mit Tom war Gott sei Dank vorbei. Jetzt war ein normales, ruhiges, erwachsenes Verhältnis zueinander angesagt. Ein asexuelles, sozusagen.

Trotzdem entschied sich Sandra für das wild gemusterte, orangerote Kleid, das ihre Körperrundungen gut betonte. Es war an genau den richtigen Stellen anliegend.

Chaos. Im kleinen Wohnzimmer ein nur halb eingeräumtes Regal, und in der Küche standen auch noch zwei geöffnete Kisten. Wo man hinschaute, überall fanden sich unschlüssig herumstehende Kartons, deren Inhalt noch keinen Platz im neuen Zuhause gefunden hatte.

Was hatten sie am Telefon vereinbart – hatte sie nicht ein gemeinsames Mittagessen vorgeschlagen? Kurz entschlossen machte Sandra die Kühlschranktüre wieder zu und nahm den Telefonhörer in die Hand. Es wäre vielleicht ratsam, sich im ‚Füchsle' einen Tisch reservieren zu lassen.

Sonst war immer er der Leichtsinnige gewesen. Heute würde sie es mal sein.

Stimmengemurmel, dann ein leises Schluchzen, das in ein zornig ausgestoßenes Stakkato überging.

Kais Tür war zu. Wann war sein Besuch gekommen? Unter anderen Umständen hätte Sandra sich darüber gefreut, dass ihr Sohn endlich Kontakt zu einer gleichaltrigen Person gefunden hatte. In Stuttgart hatte er seine Clique gehabt, war mit ihnen auf das Sportfeld zum Kicken gegangen, hatte sich mit ihnen im Sommer vor der Eisdiele und im Winter in der Dönerbude getroffen. In Mühlheim dann das große Aus – wie hätte Kai auch in den Sommerferien, ohne sich an irgendeinem Freizeitprogramm zu beteiligen, andere Jungs kennenlernen können?

So waren die Computerspiele zum willkommenen Kumpelersatz geworden. Sandra, die Kais sich innig entwickelnde Beziehung zu diesem Gerät kritisch beobachtete, gab es auf, ihn davon abhalten zu wollen. Sie vertraute darauf, dass sich mit dem Besuch der neuen Schule auch neue Freundschaften einstellen würden, schließlich war ihr Sohn kein Sozialmuffel. Aber sie hatte wohl die Berührungsängste und die Furcht vor

Neuem, die offensichtlich auch Kinder haben konnten, unterschätzt.

Und jetzt war Kais erste sich anbahnende Freundschaft mit einem Mord verknüpft.

Die anhaltende Ruhe machte Sandra nervös. Außerdem war es schon halb eins, und Tom würde bald da sein.

Zweimal klopfte Sandra kurz und kräftig an Kais Tür, bevor sie eintrat.

Auf seinem Bett, das übersät war mit Heften, losen CDs und Kleidern, lagen beide Jugendliche lang ausgestreckt. Kai hatte sich mit einem Ellenbogen aufgestützt, während der andere Arm auf Claudias Rücken lag. Er bewegte nur das Handgelenk: mit der Hand strich er dem Mädchen über den Hinterkopf, sachte, als beruhige er ein kleines Kind, das schlecht geträumt hatte und dem er nun wieder zum Weiterschlafen verhelfen wollte. Verwundert betrachtete er den Gast an seiner Seite. Als wäre es ein fremdes Wesen, das sich nur irrtümlich in sein Bett verirrt haben konnte.

Claudia hatte die Augen geschlossen, sie lag abgewandt von Kai, die Rückseite an ihn geschmiegt. Sandra konnte ihr ovales Gesicht sehen: schutzlos wirkte es, aber auch trotzig. Das kleine spitze Kinn schob sich nach vorne. Die gleichmäßige Atmung ließ darauf schließen, dass das Mädchen fest eingeschlafen war.

Eine Kleinfamilie, Eltern mit Sohn, die neugierig die versteckten Ecken einer fremden Ortschaft aufstöberten, um sich miteinander über ihre Entdeckungen zu freuen.

So war es früher gewesen. Manchmal.

Öfter noch aber kam es damals vor, dass Tom seine Freundin und Sohn antrieb, als sei ein Wettkampf mit vielen anderen Kleinfamilien in vollem Gange: schaut doch mal hier, und jetzt noch kurz den Hügel da drüben hoch – aber bitte schneller, sonst schaffen wir die Burgführung nicht mehr. Und erst wenn alle möglichen Besichtigungsorte abgehakt waren, durfte man sich mit Kaffee und Kuchen belohnen. Aber auch das nicht zu lang – sonst würde man im Abendprogramm den Fernsehkrimi – oder die Sportschau, die Politsendung ... – nicht mehr schaffen.

Was sowieso nur ein Drittel der Familie angucken wollte. Nämlich er.

Tom sollte einen Eindruck vom Umland bekommen. Den würde er von der Oberstadt aus gewinnen können.

Oben angekommen, lehnten sie sich über den Rand des Brunnens, zu dem Sandra sie in eine der schmalen Gassen geführt hatte. Kopf an Kopf starrten alle drei in die Tiefe. Aus dem kargen Gestein wuchsen Farne, und am Brunnenboden türmte sich Abfall: Plastikflaschen, Schokoladenpapiere, leere Joghurtbecher. Touristenmüll.

„36 Meter", staunte Tom, „und kein Tröpfchen Wasser zu sehen!"

„Es heißt, die Mühlheimer hätten im Mittelalter während einer Belagerung den Brunnen mithilfe der fremden Soldaten gebaut – damit die Bürger ihre Befestigung nicht mehr verlassen mussten, um unten an der Donau ihr Wasser zu holen. Aber er führte nicht genug Wasser. Darum wurden später noch weitere Brunnen im Ort gegraben." Alte Geschichten faszinierten Sandra.

„Wieso mit deren Hilfe – das kann doch nicht im Interesse der Belagerer gewesen sein?", wunderte sich Tom.

„Freiwillig ist das wohl auch nicht vor sich gegangen. Die Mühlheimer schafften es, den Sohn des Hauptmannes zu kidnappen und erzwangen sich so seine Mithilfe. Er stellte ein paar seiner Männer zur Verfügung, die einige Jahre brauchten, bis der Brunnen fertig gegraben war."

„Glück und Unglück sind zwei Eimer im Galgenbrunnen", erinnerte Tom sich an den alten Spruch. „Warum heißt er wohl 'Galgenbrunnen'? Das muss doch mit damaligen Hinrichtungen zu tun haben", überlegte er.

„Schau doch, der Eimer ist an einer Vorrichtung angebracht, die wie ein Galgen aussieht", bemerkte Sandra.

Kai hatte sich auf den Brunnenrand gesetzt und ließ den Blick vor sich durch den Zwischenraum der dicht aneinander gebauten Häuser schweifen. Dahinter war ein schwarzer Punkt zu sehen, der sich am Himmel bewegte. Er hob sich kaum vom dunklen Grün des Waldes ab.

„Wen interessiert's?", murmelte er gleichgültig. Sein Blick fixierte den Raubvogel, der offensichtlich nach Beute Ausschau hielt. Zog er eine weite Rechtskurve, dann dürfte sich unter ihm die Altstadt befinden. Mit dem Mesnerhaus und darin Claudia. Sie hatten ihr einfach einen Zettel hingelegt, als sie gegangen waren. Auch Sandra hatte es nicht übers Herz gebracht, das Mädchen aus dem Schlaf zu reißen.

„Ob sie wohl noch pennt?", fragte Kai sich laut.

Der Habicht war endlich fündig geworden. Pfeilgerade sauste er zur Erde hinab.

In der Tierwelt gibt es vor allem drei Aktionen, überlegte Kai: Jagen, fressen und schlafen. Na ja, und die Paarung natürlich.

„Können wir jetzt endlich ins ‚Füchsle' gehen? Ich hab riesigen Hunger."

Es gab Neuigkeiten. Tom erzählte von seiner Idee, für ein oder zwei Jahre nach China gehen zu wollen. Er hatte Kontakt zu einer deutschen Schule in Peking aufgenommen, die Interesse an einem Sport- und Mathematiklehrer hatte.

Frau Wirth brachte die gut gefüllten und appetitlich garnierten Teller. Interessiert, aber nicht aufdringlich, sah sie Tom von der Seite an. Sandra konnte ihr lautloses Selbstgespräch hören: „Das ist also der Exmann? Ja, was ist denn an dem verkehrt? Er sieht doch nett aus, ist groß und hat volles Haar, und die Kleider sind von guter Qualität. Hat die Trennung denn sein müssen? Wenigstens dem Kind zuliebe hätten sie doch beieinander bleiben können!"

Sandra blieb ein Stück des schmackhaften Rehragouts fast im Halse stecken.

„Wie, du gehst nach China ...? Warum hast du nie was davon erzählt?!"

Ruhig bleiben, sagte sie sich. Wir kommen nicht sehr häufig zusammen, da sollten wir Kai das seltene Ereignis nicht verderben.

„Wieso denn – denkst du, das hätte was geändert? Musst du auch immer über alles Bescheid wissen? Schließlich hast *du* dich ja von mir getrennt!", ereiferte sich Tom.

„Vielleicht ist das ja auch der Grund gewesen!" Sandra zerfetzte die Fleischstückchen und schob sie durch die Soße.

„Weil du immer nur *dich* siehst. Du hast nie akzeptiert, dass unser Leben mit deinem zusammen hängt und es unfair ist, ohne Absprachen irgendwelche Entscheidungen zu treffen. Weil jede deiner Entscheidungen immer auch uns betrifft. Hast du dir überlegt, was es vielleicht für Kai bedeutet, wenn du so weit weg bist?"

Ein brauner Soßenfleck platschte auf ihren rechten Schenkel, mitten auf ein orangenes Rund ihres Kleides.

Tom lehnte sich zurück und legte beide Hände vor sich auf den Tisch: ein Pianist in voller Konzentration, kurz bevor das Spiel beginnt.

„Stell dir vor Sandra, natürlich habe ich das." Er sah Kai ernst an, während seine Finger nervös auf die Tischkante schlugen.

„Was meinst du, Kai – gehst du mit? Du könntest auf dieselbe Schule gehen, an der ich in Peking unterrichten werde. Das wäre doch spannend!"

Kai schaute von der Speisekarte auf, er hatte sich für die Nachspeise entschieden: Obstsorbet mit Früchten der Saison. Und Sahne.

„Peking ... da gibt es eine reine Mädchenband, die macht irre Musik, die Texte nur auf chinesisch. Ziemlich abgefahren. Trotzdem, ich weiß nicht – ne, lass mal Dad, hier ist es im Moment auch nicht unspannend. – Kann ich noch 'ne Cola kriegen?"

Jazz im Burghof

„Willst du ein paar Bilder von mir sehen?“ Sandra sei dabei, sich in ihrer Umgebung als Künstlerin einen Namen zu machen, hatte Frau Wirth ihrem schreibenden Gast verraten. Einmal habe sie in der Gaststätte eine kleine Ausstellung gehabt. Es waren sogar ein paar kleine Werke verkauft worden, obwohl die meisten Besucher nicht viel mit den Bildern anfangen konnten. Deshalb sei auch nicht zu erwarten, dass Sandras Stil in Mühlheim und der näheren Umgebung salonfähig werde, glaubte Frau Wirth. Sie selbst möge die Bilder und habe ein paar gekauft, von denen die meisten in ihren Privaträumen hingen.

Auf ihren Wanderungen zog Sandra immer wieder mal den Bleistift, ein Stück Kohle und einen kleinen Skizzenblock aus ihrem Rucksack. Die Zeichnungen schien sie in der Regel jedoch nicht zu vollenden, oft schob sie sie schon nach wenigen Strichen wieder zurück in ihre Tasche. Leo hatte keine Ahnung, wie ein fertiges Bild von ihr aussah.

Der Wind legte sich, es wurde wärmer und Leos Hautporen öffneten sich, um die Sonne aufzunehmen. Unbesorgt zog er seine Windjacke aus.

Sandra wich auf der Rückfahrt nicht von seiner Seite. Vielleicht wollte sie wieder gutmachen, dass sie ihn auf dem Hinweg ignoriert hatte.

Die Hauptstraße in Nendingen bestand aus Kurven, renovierungsbedürftigen Häusern und einer Galerie: „KunstSache“ stand in großen weißen Lettern über der hohen Eingangstüre. Vor der renovierten Scheune prangten blumige Skulpturen, fünf mannshohe rote Tulpen aus bemaltem Schmiedeeisen, die sich wie Ähren im Wind zu einer Seite hin bogen.

„Die Galerie hat nur Freitag nachmittags auf“, erklärte Sandra, als sie die Klinke herunter drückte.

Leo hatte nichts Besonderes erwartet, vielleicht ein paar nette Landschaftsaquarelle von Hobbymalern aus der Umgebung. Doch die bizarren, farbenfrohen Skulpturen, die auf unterschiedlich hohen Sockeln standen und an abstrahierte Figuren erinnerten, gefielen ihm. Der hohe weiße, mit alten Fachwerkbalken unterteilte Raum gab den Gestaltungen einen einladenden Rahmen.

Polierte Stufen führten in weitere Stockwerke hoch, in denen die feste Ausstellung mit gesammelten Werken einheimischer Künstler untergebracht war.

„Geh mal!", ermunterte Sandra ihn. „Ich kenne das alles ja schon. Du wirst meine Bilder dann schon finden."

Vier kleine Zeichnungen lenkten Leos Schritte in ihre Richtung, sie waren rechts und links von einem Fenster platziert. Eine der Gestaltungen beengte ihn beim Hinschauen besonders. Er war sich nicht sicher, ob er das Motiv richtig deutete. Es erinnerte ihn an einen offenen Mund in Großaufnahme, ohne dass man die dazugehörige Person oder gar ein Gesicht erkennen konnte. Die zarten Bleistiftstriche erhöhten die dramatische Wirkung: ein Schlund, in dessen Schwärze Konturen zu erkennen waren; es konnten Pflanzen, Bäume, Steine oder Figuren sein. Der Zungenhügel war ein Berg, von dem all das herunterfiel.

„Lass uns doch mal am Abend ausgehen, dahin, wo es Musik gibt und man gemütlich sitzen kann. Was meinst du?"

Leo hoffte, dass Sandra bei einem Glas Wein etwas lockerer und fröhlicher werden würde. Das Zusammensein mit ihr irritierte ihn immer mehr, er fragte sich, ob er nicht zu viel in sie hinein deutete, sie sich geheimnisvoller machte, als sie in Wirklichkeit war.

War Sandra nicht einfach eine nette, etwas verschrobene, einzelgängerische Frau, die zufällig gern in seiner Gesellschaft war? Vielleicht, weil Leo ihr ähnelte? Und nicht zu vergessen: Sie hatte durch ihn ein kleines Nebeneinkommen, er hatte sie sozusagen für seine Freizeitzwecke fest gemietet. Vielleicht versuchte er auch, indem er seine Gedanken um die undurchdringliche Frau kreisen ließ, mehr für sein Geld heraus zu holen.

Leo fühlte sich von ihrer widersprüchlichen Art angezogen. Beide hatten ein Nähe-Distanz-Problem, daran zumindest zweifelte er nicht.

Außerdem war er es leid, jeden Abend in Wirth's Restaurant zu sitzen, das sich nach dem Dunkelwerden immer in eine gemütliche Kneipe verwandelte. Geraucht wurde dann etwas mehr als tagsüber. Frau Wirth und Leo litten dann solidarisch.

Meistens saß Leo über seine Schreibkladde gebeugt, während sich die älteren Herrschaften des Ortes am Stammtisch versammelten. Nach der Gemeinderatssitzung wurden hier die Diskussionen fortgesetzt. Das Mundartproblem wurde zusehends kleiner, je öfter Leo seinen Abend in der Gaststube verbrachte.

Manchmal versuchten die Männer ihn in ihre Gespräche mit einzubeziehen.

„Ja, der Herr Journalist, was meint denn *der* dazu?" Der angeheiterte Schulleiter sprach Leo gern flapsig an, vor allem wenn die Uhr gegen Mitternacht rückte, Frau Wirth die Theke schon sauber gemacht und die Eingangstüre abgeschlossen hatte.

Einmal hatte Leo es gewagt, sich auf Herrn Albingers Diskussionsangebot einzulassen. Es ging um die Frage, ob man den auswärtigen Interessenten den Grundstücksverkauf leichter zugänglich machen sollte oder nicht. Seit der Fremdenverkehr im Donautal zunahm, wuchs die Nachfrage, doch als Nicht-Mühlheimer war es schwierig, an ein Stück Land zu kommen. Baugrundstücke, die von der Gemeinde erschlossen und ohne Gewinn weiter verkauft wurden, waren nur unter bestimmten Bedingungen erhältlich. Deshalb war ein solches nur halb so teuer wie aus privater Hand.

Für Leo lag die Lösung klar auf der Hand: „Die Welt rückt immer näher zusammen, auch hier in Mühlheim. Vielleicht sollte man akzeptieren, dass es irgendwann kein ‚wir hier unter uns' und ‚die da draußen' mehr geben wird. Warum nicht jetzt schon damit anfangen? Vermitteln Sie Ihren Schülern eine gute Portion Weltoffenheit, das gehört doch dazu!"

„Sie wollen doch nicht sagen wir sind ein verschlossenes Grüppchen, das anderen skeptisch gegenüber ist? Ha, die Fridinger sind vielleicht so – doch nicht wir!“, erboste sich der Gesprächspartner, der aufgeregt die halblangen Haare um seine Finger zwirbelte. Er fühlte sich offensichtlich auf den Schlips getreten. „Es hat schließlich seine Gründe, dass wir vorsichtig mit unserem Land umgehen. Unsere Kinder sollen auch später noch genügend Platz für sich und ihre Familien haben. Und da gehen die Ortsansässigen einfach vor.“

„Herr Mannski, Sie wissen vielleicht nicht, dass Weltoffenheit in Mühlheim schließlich Tradition hat!“, schaltete sich Heiner ein, ein junger, kräftiger Mann, der tagsüber hinter dem Schalter in der Bank anzutreffen war.

„Schließlich lag Mühlheim schon zur Römerzeit direkt an der Handelsstraße und hat dadurch schon immer viel von der Welt draußen mitbekommen. Ich habe einige Kunden auf der Bank, die erst seit ein paar Jahren hier leben und sich durchaus wohl und aufgenommen fühlen!“

„Es kommt halt immer auf die Leut‘ selbst an“, ergänzte Herr Albinger, der sich inzwischen beruhigt hatte, um einen gezielten Seitenhieb zu setzen:

„Wenn man die Frau Lachner zum Beispiel anguckt – und die haben Sie sich, nehme ich an, inzwischen schon recht gut angeschaut, gell? – ja, die hat hier bald Freunde gefunden, die konnte sich sicher nicht beschweren. Dass sie sich wieder so zurückgezogen hat, versteht kein Mensch. Komischer als wir sind oftmals die Zugezogenen, wenn Sie mich fragen!“

Leo hatte ihn zwar nicht gefragt, aber das kümmerte den Schulleiter wenig.

„Sie war ja viel mit der Amelie zusammen“, erinnerte er sich weiter, „und mit noch so manchen aus der Theatergruppe ... Heiner, da weißt du doch bestens Bescheid!“

Leo hatte Sandra als Einzelgängerin kennengelernt und es fiel ihm schwer, sie sich mit einer Freundin – oder einem Freund – vorzustellen. Obwohl Sandras Andeutungen ihn auch schon anderes hatten ahnen lassen.

Dem jungen Bankangestellten schien die plötzliche Aufmerksamkeit der älteren Männer am Tisch nicht unangenehm zu sein. Wichtigtuerisch sah er in die Runde.

„Sicher war ich dabei, es war ja eine tolle Zeit. Nicht umsonst habe ich mich anschließend um ein Schauspielstipendium bemüht. Der Antrag läuft übrigens noch, es sieht gar nicht so schlecht aus, haben die mir von der Stiftung gesagt ..."

„Aber die alte Theatergruppe hat sich doch vollständig aufgelöst, oder? Ist die Lachner denn überhaupt noch dabei?", fragte in leicht abfälligem Ton ein modisch gekleideter Mann mit sportlicher Figur. Er hatte sich Leo an einem anderen Abend schon als „Paul Schaffer ... einer, der nicht genug bekommt vom Schaffen!", vorgestellt. Der Ausspruch war Leo Warnung genug gewesen, sich von ihm fernzuhalten.

Paul Schaffer brüstete sich immer mit Detailwissen, egal, um welches Thema es ging. Dabei war Leo schon zu Ohren gekommen, dass sein Flaschnereibetrieb nicht besonders gut lief, die Konkurrenz war zu groß. Seine Auftragsschwierigkeiten versuchte er vielleicht mit seinem besonders sportlich-eleganten Auftreten zu überspielen. Paul Schaffer machte den Eindruck eines unschlagbaren, selbstsicheren Mannes. Er gehörte zu der Sorte Männer, in deren Gesellschaft Leo in eine Art Starre verfiel, weil ihm die passende Verhaltensstrategie fehlte.

In der Gaststube hatte Paul sogar einmal lauthals verkündet, dass er sich bei der nächsten Bürgermeisterwahl aufstellen lassen wolle. Bekannt genug als Alteingesessener war er sicher – aber war er auch beliebt?

„Na ja, die neue Gruppe leite *ich* ja jetzt an, und die macht sich gar nicht schlecht. Von den alten Teilnehmern sind nur noch wenige dabei, die Sandra aber nicht. Die hat sich von der Schauspielerei völlig zurückgezogen!", ging Heiner auf Pauls Frage ein.

„Und damals, als der Mord passierte ... das war schwierig, die Gruppe hat einiges zusammen durchgestanden. Die Sandra war damals neu dabei. Na ja ... man sollte sich als Fremder halt nicht in anderer Leut‘ Angelegenheiten einmischen", sagte er geheimnisvoll und stierte dabei nachdenklich in sein Weizenbier. Das schien den anderen Aufforderung genug zu sein, die Gläser erneut an die Lippen zu setzen.

Leo war nahe daran, bei Heiner nachzuhaken. Da regte sich ein Impuls, der dem Neugierigen Loyalität empfahl. Es wurde ihm unangenehm, dem Gerede über Sandra zuzuhören. So raffte er seine wenigen Schreibsachen zusammen und verabschiedete sich von den Herren.

Ohne Frau Wirths freundlichen Gutenachtgruß, dem die junge Frau einen fast mütterlichen Blick hinterher schickte, und einem kleinen Gläschen mit Blutwurzschnaps, hätte Leo an dem Abend sicherlich wesentlich schlechter in den Schlaf gefunden.

Nach kurzem Zögern willigte Sandra ein. Sie schien sich über die Idee zu freuen, abends etwas zu unternehmen. Wie sie normalerweise ihre Freizeit gestaltete, wusste Leo nicht so genau, aber er hatte den Eindruck, dass sie höchst selten ausging. Er hatte sie nie danach gefragt.

„Es gibt einige nette Kneipen in Tuttlingen“, überlegte sie laut. „Wenn du Lust auf Musik hast, könnten wir in den ‚Burghof‘ gehen. Da spielt samstags manchmal eine Band, und oft gibt es Jazz. Ich war schon lange nicht mehr da. Wäre das was? Würdest du mich abholen, damit ich nicht fahren muss?“

Das Spiel war nichts für Leo, schon vor langer Zeit hatte er es als viel zu anstrengend befunden: Frauen nachstellen, erobern, und sich darüber freuen, wenn er selber mal Beute sein durfte. Er wollte seine Energien nicht mehr in Aktionen lenken, die nirgendwo mündeten, schlimmer noch, die ihm vor Augen führen könnten, wie unbedeutend seine eigene Person eigentlich war. Zumindest für die Frauenwelt.

Eine seiner Reportagen drehte sich einmal um das Tanzen. Leo ging in Salsa- und Tangobars, beobachtete wie die Leute sich bewegten, Kontakte knüpften, miteinander auf Tuchfühlung gingen und sich wieder trennten, um sich dann dem nächsten Tanzpartner zuzuwenden. Es war Winter, die Männer und Frauen legten am Eingang ihre schweren Mäntel ab, um sich in der Haut zu zeigen, die sie für den Abend übergestreift hatten: schwarze, leichte, glatte Stoffe lagen eng an ihren Körpern und kennzeichneten sie als eine eigene Spezis.

Hier fanden die Menschen etwas, was das normale, stressvolle Liebesgebalze ersetzte, oder sogar noch übertraf. An einem Abend voller Musik den Partner wechseln, sich dem Rausch des Tanzens hingeben, minutenlange Intimität genießen – gefahrenlos – wäre das nicht genug?

Leo traf eine Frau in den Vierzigern, die sich jeden Abend um acht mit ihren drei Kindern schlafen legte. Um elf Uhr nachts stand sie wieder auf, trank einen Espresso und zog dann los. In den Tanzbars führte sie ein zweites Leben, Nacht für Nacht.

Die Frau wirkte glücklich auf ihn, ihr Körper geschmeidig und jung. Und wenn der Morgen graute, ging sie immer allein nach Haus. So wie er.

Leo war früh dran, von Sandra keine Spur, und Kai war beschäftigt – er hatte nur Augen für die neue Gitarre, die er wie ein Baby in seinen Armen hielt. Aber nicht, weil er sie liebkosen wollte. Er schien einfach nicht zu wissen, wie man ein solches Instrument überhaupt richtig in die Hand nimmt. Mit einem gequälten Seitenblick verabschiedete sich die Katze mit einem eleganten Sprung vom Sofa.

„Ist das deine?" Leo hatte den Jungen noch nie Musik machen hören. Er war sich auch nicht sicher, ob er das wollte.

„Heute gekommen, über eBay bestellt. Hätte neu mindestens das Doppelte gekostet!"

Der hellrote Pickel an seinem Kinn strahlte Leo an.

„Willst du Unterricht nehmen, oder kannst du schon was spielen?"

Kai warf dem Mann einen verächtlichen Blick zu. „Unterricht, wieso *das* denn? Weißt du denn nicht, dass einige Metal-Bands ihre geilsten Songs gemacht haben, indem sie das Teil einfach mal in die Hand genommen und drauf los geschrammt haben?"

Und schon umarmte er das Instrument aufs Neue. Dabei

entlockte er ihm ein paar klagende Töne, die Leo als Hilferufe deutete und deshalb kurz versucht war, die Gitarre vor einem brutalen Missbrauch zu retten. Oder sollte man den Jungen in den Musikschuppen mitnehmen, damit er sehen konnte, dass es durchaus noch andere Methoden gab, an einem Instrument Töne zu produzieren?

Die Entscheidung wurde von Sandra getroffen, die auf ein schnelles Gehen drängte:

„Lass uns losgehen, ich kann das Gejaule nicht mehr ertragen. Alles andere ist besser als das hier!“

„Du wieder – weißt du, wie mir bei *deinen* CDs die Ohren abfallen? Kannst dich jetzt mal an was Gescheites gewöhnen, Musik, die aus dem Bauch kommt – anders, als dein kommerzieller Scheiß!“, wehrte Kai sich erstaunlich wortreich.

Musik, die aus dem Bauch kommt.

Es hätte für beide ein schöner Abend werden können. Leo wollte Stadtatmosphäre schnuppern und fremde Leute sehen. Der Burghof wirkte, als sei er die richtige Adresse.

Es fing gut an: Im Biergarten standen unter hohen Kastanienbäumen volle Tische mit Leuten gemischten Alters, keinen Yuppies, Schicki-Mickis oder gediegenen Herrschaften. Tuttlingen war keine Studentenstadt, dennoch schien man hier auf Leute eines solchen Schlages zu stoßen: alternativ wirkende Gäste, die sich immer noch gern den „vegetarischen Teller“ bestellten, Jung- und Altlehrer, und dazwischen einige ihrer Schüler. Aus der Kneipe drang eine Mischung aus Gesprächsfetzen und Musik, als sie die angelehnte Türe öffneten.

Die Gaststätte war zweigeteilt: es gab einen oberen Raum mit Holztischen und einer langen Theke, hinter der zwei Leute hin- und hereilten, und einen unteren, dem Veranstaltungsraum.

Auf einem Barhocker im oberen Teil saß eine dunkelhaarige Frau. Sobald die Tür hinter Sandra und Leo zufiel, zog die Frau die Schultern ein paarmal hintereinander kurz hoch, als fröstele es sie. Dann drehte sie sich um.

Ihr Blick blieb an Sandra hängen. Die Frauen schienen einen Moment lang wie durch ein Gummiband verbunden, das sie zueinander hinzuziehen versuchte. Beide hielten dem Zugdruck stand. Sandra befreite sich als Erste.

Die drei Stufen, die man nehmen musste um in die untere Hälfte der Gaststätte zu gelangen, gaben Leo das Gefühl in eine Art Unterwelt einzutreten. Kerzen, die auf den kleinen runden Tischen verteilt waren, und eine Bühne, auf der vier Leute sich verhielten, als seien sie unter sich, verstärkten den Eindruck. Eine junge Frau saß, halb vom Publikum abgewandt, auf einem Schemel und raunte mit geschlossenen Augen ins Mikrofon. Die Töne, die die drei Musiker neben ihr produzierten, schienen nur zufällig ab und an eine Verbindung zu ihrem Gesang zu haben. Ob die Musik noch mit Jazz zu tun hatte, bezweifelte Leo. Es war eigentlich auch egal; die Stimmung, die in dem Raum lag, fühlte sich an wie ein flauschiger Teppich. Sandra wählte einen Tisch nahe der Bühne. Die Bedienung kam: keine Frage, da passte nur Rotwein.

An Reden war bei der Lautstärke und Intensität, die von der Bühne ausging, nicht zu denken. So betrachtete Leo im Wechsel mal die Musiker, dann wieder Sandra, die ihm gegenübersaß.

Sie hatte sich geschminkt, ihr breiter Mund glänzte in einem verwegenen Dunkelrot, und um ihre braunen Augen zog sich ein raffiniert aufgetragener, hellgrüner Kayalstrich. War die verführerische Wirkung ihrer Aufmachung beabsichtigt – für ihn?

Der Pianist legte sich besonders ins Zeug, er übertönte die Sängerin fast. Er hatte den Kopf vornübergebeugt, sein Gesicht war kaum zu sehen.

Schließlich kündigte die Sängerin eine Pause an, der Mann hinter den Tasten hob den Kopf, sah in Sandra und Leos Richtung und lupfte einen imaginären Hut. Sandra nickte mit einem kleinen Lächeln zurück.

Hatte sie gewusst, dass sich Ralph, ihr ‚Mann-für-alles', auf der Bühne befinden würde? So ein Aufschneider. Er tat gerade so, als könne er den tieferen Sinn von Musik offenbaren.

Womöglich würde er sich in der Pause zu ihnen gesellen wollen.

Flucht. Leo drängte sich an den Tresen, um sich alkoholischen Nachschub zu holen. Die schlanke Frau mit den kurzgelockten Haaren saß noch immer da.

War es Einbildung, dass Leo gern von Kellnern übersehen wurde? Er war es jedenfalls gewohnt. Doch zum Trost hatte sich in manch langer Wartezeit ein netter Kontakt am Tresen entwickelt.

Ihre Nase gefiel ihm, sie ragte vorwitzig über ihr Glas und verriet einen dominanten Charakter. Und so schlicht ihr Pulli war, die hellblaue Farbe machte es zu einem farblich perfekten Kleidungsstück für die Unbekannte.

„Mike, beweg dich! Du hast 'nen neuen Gast!“, rief sie dem schlaksigen Kellner zu, der gerade mit einem hübschen Mädchen flirtete. Es musste mindestens zwanzig Jahre jünger sein als er selbst. Mikes Motivation, auf neue Gäste einen guten Eindruck zu machen, schien äußerst gering.

„Du bist mit Sandra da“, sprach die Frau Leo ungeniert an. Sie hatte ein fast leeres Glas mit Rotwein vor sich stehen. Dass es ihr zweites Glas war, konnte Leo an der Strichliste auf ihrem Bierdeckel erkennen.

„Ja, und? Sie kennen sie?“, fragte er, unschlüssig, ob er sich auf ein Gespräch einlassen sollte.

„Die Sandra habe ich schon eine ganze Weile nicht mehr gesehen. Ich stamme nämlich aus Mühlheim“, klärte die Kontaktfreudige Leo auf. Wenn sie beschlossen hatte, sie würden sich unterhalten, dann führte wohl kein Weg daran vorbei.

Leo nahm einen großen Schluck aus dem frisch eingeschenkten Glas Wein. Spanisch und schwer schmeckte er. Und entsprach so gar nicht seinem Geschmack.

Der spöttische Blick der Fremden begleitete ihn, als er sich aufmachte um zu Sandras Tisch zurück zu kehren. Er machte jedoch auf dem Absatz kehrt als er sah, dass jemand seinen Platz eingenommen hatte: Sandra schien sich mit Kirschen-Ralph gut zu unterhalten. Ihre Mimik war lebhaft, und sie gestikulierte in ausladenden Bewegungen mit den Händen in der Luft; offenbar versuchte sie ihm etwas zu beschreiben. So temperamentvoll war sie in Leos Gegenwart nie. Leo war genervt, schließlich war er nicht dazu hergekommen, um Sandra mit jemandem zu teilen.

Am liebsten hätte er alles rückgängig gemacht, angefangen mit der ganzen Reise nach Mühlheim. Schuld war sein Kollege Jochen, der ihm Urlaub im Donautal empfohlen hatte. Und ganz besonders die Fahrradfrau, die ihn an diesem Abend in eine Art Vorhölle geführt hatte.

Resigniert ließ Leo sich wieder auf den Barhocker fallen.

Seine dunkelhaarige Nebensitzerin war nicht unattraktiv, wenn auch für seinen Geschmack ein bisschen zu salopp gekleidet: Jeans, darüber der blaue Baumwollpulli, der Hals schmucklos, wie auch die kurzen Haare. Kein Typ, der sich Zeit nimmt in den Spiegel zu schauen, bevor er das Haus verlässt.

Dafür erwies sie sich als umso unterhaltsamer. Vielleicht war es auch das gut gefüllte Viertele, das Mike ihr ungefragt hingestellt hatte und sie zum Plaudern brachte. Die Musik spielte wieder und die Zeit verstrich.

„Mann, ist mir heiß geworden! Halt mal, bitte", forderte die Unbekannte Leo auf. Mit spitzen Fingern hielt er den unteren Rand ihres T-Shirts fest, um dessen unziemliches Hochrutschen zu verhindern, als sie sich den Pulli über den Kopf zog. Für die Prozedur ließ sie sich mehr Zeit als nötig, fand Leo. Von ihrem Körper ging ein schwacher süßlich-herber Geruch von Seife oder Parfüm aus. Auch Leo wurde es zusehends wärmer.

Schnell hatten sie im Gespräch gemeinsame Bekannte aus Mühlheim gefunden. In gekrümmter Haltung, das Kinn eingezogen, ahmte die talentierte Komödiantin Herrn Albingers Stimme perfekt nach: „So, Sie sind also nicht von hier? Und, wenn ich fragen darf – zu wem gehören Sie denn?"

Das Lachen blieb Leo jedoch im Halse stecken, als ihn jemand ein geleertes Glas später den Rücken antippte. Sandra verabschiedete sich mit einem verschlossenen Gesicht: „Leo, ich geh jetzt dann. Amüsier dich noch gut."

Ralph stand wartend in der Türe, er spielte mit dem Autoschlüssel, den er in der Hand hielt.

„Frau Lachner – wohin denn so schnell? Finden Sie hier

denn gar keine Ruhe?“, ulkte Leos neue Bekannte Sandra hinterher, immer noch Herrn Albinger mimend.

Die Türklinke schon in der Hand, drehte sich Sandra um. Ihre Gelassenheit war verschwunden.

„Ja, ich finde hier tatsächlich nicht zur Ruhe. Nicht, solange du in meiner Nähe bist, Lissy!“

Das Publikum bat klatschend um eine Zugabe. Das letzte Stück musste ohne den Pianisten auskommen.

Der Wein schmeckte immer besser und Leo vertraute darauf, dass Tuttlingen sein Geld für andere Dinge als für nächtliche Straßenkontrollen ausgeben würde.

Trotz des verunglückten Ablaufs mit Sandra war es ein gelungener Abend. Leo amüsierte sich prächtig mit Lissy, auch wenn er zusehends mehr den Eindruck gewann, dass die trinkfeste Frau fast verzweifelt vermied, zu früh nach Hause zu kommen; unter anderem durfte er erfahren, dass außer ihren Silberfischen im Klo sonst keiner auf sie wartete. Leo vermied, darauf einzugehen. Gerne hätte er auch erfahren, warum sie und Sandra keinen Kontakt mehr zueinander hatten. Schließlich waren sie einst zusammen auf der Bühne gestanden und hatten an derselben Schule unterrichtet.

„Wieso eigentlich?“, versuchte er sich schlau zu machen. Sandras offene Feindseligkeit gegenüber ihrer ehemaligen Kollegin und Freundin hatte ihn überrascht.

„Ach, alte Geschichten, Eifersucht, Konkurrenzkämpfe – was weiß denn ich“, wich Lissy aus.

„Ich unterrichte zwar noch in Mühlheim, aber vor einem halben Jahr bin ich in die Stadt gezogen. Ich musste raus aus dem Kleinstadtmief. Sandra und ich sind uns, seit ich von Mühlheim weg bin, bis heute nicht mehr über den Weg gelaufen.“

Claudia erzählt

Toms Chinapläne hatten Sandra den Appetit verdorben. Das Essen im ‚Füchsle' war so gut wie immer gewesen. Aber die Stimmung war im Eimer.

Auf einen Spaziergang ins Grüne hatte Sandra keinen Wert mehr gelegt, und Kai wäre ohne ein interessantes Ziel wie Pommesbude oder Eisstand sowieso nicht mitgegangen.

Zu Hause schnappte Sandra sich die nächstbesten Jeans und ein altes Hemd, das verkleckerte Sommerkleid warf sie in die Waschmaschine. Tom baute im Haus noch zwei Regale und einen Schrank auf, wobei ihm Kai sogar zur Hand ging. Vielleicht war das seine Art sich bei seinem Vater für die Abfuhr, die er ihm erteilt hatte, zu entschuldigen. Wenn sein Vater nach New York gehen würde, aber ausgerechnet China ...

„Und dein Zimmer, Junge – zeigst du es mir noch, bevor ich gehe?", fragte Tom mit seiner Jacke in der Hand.

Zögernd schob Kai seine Zimmertür einen Spaltbreit auf. Die roten Stofffetzen vor den Fenstern tauchten das Zimmer in ein schummriges Dämmerlicht. Tom betrat den Raum. Fassungslos rief er aus: „Alles Schwarz, ja wo gibt's denn so was ... Sandra, wie konntest du *das* denn nur zulassen?"

Zunächst bemerkte er das Mädchen nicht, das zusammengekauert auf dem Bett lag. Sie wurde vom plötzlichen Lärm im Schlaf gestört. Claudia räkelte sich und strampelte sich von der leichten Decke frei, die Sandra noch über sie geworfen hatte, bevor sie zum Essen gegangen waren. Ohne aufzuwachen, gab sie einen unwilligen Grunzer von sich. Tom trat näher an das Bett heran, als wolle er sich davon überzeugen, dass er kein Gespenst gesehen hatte.

„Sie hat sich wohl heimlich ins Haus der sieben Zwerge geschlichen, was, Kai?" Tom senkte seine Stimme, als sein Sohn sich neben ihn stellte. Claudias Gesicht wirkte entspannt, die langen Wimpern stachen dunkel von ihrem weißen Gesicht ab. „Bei dem Schneewittchen hätte ich es mir mit Peking wahrscheinlich auch nochmal überlegt!" Verschwörerisch kniff Tom seinem Sohn in die Wange, zog sich die Jacke über und ging.

„Wann ist das denn spruchreif mit China?" Sandras Stimme klang wieder etwas versöhnlicher, als sie Tom eine Flasche Wasser ins Auto hinein reichte. Es war ein warmer Tag geworden, und bis Stuttgart würde er eineinhalb Stunden unterwegs sein. Der große Mann brauchte viel Flüssigkeit, das wusste sie.

Toms Hand streifte kurz Sandras Finger, als er die Flasche entgegennahm. Bittend schaute er zu ihr auf.

„Glaub es mir, es kam auch für mich überraschend ... du weißt, dass ich schon immer für eine Weile ins Ausland wollte. Vielleicht geht es ganz schnell, es kommt noch darauf an, wie die drüben mit den Vorbereitungen vorankommen. Ich geb dir Bescheid. Und vergiß nicht: Ich werde besser verdienen, das kommt euch auch zugute!"

Sandra seufzte und legte ihre Hand auf seinen kräftigen Arm. Er würde es wohl nie kapieren – sein Geld war ihr ziemlich egal, sie verdiente schließlich selbst nicht schlecht. Die kurzen Borstenhärchen rieben gegen ihre Handfläche wie weiche Kaktusstacheln. Eine Ameise hatte sich in dem blonden Wald verirrt, doch Tom störte sich nicht daran. Wahrscheinlich merkte er es nicht einmal. Er hatte schließlich eine ziemlich dicke Haut.

„Tom, es ist so viel passiert ... Ich habe gestern Abend zum ersten Mal einen Toten gesehen. Und Claudia, das Schneewittchen in Kais Zimmer, ist dessen Tochter. Kai und ich sind gerade in einem völlig anderen Film als du."

Tom grinste etwas schief. Hatte Sandra in ihrem neuen Zuhause eine Vorliebe für makabre Witze entdeckt? Flüchtig streifte sein Blick seine Armbanduhr. Kurz tätschelte er noch Sandras Hand zum Abschied, bevor er den Gang einlegte.

„Also, Maus – dann lasst euch hier neben eurem Friedhof der Kuscheltiere mal nicht von Mördern und Vampiren erwischen. Ich will euch schließlich noch ein bisschen chinesisch beibringen!"

Die Kleinigkeiten sind es, die die Verbundenheit mit einer Umgebung herstellen. Sandra räumte in der Küche die letzten Kisten aus und sah zwischendrin aus dem Fenster. Die Sonne, die den Teich in allen Grüntönen flimmern ließ, dazu das Gequake der Enten, und Kai, der vor dem Haus saß und mit einem Geschirrtuch eine alte Blockflöte polierte, auf die er beim Ausräumen seiner Sachen gestoßen war. Er murmelte dabei unverständliche Satzfetzen vor sich hin, die sich fremdländisch anhörten. Vielleicht chinesisch.

Einen Moment lang stellte sie sich vor wie es wäre, ohne ihn zu sein – er weit weg von ihr, mit seinem Vater in einem anderen Teil der Welt. Leer fühlte es sich an, und dumpf. Kai – seinen Namen hatte sie in der Schwangerschaft gewählt, weil er sie an einen Quai erinnerte: eine Anlegestelle, an der man verweilen konnte. Die Tatsache, dass sie ihren Sohn hatte, gab ihr Halt und Orientierung im Leben.

Kai hatte keine Sekunde ernsthaft in Betracht gezogen, mit seinem Vater zu gehen. Das Ziehen, das sich in Sandras Brustraum ausbreitete, war vielleicht die Empfindung von Glück.

„Kannst du Gedichte schreiben?", fragte Kai, als Claudia gähnend aus der Eingangstüre trat. Er hielt die Flöte in der Hand und glitt spielerisch mit den Fingern über ihre Öffnungen.

„Klar kann ich das. Gib mir nur ein Wort vor!" Claudia sah verschlafen und zufrieden aus, ihre halblangen braunen Haare standen zu allen Seiten ab. Vielleicht hatte sich die Erinnerung an das Geschehen des letzten Abends noch nicht wieder eingestellt.

„Okay – fang mal an mit ‚allein'!", schlug Kai ihr vor.

„Hier sitze ich allein,
das interessiert kein Schwein.
Dahinter gleich der Teich –
das ist doch jedem gleich.
Drum springe ich jetzt rein,
das muss jetzt einfach sein!"

Behende schlüpfte Claudia aus ihren Jeans, zog sich das T-Shirt über den Kopf und rannte über den Acker hinunter zum

Teich. Zwei Farbtupfer – ihre Unterwäsche – zogen vor Kais Augen einen Bogen durch die Luft, als sich das Mädchen kopfüber ins Wasser stürzte, um gleich wieder prustend emporzutauchen: „Hilfe, die Fische! Ich habe völlig vergessen, wie komisch das ist, wenn die einem an den Zehen nagen."

Sandra schnitt den Kuchen auf, den sie eigentlich Tom anbieten wollte. Sein Besuch war wie ein kurzes Gewitter gewesen, er hatte den Tag belebt, verdüstert und erregt. Und irgendwie auch bereinigt. Es war wieder alles da gewesen, was sie an dem Mann geliebt hatte, und woran sie letztlich auch gescheitert war: Tom war immer voller Ideen und Überraschungen, kein Tag mit ihm war je langweilig gewesen. Aber er wollte nie wirklich andere Menschen in sein Leben hinein lassen. Sie sollten nur für ihn bereit stehen, um einem Einsamkeitsgefühl vorzubeugen, das sich manchmal einstellte, wenn er zur Ruhe kam. Dazu war Sandra nicht mehr bereit: nettes Beiwerk sein und zuständig für den emotionalen Notfall war ihr nicht genug.

Sie saßen bei Kakao und Zitronenkuchen um den runden Gartentisch, an dem morgens der Kommissar schon gesessen hatte. Kai blies leise auf seiner Flöte, er bemühte sich, so etwas wie eine Melodie zustande zu bringen.

„Es ist schön, mal wieder hier zu sitzen", sagte Claudia versonnen.

„Du bist als Kind hier oft gewesen, hat Kai mir gesagt. War der Mesner, der hier gelebt hat, auch ein Onkel von dir?", fragte Sandra. Sie wunderte sich, wie gefasst das Mädchen nach dem Tod ihres Vaters wirkte.

„Ja, mein Vater ist hier aufgewachsen, denn mein Großvater war der alte Mesner hier. Zu fünft haben sie in dem kleinen Häuschen gelebt, meine Großeltern mit drei wilden Jungs – das muss man sich mal vorstellen!"

„Und dann ist der Bruder deines Vaters auch Mesner geworden?"

„Ja, Onkel Manfred war das, der jüngste von den drei Brüdern. Ich weiß es ja nur aus Erzählungen, aber es hat wohl ziemlich viel Zoff gegeben unter den Brüdern. Was ich mir gut vorstellen kann, so gemein, wie mein Vater sein konnte ..." Wie unter Schmerzen verzog sich Claudias Gesicht. Vergangene Bilder stiegen in ihr auf.

„Mein Vater verstand sich nicht gut mit seiner Familie, aber ich mochte sie alle. Meine Großeltern haben die letzten Jahre vor ihrem Tod zusammen mit Tante Verena drüben, in der Alten Mühle, gewohnt. Onkel Manfred blieb allein hier im Mesnerhaus. Ich habe ihn nicht oft besucht, er war mir irgendwie zu traurig, und ich war ja auch noch klein ... und dann ist er weggegangen", erinnerte sich das Mädchen. Sie sah Sandra an. Es gefiel ihr, eine interessierte Zuhörerin gefunden zu haben.

„Er hat inzwischen auch eine Familie mit drei Jungs. Ist das nicht ein komischer Zufall? Ab und zu kommt er noch her, um nach seinen Bienen zu schauen. Manchmal hat er einen seiner Söhne dabei. Sie haben doch die Kästen auf der Wiese schon gesehen?"

Das hatte Sandra fast wieder vergessen – der katholische Kirchenpfleger, der für die Vermietung des Hauses zuständig war, hatte sie darauf hingewiesen. Manchmal käme der Vormieter vorbei und kümmere sich um die Bienen, hatte er ihr gesagt, als sie den Mietvertrag abschlossen.

Als sie einzog, stand draußen auf der Fensterbank ein Glas mit dickflüssigem Honig. Darunter klemmte ein Zettel: ‚Um Ihren Einstieg hier zu versüßen. Ich hoffe, die Bienen benehmen sich gut. Gruß, Manfred Lobmann', stand darauf.

„Und mein anderer Onkel, der Albert, der ist als junger Mann nach Berlin gegangen, wo er Theologie studiert hat – aber nicht die katholische, sondern die evangelische", erzählte Claudia weiter. „Das war doch cool, oder? Ich meine, seine Eltern und Onkel Manfred waren schließlich erzkatholisch ... Onkel Albert mochte nicht das Strenge, Düstere an der katholischen Kirche, hat er mir mal gesagt. Mein Großvater hat es ihm nicht verziehen, dass er evangelischer, und nicht katholischer Pfarrer geworden ist. Fast wollte er ihn enterben, hat Papa mal erzählt."

„Und dein Vater? Ist er auch mal von Mühlheim weggewesen?"

„Nein, er hat in Tuttlingen in einer Chirurgiefirma seine Ausbildung gemacht. Danach ist er gleich von zu Hause ausgezogen. Mit meiner Mutter war er dann auch bald zusammen, und sie heirateten ... und als ich kam, hat er sich hier in Mühlheim selbständig gemacht. Von meiner Mutter weiß ich, dass er ihre große Liebe war. Ob das mein Vater wohl auch wusste?", fragte das Mädchen besorgt.

Als mache ihr die Vorstellung etwas aus, ihr Vater wäre gestorben, ohne davon zu wissen.

Claudia versank in dem weißen Bademantel, den Sandra ihr brachte.

Gedankenverloren zerkrümelte das Mädchen ein Stück Kuchen auf ihrem Teller.

„Es ist, als wäre ich im Kino gewesen und hätte einen brutalen Film gesehen, der mir nicht mehr aus dem Kopf geht", kam Claudia schließlich auf die Ereignisse des Vortages zu sprechen.

„Ich kann es noch gar nicht glauben, dass das alles passiert ist. Dabei saß ich bei ihm, ich weiß nicht wie lange – und habe seine Hand gehalten", erzählte sie wie in einem Selbstgespräch.

„Jemand hat meinen Vater umgebracht – ich mag gar nicht darüber nachdenken!"

Sandra zögerte kurz, bevor sie wagte, dem Mädchen die entscheidende Frage zu stellen: „Claudia, kannst du dir denn vorstellen, wer das getan haben könnte? Hast du zumindest eine Ahnung?"

Kai knetete seine Hände. Die ungewohnten Fingerübungen an der Flöte hatten seine Finger angestrengt. „Mensch, Mum – muss das denn sein? Spielst du jetzt die Kommissarin oder was? Woher soll Claudi denn wissen, wer das getan hat?"

„Lass mal, Kai", griff Claudia ein. „Herr Grau war heute früh ja auch schon bei uns und hat mit mir geredet. Er hat mich über meine Rechte aufgeklärt, dass ich nichts sagen muss zum Beispiel. Weil ich meine Mutter und mich sonst belasten könnte, und dass das vielleicht passiert, wenn ich aussage. Da seh ich aber keinen Sinn drin, im Gegenteil – nachher mach ich mich noch verdächtig, wenn ich nicht aussage. Mama sieht es übrigens auch so.

Es ist also nicht das erste Mal, dass ich über die Frage nachgedacht hätte. Es ist alles nur so unwirklich."

„Was hast du denn schon alles erzählt?", fragte Kai, der interessiert zugehört hatte.

Claudia runzelte die Stirn. Es war anstrengend, sich auf die Erinnerung an den Mordtag zu konzentrieren.

„Ich hab halt gesagt was passiert ist, das heißt, was ich davon mitgekriegt habe.

Bevor ich zu euch ging, wollte ich meinem Vater Bescheid geben, aber er hat mit jemandem in der Werkstatt geredet. Es hat sich nach einem aufgeregten Gespräch angehört, aber es war nicht laut genug, dass ich die zweite Stimme hätte erkennen können. Ich weiß nicht, ob sie gestritten haben – vielleicht ja. Ich kann mich nicht mehr richtig daran erinnern, wie das war. Ich wollte nicht stören und habe ihm einen Zettel in die Küche gelegt.

Als ich heimkam, habe ich mich darüber gewundert, dass es so still war, denn meistens hat Papa beim Arbeiten Radio gehört." Claudia schluckte schwer. „Überall war es dunkel, und niemand zu sehen. Da fiel mir ein, dass Mama wohl in der Theatergruppe war, so wie meistens am Freitag. Ich war ja spät dran, eigentlich hätte ich um halb zehn daheim sein sollen und es war schon fast zehn Uhr, also ging ich gleich meinen Vater suchen. Er kann richtig böse werden, wenn ich Abmachungen nicht einhalte. So bin ich in die Werkstatt gegangen. Die kleine Arbeitslampe am Tisch brannte. Da saß er – schlafend, wie ich dachte, mit Minka auf dem Schoß. Zuerst dachte ich, er hätte das Radio vielleicht ausgemacht um ein Nickerchen zu halten. Und dann sah ich das lange Teil, den Trokar, in ihm drin. Ich glaube, er hat gerade daran gearbeitet, denn da lagen noch so Kleinteile herum die dazu gehören. Ich wusste nicht was ich tun sollte und setzte mich einfach neben ihn. Und hielt seine Hand – bis ich die Telefonnummer von euch sah, die ich in meine Hand geschrieben hatte. Ich rief Kai an, und gleich danach noch meinen Onkel. Plötzlich hielt ich es in dem Raum nicht mehr aus, mir wurde es ganz eng zumute. Ich glaube, ich hatte Angst.

Wer hat das mit meinem Vater nur gemacht? Ich habe mich vor's Haus gesetzt und nachgedacht, bis ihr kamt. Und die Polizei." Claudias Stimme wurde leiser. Sie warf einem Spatz ein paar Krümel zu. Hastig pickte er sie vom Boden auf, bevor ihm jemand die Leckerei streitig machen könnte.

„Es gibt niemanden, den ich mir als Mörder vorstellen könnte. Wer schon, den ich kenne, würde so etwas tun?" Claudias Gesichtszüge zogen sich wie in einem kleinen Krampf zusammen. Das Entsetzen über das unfassbare Ereignis ließ sie viel älter aussehen, als sie war.

„Mein Vater hat öfters Streit gehabt, er hat auch Mama manchmal angeschrien, aber sie hat sich das nur angehört und ist dann wieder gegangen. Und mit meinem Onkel, dem Pfarrer, war er auch nie einer Meinung. Ach, da könnte es noch einige geben ... Mein Vater hat nicht hinterm Berg gehalten, wenn ihm was nicht gepasst hat. Aber nie würde einer von denen so etwas tun!"

„Er war ein strenger Vater, stimmt's?", erinnerte sich Sandra an Lissys Bemerkung.

„Ja, er konnte ganz schön hart sein und ausrasten, rumschreien und so. Wegen Kleinigkeiten bekam ich Hausverbot. Papa sagte, er sei deshalb so, weil er mich so lieb hätte, und ich seine einzige Tochter sei."

„Hast du das auch dem Kommissar so erzählt?", fragte Sandra.

„Ja, schon so ungefähr – aber nicht alles. Ich kenne ihn doch gar nicht – wieso sollte ich ihm *alles* erzählen? Ich habe auch nicht gesagt, dass es daheim oft Streit gab – was geht es ihn denn an? Meine Mutter könnte sowieso keiner Fliege was zuleide tun, sie hat immer nur geschwiegen, wenn Papa mit ihr schimpfte."

Claudia schien erschöpft zu sein und trotz des dicken Bademantels zu frieren. Die Bäume warfen lange Schatten über den Tisch. Allmählich ging der Nachmittag in den Abend über.

„Ich ziehe mich jetzt wieder an. Wir wohnen ja gerade bei meinem Onkel. Vielleicht gehen wir ja auch zu Tante Verena.

Aber am liebsten würde ich hierbleiben!" Bittend schaute Claudia ihren neuen Kameraden und dessen Mutter an.

„Aber deine Mutter, Claudia – was ist mit ihr? Wird sie sich denn nicht Sorgen um dich machen?" Das hatte Sandra sich schon den ganzen Tag gefragt.

„Meine Mutter?" Ein bitterer Unterton begleitete die Frage. „Sie hat wahrscheinlich noch gar nicht gemerkt, dass ich nicht beim Onkel Albert bin. Ständig ist sie unterwegs, läuft durch die Gegend, weiß der Kuckuck, wo sie überall ist – das macht sie immer. Vor allem, wenn sie unglücklich ist."

„Was machen wir denn nun eigentlich mit dir, Mädchen?", fragte Sandra besorgt. „Kannst du denn bei deinem Onkel erst einmal bleiben – mit dem verstehst du dich doch ganz gut? So bist du doch wenigstens weiterhin in deiner Familie."

Claudia stand auf und nahm ihre Unterwäsche von der Wäschespinne, die in Sonne und Wind schnell getrocknet war.

„Ja, warum nicht – heim kann ich sowieso erst einmal nicht, die Polizei hat das Haus versiegelt. Aber nach der Minka sollte ich vorher schauen, sie sollte doch trotzdem was zum Fressen kriegen. – Kai, gehst du mit?"

Jeder fege vor seiner eigenen Tür.

Bevor sie losgegangen war, hatte sie den Besen geschnappt und den Gehweg gekehrt. Obwohl es schon Abend war und bald dunkel sein würde.

„... Weg mit dem Schmutz. Kehre ihn sauber, den Weg. Weg mit dem Dreck! ..."

Von hier oben konnte sie alles sehen: die Menschen, die in ihre Häuser hasteten um rechtzeitig zu ihrer Lieblingsserie den Fernseher einzuschalten, Wurstbrote zu schmieren und die Kinder in ihre Betten zu jagen. Motten würden bald gegen ihre beleuchteten Fensterscheiben fliegen, doch keiner würde sie hereinlassen.

„... Sie wollen unter sich bleiben, Amelie. Wer will dich schon in sein Leben lassen? Du passt nicht zu ihnen. Du passt zu niemandem! ..."

Während die Frauen die Schulbrote für den nächsten Tag richteten, tätschelten ihnen die Männer beim Vorbeilaufen den Po. Später würden sie sich in ihre Betten legen, und während ihre Körper sich berührten, wären ihre Gedanken woanders – beim nächsten Einkauf, dem morgigen Geschäftstermin, der neuen Kollegin. Der Wecker wäre gestellt, damit der nächste Tag wieder so pünktlich beginnen könnte wie der vorherige, ohne Hektik und Überraschungen. Und bevor man das Haus verließ, polierte man noch liebevoll seinen Heiligenschein.

Die vielen Heiligenscheine, die über den Häusern hingen, über jeder Familie einer, blendeten sie, brannten sich in ihre Augen ein: Hunderte von grellen Ellipsen schwebten wie kostbare Ringe über der Stadt.

Die Stelle über ihrem Hausdach jedoch war leer. Sie wüsste nicht, dass sie als Familie je ein solches Kleinod besessen hätten, und wenn, dann war es schon vor langer Zeit abgestürzt und der Schein unwiederbringlich erloschen.

„… Du kriegst es ja nicht einmal hin, dich um dich selbst richtig zu kümmern, Amelie. Wie bist du nur auf die Idee gekommen, eine eigene Familie zu gründen? Dein Mann ist von dir gegangen, und auch deine Tochter wird dich verlassen …“

Ihr Platz auf dem Felsen gab ihr den Überblick zurück, den sie kurze Zeit verloren hatte. Das Gestein leuchtete im Abendlicht wie ein riesiges Goldstück. Hierher gehörte sie: auf den Platz in der Sonne. Von hier oben aus gesehen war alles so klein und unwichtig, ein Mensch glich dem anderen, da gab es keine Unterschiede, und sie hoch über ihnen, denn so war es: sie gehörte nicht zu denen dort unten. Und würde nie dazu gehören. Jetzt erst recht nicht mehr.

Welchen Wert besaß sie schon, ohne ihn?

Leidenschaft. Leiden schafft.

Als sie jung waren, hatte die Leidenschaft sie zusammen geführt. Eine Decke hatten sie, die weiche, blaue, die auf feuchten Waldböden und in klammen Unterschlupfen ausgebreitet wurde. Ein richtiges Bett hatte ihre Liebe erst mit der Hochzeit kennengelernt. Ab da fing das Leiden an zu schaffen – die Liebe wollte kein Bett, das auf vier hölzernen Beinen stand. Sie wollte den Himmel über sich und das Gras unter sich spüren. Die Hauswände hatten die Liebe irgendwann eingemauert.

Friedhelm war einer der Jungs gewesen, der alles dazu tat, die Dinge aus ihrem Gleis zu bringen. Zwar gelang es ihm nie mit einem Zug – aber irgendwann mit ihr.

Nun war das Leben aus ihm gewichen wie aus einem Ballon, in den keiner mehr hineinpusten würde.

Die Waldbaurs

Die Laune des Kellners verschlechterte sich zusehends, denn das junge Mädchen ging um Mitternacht nach Hause. Mit einer neuen und gleichermaßen jungen Flirtpartnerin war um die Zeit wohl nicht mehr zu rechnen. Mike beäugte die Gäste mürrisch, denn er wollte ins Bett. Die Jazzband hatte die Bühne auch schon längst verlassen. Vielleicht unterhielten sie sich auf ihren Instrumenten irgendwo anders weiter.

Der Burghof leerte sich, und die Strichliste auf Leos Bierdeckel zeigte einen für den Abend beachtlichen Konsum.

„Du bist ein netter Typ", stellte Lissy fest. „Wäre schön, dich mal wieder zu treffen!"

Leo überhörte einfach das indirekte Angebot und beschloss, nach Hause zu gehen. Er hatte Glück: die Stadt sparte sich in der Nacht eine Straßenkontrolle. Und er sich eine saftige Strafe.

Morgens verwandelte sich die Salattheke immer in ein Frühstücksparadies mit Früchten der Saison, knusprigen Brötchen, Brezeln und allerlei Brotbelag.

Leo Mannski schenkte sich vom frisch gepressten Orangensaft ein. Vitamine wären bei dem Kater sicher das Richtige.

Am Nebentisch saß ein älteres Paar, gut gerüstet mit Wanderstiefeln und Sonnenmützen. Frau Wirth legte ihnen zwei leere Papiertüten auf den Tisch: „Machen Sie sich doch noch ein Vesper* zum Mitnehmen!", ermunterte sie die Wanderlustigen. Leo bewunderte die Pensionsmutter, die alles dafür tat um ihren Gästen das Gefühl zu geben, sie seien zu Hause. Entweder sie liebte ihren Beruf über alles und war eine geborene Gastwirtin, oder sie war eine perfekte Schauspielerin. Sie wusste jedenfalls immer genau, was ihre Gäste brauchten.

Auf dem terrakottarot gefliesten und frisch geputzten Boden krabbelte ihr kleiner Felix herum. Er interessierte sich besonders für die Tischbeine und zog sich an ihnen hoch. Allerdings hatte er nicht damit gerechnet, dass die von unten besehene Tischfläche ihn ausbremsen würde. Seinem lauthalsigen Geschrei war nur beizukommen, indem seine Mutter ihn auf den Arm nahm und aus der Gaststube führte. „Ja, mein Schneckle – wir gehen gleich an die frische Luft!", säuselte Frau Wirth beruhigend auf ihn ein.

„Achje, diese kleinen Kinder – immer wollen sie Aufmerksamkeit!", richtete die ältere Dame des Nebentisches das Wort an Leo. Ihr Mann hatte die Wanderkarte vor sich ausgebreitet und war offenbar dabei die Route des Tages festzulegen.

„Das ist doch normal, oder?" Zu einer geistreicheren Bemerkung war Leos strapazierter Kopf gerade nicht in der Lage. Die karge Bemerkung reichte der Frau dennoch aus, um den neuen Kontakt sogleich zu erweitern. Flugs lieferte sie eine ausführliche Schilderung darüber, was sie alles im schönen Donautal unternommen hatten, und in den zu verbleibenden Tagen noch zu unternehmen gedachten.

Ihr Mann wurde nervös. Ohne viele Worte zu verlieren machte er seine Frau darauf aufmerksam, dass sie bald aufbrechen sollten.

„Was haben *Sie* denn heute vor? Möchten Sie uns vielleicht begleiten?" Die pummelige Frau strahlte Leo an. Ihre Augen hatten die gleiche Farbe wie ihre Haare: eisgrau mit dunklen Sprenkeln. Sie erinnerte ihn an eine Tante, die ihm jedes Mal, wenn sie ihn besuchen kam, ein Lieblingsbuch aus ihrer Kindheit mitgebracht hatte. Vielleicht sagte er deshalb spontan zu – und, weil er es sich ersparen wollte, umsonst auf Sandras Anruf zu warten. Erstaunt stellte Leo fest, dass er ein schlechtes Gewissen hatte. Der ‚Burghof' hatte ihn dazu inspiriert, seine Chancen in der Damenwelt auszuloten. Es schien gar nicht so schlecht um sie bestellt zu sein.

Herr Waldbaur hatte Probleme mit dem rechten Fuß, da er sich auf der Wanderung des Vortages den Knöchel leicht verstaucht hatte. Er schlug vor, keine Berge zu besteigen, sondern im Tal zu bleiben und einen „langen Schlendrianspaziergang" zu machen. Dass sich der unbekannte Mitwanderer anschloss, schien ihn keineswegs zu stören. Er ahnte, in Leo einen guten Zuhörer für seine Frau gefunden zu haben. Frau Waldbaurs Mundwerk plätscherte wie das Wasser eines Springbrunnens munter vor sich hin. Leo war mit allem einverstanden; in seinem verkaterten Zustand war es ihm Recht, keine großen geistigen und körperlichen Strapazen auf sich nehmen zu müssen. Das Ziel sollte die Lippachmühle sein, ein gemütlicher Gasthof, der im Tal an einem Bach, der Lippach, lag und nach sieben Kilometern einfacher Wegstrecke am Waldsaum leicht zu erreichen war.

Immer wieder kam ihnen ein Jogger oder Walker entgegen, der seine Stöcke in den weichen Boden rammte, um sich gleich wieder an ihnen abzustoßen. Frau Waldbaur klärte Leo darüber auf, dass die Methode zu laufen für die Gelenke schonender und für Herz- und Kreislauf belastender sei, so dass der sportliche Aspekt sich optimal erfülle: „Wäre Heinz ein bisschen moderner eingestellt, hätten wir das Nordic-Walking auch schon längst angefangen. Dann wäre das mit dem Knöchel vielleicht gar nicht passiert!“, monierte sie mit einem Seitenblick auf ihren Mann, der nichts dazu sagte. Leo hatte den Eindruck, dass er gar nicht zuhörte.

Die redselige Frau ergoss sich in Schilderungen über verschiedene Ausflugsziele im Donautal. Ihr Steckenpferd aber waren abgelegene Orte – je versteckter, desto besser. Die Vorstellung, eine der wenigen Menschen zu sein die bestimmte Plätze kannte, schien sie besonders zu befriedigen.

„Kennen Sie diese Tropfsteinhöhle, die nur zu Pfingsten geöffnet wird?“, erkundigte sich Leo in Erinnerung an seinen mutigen Abstieg in das Erdinnerste.

Frau Waldbaurs Augen glänzten. Sie nickte begeistert.

„Eine prachtvolle Höhle. Schade, dass sie so selten besichtigt werden kann, aber je weniger Menschen dort hinein gehen, desto weniger wird sie beschädigt. Als im Laufe der Jahrhunderte dort drinnen immer wieder Menschen Zuflucht suchten, wurden viele der Stalagmiten abgebrochen. So hat man sich in Notzeiten mehr Platz verschafft.“

„Hat sie mal jemandem gehört – privat, meine ich?", fragte Leo. Der Geruch von kaltem Lehm und Schimmel, der in den Fasern der blauen Decke gesteckt hatte, zog ihm wieder in die Nase.

Verwundert schaute die vom Reden und Laufen erhitzte Frau ihn an.

„Das kann ich mir nicht vorstellen", antwortete sie. „Der schwäbische Albverein passt wie ein Luchs darauf auf, dass sie in Ruhe gelassen wird. – Wie kommen Sie überhaupt darauf?"

Intuitiv glaubte Leo zu wissen, dass die Person, die mit Decke und Kerze für gemütliche Stunden in der Höhle vorgesorgt hatte, nicht dem Albverein angehörte. Etwas Geheimniskrämerisches war von dem Versteck ausgegangen, das zu keiner geselligen Vereinsnatur passte. Die naheliegendste Idee aber kam Leo erst jetzt: war es Sandra selbst, die in der Höhle eine Zufluchtsstätte gefunden hatte? Aber was hätte sie dann mit dem Foto eines Soldaten zu tun? Hatte sie damit gerechnet, dass Leo sich in die Höhle begeben würde? Und wenn ja – warum?

Sie ließen den Waldspielplatz zu ihrer linken Seite liegen, auf dem Leo Frau Wirth mit ihrem Felix erkannte: soeben flitzte er eine steile Rutsche hinunter, die kein Erbarmen kannte. Der Kleine kam immer schneller in Fahrt, so dass seine Mutter instinktiv zur Seite trat, als er im Schnellflug nach unten sauste. Kopfüber stürzte er auf die weiche Sandfläche, um dann wie am Spieß zu schreien. Beherzt packte die junge Mutter ihren Jungen und stellte ihn gleich wieder auf die Leiter der hohen Rutsche.

Was nicht tötet, härtet ab.

Den Spruch mochte sie nicht, aber sie ahnte, dass er auf ihr Leben zutraf. Doch brach die Kruste immer wieder auf; nein, das mit dem Abhärten, das klappte einfach nicht. Da mochte sie sich noch so sehr anstrengen.

In der Schule ging sie jedem Streit aus dem Wege und wartete ab, bis sie wieder nach Hause durfte, zurück in die Sicherheit eines fest geflochtenen Nestes.

Nach den Schulaufgaben waren die Quälereien vergessen, die sie am Morgen durchzustehen hatte. Dann warteten andere Dinge auf sie: bunte Blütenblätter, die, in eine neue Ordnung gebracht, in ihrem Muster das Geheimnis des Lebens bewahrten. Käfer, Muscheln und Steine stellten ganze Bevölkerungen dar, und der Duft der Wiesen kitzelte in der Nase.

Schmetterlinge wisperten ihr im Vorbeifliegen zu: „Lass dich nicht einfangen, mach es wie wir! Trage deine Farben um die Welt – aber gib dich nicht zu erkennen."

Leo gönnte sich eine Zuhörpause und gesellte sich an die Seite von Herrn Waldbaur.

„Ich kenne Sie, das heißt – nein: ich habe Sie erkannt!", eröffnete er Leo nach zwei schweigsamen Minuten. Leo war kurz verwirrt, doch dann kam ihm die Situation bekannt vor. Er hatte sie nur schon lange nicht mehr erlebt.

„Aus der Zeitung vielleicht? Ich schreibe Reportagen", schlug der Journalist vor.

„Genau. Ich weiß auch noch, welche es war", erinnerte sich der kräftige Mann, der auf Leo wirkte, als sei er Zeit seines Lebens in den Bergen gewesen. Vielleicht war es auch nur die Art, wie er seine Breitcordjeans trug. Zwischen den leicht O-förmigen Beinen schlackerte der Hosenstoff, wie von kleinen Windböen aufgeplustert.

Damit war das Eis zwischen ihnen gebrochen. Frau Waldbaur landete kaum noch einen Satz bei Leo, denn ihr Mann und er hatten ein Thema entdeckt, das sie beide begeisterte: ausgefallene Jugendliteratur.

„Das Buch über die jungen Leute, die sich heimlich Zehen- und Fingernägel verstümmeln und abreißen, das haben doch Sie herausgebracht?" Herr Waldbaur taute auf. Seine Augen hinter der dunkel umrandeten Hornbrille leuchteten auf.

„Ja, mich hat die Vorstellung fasziniert, dass es schon vor achtzig Jahren eine Jugendbewegung gab, die sich nicht nur freiwillig Schmerzen zugefügt hat, sondern anhand ihrer Verstümmelungen auch noch einen Geheimkodex erfunden hat. Der fehlende Nagel des linken kleinen Zehs zum Beispiel ..."

„Stimmt, die ‚roten Gnome'. Das waren die Kriegsdienstgegner!", rief Herr Waldbaur aus. Erstaunlich, für welches Thema er sich begeistern konnte.

Leo hatte sich mit unbekannt gebliebenen Jugendbüchern, die nach dem ersten Weltkrieg veröffentlicht wurden, beschäftigt. Er hatte in einem Magazin ein paar Bücher vorgestellt, die keine Popularität erreichen konnten, weil – so seine These – sie für die damalige Zeit zu fortschrittlich waren. Tatsächlich kam eines davon – „Wenn der letzte Zehennagel fällt" – in die Bestsellerliste einer bekannten Illustrierten. Anbei wurde ein winziges Foto von ihm abgedruckt. Das musste Herr Waldbaur in Erinnerung behalten haben.

„Seither frage ich mich manchmal, was Leute wohl mit den Instrumenten, die ich konzipiere, noch anstellen könnten – außer, sie für den Zweck zu benutzen, für den sie gedacht sind", überlegte Herr Waldbaur.

Er entwarf auf Anfragen von Firmen chirurgische Instrumente für den operativen Gebrauch, oder versuchte herkömmliche zu optimieren. Deshalb kannte er Tuttlingen und Umgebung: die Firma lade ihn des öfteren zu Konferenzen ein, die immer mit wichtigen Geschäftspartnern aus dem Ausland und im großen Stil stattfinden würden, erzählte ihm der inzwischen gesprächig gewordene Mann. Seine Frau begleite ihn manchmal dabei.

„Und dieses Mal habe ich einen großen Auftrag erfolgreich und früher als geplant beendet. Darum gönnen wir uns ein paar ausgiebige Wandertage. Meiner Frau zuliebe." Die Wanderfreudigkeit traf also vor allem auf seine Frau zu.

„Was war denn Ihr großer Auftrag?", fragte Leo interessiert. Er war es wirklich. Auf Flohmärkten zogen ihn wundersame Objekte, deren Zweck nicht gleich erkennbar war, wie ein Magnet an. Solange er nicht wusste, wofür sie gut waren, besaß die Ästhetik dieser Gegenstände für ihn einen besonderen Reiz; sie beflügelten seine Phantasie.

„Mein Spezialgebiet ist die Endoskopie", erläuterte Herr Waldbaur. „Grob gesagt geht es dabei um diagnostische Verfahren zur Untersuchung von Körperhöhlen. Haben Sie zum

Beispiel jemals eine Bauchspiegelung durchführen lassen müssen? Heutzutage keine große Sache mehr. Dafür jedenfalls braucht man beispielsweise einen Trokar", klärte er Leo auf.

Herr Waldbaur war nicht mehr zu bremsen, er weihte seinen Begleiter ausführlich in sein Spezialgebiet ein: „Zunächst wird eine lange Nadel in den Körper eingeführt, die füllt den Bauchraum mit Gas. Die Bauchdecke setzt sich somit von den Organen ab, so dass sie nicht verletzt werden können. Dann wird die Trokarhülse, das ist eine circa 3 bis 14 mm breite Röhre aus Edelstahl, mit dem Trokardorn in den Bauchraum geführt, die Spitze des Dorns voran. Dieser Trokardorn, der in die Trokarhülse gesteckt wird, ist ein kompakter Stab mit einer Spitze – und mit Vorsicht zu genießen. Wenn die Hülse im Bauch ist, wird der Dorn wieder herausgezogen, und das Endoskop wird hineingeschoben – das ist ein Lichtstab, also für die Optik zuständig. An dessen Ende sitzt die Kamera, die leitet die Bilder an den Bildschirm weiter, in dem der Arzt das Geschehen des Körperinneren beobachten kann."

Leo stellte sich den Trokar vor, wie er in seiner Hand lag: eine Röhre aus Stahl, in der der lange, spitze Stab, der Trokardorn, steckte, den er sich wie einen überdimensional fetten Nagel vorstellte. Fast konnte er spüren, wie der Trokar in seinen Körper eindrang, und daraufhin der Lichtstab Helligkeit durch ihn fluten ließ. Leo konnte das winzige elektronische Auge vor sich sehen, wie es das Wogen und Fließen der schleimig-roten Partikelchen in den Tiefen seines Körpers aufmerksam beobachtete. Ein heikles Instrument, das in den Körper fährt wie in Butter. Bahnt sich der Dorn einen falschen Weg, erzeugt er innere Blutungen –Verletzungen, die zum Tode führen können.

Leo hoffte, der Waldpfad würde sich noch so verschmälern, dass er Gelegenheit bekommen würde, ein Stück alleine zu laufen. Herr Waldbaurs Redefluss wurde nicht minder anstrengend als es der seiner Frau gewesen war. Mittlerweile lief sie erhobenen Kopfes ein ganzes Stück weit vor ihnen. Das rhythmische Wippen ihres ausladenden Hinterteiles wirkte angenehm beruhigend und zuverlässig.

Da nahm der Monolog eine interessante Wende.

„Als dieser Friedhelm Lobmann gestorben ist, da schlug meine Sternstunde", erzählte der Chirurgiemeister. „Ich kannte ihn übrigens recht gut, wir waren sozusagen Kollegen und trafen uns öfter auf Fortbildungen in Tuttlingen.

Herr Lobmann war ein auffallender Mann, der gut reden konnte und vor allem auf Frauen eine starke Wirkung hatte. Er konnte sehr charmant sein. Fragen Sie meine Frau! Aber außerdem war er noch, wie soll ich sagen – raffiniert. Fast wären wir sogar privat ins Geschäft gekommen, als meine Frau und ich uns nach einem Feriendomizil umschauten, um unser Geld anzulegen. Ihm gehörte eines der schönsten Grundstücke in Mühlheim. Aber die Verhandlungen scheiterten an Familienzwistigkeiten. Da wurde mir die Sache zu mühsam und ich zog mein Angebot zurück. Bereut habe ich es nicht – jetzt haben wir eine schöne Ferienwohnung in Meersburg, direkt am See. Oh, da war er sauer, der gute Mann! Hinter'm Geld war er her, das kann man sagen."

Sprach Herr Waldbaur von der Alten Mühle? Sandra hatte sich schon des öfteren über den Baulärm beklagt, der bis vor kurzem dort geherrscht hatte. Von dem Tourismusrummel, der wegen der Mühle in diesem Sommer angelaufen war, konnte sie mit ihrer kleinen Fahrradwerkstatt und -handel allerdings gut profitieren.

„Herr Lobmann arbeitete eng mit den größten Firmen Tuttlingens zusammen. Obwohl es hier in der Gegend an die 200 Kleinbetriebe gibt, die sich auf Medizintechnik spezialisiert haben, hatte er stets genügend Aufträge. Er arbeitete vor allem an einem ganz speziellen Trokar, dem mit der exzentrischen Spitze, ein besonders empfindliches Teil." Herr Waldbaur versteckte seine Bewunderung für den einstigen Konkurrenten nicht.

„Und als er ermordet wurde, war er gerade dabei, die letzten Feinheiten an einem Trokar vorzunehmen. Lobmanns Hauptauftraggeber übergab dann mir die nächsten Aufträge. Es werden hoffentlich noch viele weitere folgen. Einen für eben diese Firma habe ich gerade abgeschlossen – darum sind wir hier." Damit bot sich ein willkommener Themenwechsel an.

„Ist das der Mord, der vor ungefähr einem Jahr passiert ist? Hat man den Täter eigentlich gefasst?", fragte Leo, obwohl es ihn nicht brennend interessierte. Als Journalist war er nicht so leicht zu schockieren; Gewalt und Mord waren allerdings laute, unschöne Verbrechen, mit denen er sich im Normalfall nicht beschäftigte. Seine echte Aufmerksamkeit wurde von Unauffälligkeiten wie gelben Stoffstreifen auf blasser Haut und geheimnisvollen Bleistiftzeichnungen gefesselt.

„Ja, gibt's denn so was – Sie sind doch Journalist, oder etwa nicht? Wie kann Ihnen das entgangen sein! Der Mord an Lobmann, der ist bis heute nicht aufgeklärt. Vermutungen, die gibt es, aber allzu Genaues weiß niemand.

Die eine Lehrerin, Frau Ganter – wie der Enterich!-, die war eine Weile groß im Gespräch, jeder hat auf ihre Festnahme gewartet. Ob sie zu clever war, oder das Volk nur endlich einen Buhmann gefunden hatte – ich weiß es nicht. Wohl heißt es, die Polizei sei in dem Fall noch aktiv, aber wissen Sie – je länger ein Mord nicht aufgedeckt wird, desto unwahrscheinlicher ist es, dass der Täter gefunden wird. Unter uns gesagt: die sind doch hier nicht gewieft genug, um so einen Fall aufzuklären, da fehlt es hinten und vorn an Erfahrung. So ruhig, wie es hier sonst zugeht ..."

Sie hatten Leo ins Herz geschlossen.

Wildschweinlendchen in Weinsoße und dazu die hausgemachten Spätzle füllten am Abend das Loch in Leos Magen auf befriedigendste Art und Weise. Herr Waldbaur war beim Essen wieder in Tiefschweigen gefallen, während seine Frau ihr Bestes tat ihre Redezeit aufzuholen, die sie beim Wandern ihrem Mann überlassen hatte.

Am Ende der Mahlzeit hatte Leo die Einladung, die beiden irgendwann einmal in ihrem Ferienappartement am Bodensee zu besuchen.

„Ist es denn auch möglich, Ihr Appartement für ein paar Tage anzumieten?", fragte er spontan.

Das Ehepaar hielt einen Moment inne und schaute sich zögernd an. Ihr Angebot hatten sie wohl anders gemeint – ein

Wochenende mit langen Spaziergängen am See und abends bei Wein und ausgedehnter Unterhaltung auf der Terrasse sitzend.

„Na ja, warum eigentlich nicht? Guten Freunden haben wir es durchaus schon mal zu einem günstigen Preis überlassen“, stimmte Herr Waldbaur schließlich zu, nachdem seine Frau ihm mit einem leichten Kopfnicken die Erlaubnis erteilt hatte.

„Wäre es denn in den nächsten Tagen frei?“ Die schnellen Entschlüsse waren manchmal die besten.

„Ich denke schon, wir bleiben ja noch bis Freitag hier, und erst am nächsten Wochenende suchen wir die Wohnung wieder auf. Deshalb haben wir ja sogar den Schlüssel dabei.“ Ganz geheuer war Herrn Waldbaur die Wende des Gespräches nicht, aber nun war es zu spät für einen Rückzieher.

„Prima, dann könnten Sie mir doch gleich mal auf der Karte zeigen, wo die Wohnung liegt!“

Sie rief nicht an. Am Abend nicht, und auch nicht am nächsten Morgen. Es war Montag. Leo packte die Landkarte in seinen Wanderrucksack, zog die Stiefel an und lief am Rathausturm vorbei.

Schwang nicht über dem Kopf des schwedischen Hauptmannes eine mit Dornen bespickte Waffe? War hier malerisch der Moment festgehalten worden, bevor ihm damit auf den Kopf geschlagen wurde? Oder schwang er sie selbst, der Mühlheimer Bevölkerung, die ihn in den Turm gesperrt hatte, damit wüst drohend?

Auf der Steige Richtung abwärts kam ihm Herr Wirth keuchend entgegen, einen Korb voller Pilze in der Hand. Er legte eine kleine Verschnaufpause ein. „Werden Sie heute Abend zum Essen da sein? Ich werde eine gute Suppe vorbereiten. Mit Waldchampignons und Semmelstoppelpilzen!“, machte er Leo den Mund wässrig.

„Mal sehen, was sich so ergibt ... ich würde mir heute gern mal eine der Burgen anschauen“, antwortete Leo.

„Da brauchen Sie ja nicht den ganzen Tag für. Waren Sie denn schon auf der Ruine Kallenberg? Eine gruselige Atmosphäre dort, man fühlt sich glatt in die Ritterzeit zurückversetzt!" Der gemütliche Mann schien eine Vorliebe für das Gespenstische zu haben.

„Kommt man da auch mit dem Fahrrad hin?"

„Sicher, das ist ganz einfach. Sie fahren immer den Radweg Richtung Beuron entlang. Zuerst kommen Sie durch Fridingen, und von da sind es vielleicht noch drei Kilometer. Ein Schild in einer Wegbiegung weist Ihnen dann den Weg durchs Gebüsch. Es geht rechts den Wald hoch. Da gehen Sie dann besser ohne Rad weiter!", rief Herr Wirth Leo noch nach, der abschiedswinkend weiter lief.

Aus der Werkstatt war ein Klopfen zu hören, helle Geräusche, Metall auf Blech. Kai lehnte sich am Apfelbaum im Garten, neben ihm stand ein ebenso magerer, hoch aufgeschossener Jugendlicher, dessen Hosenboden kurz über den Kniebeugen hing. Er stützte sich mit einem Arm am Baum ab und beugte sich zu Kai vor, sie schienen ein Thema größter Wichtigkeit zu besprechen. Eifrig redete der Kumpel auf Kai ein und wedelte mit einem kleinen Gegenstand vor seiner Nase herum, den Kai skeptisch beäugte. Er trug eine schwarze Jeans und darüber einen rot-schwarz-karierten Schottenrock, der ihm eigentlich zu lang war und den Leo schon einmal an Sandra gesehen hatte. Seine dunkelblauen Haare waren zu einem Zopf geflochten, aus dem vereinzelt Strähnen herausragten. Von weitem hätte er ein hübsches Mädchen sein können, das sich ganz romantisch mit seinem Verehrer unterm Apfelbaum zu einem Tête-a-tête traf. Erst, als Leo vor den beiden stand, identifizierte er den Gegenstand als eine kurze Pfeife.

„Hallo, ihr beiden. Kai, ist Sandra da? Was raucht ihr da eigentlich?" Leo fragte sich, ob er das Rauchwerkzeug einfach übersehen sollte. Doch seine Neugierde war zu groß.

„Ganz schön viele Fragen auf einmal, find ich. Zu Mum: Ja klar ist sie da, das hörst du doch. Wer sollte sonst wie behämmert auf 'nem Schrottteil rumklopfen? Die ist heute nicht so gut drauf. – Was war die andere Frage? Ach so, das Rauchen. Was denkst *du* denn, was da drin ist? Riech doch mal!"

Kais Kumpel schwenkte die Pfeife unter Leos Nase. Leo sog

den süßlichen Duft ein. Marihuana war es nicht, den Geruch kannte er.

„Keine Ahnung. Sag schon, was ist es?“, fragte Leo ungeduldig. Auch Kai wartete gespannt auf die Antwort seines Kameraden. Der reichte Leo auffordernd die Pfeife.

„Tabak und Muskatnuss. Willste auch mal?“

Der Krach verhinderte, dass Sandra ihn gleich sah, als er die Werkstatt betrat. So konnte Leo sie betrachten und ihre Erscheinung in Ruhe auf sich wirken lassen.

Sie war wirklich nicht bester Laune. Den Schraubenschlüssel hielt sie verkrampft fest, als rechne sie damit, dass jemand ihn ihr gleich entreißen wolle.

“Warum nennt Kai dich eigentlich immer ‚Mum‘?“, fragte Leo unvermittelt.

Irritiert schaute Sandra auf, in ihrem Gesicht spiegelten sich widersprüchliche Gefühle. Leo las darin eine Mischung aus Freude, Zorn und Unsicherheit.

„Das findet er eben schick. Weil sein Vater sich mit ‚Tom‘ statt mit ‚Thomas‘ anreden lässt, fing Kai irgendwann damit an, uns im Spaß auch auf englisch anzureden. Mir war es egal, und das ist es immer noch.“

Sie standen sich gegenüber. Der Schraubenschlüssel kam Leo wie eine Waffe vor, die Sandra ohne Mühe einsetzen würde, wenn es darauf ankäme: nur ein bisschen Schwung holen und den Arm nach oben ziehen.

„Was willst du hier?“, fragte sie missmutig, doch Leo hörte mehr, als sie laut gesagt hatte: ‚Was willst du eigentlich von mir ... was haben wir miteinander zu tun ... warum mischst du dich in mein Leben ein ... will ich das überhaupt?‘

Als Antwort wollte er das Werkzeug aus ihrer Hand lösen und sanft die ölige Schmutzspur von ihrer Wange wischen. Statt dessen senkte Leo seinen Blick nach unten, so dass er auf das Fahrrad fiel, das gerade ihrer schlechten Laune zum Opfer wurde.

„Ein Mountainbike hätte ich gern, so eins wie das hier. Kannst du es mir ausleihen?“

Leo überredete Sandra dazu, ihn zu begleiten. Das war überraschend leicht gewesen, nachdem er ihr von seinem Plan berichtet hatte:

„Diese Ruine Kallenberg würde ich gern sehen, Herr Wirth hat sie mir empfohlen. Gehst du mit?"

„Du willst mit dem Fahrrad dahin?", fragte Sandra überrascht. Sie hatte sich daran gewöhnt, dass Leo sonst das Wandern vorzog.

„Das ist doch ein Mountainbike, oder? Ich hätte Lust, heute mal durch den Wald zu radeln."

Endlich legte sie den Schraubenzieher aus der Hand, und sofort entspannte Leo sich etwas. Die Schilderung des Mordes an Friedhelm Lobmann, die Herr Waldbaur ihm am Abend zuvor noch ausführlich geliefert hatte, hing ihm wohl nach.

Plötzlich umspielte der Hauch eines unternehmungslustigen Lächelns Sandras Mundwinkel.

„Warum eigentlich nicht? Wäre ja mal was anderes!"

Aus dem Rheintal kommend, war Leo die unbeständige Wetterlage nicht gewohnt. Wenn es im Donautal regnete, sanken die Temperaturen gleich erheblich, aber das galt auch für umgekehrt: eine fast dämpfig-tropische Schwüle zog durch die urzeitlich dichten Wälder, sobald sich die Sonne nach einem Regentag wieder blicken ließ.

Vorbei an den aufgeräumten Vorstadthäuschen bretterten sie in das Tal hinein. Der aufgeweichte rotgoldene Blätterboden, der den Waldrand säumte, roch nach feuchter Erde.

Mit angestrengt pumpender Lunge versuchte der Stadtmensch mit Sandra Schritt zu halten. Sie schien die Tour als sportliche Herausforderung zu nehmen, denn der Weg lag voll mit rutschgefährdenden Blättern.

Sandras Vorliebe dafür, ihm weit voraus zu sein, kannte Leo ja inzwischen.

Wie eine Oma fuhr er, furchtsam darum bemüht, auf dem nassen Untergrund nicht ins Schlingern zu geraten. Nach der „Ziegelhütte", einem tierreichen Bauernhof, in dem geschäftstüchtig Eis und Getränke verkaufte wurden, sah er in einer Rechtsbiegung das unauffällige Schild, das auf die Burgruine hinwies. An einen Baum gestützt stand Sandras Fahrrad, und Leo lehnte seines dagegen. Lenker an Lenker standen beide Räder da, als würden sie zärtlich ihre Köpfe aneinander reiben.

Geschichten von Menschen, die beim Wandern verlorengegangen und nie wieder aufgetaucht waren, fielen ihm ein, während er langsamen Schrittes den einsamen Weg ins Gebüsch einschlug. Kein Läufer oder Jogger, der ihm entgegenkam, nicht einmal ein Spaziergänger. Auch die Vögel blieben still, oder sie hatten sich woanders hin verzogen. Es war, als käme Leo einem verwunschenen Ort immer näher.

Zuerst konnte er nicht erkennen, ob sich vor ihm bereits die Burganlage befand, oder es nur bizarr geformte Felsen waren, die einer Ruinenlandschaft ähnelten. Es fehlten nur noch Fledermäuse, die ihre schwarzen Schatten auf das alte Gestein warfen.

Die Ruine Kallenberg stand, von Bäumen und verfallenen Mauern geschützt, mitten im Wald. Ein hoher Turm ragte stolz und kaum beschadet in den schmutzig-grauen Himmel. Er hatte weder Fenster noch Türen, so dass ein Eindringen unmöglich war. Der großräumige Wiesenplatz um den Turm war umfriedet von einer halbhohen Mauer. Von dort aus fiel der Blick in eine dichte, hellgrüne Blätterfront.

Leo schickte sich gerade dazu an eine kleine Kletterpartie zu unternehmen, als er eine kleine Gruppe bemerkte, die es sich an einer Feuerstelle gemütlich gemacht hatte. Kleine Flammen schnellten in die Höhe, und Funken verwandelten sich in leichte graue Aschefetzen.

Versonnen starrte eine Gruppe Jugendlicher ins Feuer, während ein kräftiger, mittelgroßer Mann eine Tüte mit eingeschweißten Würsten öffnete. Sandra stand halb gebeugt neben ihm und legte kleine Holzscheite auf das Feuer. Dann bückte sie sich zu einem Korb hinunter. Er war mit Geschirr gefüllt.

Mit Menschen hatte Leo nach der einsamen Wanderung kaum noch gerechnet. Unsicher näherte er sich den Leuten, die ihn noch nicht bemerkt hatten.

Der Mann redete gerade mit lebhafter Stimme auf die gebannt lauschende Gruppe ein. Sandra reichte den Jugendlichen nacheinander Brotstücke. Aus dem Augenwinkel heraus nahm sie Leos Näherkommen wahr.

„Albert", unterbrach sie den Redeschwall des Mannes, der gerade die Würste verteilte, „hast du noch was übrig? Hier kommt mein schlapper Fahrradfreund, der Leo. Er hat jetzt bestimmt einen Bärenhunger!"

„Der Ritter von Kallenberg erfuhr von der Liebelei seines schönen Töchterleins mit dem Müllerburschen", fuhr der Mann, den Sandra mit Albert angesprochen hatte, fort. Alle hatten ihre Würste auf Stecken gespießt und hielten sie über die Glut. Leo setzte sich, ebenfalls mit einer Portion versorgt, in den Kreis.

„Er war sehr zornig, da die Liebschaft unstandesgemäß war, und verstieß sein einziges Kind. Am nächsten Morgen fand der Müller das Ritterfräulein von Kallenberg am Wasserrechen der Mühle. Sie war ertrunken! Hatte sie der jähzornige Vater den Felsen hinab gestoßen? Stürzte sie sich selbst zu Tode? Niemand weiß es genau." Dramatisch senkte der Erzähler seine Stimme und schaute bedeutungsvoll in die Runde: „In mondhellen Nächten sieht man eine weiße Gestalt über der Donau schweben. Das ist das Burgfräulein, das darauf achtgibt, dass sich kein Wanderer verläuft und in der Donau ertrinkt."*

„Und der irre Ritter ist davon gekommen, oder was?", fragte ein dicklicher Junge, der sein Interesse an der Geschichte nicht wie die anderen Altersgenossen zu verbergen suchte, um zu den ‚Coolen' zu gehören.

„Von wegen, der ist dem Wahn verfallen!" Genüsslich biss Albert von seiner knusprigen Wurst ab.

„Er verschanzte sich in diesem Turm und zählte seine Schätze bis an sein Lebensende. Manchmal sieht man ihn als düsteres Schattengespenst um die Felsen herum huschen. Jeden neugierigen Wanderer warnt er mit feurigen Augen davor, sich seinen Schätzen zu nähern."

Der Turm war also voll mit den Schätzen des verrückten Raubritters.

Schlammspuren waren auf dem unteren Rand des Turmes zu sehen, jemand musste erst kürzlich versucht haben, an den groben Buckelquadern hinauf zu klettern. Ob es auf der anderen Seite des Gebäudes doch irgendwo einen Zugang in das Innerste gab?

„Herr Lobmann, gibt es denn jemanden, der an so 'nen Scheiß glaubt?" Ein hübsches, blondes Mädchen, das gut als schönes Ritterfräulein durchgehen konnte, zog ihre fein geschwungenen Augenbrauen skeptisch nach oben.

„Irgendwas ist immer dran an den alten Sagen und Legenden", warf Sandra ein. Ihr Blick blieb an Leo hängen. Als wüsste er die Antwort auf eine Frage, die noch keiner in der Runde gestellt hatte.

„Komisch, wenn man so darüber nachdenkt – in Hunderten von Jahren werden sich die Leute an diesem Feuerplatz die Geschichten erzählen, die wir heute erleben", sagte Albert Lobmann nachdenklich.

„Vielleicht versucht man so den Menschen, die mal ein Unglück erlebt haben, noch über ihren Tod hinaus zu trösten. Man zeigt ihnen, dass man sie nicht vergessen hat!" Sandra löste ihren Blick von Leos Gesicht. Vielleicht hatte sie selbst die Antwort auf ihre unausgesprochene Frage gefunden.

Lagerfeueratmosphäre mit roten Würsten und unheimlichen Geschichten hatte Leo seit seiner Zeltlagerzeit als Jugendlicher nicht mehr erlebt. Türme ohne Eingang und von Felsen gestürzte Ritterdamen hatten hier eine passende Umgebung gefunden.

Herr Lobmann war mit Kauen beschäftigt und spießte sich die zweite Wurst auf seinen Stecken, nachdem er höflich gefragt hatte, ob jemand sie mit ihm teilen wolle.

Ein Junge und ein Mädchen waren aufgestanden und liefen Hand in Hand auf die zerbrochene Mauer zu. Versprengte Steine rollten unter ihren Schuhen weg, während sie hoch kletterten. Oben angekommen, liefen sie auf dem schmalen Sims Hand in Hand weiter, den Abgrund unter sich. Unbekümmert rief ihnen der Pfarrer eine kurze Warnung zu.

„Warum ist Kai hier eigentlich nicht dabei?“, wunderte sich Leo, die Erzählpause des evangelischen Pfarrers nutzend. Die Jugendlichen schienen alle in Kais Alter zu sein. Zwei von ihnen hatte er schon einmal mit Kai zusammen gesehen.

Gespannt auf Sandras Antwort schaute Albert Lobmann sie an und riskierte dabei, seine dunkler werdende Wurst den gefräßigen Flammen zu überlassen.

„Kai geht auf keine kirchliche Veranstaltungen mit. Das ist gegen sein Prinzip! Er besteht darauf, Atheist zu sein. Und die Jugendlichen hier waren alle mal Alberts Konfirmanden“, klärte Sandra Leo auf.

„Wir machen heute unseren alljährlichen Sommerausflug, und dass Sandra zufällig dazu gekommen ist, ist mir gerade Recht“, ergänzte der Pfarrer, um dann auf Kai zurück zu kommen: „Der Kai hat seinen ganz eigenen Kopf, gell?! Das ist schon recht so. Schade nur, dass er dabei so manches Erlebnis verpasst“, bedauerte der gutmütige Mann, der umständlich versuchte sich mit einer Hand des Tubensenfes zu bedienen. Dabei landete ein kleiner Senfspritzer auf seinem modischen Regencape. Die Farbkombination seiner Jacke glich geschickterweise der Mahlzeit: würstchenrote Schlieren, auf der sich senfgelbe Punkte balgten.

„Aber auf manches Erlebnis kann man auch getrost verzichten, nicht wahr!“, fügte er seinem letzten Satz noch hinzu. Ob er dabei an sich oder an Kai dachte, blieb im Unklaren. Dann wechselte er das Thema:

„Was hat er denn in den Ferien noch vor, Sandra? Jobbt er denn irgendwas?“.

„Nein, leider nicht. Er hängt mit seinen Kumpels herum und lässt sich inspirieren, wie er sagt – für seine Musik, nehme ich an. Dabei hat er neulich angedeutet, dass er vielleicht in der Alten Mühle jobben will. Ich bin gespannt, ob er damit Ernst macht.“ Resignation schwang in Sandras Stimme, aber auch ihr Bemühen, sich nicht ärgern zu wollen.

„Sag mir Bescheid, wenn ich da weiterhelfen kann. Ich habe ja zu Merit Kontakt und kann vielleicht vermitteln, wenn Kai tatsächlich einen Job suchen sollte.“

Albert Lobmann wandte sich an Leo: „Eine alte Jugendfreundin von mir hat die Geschäftsführung der Alten Mühle übernommen. Sie kommt ab und zu nach dem Rechten schauen. Wenn jemand arbeiten will, sollte man ihn darin unterstützen, gell?"

Sogar an Servietten hatte der Pfarrer gedacht. Sorgfältig wischte er sich den fettglänzenden Mund ab und richtete das Wort wieder an Sandra: „Geht Kai denn bald wieder unsere Claudia besuchen?"

Leo hatte Kai noch nie mit einem Mädchen zusammen gesehen, obwohl er keinen gehemmten Eindruck auf ihn machte.

„Ja klar, in den nächsten Ferien will er wieder zu ihr. Aber ich hoffe, sie kommt nach Mühlheim, wenn meine Ausstellung läuft."

„Das hat sie mir auch gesagt. Sie macht sich inzwischen ganz schön rar", stellte Albert Lobmann bedauernd fest.

Leo hatte jedoch ganz andere Sorgen.

„Sandra, ich wollte übrigens auch mal wegfahren ..." begann er. Fast gerieten seine Worte ins Stolpern, so eilig hatte er es, seinen Satz zu Ende zu bringen. Sandra schaute ihn an. Es schmerzte Leo, ihren wunden Blick auf sich zu spüren, der wie ... wie ein Trokar durch alle Schichten hindurch bis in sein Innerstes vordrang.

„ ... mit dir zusammen!" Jetzt war es draußen.

Gespannt horchte der Pfarrer auf. Er wusste, wann der Moment gekommen war um zu schweigen. Und zu lauschen.

Zuerst glaubte Leo, sie wolle ihm nicht antworten. Regungslos sah sie ins Feuer, in dem die Glut phantastische, lodernde Gebilde baute.

„An den Bodensee möchte ich fahren, nur für zwei Nächte. Mal raus aus der rohen Felsenlandschaft hier – immer nur Wald, Steine, Höhlen ... und immer nur die mickrige Donau, das kleine Rinnsal. Richtig viel Wasser möchte ich mal wieder sehen!" Leo kannte sich kaum selbst wieder. So viele Worte verlor er sonst selten, um eine Frau von irgendetwas zu überzeugen.

Abwesend starrte sie noch immer in die Flammen. Wie kam er Idiot überhaupt auf die Idee, Sandra so etwas vorzuschlagen ... und jetzt die Blamage, vor des Pfarrers Augen ...

Auf der Holzbank neben ihr lag Sandras Zeichenkladde. Sie schlug das Buch in der Mitte auf. Noch waren die Seiten rechts und links leer.

Gemächlich zog sie einen dünnen Strich über beide Blätter. Die Linie krümmte sich, bis sie sich wieder mit ihrem Anfang traf. Lächelnd schaute Sandra von ihrer kleinen Zeichnung auf.

Es war eine schön geschwungene Ellipsenform entstanden – ein leerer See, der mit Wasser gefüllt werden wollte.

Ungebetene Gäste

Die Katze streicheln*, in ihrem weichen Fell die letzte Wärme des Mannes finden, bevor er erkaltet war. Starr wurde und steif. Nicht mehr tauglich fürs Leben. Zu den Göttern wollte er zu Lebzeiten gehören, vielleicht hatte er sich jetzt in ihre Mitte gestellt. Wen die Götter lieben …*

Einen Mann gab es, der sie wirklich geliebt hatte. Ihr Vater hatte immer an sie geglaubt, daran, dass sie etwas Besonderes war, schön und mit einer künstlerischen Natur ausgestattet – so, wie er es war. Sie war sein einziges Kind und liebte die Natur, Bilder und Bücher. So wie er.

Er führte sie in die Welt der Farben ein. Doch sie selbst brachte es sich bei, wie man einen Stift führt, um Dinge zu zeichnen, die andere erkennen können. Schöne Dinge, wie kleine Insekten, die man mit der Lupe anschauen musste, um die feinen Zeichnungen auf ihren zarten Körpern zu sehen.

„… Hat er dich wirklich geliebt, Amelie? Doch nur, solange du ihm hübsche Bilder gemalt hast! Mit der Wahl deines Ehemannes hast du deinen Vater verloren. Aber auch er wollte dich nur für sich allein besitzen …“

Sie hatte die Katzenschale mit Futter gefüllt und in ihren Garten gestellt. Minka hatte auf sie gewartet, trotz ihres Hungers war sie nicht angerannt gekommen. Eine Königin lässt sich nicht gehen.

Nicht mehr das eigene Haus betreten zu dürfen, war eine Demütigung. Katze, friss oder stirb…

Am liebsten und wenn keiner es sah, hatte sie Muster gemalt, in denen man Gesichter finden konnte, wenn man genau hinsah. Und wilde, erschreckende Träume, viel zu phantastisch für Worte.

Wie Katzen schmatzen. Als wäre jede Mahlzeit die letzte. Die Henkersmahlzeit.

Bei ihrer Mutter lernte sie die Nähmaschine zu bedienen. Die wunderbaren Kleider aber, die sie daraufhin zu nähen begann, entsprangen ihrem künstlerischen Talent, das sie vom Vater geerbt hatte. Nur, dass er sein eigenes Talent nie weiter entwickelt hatte. Es war zu viel Arbeit, ein Malergeschäft zu führen. Und mit dem Altwerden war auch der Mut verschwunden, sich schönen, neuen Dingen zuzuwenden.

Fridingens Frauen waren zu ihr gekommen, zuerst nur zwei oder drei, dann immer mehr: sie alle wollten genauso schön sein wie sie und Garderobe aus Samt, Seide und feiner Wolle haben. Keine erreichte ihre Schönheit, aber alle gingen zufrieden und in raffinierte Kleider gehüllt wieder nach Hause.

Mancher will Meister sein, und ist kein Lehrjunge gewesen.

Sie hatte das Lernen immer ernst genommen, denn das war ihr Leben: Neues zu erschaffen, und damit andere zu erfreuen.

Dann kam die Anfrage des Vorsitzenden des Heimatvereins, ob sie ein Fasnetskostüm schneidern könne, das sogenannte Narren-Häs. Grobes, helles Sackleinen, bestickt, bemalt und mit aufgenähten Stoffteilchen geschmückt – nach einer strengen Vorgabe, so, wie es der Brauch verlangte. Das Kostüm war eine mühevolle Arbeit, aber es gelang. Endlich verdiente sie gutes Geld, denn Aufträge für die Fasnet gab es rund ums Jahr. Die liebsten waren ihr die Narren-Häs für die Kleinen.

Sie fing an, eigene Kostüme zu entwerfen. Gnome, die in den Wäldern hausten, und Marktweiber mit seltener Ware wie polierten Tierknochen entsprangen ihrer Phantasie; ihre flinke Nadel und Schere machten sie lebendig. Kundschaft konnte sie nur noch auf Voranmeldung nehmen.

So lernte sie den stattlichen Mann aus der nächsten Ortschaft kennen. Gehört hatte sie schon von ihm, manche sprachen mit Bewunderung, andere abfällig über ihn. Der Friedhelm sei ein Raufbold, unerschrocken und klug, hieß es. Er fürchte selbst den Herrgott nicht, dem er doch als Sohn des Mesners besonders nahestehen müsse.

Er hatte die Kopie eines gemalten Soldatenbildnisses mitgebracht. Das sei ein schwedischer Hauptmann, hatte er ihr erklärt. Dieses Jahr zur Fasnet wolle er sich in den verwandeln, der im Dreißigjährigen Krieg Mühlheim überfallen habe.

Es habe kein gutes Ende mit ihm genommen, hatte er noch hinzugefügt.

„… Wie wird dein Ende sein, Amelie? Wem bist du näher – dem Herrgott … oder dem Teufel? …“

Der Mensch denkt, Gott lenkt.

Ein Glas Rotwein, oder lieber ein Bier zum Entspannen, nach einem so anstrengenden Tag? Und das sollte ein Wochenende sein! Erst einmal den Korkenzieher suchen.

Am nächsten Morgen wollte Sandra ausschlafen, und dann ihrem Sohn einen Ausflug vorschlagen. Mit dem Donautalexpress und den Fahrrädern, so, wie sie es sich ein halbes Jahrhundert zuvor überlegt hatte – oder, genauer gesagt, am Morgen.

Hatte sie wirklich erst am gestrigen Tag Claudias Mutter auf den Gleisen gesehen? Und am Abend dann ihren Vater – ermordet in seinem Arbeitszimmer?

Bisher war sie noch nicht dazu gekommen, sich einen Moment lang Ruhe zu gönnen und über alles nachzudenken. Oder einfach nur abzuschalten.

Die Kisten waren immerhin alle ausgepackt, die leeren Kartons standen hinterm Haus, und das Haus sah einigermaßen wohnlich aus. Noch ein paar Bilder an die Wände, und sie könnte sich heimisch fühlen. Vielleicht sollte sie in ihrer Mappe nach eigenen Werken suchen.

Mit dem Glas Rotwein in der Hand stellte sie sich in Kais Türrahmen und knipste das Licht an. Eine nackte Glühbirne hing mitten im Raum.

„Macht nix“, hatte er dazu bemerkt.

„Sieht doch gut aus. Wozu der ganze Klimbim? Will ja schließlich nur Licht und keine Puppenstube!“

Die dunklen Wände strahlten etwas Beruhigendes aus. Bisher hatte sie Schwarz nur mit Trauer und Depression gleichgesetzt – vielleicht sollte sie die Farbe einfach nur mal auf sich wirken lassen. Wenn man die roten Weihnachtskerzen anzündete, die Kai auf flache, am Donauufer gesammelte Steine stellte, war dieser Raum vielleicht sogar der gemütlichste im Haus.

Die Bettdecke war noch von Claudias Mittagsschlaf zerwühlt. Sandra setzte sich auf die Bettkante und zog ihre Beine an. Im Schneidersitz, das Weinglas zwischen die Waden geklemmt, schaute sie sich um.

In einem Regal standen ein paar Jugendbücher, manche Titel kannte sie. Zuletzt hatte Kai von „Bis der letzte Zehennagel fällt“ geschwärmt. Es schien unter den Jugendlichen zu kursieren, doch um was es sich handelte, wusste Sandra nicht. Wenn sich alles eingespielt hatte, würde sie sich das Buch mal vornehmen. Sie wollte wissen, womit Kai sich beschäftigte.

Welche Musik hörte er eigentlich gerade gerne? Neben dem Bett stand die Stereoanlage, ein altes Gerät, das mal Tom gehört hatte. Sandra drückte auf den Startknopf, lehnte sich mit dem Rücken an die Wand und lauschte den ersten Tönen.

Kein Heavy-Metal-Gedröhne, sondern Klänge, die sie als sphärisch bezeichnen würde, strömten in den Raum. Instrumente, für die sie keinen Namen wusste, und Worte, die keinen Sinn ergaben. Das Dunkel der Wände legte sich mit der Schwere der Musik wie eine warme Decke auf sie. Düstere Romantik. Der kräftige Rotwein dazu passte gut.

Das Telefon schrillte brutal in die entspannte Stimmung hinein. Sandra sprang auf. Gut, dass sie das Weinglas auf das Regal gestellt hatte. Die Stimme am Ende der Leitung kam ihr zwar bekannt vor, aber Sandra konnte sie nicht auf Anhieb einordnen.

„Hallo, Frau Lachner, ich wollte Sie nur ganz kurz stören. Wie nett von Ihnen, dass Sie sich um das Mädchen gekümmert haben! Es muss der Claudia bei Ihnen gut ergangen sein, sie ist ja ganz prima beieinander ... ein Wunder nach allem, was passiert ist!“

„Helfen Sie mir bitte weiter – wer ist denn dran?“ Und schon fiel Sandra ein, wer der Anrufer sein musste – schließlich hatte sie selbst das Mädchen dazu ermuntert, zu ihrem Onkel nach Hause zu gehen.

Seine Erwiderung kam Sandra zuvor: „Entschuldigen Sie, natürlich – wissen Sie, ich werde allmählich bequem, da mich hier alle kennen, und ganz besonders meine Stimme ... die evangelischen Kirchenbesucher vor allem, versteht sich. Also, hier spricht Albert Lobmann, wir kennen uns von gestern Abend.“

Der etwas schusselig wirkende, sympathische Pfarrer.

„Ihr Sohn ist mit Claudia zu uns gekommen. Sie haben die Katze geholt und zu uns rüber gebracht. Kai ist übrigens gerade auf dem Heimweg“, informierte er Sandra.

„Claudia kann jederzeit auch zu uns kommen, wenn sie sich hier wohlfühlt. Mit Kai scheint sie sich ja gut zu verstehen ... Aber ich dachte, in dieser schwierigen Situation braucht sie ihre Familie um sich."

„Wohl überlegt, Frau Lachner, da bin ich ganz Ihrer Meinung. Meine Frau ist auch damit einverstanden. Meine Nichte hat zwar ihre schwierigen Phasen – aber, welcher Jugendliche hat die nicht?! In unserem Extrazimmer haben wir ihr und Amelie ein Bett gerichtet. Ich weiß nicht, wie sie einschlafen kann ... Sie lässt es sich nicht anmerken, aber sie macht sich bestimmt Sorgen. So wie wir alle! Verena – die ältere Dame aus der Schauspieltruppe, die kennen Sie doch auch inzwischen? – ruft auch schon ständig an, sie beruhigt sich gar nicht.

Claudia hat ja schon letzte Nacht mit ihrer Mutter bei uns übernachtet. Aber heute ist Amelie noch nicht wieder aufgetaucht. Und das unter diesen Umständen ... es ist ein Albtraum, Frau Lachner. Keiner von uns wird ein Auge zumachen können, bis sie wieder da ist."

Gott gibt's den Seinen im Schlafe.

Welcher Schlaf wohl damit gemeint ist – der nächtliche, oder der ewige?

Schlafen, das wäre schön.

„... Ruhe sanft, Amelie. Schließe die Augen und öffne dein Herz. Der gute Geist der Amalie wird dich beschützen ..."

Sie rollte sich in ihre Decke ein, die sie von zu Hause mitgenommen hatte, nachdem sie die Katze gefüttert und aufs Fahrrad gestiegen war. Die Rufe der Eulen und das Zwitschern der Fledermäuse hatten sie begrüßt, als sie in die Dunkelheit des Donautals hinein geradelt war.

Gegenüber dem Felsen der Amalie fühlte sie sich sicher. Sie lag auf einer kleinen Wiese, in deren hohem Gras nur Mücken und Käfer nisteten. Gleichmäßig floss die Donau dahin. Es war immer, als ruhe Amalies Segen auf ihr, wenn sie die Kraft aufbrachte und sich auf den etwas weiten Weg hierher machte.

„... Hier wirst du in Ruhe gelassen, keiner wird es wagen, in Amalies Gefilde einzudringen. Hier ist kein Ort für böse Geister..."

Ihre Kleine wollte sie nicht allein lassen, aber sie selbst war weggepustet worden, in ferne Höhen, für niemanden erreichbar, auch nicht für ihre Tochter.

Das war nicht gut. Sie wusste, dass Claudia sie brauchte. Das Mädchen begann, sich mit dem neuen Jungen zu befreunden – kaum, dass der Vater seine Kontrolle aufgegeben hatte. Wie hätte er getobt, wenn er noch unter den Lebenden wäre!

Hier würde sie erst einmal Kräfte sammeln und zur Ruhe kommen. Über das Gestern, Heute und Morgen nachdenken. Mit der Fürstin ins Zwiegespräch gehen, sich von ihr beraten lassen. Und schlafen.

Was ist es, was Gott ihnen im Schlafe gibt – Mut, Wissen, Familienglück? Manche müssen nichts dafür tun. Sie wachen auf, reich beschenkt. Die meisten vergessen dafür zu danken.

Schönheit, das hatte sie einst besessen. Schlank war sie noch immer, und ihre Haare waren hell, mit keinem Silberfaden durchzogen. Doch allzu dünn waren sie, auch ihre Haut: sie war wie Pergament so fein, und mit zarten Rissen. Aber ihre Gestalt war aufrecht, der Körper biegsam.

Ihr Vater hatte sie manchmal „Fürstin Amalie" genannt, nach der Frau, die hier vor 200 Jahren gelebt hatte. Nur der Unterschied eines Vokals war zwischen ihren beiden Namen. Unter Amalies Anweisungen war der Felsenpark entstanden, der in aller Ungezähmtheit doch Geborgenheit ausstrahlte. Aber der Park hatte die Fürstin nicht zu halten vermocht, und auch dem Ehemann gelang es nicht. Sie hatte sich Paris zur neuen Heimat gewählt – dreiundzwanzig Jahre lang blieb sie dort und sah ihren Mann in der Zeit kein einziges Mal. Hatte er all die Jahre auf sie gewartet? Warum nur ging sie zurück? War es Liebe, Sehnsucht, Überdruss in der Fremde, Armut?

Irgendwann stürzte sich die einst lebensfrohe Fürstin an dieser Stelle in den Strudel, der den Fuß des Felsens umspülte. Der Amalienfelsen. Warum sie sich das Leben nahm, das wissen die Götter. Was war aus ihrem Sohn geworden, dem einzigen Kind? Hat er der Mutter je verziehen?

„… Ihre Lebensuhr war abgelaufen, Amelie; die Fürstin wusste, wann ihre Zeit gekommen war, Abschied zu nehmen. Weißt du das auch?…"

Man soll keinen vor seinem Tod glücklich preisen.

Die Nacht war mild gewesen, und dennoch hatte sich Tau wie ein silbriger Film auf die Wiesen gelegt. Je mehr es in den Herbst ging, desto dichter zeigte sich der morgendliche Nebel, der von der Donau aufstieg. Nach dem sonntäglichen Morgenläuten brach die Sonne durch und wärmte Sandras Nacken, während sie sich über ihre Zeichnung beugte.

Kai hatte noch geschlafen, als sie losgegangen war. Sie entschied sich für den Ausblick, der sich unter der Felsenhöhle ausbreitete. Aus ihrem Bild schälte sich immer deutlicher die fette Silberschlange. Die Kraft der Sonne hatte sie aufgeweckt und nun machte sie sich träge dazu auf, nach Beute auszuspähen.

Der Donautalexpress ratterte durchs Tal. Kurz streiften sich Schlange und Zug, sie glitten aneinander vorbei, jeder ein anderes Ziel verfolgend.

Der dunkle Haarschopf einer Frau kam um die letzte Biegung, sie atmete schwer, als sie vor Sandras Sitzplatz Halt machte.

„Lissy, du hier? Ist das ein Zufall, oder hast du mich gesucht?“ Sandra spürte eine Mischung aus freudiger Überraschung und Unmut in sich aufsteigen. Selbst im letzten idyllischen Landschaftswinkel sollte es ihr an diesem Wochenende wohl nicht vergönnt sein, für eine Weile alleine zu sein.

Lissy setzte sich mit schuldbewusstem Blick neben Sandra.

„Dein Sohn hat mir aufgemacht und gesagt, dass du zur Höhle hoch gelaufen bist. Ich wollte dich nochmal sprechen, bevor morgen die Schule wieder losgeht. Ich kann morgen nicht einfach so tun, als wäre nichts passiert – und trotzdem, irgendwie muss der Alltag und das Schaffen ja weitergehen!“

Auch diese Zeichnung würde also wieder nicht fertig werden. Sandra verstaute sie in ihrem Rucksack.

„Es nimmt dich arg mit, oder? Bist du mit dem Friedhelm denn gut befreundet gewesen?“

Lissy trug eine hellblaue, leichte Jacke. Die Farbe stand ihr gut, stellte Sandra fest. Doch waren ihre sonst klaren graublauen Augen trüb und von dunklen Rändern eingefasst.

„Ich rechne es dir hoch an, dass du am Freitag Abend gleich mitgegangen bist, obwohl wir uns doch kaum kennen. Es war ein Schock für mich, den Friedhelm tot zu sehen, auch wenn er gar nicht schlimm aussah. Aber dass es ihn nicht mehr geben soll, das ist immer noch unfassbar für mich."

Lissy zog aus ihrer Jackentasche eine Packung hervor und schob sich eine Zigarette zwischen die Lippen – das erste Mal, dass Sandra sie rauchen sah.

„Du wirst es sowieso erfahren, Sandra: Leute reden, und es sieht vielleicht nicht besonders gut aus für mich. Es heißt, Friedhelm und ich hätten ein Verhältnis gehabt. Ich wollte nicht, dass du das von irgendwelchen Schwätzern hörst, die von nichts eine Ahnung haben!"

Bitter klang das.

„Wieso erzählst du mir das? Ich finde nicht, dass es mich was angeht, immerhin kennen wir uns kaum. Ich weiß ehrlich gesagt gar nicht, ob ich das alles wissen will!"

Jemanden vor den Kopf zu stoßen war sonst eigentlich nicht Sandras Art. Aber allmählich wurden ihr die Privatgeschichten dieser fremden Menschen doch zu viel.

„Sandra, du bist neu hier, und noch ohne Vorbehalte. Ich wollte mich einfach bei dir bedanken, weil du mir zur Seite gestanden bist. Das hat mir gut getan, du weißt gar nicht wie! Weißt du, ich finde dich sehr nett."

Sandra war entwaffnet. Das Angebot von Freundschaft war ein seltenes Geschenk.

Es kam nicht oft vor, dass sie eine Zigarette rauchte. Sandra zog eine aus Lissys Packung heraus und zündete sie an. Schweigend stießen die Frauen den Rauch ins Tal.

Die Kühle, die hinter ihnen aus der Höhle drang, ließ sie etwas dichter zusammenrücken.

Auf dem Heimweg grübelte Sandra über Lissys Abschiedsworte nach: „Du kommst dann morgen Abend, gell? Wir müssen mit der Gruppe besprechen, wie es weiter geht, jetzt, ohne Friedhelm. Wir müssen arg ran, damit wir es zur Aufführung gut hinkriegen. Normalerweise proben wir in den letzten vier Wochen vor der Aufführung fast jeden Abend. Gott sei Dank scheint dem Heiner die Rolle des Hauptmanns gut zu liegen."

„Was, du willst Friedhelms Stück trotzdem noch aufführen? Geht das denn überhaupt?“, fragte Sandra verblüfft.

„Es klingt vielleicht komisch für dich, aber ich meine, wir sollten Friedhelm damit eine letzte Ehre erweisen. Indem wir sein Stück aufführen – und vielleicht sogar einen Preis dafür erhalten! Ich hoffe, dass alle mitziehen. Ich hoffe es wirklich sehr.“

Fast jeden Abend proben, das war schon viel verlangt, aber es könnte auch Vorteile bringen, dachte Sandra: so würde sie sich schneller in der Theatergruppe zurecht finden, und sie bekäme in kurzer Zeit ein intensiveres Verhältnis zu ihrer Rolle. Sie hatte immerhin den großen Vorsprung der anderen aufzuholen.

Lissys Augen hatten fast ihr altes Leuchten zurück, als die Frauen sich trennten. Spontan gab Lissy ihr beim Abschied einen leichten Kuss. Weich und warm waren ihre Lippen, als sie einen Moment lang auf Sandras Wange ruhten.

Lissy hatte Schauspieltalent. Setzte sie dieses auch in privaten Begegnungen ein?

Sicher war, dass Sandra die lebhafte Frau mochte. Ihre spontane Herzlichkeit war erfrischend, Sandra empfand sich selbst im Vergleich dazu als spröde und unbeholfen. Offene, zupackende Menschen hatten es leicht, ihre Sympathie zu wecken.

Fast ohne es zu merken, hatte Sandra sich mit Lissy zu einem sonntäglichen Ausflug verabredet. Nach dem Mittagessen wollten sie sich am Mühlheimer Bahnhof treffen, um mit dem kleinen Expresszug nach Beuron zu fahren. Als interessantes Kleinod in der Nähe der großen Klosteranlage hatte Lissy von der kleinen Mauruskapelle gesprochen.

Die Fahrräder würden sie mitnehmen und damit den Rückweg sportlich gestalten.

„Paul, mein Lebenspartner, geht auch mit“, kündigte Lissy an. „Wir unternehmen sonntags immer etwas, weil wir uns unter der Woche so wenig sehen.“

Kai lag im Garten auf dem Liegestuhl und schien zu dösen, aber er war nicht allein: eine rundliche ältere Frau saß etwas steif auf einem zierlichen Gartenstuhl neben ihm. Trotz aller eindeutiger

Signale ließ sie sich nicht davon abhalten, mit Kai das Gespräch zu suchen.

„Der Pfarrer Lobmann tut so viel für die Jugend!“, schwärmte die Frau, die Sandra sogleich als Verena wieder erkannte, gerade dem Jungen vor.

Kai ließ sich hinter dem blauschwarzen Schleier seiner ungekämmten Haare nicht sehen.

„Es gibt sogar im Gemeindehaus ein Jugendcafé, da geht unser Patrick von der Theatergruppe auch immer hin ... von so etwas können andere Gemeinden nur träumen!“, wandte sich Verena an Sandra, die verschwitzt in den Garten trat.

„Ich bin zwar eigentlich katholisch und gehe auch regelmäßig ins Städtchen hoch in die Messe. Doch den Albert hab ich einfach gern. Ich kenn ihn ja auch schon seit seiner Kindheit.“

Wie sollte Sandra nur den ungebetenen Gast gleich wieder loswerden? Sie selbst brauchte jetzt nichts anderes als eine Dusche.

„Verena, grüß dich. Ich bin allerdings im Moment gar nicht auf Besuch eingestellt ...“ Sandra war entschlossen, sich nicht von ihrem Duschvorhaben abbringen zu lassen.

„Sicher, Sandra, ich bleibe auch gar nicht lang. Ja, sag einmal – du bist ja ganz verschwitzt! Bub, hol doch deiner Mutter mal einen Sprudel!“

Ohne Widerspruch quälte sich Kai von seinem Liegestuhl hoch und verschwand in der Küche, froh, Verenas Redeschwall entkommen zu dürfen. Sandra amüsierte sich: die energische, mütterliche Schwäbin hatte Stil. Zehn Minuten würde sie ihr gönnen.

Sandra zog einen der Gartenstühle in den Schatten und nahm Kai dankbar das volle Glas mit Mineralwasser ab. Sofort machte er auf dem Absatz wieder kehrt und flüchtete ins Innere des Hauses. Solange Verena bei ihnen war, würde er sich nicht mehr freiwillig blicken lassen.

„Du hast es ja geschickt erwischt, gleich am ersten Probeabend so ein Drama ...“, holte Verena aus.

„Für mich war es sicher halb so schlimm. Du hast doch sogar für Friedhelm gearbeitet, sagtest du. Ich kannte ihn ja nicht einmal. – Warum wolltest du mich denn eigentlich sprechen?" Den Grund für Verenas Besuch konnte sie jedoch bereits ahnen.

„Ich kann nichts dafür, aber die ganze Sache regt mich furchtbar auf. Ich habe ja schließlich tagtäglich mit Friedhelm zu tun gehabt! Ich kannte ihn schon von kleinauf."

Sandra beugte sich Verenas Redebedürfnis. Es gab einen Funken Neugierde, der sie dazu brachte, der älteren Nachbarin ihr Gehör zu schenken.

„Ich war gut mit den Eltern befreundet, weißt du – wir haben in ihren letzten Lebensjahren zusammen gelebt, bis beide gestorben sind. Krebs war es, bei allen beiden – der eine konnte halt ohne den anderen nicht auf der Welt bleiben. Eine lange Geschichte ist das."

„O nein, nicht jetzt ... " bat Sandra im stillen. Doch ihre unausgesprochene Bitte blieb ungehört.

„Ich bin praktisch ein Familienerbstück der Lobmanns. Komisch, gell? Ja, schon meine Eltern haben in der Alten Mühle gewohnt, und die gehörte einer schwedischen Familie, die man hier nie zu sehen bekam. Auch als es meine Eltern nicht mehr gab, bin ich im Haus geblieben. Und als die schwedische Besitzerin verstarb – das war vor etwa fünfzehn Jahren – da ging das Grundstück in die Hände der alten Lobmanns über. Sie waren entfernte Verwandte der Schwedin. Die Lobmanns haben mit mir das Haus notdürftig renoviert und sind mit eingezogen, während ihr jüngster Sohn, der Manfred, weitere fünf Jahre allein im Mesnerhaus wohnen blieb."

„Kinder hast du also keine, oder?", fragte Sandra.

„O doch, eine Tochter habe ich. Sie war nie ein besonders hübsches Kind – aber jetzt ist sie eine gebildete, elegante Frau."

In einem vertraulichen Ton fuhr Verena fort: „Keiner kennt Merits Vater. Das ist ganz allein meine Sache! Glaub mir, Sandra, ich weiß, wie schwer es ist, als alleinerziehende Frau eine uneheliche Tochter hier groß zu ziehen!"

„Warum bist du denn nie von hier weggegangen?" Verena hatte es geschafft. Ihre Lebensgeschichte begann Sandra zu fesseln.

„Wohin denn – und mit welchem Geld? Nein, die Lobmanns standen mir immer zur Seite. Sie haben mir oftmals kleine Arbeiten vermittelt, und ich musste keine Angst darum haben mein Dach über dem Kopf zu verlieren, selbst wenn es mit dem Geld mal knapper als sonst wurde.“

Merit – ein ungewöhnlicher Name, fand Sandra. In dieser unauffällig wirkenden, mitteilsamen Frau musste eine gute Portion Unkonventionalität stecken. Und das, obwohl Verena kaum je einen Fuß aus dem Donautal gesetzt hatte.

„Deine Tochter müsste wohl ungefähr in meinem Alter sein, stimmt‘s?“

„Das dürfte ungefähr hinkommen“, bestätigte Verena.

„Du wirst sie wahrscheinlich nie kennenlernen. Leider kommt sie nicht oft hierher – sie hat sich hier nie besonders akzeptiert gefühlt. Vielleicht hing es mit unserer Situation zusammen“, vermutete Verena ohne Vorwurf in der Stimme. Sie hatte gelernt die Dinge so zu akzeptieren, wie sie waren.

Plötzlich schien Verena von einer Unruhe erfasst zu werden, die sie aus vergangenen Zeiten zurück in die Gegenwart holte: „Nicht nur, dass Friedhelm ermordet wurde – jetzt ist auch noch die Amelie weg! Ich hab Angst, dass sie sich was antut!“ Die Panik in Verenas Stimme war unüberhörbar. Amelie schien ihr besonders am Herzen zu liegen.

Verenas Sorge überraschte Sandra nicht. Hatte sie selbst nicht erst kürzlich Amelie fast schon unter dem Zug gesehen?

In dem Moment veränderte sich etwas in Sandra, es mochte Resignation sein ... oder Hingabe an das Unvermeidliche, an das Schicksal. Sie begann zu akzeptieren, dass sie sich mitten in etwas befand, was anscheinend zu ihrem momentanen Leben gehören wollte.

Claudia hatte ihren Vater verloren, Amelie ihren Mann, und Lissy ... ?

In Sandra reifte ein Entschluss heran. Vielleicht würde es ihr gelingen herauszufinden, wer Friedhelm Lobmann umgebracht hatte. Wenn sie sich schon mit einbeziehen ließ, dann richtig.

„Sag mal, Verena – ist Amelie eigentlich krank – psychisch, meine ich? Das ist doch nicht normal, dass man bei ihr Sterbeabsichten vermutet", konfrontierte Sandra ohne weitere Umschweife die besorgte Frau.

„Na ja, krank ... da kenne ich mich nicht so aus. Ich selbst halte nichts davon, zu den Ärzten zu rennen. Weder zu den praktischen, noch zu den Psychologen. Amelie ist halt öfter unruhig, und sie ist keine glückliche Frau. Weißt du, wir ähneln uns irgendwie – wir beide sind Gefangene, die sich zu sehr an ihr Gefängnis gewöhnt haben, um es verlassen zu können. Und ich bin mittlerweile sowieso schon zu alt dafür."

„Warum sprichst du von Gefangenschaft?", wunderte sich Sandra.

„Amelie ist doch frei wie ein Vogel und treibt sich den ganzen Tag sonstwo herum. Konnte sie denn nicht schon immer tun und lassen, was sie wollte?"

„So einfach ist das nicht. Amelie passt eigentlich nicht hierher, sie ist im Herzen eine große Künstlerin – meiner Meinung nach hätte sie auf eine Akademie gehört, für Malerei vielleicht, oder auf eine Schauspielschule. Aber ihre Eltern sind sehr konservativ und wollten sie unter der Haube wissen, und nicht zu weit weg von sich. Die hohen Felsen des Donautals, die sind ihre Gefängnismauern", sagte Verena pathetisch.

Sandra wagte einen Vorstoß. „Hast du eigentlich eine Idee, was an dem Mordtag passiert sein könnte?", fragte sie. Da rannte sie bei Verena offene Türen ein.

„Friedhelm war praktisch mein Vorgesetzter – ich arbeitete bei ihm, wie auch in anderen Firmen, mal als Putzkraft, mal als Handlangerin. Beim Albert mache ich in der Pfarrei auch manchmal sauber. An *dem* Abend jedenfalls wollte ich zum Friedhelm, um zu fragen, ob ich an der letzten Bestellung noch was tun sollte. Fünfzig Trokare sollten am Freitag noch rausgehen. Als ich ihn am Morgen anrief sagte er mir, dass er es allein fertig machen wollte, auch das Einpacken. Ich solle mich lieber um Amelie kümmern, hat er gesagt. Bis zum Beginn der Theaterprobe wollte er fertig sein. Amelie war also bei mir, ich hab es nämlich sehr gern, Besuch bei mir zu haben. Wir haben Salziges eingekocht und ein neues Rezept ausprobiert, mit eingelegten Pilzen. Die kann man dann ewig aufheben.

Amelie hat weiter eingekocht, und ich bin zwischendrin zum Friedhelm geradelt um zu sehen, ob er fertig wird. Am Spätnachmittag war das. Ich bin zum Hintereingang der Werkstatt, durch den Garten. Doch hinterm Haus stand Lissys Fahrrad, und Friedhelm machte nicht auf, als ich klingelte. Was das heißt, kannst du dir ja denken. Ich bin jedenfalls wieder heimgefahren und habe mit Amelie noch eine Weile in der Küche geschafft. Leid hat sie mir getan! Die Lissy kann von den Männern ihre Finger nicht lassen. Und besonders nicht vom Friedhelm.

Wir hatten viele Pilze zu verarbeiten, die hatte Amelie vorher gesammelt. Sie kennt die besten Plätze, tief im Wald. Mir wäre es weit zu anstrengend gewesen, dorthin zu klettern."

Bilderfetzen zogen vor Sandras innerem Auge vorbei: angetrockneter Matsch an Amelies Schuhen, ihr blaues Kleid, an einer Seite eingerissen. Wie eine Wolke, kurz vor dem Ausbruch.

„Du meinst, Amelie war bei dir, bis die Theaterprobe anfing? Aber sie ist doch erst nach dir ins Gemeindehaus gekommen, sogar noch später als ich", erinnerte sich Sandra.

„Das ist meistens so", erklärte Verena. Sie sah Sandra mit einem neuen Ausdruck in den Augen an – als nehme sie sie zum ersten Mal richtig zur Kenntnis. Die redselige Frau schien es nicht gewohnt zu sein, dass jemand ernsthaft ihren Worten folgte und durch Rückfragen bewies, dass er über sie nachgedacht hatte.

„Amelie spielt in dem Stück ja nicht mit, da sie für die Kostüme und das Bühnenbild zuständig ist – obwohl sie es könnte, denn ganz früher hat sie öfter mal gute Rollen übernommen. Bis Lissy dazu kam ... Amelie hat viele Talente. Jedenfalls muss sie nicht unbedingt pünktlich da sein, wenn wir mit der Probe beginnen. Sie räumte noch in meiner Küche auf und kam dann nach."

Demnach waren Amelie und Verena zur Tatzeit zusammen gewesen und hatten in der Küche gearbeitet.

In der Mauruskapelle

„Du solltest nicht ohne Helm fahren!“ Ruhig und bestimmt sagte er das. Paul Schaffer, der einen stahlblauen Helm in schnittiger Stromlinienform neben sich auf dem Sitz hatte, versuchte seine Gereiztheit im Zaum zu halten.

Lissy hingegen kontrollierte ihre weitaus weniger.

„Was soll *das* denn jetzt? Du weißt doch, das ich Helme hasse! Bestimmt wieder so eine amerikanische Unart, die wir Deutschen meinen übernehmen zu müssen, diese Helmtragerei.“

Und dann, spitz von der Seite: „Wahrscheinlich tragen die meisten einen Helm sowieso nur wegen des Aussehens, weil man einfach mehr damit auffällt – und weniger wegen der Sicherheit!“

„Und wenn schon?“ Pauls Ton verschärfte sich.

„Hauptsache, er schützt – oder nicht?!“

Sandra stöhnte innerlich. Solche Diskussionen kannte sie zur Genüge aus ihren Zeiten mit Tom. Unsinnig, sie weiter zu führen.

Sie hievten die Fahrräder in einen Waggon des Zuges und setzten sich Knie an Knie gegenüber. Kai hatte einen Fensterplatz, seine verstruwwelten dunklen Haare hingen ihm halb vors Gesicht. Auch ihm musste das Gespräch bekannt vorkommen.

Er hingegen ärgerte sich gerade besonders darüber, dass seine Mutter ihm verboten hatte, seinen Discman mitzunehmen. So, wie die Stimmung im Moment war, hätten sie sich ihr Streitgespräch beim Mittagessen auch sparen können.

„Gibt es einen vernünftigen Grund, warum ich auf dem Ausflug keine Musik hören sollte?“, hatte Kai aufgebracht gefragt.

„Du weißt doch genau, warum. Wenn du die Kopfhörer aufhast, dann ist es so, als wärst du gar nicht dabei“, hatte Sandra, zuerst noch geduldig, ihm zu erklären versucht.

„Warum darf ich dann nicht gleich hierbleiben? Und wenn Claudi kommt, wäre ich da."

„Heute ist Sonntag, und ich möchte gern was von dir mitkriegen. Wenn du zu Hause bleibst, dann sitzt du vor dem Computer, sonst nichts. Und es reicht auch noch, wenn du Claudia morgen wieder siehst. Sie wird nicht erwarten, dass du rund um die Uhr für sie da bist."

„Und was ist, wenn ich gar nicht will, dass du von mir was mitkriegst? Wie willst du mich denn dazu zwingen, dass ich mich stundenlang nett mit dir und deinen neuen Freunden unterhalte?"

„Kai, jetzt versteh doch – es ist einfach sehr unhöflich, wenn man sich nicht mit den Leuten unterhält, mit denen man zusammen ist. Und versteh doch bitte auch, dass ich einfach das Bedürfnis habe, etwas mit dir zusammen zu unternehmen! Wir leben schließlich zusammen, und du bist mir nicht egal."

Jetzt wurde es kritisch. Sandra spürte, dass ihre Stimme im nächsten Moment entweder ins Weinerliche kippen oder deutlich an Lautstärke zunehmen würde.

Kai war es, der dem Gespräch ein Ende setzte. Mit Schwung schob er seinen Stuhl zurück, so dass ein grell quietschender Ton entstand. Sandra vermied, auf dem gekachelten Boden nach einer Schleifspur zu suchen.

Auf dem Weg in sein Zimmer behielt diesmal Kai das letzte Wort:

„Deine Regeln sind manchmal so dumm, die könnte sich glatt Hitler ausgedacht haben, weißt du das?"

Dass Kai dennoch, ohne ein weiteres Wort zu verlieren, mitgegangen war, grenzte an ein Wunder.

Er hatte sich sogar zurecht gemacht. Um sein Armgelenk hatte er ein schwarzes Armband gebunden, das mit seinen kurzen, metallenen Stacheln an ein Hundehalsband erinnerte. So würde ihm sicher keiner zu nahe kommen.

Der Umgangston zwischen Lissy und Paul schien für die beiden normal zu sein. Der Gereiztheit folgte ein zärtlich-ironischer Schlagabtausch.

„Also wirklich, Schatz! Willst du jetzt schon dein Vesper auspacken? Wir sind doch gerade erst losgefahren“, mahnte Lissy scherzhaft ihren Freund, dessen Magerkeit von seiner silbrigen Fahrradkluft, wie Sandra fand, unangenehm betont wurde. Ein bisschen Bauch schadete der Attraktivität eines Mannes keineswegs, fand Sandra. Sie fragte sich, wohin Lissy sich an dem Mann schmiegen könne, denn seine spitzen Hüftknochen und eckigen Schultern luden nicht sehr zum Kuscheln ein. Vielleicht tat sie es ja auch einfach nie. Wesentlich älter war er zudem – Sandra schätzte ihn auf Mitte Fünfzig und damit auf circa fünfzehn Jahre älter als seine Freundin.

Da war es wieder, dieses kurze, unberechenbare Ziehen im Brustraum. Toms Bauchnabel fiel ihr ein: das dunkle Auge, das, eingebettet in einem sanften Pölsterchen, ihr gern keck zugezwinkert hatte.

„Ich habe Wasser und Wein dabei – passend für einen Ausflug zu einer Kirche!“ Lissy zog zwei metallene Flaschen aus ihrer Tasche und schraubte einen der Verschlüsse auf. Ein säuerlicher Duft entströmte dem Behälter.

„Nein, danke!“, wehrte Sandra ab. Wein, schon um die Tageszeit?

Pauls feste Stimme riss sie aus ihren Gedanken: „Und, habt ihr denn schon mal eine gescheite Fahrradtour hier durchs Tal gemacht? Ich bin morgens oft unterwegs, noch kurz vor der Arbeit, und fahre geschwind nach Fridingen hinüber, wegen der Fitness. Ich glaube, ich habe dich beim Vorbeiradeln auch schon mal wo hocken sehen. Kann das sein?“

Ein heller Blitz zuckte durch Sandras Erinnerung – verschwommen sah sie nochmals den rasanten Fahrradfahrer vor sich, der an ihr vorbeigeschossen war, als sie am Heiligenbrünnle beim Zeichnen gesessen hatte.

„Es hat auch Vorteile, wenn man nicht ganz so schnell ist“, erwiderte Sandra abwesend. Ihr Blick schlängelte sich mit der dunklen Donau durch die blumenübersäten Wiesen. Sie spürte wieder die kleine Mücke in ihrem Augenwinkel und sah die schmale Frau mit den blonden Haaren, wie sie auf den Gleisen balancierte. Das Bild hatte jetzt etwas Unwirkliches an sich.

Vielleicht war der Zug, in dem sie jetzt saßen, derselbe gewesen, der auf Amelie zugerast war.

„Man sieht mehr und kriegt was von der Umgebung mit. Dieses exzessive Schnellfahren wäre nichts für mich!“, betonte Sandra und sah Paul an. Seine Lippen lagen in schmalen Linien aufeinander, und seine dunklen Augen wirkten immer leicht zusammen gekniffen. Hatte er Amelie an jenem Morgen eigentlich auch gesehen? Und wenn ja – hätte die Szene ihn dazu veranlassen können, seinen sportlichen Ehrgeiz zu unterbrechen?

Wahrscheinlich nicht. Sandra löste ihre Augen von dem kantigen Gesicht, dem auch der kurz geschnittene Schnurrbart nichts Weiches verleihen konnte. Und sah wieder aus dem Fenster.

War das Täuschung oder Wirklichkeit? Unterhalb den zerklüfteten Felsen, die krumm und schief wie schlecht gepflegte Riesenzähne aus grünem Gestrüpp hervorlugten, bog sich der schmale Radwanderweg, den Spaziergänger und Radfahrer vereinzelt belebten.

Der Rücken war es, so, wie er sich beim Fahren krümmte, oder waren es die Haare, die Art, wie sie locker zusammengebunden waren? Sandra erkannte sie gleich.

Auf den Gepäckträger war ein kleines Bündel geklemmt. Die Frau trat gleichmäßig in die Pedale, ohne Hast, und ohne den entgegenkommenden Fahrrädern auszuweichen. Es lag an ihnen, den Weg zu räumen. Nicht aus Stolz oder um Macht zu demonstrieren setzte sich die Radfahrerin anscheinend skrupellos durch, sie war einfach tief in Gedanken versunken. Ihr Körper aber funktionierte so, wie er es gelernt hatte. Die schlanke, blonde Frau nahm einfach nichts um sich herum wahr, sie fuhr wie unter fremdem Befehl. Amelie war auf dem Weg nach Hause.

In Sekundenschnelle hatten sie das flüchtige Bild wieder hinter sich gelassen.

„Habt ihr sie auch gesehen?“, fragte Sandra.

„Du meinst die Amelie? Sicher, die fällt doch überall auf,

auch wenn sie sich wie ein graues Mäuschen gibt!" Pauls überhebliche Bemerkung machte ihn Sandra nicht gerade sympathischer.

„Die läuft sowieso nicht mehr lange frei herum", fügte er noch hinzu.

„Das ist ja wohl glasklar, dass die verrückte Geiß den Friedhelm ermordet hat. Sie hat ihn vielleicht geliebt, aber als Ehefrau und Mutter war sie eine Katastrophe. Nur ihre Kunst und die Natur im Kopf, sonst nichts!"

„Aber warum sollte sie ihn denn umgebracht haben?", fragte Sandra irritiert. „Da braucht es doch einen Grund dazu!"

„Na, Eifersucht natürlich. Friedhelm machte kein Hehl daraus, dass er bei anderen Frauen Abwechslung suchte. Und weil sie ihm nicht gewachsen war! Friedhelm war ein intelligenter Mann der Tat, und seine Frau eine versponnene Träumerin." Paul ließ keinen Zweifel daran, was er von Amelie hielt.

Da schaltete sich Lissy ein, nachdem sie noch einen Schluck aus der silbernen Flasche genommen hatte. Ihre Wangen waren rot und erhitzt. „Der Friedhelm war nicht einfach", verriet sie. „Er war ein Wüterich. Er konnte einen mit Worten genauso quälen, wie andere mit ihrer Körperkraft – Friedhelm wusste genau, wie er jemanden treffen konnte. Das hat auch seine Tochter zu spüren bekommen."

In der Mauruskapelle küssten sie sich. Vor der Kreuzigungsszene und sehr zärtlich. Die Jünger Christi schauten dabei zu.

Sandra kam sich vor wie bei einer Trauung, bei der nur noch der Pfarrer fehlte.

Die mit Aquarellfarben aufgetragenen Fresken mit den vielen Goldflächen und Palmenmotiven erzeugten eine mystische Stimmung und Assoziationen zu Ägypten.

Sie waren in Beuron ausgestiegen und hatten sich in dem kleinen Dorf, das vom Klosterleben geprägt war, umgeschaut. Im kleinen Laden des Klosters kaufte Sandra Leckereien und eine Postkarte. Unter dem Vogelmotiv stand: „Fliege dich frei!". Die wollte sie Tom schicken. Ob er den Hinweis darin auf seine Chinapläne verstehen würde?

An der Kasse stand ein großer, junger Mann in schlichter Kleidung. Sandra stellte sich vor, dass er zu den Benediktinern des Klosters gehörte, und der Verkauf im Laden sein einziger Bezug zur Außenwelt wäre. Ruhig bediente er einen Kunden nach dem anderen, und schaute auch den Frauen frei ins Gesicht.

Etwas außerhalb stand die kleine Mauruskapelle am Wegesrand, umschlossen vom Sommergrün des Waldes.

„Hier bekräftigen Paul und ich einmal im Jahr unsere Partnerschaft", erklärte Lissy den Ausbruch von Zuneigung. Hinter ihr verdrehte Kai seine Augen, soviel Sandra zwischen seinen Haarsträhnen erkennen konnte.

„Vor fünf Jahren hat Paul hier um meine Hand angehalten, und seither betrachten wir uns als verlobt. Es klingt altmodisch, ich weiß. Aber wir lieben diesen Zauber, der über der kleinen Kapelle liegt. Sind diese Malereien nicht wunderschön und so gar nicht passend zu dem, was man sonst aus dem neunzehnten Jahrhundert in Kirchen kennt? Für das Kitschige habe ich nämlich nicht so viel übrig."

Sandra fragte sich, wann einer solch langen Verlobungszeit die Hochzeit folgen sollte. Das Paar lebte nicht einmal zusammen. Konnte Lissy sich einfach nicht richtig auf Paul einlassen, weil sie sich insgeheim für einen anderen Mann – für Friedhelm? – freihalten wollte?

Als hätte er einen Teil ihrer Gedanken gelesen, ging Paul auf Sandras Überlegungen ein:

„Ich würde sie gern auch hier drin heiraten", sagte er und legte seinen hageren Arm um Lissys Schultern, „aber die Dame ist sehr standhaft. Sie glaubt, dass der Ehealltag die Liebe tötet. Ich bin schon über fünfzig und finde, es wird endlich Zeit, dass wir zusammen leben. Was meinst du dazu, Sandra – kannst du nicht einen guten Einfluss auf meine Verlobte ausüben?"

„Sicher!", erwiderte Sandra. „Ich könnte versuchen sie davon abzuhalten, dich zu heiraten."

Stirnrunzelnd sah Paul zu Sandra, unsicher, ob die Frau mit dem undurchdringlichen Gesicht einen trockenen Humor oder nur offen ihre Abneigung formuliert hatte. Sein linkes Auge zuckte nervös.

„Du findest mich zu alt für Lissy, stimmt's? Oder bist du etwa eine frustrierte Sitzengelassene, die selbst keinen Mann halten kann, und anderen nichts gönnt?" Pauls zur Oberlippe hin gebogene, lange Nasenspitze wippte beim Reden auf und ab.

Stille. Kai zog seinen Vorhang einen Spalt zur Seite.

Sandra beschloss, dem Gespräch eine versöhnliche Wende zu geben:

„Wie kann man schon sagen, was für andere gut ist? Frustriert, ja – das *war* ich. Für mich war eine Beziehung immer wie eine Waagschale: jeder hat auf eine der beiden Schalen was drauf gegeben. Und wenn das Gewicht ungleich war, gab es Frustrationen. In meiner letzten Partnerschaft war es oft so, dass die Waagschale nicht ausgeglichen war!"

Lissy und Paul hielten sich an der Hand, der sportgestählte Mann lehnte sich gegen seine schlanke Freundin, die dem Gewicht kaum standhalten konnte. Was Paul auf seine Seite legte, wurde von Lissy bestimmt nicht ausgeglichen.

Resigniert ließ Jesus vor den beiden den Kopf hängen. Vielleicht war er ja auch nur erschöpft, denn Liebe in die Welt zu tragen, war doch eine schwere Aufgabe.

Kai streifte sich ein zweites Stachelarmband über, kämmte sorgfältig seine Haare und schlang sich ein schwarz-weiß-gesprenkeltes Tuch um den Kopf, das Sandra zu ihrem letzten Geburtstag geschenkt bekommen hatte. Auf seinem viel zu weiten T-Shirt prangten riesige, grellgrüne Wörter:

„Fuck off, Nazis!", entzifferte Sandra.

Der Abend war mild, und der Garten ausgetrocknet. Sandra hielt beim Gießen inne.

„Was hast du vor?", fragte sie.

Das Erste, was Kai getan hatte, als sie hungrig und verschwitzt von ihrer Fahrradtour heimgekommen waren, war es, den Anrufbeantworter abzuhören. Lissy und Paul hatten sich gleich verabschiedet, Paul kurz angebunden, und Lissy mit einem herzlichen Händedruck.

Sandra hatte Claudias Stimme gleich erkannt: kurze, ruppige Sätze mit einer hellen, sanften Stimme. Ein reizvoller Kontrast.

„Ins Jugendcafé. Claudia ist auch da“, antwortete Kai. Es schien ihm eilig, aus dem Haus zu kommen.

Er hatte also doch zugehört, als Verena ihre Lobeshymnen über den aktiven Pfarrer geschwungen und vom Jugendcafé erzählt hatte. Die Jugendlichen brächten ihre CDs mit, die sie so laut aufdrehen durften, wie sie wollten, und manchmal würden sie auch Karten spielen. Ein Tischfußball sei auch da, hatte Verena berichtet.

Kai schnürte sich die schwarzen Stiefel, die Sandra viel zu warm für die Jahreszeit fand, mit den roten Schuhbändeln zu. Sandra hatte am Ort noch keinen Jugendlichen bemerkt, der darum bemüht gewesen wäre sich äußerlich von den anderen besonders abzuheben. Und in der Regel erschienen ihre Schüler morgens adrett und frisch gewaschen zum Unterricht.

Kai sorgte also dafür, dass er auffiel.

Sandra sah ihrem Sohn beim Zuschnüren seiner Stiefel zu. Seine schmalen, langen Finger mühten sich mit den groben Schnüren ab, die ihm immer wieder entglitten. Sie widerstand dem Impuls, ihm behilflich zu sein. Es überkam sie der Wunsch, ihn vor allen Übeln der Welt zu beschützen.

„Du kommst bitte bis um zehn Uhr nach Hause, ist das klar? Und lasse dich auf keine Raufereien ein!“, mahnte sie ihn.

„Mum, wir sind hier nicht im Bohnenviertel in Stuttgart. Wahrscheinlich hören die hier noch ‚Guns and Roses‘ und trinken brav ihre Cola. Die rauchen auch höchstens Gras und kennen sonst keine Drogen“, sagte Kai. Das war wohl als Beruhigung gemeint.

Sandra erlaubte sich, einen Zipfel seines Kopfschmuckes in aller Zärtlichkeit so gerade zu zupfen, wie er es gerade noch duldete.

Plötzlich war Sandra sehr froh darüber im stillen Donautal zu wohnen, und nicht mehr dem Getriebe der Großstadt ausgeliefert zu sein.

Den Mord hatte sie für einen Moment vergessen.

Der Imker

Vor Sandras Grundstück stand ein schwarzes Motorrad. Leo liebte Motorräder. Sie waren für ihn der Inbegriff von Abenteuer, Männlichkeit und Kraft. Er stellte sich vor, wie das Gefühl von Macht den Körper in eine fiebrige Lust versetzt, die stärker wird, je kurviger und verlassener die Straße ist: ohne Hindernis, das einen zum Bremsen zwingt.

Allerdings hätte er sich nie freiwillig auf solch eine Höllenmaschine gesetzt.

Das war wahrscheinlich der Tatsache zuzuschreiben, dass sein bester Jugendfreund auf einem Motorrad ums Leben gekommen war.

Der Freund war auf dem Weg zu seiner Freundin gewesen, der goldene Sonnenuntergang hatte ihn aus dem Haus gelockt. Die Felder strahlten weizengelb, und er fuhr seine Maschine aus, biegsam legte er sich in jede Kurve. Doch eine musste er verpasst haben, denn die Sonne leuchtete ihm in aller Großzügigkeit direkt ins Gesicht und blendete damit seinen Blick.

Nichts war mehr zu sehen, grelles Weiß überall, und der Freund fuhr geradeaus, immer weiter ins Licht hinein – bis ein entgegenkommendes Auto seine Fahrt abrupt beendete.

Dass Kirschen-Ralph ein Motorrad-Freak war, hätte er sich ja denken können.

Es war Leo sofort klar, dass Ralph Sandras Heimkehr abpassen wollte. Glaubte er etwa, sie ließe sich von Männern mit Helm beeindrucken? Jedenfalls hatte *er* ein Wochenende mit Sandra am See verbracht, und nicht der hübsche ‚Mann für alles'.

Leo öffnete den Kofferraum und holte Sandras Reisetasche heraus, die Tüte mit dem nassen Badezeug gleich dazu. Die Kiste mit den Lebensmittelresten, die sie in der lauschigen

Ferienwohnung am See nicht aufgebraucht hatten, wollte er in ihre Küche tragen. Das Essen war ihnen nicht so wichtig gewesen, und die Fischstände am Ufer einladender als die Spaghettipackungen.

Auf dem Heimweg vom Bodensee waren sie zwischen allen rotköpfigen Wochenendausflüglern im Stau gestanden, die Sonne stach ins Rückfenster. Jedes Mal, wenn Leo den Impuls hatte seine Hand auf Sandras Knie zu legen, hielt er sich zurück. Er wollte es schließlich nicht übertreiben.

Das harte Tok-Tok, das aus dem Garten an seine Ohren drang, ließ ihn Ralph schon vor sich sehen. Leo stellte sich vor, wie er Holz spaltete und aufeinander schichtete: seine muskelharten Arme schwangen wie eine Maschine auf und ab und ließen keinen Takt aus. Vor ihm wäre der bereits gespaltene Haufen schon so hoch, dass Leo nicht mehr darüber hinweg schauen könnte.

„Wie schön – der Manfred ist da!“ Sandra ließ alles stehen und liegen und lief zur Wiese hinüber.

An der Grenze zum Acker machte sich ein Mann an gelben Holzkästen zu schaffen. Neben ihm hingen an einem Ast zwei Helme: ein großer, knallroter, und ein gleichfarbiger, wesentlich kleinerer. Manfred Lobmann, der ehemalige Mesner, schaute nach seinen Bienen. Ein paar Meter hinter ihm – wohl, um sich vor den Bienen zu schützen – stand ein kleiner, etwa vierjähriger Junge, schmal und mit kurzen blonden Haaren. Als er sich umdrehte und zu Sandra schaute, zog sich ein verschmitztes Grinsen über sein Gesicht.

Sein Vater hatte einen Eimer in der Hand, den er soeben auf den obersten der Bienenkästen umgekehrt einsetzte. Der mit vielen kleinen Löchern durchstoßene Deckel ließ die darin enthaltene Flüssigkeit träge ausströmen. Die kleinen Insekten summten aufgeregt um den Mann herum, als wären sie kurz vor einem Angriff. Manfred Lobmann war dabei, in ihr Revier einzudringen.

Das rhythmische Geräusch, das Leo mit dem des Holzspaltens verwechselt hatte, drang aus dem offenen Kellerfenster.

Leo stand unschlüssig herum bis er beschloss, Sandras Taschen zum Haus zu tragen. Sie und Manfred Lobmann begrüßten sich herzlich wie alte Freunde.

Kurz vor der Haustür stockte Leos Atem und er spürte den Puls höher schlagen. Ein tierischer Laut ließ ihn innehalten und er blieb wie eingefroren stehen. Sein erster Gedanke war, dass die Katze sich irgendwo im Haus verletzt und jämmerliche Qualen auszustehen hatte. Womöglich hatte das harte Klopfen aus dem Keller etwas damit zu tun. Auch Sandra und ihr Imkerfreund starrten bange zum Haus hinüber. Nur die Bienen summten fröhlich weiter.

Da hörte der geräuschvolle Spuk mit einem Schlag auf.

„Was ist da nur ...“, begann Sandra gerade kreidebleich, als sich ein rotbehaarter Kopf aus dem Kellerfenster schob. Den Typ mit den wilden Rastalocken hatte Leo vorher noch nie gesehen; in der einen Hand eine Zigarette, und in der anderen einen dünnen Stock, klopfte er fest und rhythmisch gegen den Fensterrahmen. Den Rauch dazu blies er im selben Takt aus.

Neben ihm tauchte ein weiteres Gesicht auf, das Leo zuerst nicht erkennen konnte, da sich eine Flasche Mineralwasser davor befand.

Kai spülte sich die Kehle aus, er war vom Singen heiser geworden. Sein Kumpel, der ihn auf einem Schlaginstrument begleitet hatte, legte den Stock hin, um die angebotene Flasche entgegenzunehmen.

„Hey, ihr!“, rief Kai den Ankömmlingen kein bisschen verlegen zu. „Unsere Band heißt ‚Selbstmord in Samt‘ – wie findet ihr den Namen?!“

Seinem unfreiwilligen Publikum stand der Schreck noch eine Weile im Gesicht geschrieben.

Leo wünschte sich, Sandra würde ihm ein Zeichen zum Bleiben geben, er wollte gern den Bruder des Pfarrers kennenlernen. Unter einem Imker stellte er sich einen unerschrockenen Einzelgänger vor, der wenig Wert auf die Gesellschaft anderer legte. Wer sonst würde sich freiwillig mit dem stachelbewaffneten Volk beschäftigen?

Die Bewegungen des Mesners, der vor Jahren seine Zelte in Mühlheim radikal abgebrochen hatte, waren langsam und bedächtig. Als müsse er bei jedem Schritt genau prüfen, ob der Boden unter ihm stabil genug sei, um ihn zu tragen. Das kann jedoch nicht an seinem Gewicht gelegen haben, denn auch er war, wie sein Bruder Albert, nicht sehr groß, im Gegensatz zu jenem aber schmal gebaut. Seine gebräunte Haut bewies, dass er sich viel an der frischen Luft aufhielt.

Manfred Lobmann hatte eine Flasche Weißwein auf den Gartentisch gestellt.

„Ich wusste ja nicht, wann du zurückkommst“, sagte er zu Sandra, während er die Flasche entkorkte. „Aber ich dachte, du freust dich auf jeden Fall über eine gute Flasche Wein.“

„Lange kannst du ja noch nicht hier sein, so kalt, wie die Flasche noch ist“, stellte Sandra fest, und sah sich das Etikett genauer an.

Sandra und Manfred sahen sich nicht oft. Erst am Morgen hatte sie Leo von ihrer losen Freundschaft zu dem naturverbundenen Mann erzählt. Wenn er nach Mühlheim kam um nach seinen Bienenkästen zu sehen, lud sie ihn immer zu einem Kaffee und einem Plauderstündchen ein. Sie mochte Manfreds zurückhaltende Art und seine ruhige Ausstrahlung.

„Den haben wir gestern auch getrunken, wir waren nämlich ganz in der Nähe des Weinanbaugebietes“, brachte Leo sich ein. Er hatte den Wunsch, jeden wissen zu lassen, dass Sandra und er zusammen weg gewesen waren – vielleicht, um sich selbst zu bestätigen, dass die gemeinsamen Tage tatsächlich stattgefunden hatten.

Auf dem Teich hüpften Wasserflöhe, ihr kleiner Aufprall verursachte überall auf der Oberfläche verteilt konzentrische Kreise. Leo versuchte in deren Mitte Steinchen zu werfen, bevor die Kreise sich in der Unendlichkeit auflösten.

Dann setzte er sich zu Sandra und Manfred. Sie hatten auch für ihn ein Glas mit dem gekühlten Meersburger Weißwein gefüllt.

„Was war das denn für ein Eimer, den Sie auf die Bienenkiste gestellt haben?“ Leo sah, dass die Bienen sich in ihre Kästen zurückzogen und führte das auf Manfreds Aktion zurück.

„In dem Eimer ist Zuckerwasser drin, das sickert durch die kleinen Löcher des Deckels in die Bienenkästen hinein. Die Bienen sind jetzt zurück in ihre Kästen geflogen und saugen die Flüssigkeit auf. Das hilft ihnen, sich auf die Winterzeit vorzubereiten." Das hörte sich ziemlich professionell an.

„Sind Sie denn gelernter Imker?", fragte Leo.

„Mein Vater hat es mir beigebracht. Er hat hier einige Bienenvölker gehabt", erinnerte sich Manfred.

„Als ich hier noch Mesner war, hab ich die Bienen so nebenbei betrieben. Für mich allein hat das kleine Einkommen damals gereicht. Aber heute mache ich die Imkerei tatsächlich professionell. Und weil der Honig von hier besonders schmackhaft und würzig ist, lasse ich weiterhin ein paar Kästen stehen."

„Wie läuft es denn?", fragte Sandra interessiert.

„Der Honig ist beliebt, aber sehr einträglich ist er nicht ... unser Einkommen reicht uns gerade so. Die drei Buben essen uns fast die Haare vom Kopf."

„Und deine Frau? Arbeitet sie inzwischen wieder?"

„Ab und zu hilft sie in einem Buchladen aus, und sie beliefert ein Café bei uns um die Ecke mit selbstgemachten Vollkornprodukten. Das kriegt sie mit den Kindern zusammen ganz gut hin. – Doch ohne meinen Erbteil, den Friedhelm mir noch zu seinen Lebzeiten ausbezahlt hat, wäre unsere Situation viel schwieriger. Aber ich will nicht klagen – es geht uns gut!" Zur Bekräftigung kniff Manfred liebevoll in Samuels Wange.

Im Keller wurde heftig diskutiert. Die Jungs versuchten wohl, sich auf einen Stil zu einigen. Satzfetzen wie: „Bloß kein Eminemscheiß!" und: „...voll spontaner Text ..." flogen durch das Kellerfenster und ihnen um die Ohren. Sandra stand auf und drückte das Fenster energisch zu, nicht ohne die Jugendlichen auf ihr Bedürfnis nach Ruhe aufmerksam zu machen.

„Warst du schon bei Albert?", fragte Sandra, nachdem sie einen Schluck getrunken und sich in ihrem Korbstuhl zurückgelehnt hatte.

Dass sie eine Genießerin war und sich gut zu entspannen wusste, hatte Leo an dem Wochenende mit ihr erlebt. Abends waren sie auf dem kleinen Balkon der Ferienwohnung gesessen, vor sich eine Schale mit Pistazienkernen und der blauseidene Bodensee. Ihre Füße, die sie gern auf einem niedrigen Hocker aufgestützt hatte, blieben meistens strumpflos. Matt und silbrig hatten ihre Zehennägel im Dunkeln geglänzt.

Manfreds kleiner Samuel kniete neben ihnen in der Wiese, er musste einen Käfer oder anderes Kleingetier entdeckt haben, voller Eifer stocherte er mit einem Zweiglein im ungemähten Grasdschungel herum. Dabei rutschte ihm der linke Bügel seiner Brille vom Ohr. Konzentriert blinzelte er über den Brillenrand hinweg auf seine winzige Beute.

„Albert war gar nicht zu Hause, er hatte seine Altdamenrunde, Bibelkreis oder so. Aber ich habe mit Mara einen Kaffee getrunken und etwas von ihrer wundervollen Panacotta genascht."

„Ist sie denn Italienerin?", fragte Leo, der nach einem Stichwort suchte, um sich an der Unterhaltung zu beteiligen.

Manfred grinste amüsiert, als er an Mara dachte.

„Sie haben sie noch nicht kennengelernt, was? Ja, ihre Eltern sind Italiener, aber aufgewachsen ist sie in Berlin. Jedenfalls stemmt sie genauso wie eine italienische Mama ihre Hände in die Hüften, wenn sie streng wird. Mara ist zwar ziemlich klein – aber sie kann sich durchsetzen!"

Sandra und Manfred plauderten unbekümmert in den Abend hinein. Währenddessen legte der kleine Samuel einen Zoo an, indem er viele kleine Zweige als Käfige in den Boden steckte. Kai und sein Kumpel rumpelten in der Küche herum.

Leos Gedanken schweiften ab. Er dachte an Köln, laue Abende in den Biergärten und hübsche Frauen, mit denen es sich gut Knie an Knie sitzen ließ. Er streckte seine Beine aus, bis seine Schuhspitzen Sandras Stuhlbeine berührten. Da schob sich ihr großer Zeh mit seinem glatt polierten Nagel in die Öffnung seines Hosenbeines. Mit einem Ruck kehrte Leos Aufmerksamkeit in die Gegenwart zurück.

„Es fällt mir schwer, an Friedhelms Haus vorbei zu gehen", hörte er Manfred gerade sagen.

„Ich bin ja nicht oft hier, seit ich von Mühlheim weggezogen bin, und das ist schon zehn Jahre her. Aber bis der Täter – oder, die Täterin – gefasst worden ist, werde ich Mühlheim weitgehend meiden wie die Pest!"

Hosen sind Stoffschläuche. Sandras Fuß stieß auf seinem Weg durch den Tunnel bald an seine haarigen Grenzen und glitt wieder langsam nach unten.

„Wo wohnen Sie eigentlich?", wandte sich Manfred an Leo. Seine großen wasserblauen Augen schauten ihn mit träger Freundlichkeit an.

„Momentan im ‚Füchsle', in der Oberstadt. Und da gehe ich jetzt auch hin." Leicht strich Leo über jeden von Sandras lackierten Zehennägel, bevor er aufstand. Lässig reichte sie ihm ihre Hand.

„Schlaf dich aus, mein Lieber", sagte sie. „Denn morgen geht's zur Sache!"

Seine letzte Beziehung hatte er beendet, noch bevor sie richtig angefangen hatte.

Nicht nur, dass die Frau ihren Kaffee nicht rechts-, sondern links herum rührte: als sie ihr Schlafzimmer betraten, warf Leo nur einen Blick auf ihr Bett und machte auf dem Absatz wieder kehrt. Er sah sie danach nie wieder.

Als Kind wusste Leo genau, in welcher Stimmung seine Mutter gewesen war, als sie sein Bett gemacht hatte, wenn er nach der Schule sein Zimmer betrat.

Die Überdecke bis hoch übers Kopfkissen gezogen und fest in die Seiten der Bettkanten geklemmt, verhieß nichts Gutes. Während Leo dann sämtliche Kraft aufbringen musste, um die Decke aus der gewaltsamen Umarmung mit dem Bett zu befreien, konnte er das verbissene Gesicht seiner Mutter vor sich sehen: ihre energischen Gesten, die keine Widerworte duldeten, und wie sie mit flachen Handflächen kurz und fest jede kleine Falte der braungemusterten Überdecke weggestrichen hatte. Ihr Zorn galt dem kleinen Sohn, der nach der Schule trödelte und das Mittagessen kalt werden ließ, dem Metzger, der ihr mit anzüglichem Grinsen und langsamer Handbewegung die rote Wurst einpackte – und Leos schreibendem und geistig zumeist abwesendem Vater. Männer konnten es ihr einfach nie Recht machen. In jeder Minute der Nacht wurde Leo von der schlechten Laune seiner Mutter begleitet. Er wagte nicht einmal, etwas Schönes zu träumen, und wenn er es dennoch tat, wachte er schuldbewusst wieder auf, ohne zu wissen, warum.

Am wohlsten fühlte er sich mit Frauen, die ihre Betten nie machten. Bei ihnen hatte er die Hoffnung, dass sie ihn nicht festhalten wollten.

Im „Füchsle" hingegen nahm Leo das ordentlich gemachte Bett nicht persönlich. Außerdem sprach die darauf locker zurückgeschlagene Decke die verführerische Einladung aus, sich möglichst gleich unter sie zu begeben. Das tat er auch, obwohl es noch ziemlich früh am Abend war.

Über seinem Bett hing ein Aquarell, auf dem Mühlheim zu sehen war: in der Mitte das Rathaus mit dem lesbaren Schild „um 1400 gebaut", links davon das Schloss mit den grünen Türmchen, und drum herum Wiesen und Wälder, zwischen denen graue Felsen wie spitze Gesichter hervor stachen. Rechts im Bild war der Narrenbrunnen aus der Oberstadt zu sehen: der Mühlheimer Schellennarr, ein fröhlicher Kerl mit einer grinsenden Holzmaske vor dem Gesicht und auf dem Kopf eine kleine, holzgeschnitzte Mühle. Die traditionelle Mühlheimer Fasnetsfigur. Darunter ganz klein die Initialen: „S.L.". Überall schien diese Frau präsent zu sein. Zumindest in Leos Umgebung.

Morgen, so hatte Sandra angekündigt, würde es ernst werden. Leo war sich nicht sicher, ob sie da an das Gleiche dachten.

Tiefschläge

Es war Sonntagabend und Krimizeit. Sandra sah selten fern, doch den „Tatort“ wollte sie nie verpassen. Bevor Kai nicht zu Hause war, würde sie sowieso nicht schlafen gehen.

Die Bodenseekommissarin. Über das Internet versuchte ein psychisch kranker Mann, fremde Menschen in den Selbstmord zu treiben – sein nächstes Opfer drohte ein junges Mädchen zu werden. Ihr Hang zu düsterer Romantik und das aufgewühlte Gefühlsleben einer Jugendlichen wurden ihr fast zum Verhängnis. Aber eben nur fast, denn die clevere, einfühlsame Kommissarin wusste natürlich das Schlimmste zu verhindern.

Der Abspann lief, Sandra schenkte sich den letzten erkalteten Schluck aus der Teekanne ein und schaute durch die vorhanglosen Fenster in den dunkelblauen Abend hinein.

Ob Kai auch in solche „chatrooms“ ging und sich mit Fremden über seine dunkelsten Phantasien unterhielt? Wäre auch er so leicht zu beeinflussen wie das Mädchen im Film, wenn sich jemand sein Vertrauen erschlich?

Dass Kai seit dem Umzug von Stuttgart nach Mühlheim viel mehr als früher am Computer saß, behagte Sandra ganz und gar nicht. Dazu noch in dem schwarzen Zimmer, und vor seinem Fenster die Friedhofsmauer. Er hatte sich mit Händen und Füßen gegen den Umzug gesträubt, aber Sandra hatte keine andere Möglichkeit gesehen, wie sie sich von Tom lösen und ein neues Leben ohne ihn beginnen könnte.

Vielleicht würde sich Kai nun allmählich doch einleben, da er Claudia kennengelernt und sich sogar mit ihr im Jugendcafé verabredet hatte.

Ein nettes Mädchen, die Claudia. Trotz ihrer schwierigen Umstände wirkte sie überraschend normal und gar nicht so verstört wie man es bei einem Kind, das gerade seinen Vater eines Mordes wegen verloren hatte, erwarten würde. Die Mutter schien ihr keinen Halt zu bieten, im Gegenteil: Amelie selbst schien diejenige zu sein, die besonders Hilfe und Unterstützung brauchte.

Lissys Anmerkung, dass Friedhelm seine Frau und Tochter mit Worten gequält habe, hatte Sandra entsetzt. Was genau meinte sie denn damit? Hatte er sie erniedrigt, angeschrien, beschimpft?

Die Mühlheimer würden nicht ohne weiteres ihr Intimleben offenbaren. Sie waren ein stolzes Völkchen, das niemandem die Gelegenheit geben wollte, sie in Verruf zu bringen. Kommissar Grau würde es schwer haben, in der Aufklärung seines Falles Unterstützung zu finden.

Die Haustür ging auf, schwere Schritte polterten in die Diele und steuerten geradewegs auf die Küche zu.

Sandra schreckte aus ihrem Schlummer hoch.

Nachdem die Kühlschranktür mit einem Knall zugefallen war, lehnte sich Kai in den Türrahmen des Wohnzimmers, ein dickes Stück Wurst in der einen Hand, in der anderen einen Kanten Brot. Sein Haarschmuck war verrutscht und er zog eine Zigarettenschwade hinter sich her.

„Wie war's? Nette Leute kennengelernt?", fragte Sandra gähnend.

„Außer, dass ein Typ mich an der Wand fast platt gedrückt hätte, war's ganz okay, antwortete er kauend.

Sandra setzte sich alarmiert auf.

„Was war – doch hoffentlich keine Prügelei? Was für ein Typ denn?"

„Er hat mich halt gefragt, ob ich ein Punk wär und ob ich was gegen Nazis hab. Wegen dem T-Shirt. Und als ich dann sagte ‚Klar doch, sind doch alles phantasielose Durchgeknallte' hat er mich gepackt. Er war nicht viel größer als ich, aber sah aus wie ein Bulle. Auf seiner Jacke hatte er einen Sticker von der Band ‚Landser', die macht so Nazisongs." Der Zusammenstoß schien Kai weniger beunruhigt als angeregt zu haben.

„Ja, und weiter?", drängte Sandra beunruhigt. „War denn da kein Erwachsener dabei?"

„Ne, da hat ein Jugendlicher die Aufsicht gehabt, einer von den Älteren. Patrick heißt der. Der hat den Typ angepfiffen und damit gedroht, den Pfarrer zu holen. Dann hat der Spinner wieder so getan, als wär nichts gewesen“, beendete Kai seinen Bericht. Auch die Brote waren vertilgt.

Patrick von der Schauspieltruppe. Der Brechtverehrer hatte ihren Sohn in Schutz genommen.

„In dem Jugendcafé darf doch wohl nicht geraucht werden, oder?“, fragte Sandra misstrauisch.

Sofort biss sie sich auf ihre Zunge: genauso hätten wohl die Eltern des Mädchens im „Tatort“ reagiert.

Und wie das Mädchen im Film, drehte auch Kai sich wortlos um und verschwand in seinem Zimmer. Dem summenden Geräusch, das kurz darauf folgte, konnte Sandra entnehmen, dass er sein Lieblingsspielzeug in Gang brachte.

Den Schlaf der Gerechten schlafen.

So unschuldig sah ihre Kleine aus, vertrauensvoll schlief sie, fest und regelmäßig ging ihre Atmung. Sie hatte ihren neuen Kameraden getroffen, den Prinz mit dem langen, blauschwarzen Haar. Er sah aus, als käme er aus einem fremden, weit entfernten Land, das andere Gesetze kennt. Er lächelte nicht sehr oft.

Es war nicht gut, dass Claudia so viel an diesen Prinzen dachte. Das sah sie an ihrem Blick: er war nach innen gekehrt, und nur wenn das Telefon klingelte, wachte sie aus ihrer Versunkenheit auf. Dann hoffte sie, der Prinz habe angerufen. Als sei er wichtiger als die Tatsache, dass ihr Vater gestorben war. Ihr Vater, der erste, wichtige Mann in ihrem Leben. Der es auch am liebsten für immer geblieben wäre.

So, wie Claudia für ihn das wichtigste weibliche Wesen war.

„… Er hat sie mehr geliebt als dich, Amelie. Für seine Tochter hätte er alles getan. Doch für dich schon lange nichts mehr…“

Das Gästezimmer war nicht sehr gemütlich, es wirkte mehr wie eine Rumpelkammer. Alte Kleider und Bücher stapelten sich darin: ein wackeliger Turm mit abgegriffenen Gesangbüchern aus der Kirche und Abgetragenes von ihren Nichten und Neffen. Für die beiden Matratzen hatte es gerade noch genug Platz, sie hatten sie dicht aneinander geschoben und sich in ihren Schlafsäcken aneinander gekuschelt. Bis

Claudia eingeschlafen war, hatten sich Mutter und Tochter flüsternd unterhalten, ihren Schrecken über das, was geschehen war geteilt und versucht, die nächste Zukunft zu planen.

Nach Fridingen, ins Haus der Großmutter, wollte Claudia nicht, und auch sie selbst wollte nicht zurück in die Vergangenheit. Aber wohin dann? Bei ihrem Schwager Albert konnten sie nicht zu lange bleiben – Mara hatte genug mit ihren drei Kleinen zu tun. Dauergäste würde sie nicht lange dulden wollen.

Verena wollte, dass sie und Claudia bei ihr wohnten. „In eurem Haus könnt ihr nicht mehr sein – es wird euch immer an Friedhelms Tod erinnern!“, hatte sie die beiden zu überzeugen versucht. Die rüstige Frau war schon viel zu lange in ihrem großen Haus allein.

In der Not frisst der Teufel Fliegen.

Von keinem Teufel mehr würde sie sich fressen lassen, auch nicht von Verena.

„… Wieder jemand, der dich besitzen will. Hast du es nicht satt, Amelie? Wie lange noch willst du andere über dein Leben bestimmen lassen?…“

Sie wollte wieder zurück in ihr eigenes Haus. Der Kommissar hatte noch nicht gesagt, wann er es wieder freigeben würde. Erst mussten noch die Wohnräume gründlich durchsucht werden.

In die Herzen anderer schauen, das konnte Verena. Auch in Mördergrubenherzen?

Ein Unglück kommt selten allein.

Im Pausenhof verteilten sich die Schülergruppen. Sandra hatte Pausenaufsicht, wie jeden Montag. Sie sichtete Claudia schnell, die sich mitten in einer Mädchenschar befand.

Noch vor wenigen Tagen war die schmale Jugendliche ihr nie aufgefallen. Bei ungefähr fünfhundert für sie noch immer neuen Gesichtern war das kein Wunder.

Mit hellen Stimmen schnatterten die Klassenkameradinnen auf Claudia ein. Sie wollten wissen, ob es schon einen Verdacht gab, und ob sie eine Ahnung hätte, wer der Mörder ihres Vaters gewesen sein könnte. Keine Spur von feinfühliger Zurückhaltung.

„Und *du* hast ihn in echt gefunden?“, fragte ein Mädchen

gerade, als Sandra auf die Gruppe zuging. Sie blieb in Hörweite zu den Mädchen stehen und biss in ihren Apfel.

„Hat die Polizei denn Fingerabdrücke auf der Mordwaffe gefunden?"

Der Mord und wie er geschehen war hatte sich also schon herumgesprochen. In einer kleinen Stadt blieb wirklich nichts verborgen.

„Fingerabdrücke? Nein, komischerweise nicht. Auf dem Trokar waren anscheinend überhaupt keine Spuren", berichtete Claudia mit fester Stimme. Sie hatte beschlossen, den neugierigen Fragen nicht auszuweichen.

„Mensch, Claudi. Jeder weiß doch, dass dein Vater ein ziemlicher Arsch war. So schlimm ist das Ganze eigentlich doch gar nicht, oder?"

Ein kräftiges Mädchen hatte sich eine Hand in die Hüfte gestemmt. Die weiche Speckrolle, die sich über ihren Hosenrand schob, bildete mit dem Rand ihres bauchfreien T-Shirts eine Linie. Herausfordernd glitzerte der kleine Ring des gepiercten Bauchnabels in die Runde.

„Am Ende warst du es sogar selbst! Das wär doch stark – eine Typin, die sich ihrem Alten gegenüber echt mal *richtig* gewehrt hat!"

Claudia schlug die Arme um sich, als wolle sie sich selbst festhalten. Auf ihrer hellen Jeansjacke rankten sich rote und pinkfarbene Blumen. Seit dem Tod ihres Vaters hatte sie kein schwarzes Kleidungsstück mehr getragen.

Claudia sah dem vorlauten Mädchen, das auf gleicher Höhe vor ihr stand, in die Augen. „Was schwätzt du da eigentlich, du dumme Geiß?", zischte sie.

„Ich hab ein Alibi, ich war zu der Mordzeit im Mesnerhaus. Mein Vater ist tot – weißt du, was das heißt? Es gibt einen Mörder, der frei herumläuft. Womöglich kennt ihn jeder von uns.

Vielleicht ist heute ja noch *dein* lieber Papa dran!"

Bevor die nächste Stunde losging, schaute Sandra im Lehrerzimmer in ihr Fach. Es lag ein eilig zusammen gefalteter Zettel darin.

„Hallo, Sandra! Denke bitte daran, dass wir uns um 20 Uhr im Gemeindehaus treffen. Grüße, Lissy, war darauf in schwungvoller Schrift zu lesen. Die Farbe der Wörter wechselte von blau zu rot, beim Schreiben war die Tinte des ersten Stiftes wohl ausgegangen. Sandra hatte die Kollegin in der Pause nur von weitem gesehen.

Mehrere Kollegen unterhielten sich stehend am Tisch, während sie aus ihren dicken Taschen Kopien und Bücher für den nächsten Unterricht herauszogen.

„Die kleine Lobmann ist ja echt tapfer“, hörte Sandra den jüngeren der beiden Männer sagen.

„Wer würde schon nach dem Tod seines Vaters gleich im normalen Alltagstrott weiter machen?“

„Ich vermute mal, der Schock sitzt ihr noch sehr in den Knochen, und zu Hause herumsitzen wäre noch schlimmer, als in die Schule zu gehen“, erwiderte der ältere Kollege. Die Französischlehrerin, deren kornblumenblaues Kostüm schon von weitem leuchtete, schaltete sich ein: „Es kümmert sich ja auch keiner richtig um sie“, sagte sie bekümmert.

„Dass Amelie eine Tochter hat, fällt ihr in der Situation jetzt doch sicher erst zuletzt ein. Wenn überhaupt. Jetzt könnt ihr darauf gehen, dass sie wieder öfters auf den Schienen zu sehen ist.“

Es war also nichts Neues für die Umgebung, Amelie in Gefahr zu sehen. Alle schienen es einfach so hinzunehmen. Als wären die selbstgefährdenden Unternehmungen der Frau ein Teil eines immerwährenden Zyklusses, der gewissermaßen zum Leben aller im Ort gehörte und nicht gestört werden durfte. Weil sonst das natürliche Gleichgewicht fehlte.

Vielleicht hatte das Friedhelm Lobmann auch so gesehen.

Monsterskulpturen. Das Thema würde den Fünftklässlern sicher Spaß machen. Sandra freute sich auf die erfrischenden Phantasien der jüngsten Schüler, lästig war es nur, die vielen dafür erforderlichen Materialien zusammenzutragen. Mit der Renovierung im Mesnerhaus hatten sich jedoch genügend Abfälle angesammelt, die sich nun als nützlich für den Kunstunterricht erwiesen.

Mit Holzresten in einer Kiste und zuoberst Zeitungen, die jeden Moment herunterzurutschen drohten, bahnte Sandra sich einen Weg durch den Schulflur. Sie stützte die Kiste mit einem Knie an der Wand ab und versuchte gleichzeitig die Tür ihres Werkraumes aufzuschließen.

„Da haben Sie sich aber ein bisschen viel vorgenommen, was? Lassen Sie mich mal halten!" Herr Albinger nahm Sandra die Kiste ab, so dass sie ungehindert den Schlüssel herumdrehen konnte. Er betrat mit ihr den Raum und stellte die Last am Boden ab.

„Sagen Sie mal, man kommt ja sonst nicht dazu, sich zu unterhalten: Wie haben Sie sich denn eingelebt bei uns? Und wie kommt Ihr Sohn bei uns in Mühlheim und in der Schule so zurecht?"

Die Entscheidung war nicht ganz leicht gewesen. Mit dem Wegzug von Stuttgart hatte Sandra vorgeschlagen, dass Kai die Gelegenheit nutzen und von der Realschule auf das Gymnasium überwechseln solle. Obwohl er nicht zu den Fleißigsten gehörte, hatte er immer gute Noten nach Hause gebracht. Dass Mühlheim als kleine Gemeinde ein eigenes Gymnasium hatte, schien ein Wink des Schicksals zu sein.

„Mit dir auf dieselbe Schule gehen?" Das hatte Kai sich zuerst nicht vorstellen können. Aber deshalb jeden Tag eine Stunde früher aufstehen? Das wäre nämlich die Konsequenz gewesen, denn eine Schule in Tuttlingen zu besuchen hätte fast eine Stunde früheres Aufstehen bedeutet. Das gab den Ausschlag. Bei der Unterrichtsplanung wurde automatisch berücksichtigt, dass Sandra nur Klassen unterrichtete, in denen Kai nicht Schüler war.

„Mir geht es hier gut, und auch mit den Schülern kann ich bisher keine Probleme sehen. Für Kai kann ich allerdings nicht sprechen – er vermisst seine Kameraden aus Stuttgart, glaube ich", antwortete Sandra. Der Schulleiter hatte doch noch etwas auf dem Herzen?

„Ihr Sohn fällt hier ziemlich aus dem Rahmen, Frau Lachner", begann er zögernd, noch auf der Suche nach einer passenden Formulierung. Abwartend schaute Sandra ihn an. Sie fragte sich, ob er wohl eigene Kinder habe, sein Alter war schwer zu schätzen. Seine Haare waren noch nicht ergraut, und das Gesicht wies wenige Falten auf. Trotzdem wirkte er verbraucht und müde. Er nahm seine Arbeit sehr ernst, vielleicht sogar zu ernst.

„Könnten Sie vielleicht dafür sorgen, dass Ihr Sohn wenigstens diese Stacheldrahtkette nicht mehr in der Schule trägt? Sie bringt doch gerade die jüngeren Schüler auf dumme Nachahmungsgedanken", bat Herr Albinger.

Sandra konterte ohne nachzudenken, obwohl die ersten Schüler in den Werkraum hinein- und auf die volle Kiste zustürmten.

„Aber ein Verbot für ausgefallenen Schmuck gibt es doch wohl nicht?" Eigentlich hatte sie nicht vorgehabt, den väterlich wirkenden Mann zu provozieren. Sie wusste, dass seine Vorhaltungen wohlmeinend waren und er sich um jeden Einzelnen seiner Schüler Gedanken machte. Seine Schule sollte die Atmosphäre eines Nestes haben. Für Kuckuckseier gab es jedoch wenig Platz.

Der gerade noch gütige Blick des Schulleiters veränderte sich in Sekundenschnelle. Missbilligend zog er seine Augenbrauen nach oben.

„Sie sollten Ihren Sohn nicht dazu ermutigen, sich von seiner Umgebung so abzugrenzen, Frau Lachner!", tadelte er nun in strengem Ton.

„So wird er hier keine Freunde gewinnen, denn wissen Sie, die Kinder hier wachsen unverdorben und geschützt auf. Sie suchen sich keine brutalen Vorbilder, mit deren Hilfe sie sich an den Grausamkeiten des Lebens rächen wollen, nein, nein ..." Das väterliche Wohlwollen gehörte schon der Vergangenheit an. Sandra spürte den Seitenhieb: Sie als Alleinerziehende konnte ihrem Sohn nicht die wohlbehütete Umgebung geben, die er dringend brauchte.

Mit nüchterner Stimme unterbrach sie ihren Chef. Die Kinder scharten sich ungeduldig um die Kiste, sie freuten sich auf die Aufgabe, sich einen gruseligen Begleiter zu bauen. Sandra beugte sich über den Tisch und näherte sich dem Gesicht des Vorgesetzten.

„Vielleicht sollten Sie Ihre Aufmerksamkeit lieber anderen Kindern schenken“, sagte Sandra mit gesenkter Stimme. Ihre Gurgel fühlte sich an, als sei sie fest mit Klebeband umschlungen.

Gar nicht so einfach, den Zorn in Zaum zu halten.

„Es ist ein Mord passiert, das wissen Sie doch? Hier ist es vorbei mit der heilen Welt, Herr Albinger. Vielleicht hat es sie aber auch noch nie wirklich gegeben!“

Tiefgefrorener Spinat und Salzkartoffeln, das ging schnell, obwohl es Tom einmal fast gelungen war, ihren Appetit darauf zu verderben.

In ihren gemeinsamen Zeiten war er einmal in der Mittagszeit früher als sonst nach Hause gekommen. Entsetzt teilte er ihr die Hiobsbotschaft mit, die er in der Frühstückspause irgendeiner Öko-Kornmühlen-Reformhauszeitschrift entnommen hatte:

„Maus, stell dir vor, im tiefgefrorenen Spinat sind oft Kleintiere mit verarbeitet!“, hatte er seine Lebensgefährtin gewarnt. „Sie geraten bei der Ernte mit in die Maschine und werden nicht aussortiert!“

„Was ist denn in dich gefahren? Seit wann hast du was gegen Mäuse?“, neckte Sandra ihn. Sie dachte nicht daran, den Speiseplan zu ändern.

„Komm, sei nicht so stur“, hatte Tom sie angefahren. „Es gibt doch wohl keine ekligere Vorstellung, als eine zerhäckselte Maus im Essen zu haben!“

Es war rührend, wie er auf ein vegetarisches Mittagessen bestanden hatte. Wie ein kleiner Junge, der entdeckt hatte, dass die Welt Zähne hatte, mit denen sie zubeißen konnte. Als glaube er daran, dass sich Verletzungen vermeiden ließen.

Unbeirrt schaufelte Kai die grüne Mantsche in sich hinein, konzentriert über den Teller gebeugt. Zwei gelbe Inseln, die nur noch entfernt an Spiegeleier erinnerten, wurden Gabel für Gabel unter einem Kartoffelberg freigelegt. Den Rücken gekrümmt, die Haarspitzen gefährlich nah am Tellerrand, nahm Kai nichts sonst um sich herum wahr. An einem Stachel seines

Armbandes schimmerte ein grüner Edelstein: ein Stück Spinat, das den glänzenden Schmuck verzierte.

War denn kein zivilisiertes gemeinsames Mittagessen möglich? Sandra schüttelte sich innerlich. Der Junge hatte überhaupt keine Manieren. Und jetzt, da er schon vierzehn war, schien es zu spät, um ihm noch welche beizubringen. Eigentlich hatte sie schon lange vorher zu den Alleinerziehenden gehört: Tom war entweder zum Essen nicht da gewesen, weil er von Terminen gejagt wurde, und wenn doch, dann hatte er keine Lust auf Stress mit seinem Sohn. Er sah überhaupt viel leichter als sie über störende Dinge hinweg. Und sie hatte wohl auch zu oft weggeschaut. Das hatte sie jetzt davon.

„Kai?"

„Hmm?"

Kein Augenkontakt. Nicht einmal ein Linser durch den Vorhang, dessen Haarspitzen sich gerade im Kartoffelbrei vergnügten.

„Hast du heute eigentlich Mittagsschule? Ich kann mir deinen Stundenplan einfach nicht merken."

„Nö."

Es war nur noch eine der gelben Inseln übrig. Die schwamm im grünen See herum und sah aus wie ein Auge, aufgerissen und starr. Die Pupille fehlte.

„Würdest du mal deinen Stundenplan in die Küche hängen, damit ich Bescheid weiß?" Ein Unterton schlich sich in Sandras Stimme, eine fast unmerkliche Vibration; eine Saite die mitschwingt, wenn beim Gitarrenspiel nicht sauber angeschlagen wird.

Keine Reaktion. Das Grün an Kais Armbandspitzen vermehrte sich rapide. Nun hing es wie Unkraut herab.

Den Mund hatte er beim Essen nicht geschlossen, aber die hastigen Schmatzer boten keinen Gesprächsersatz.

„Hörst du mir eigentlich zu?" Vielleicht hörte er schlecht.

„Ich esse", erklärte Kai kauend.

"Und ich habe dich was gefragt. Kannst du mir vielleicht mal antworten?"

Es hätte immer noch der richtige Zeitpunkt sein können um

aufzuhören. Sie hätten sich das Schweigen geteilt und ihren Blick in grünen Pfützen gebadet ...

„Kann ich in meinem Zimmer weiter essen?“ Kais Augen spiegelten dumpfen Zorn wider, als er zum ersten Mal während des Mittagessens in das Gesicht seiner Mutter schaute.

„Natürlich nicht. Bin ich eine Pension, oder was? Und könntest du nachher *bitte* dafür sorgen, dass dein Stundenplan an der Wand hängt?“ Das war mit erhobener Stimme. Aber jemand, der schlecht hörte, brauchte sicher mindestens diese Lautstärke.

„Es geht nicht, dass du immer nur dein Ding durchziehst“, setzte Sandra von neuem an. Kai pulte sich die sämigen Reste aus den Zwischenräumen seiner Zähne. Um seinen Teller zog sich eine grüne Tropfspur.

Gut, dass sie auf die Tischdecke verzichtet hatte.

„Und dein Ding ist es, mich fertig zu machen?“ Kai stellte seinen Teller in die Spülmaschine. Aber das registrierte Sandra kaum noch.

„Mach es mir doch nicht so schwer mit dir, Kai. Und dir selbst. Musst du zum Beispiel immer dieses furchtbare Stachelding da anziehen?“ Jetzt war es draußen.

Verwundert hielt Kai inne, während er sich die Hände am Geschirrtuch abwischte.

„Was soll *das* denn jetzt?“, fragte er.

„Das kann doch nicht sein, dass das Armband – oder was es sein soll – dir wirklich gefällt. Du willst nur damit provozieren! Gut, jetzt hast du es ja erreicht. Den Herrn Albinger stört es tatsächlich, dass du zum Beispiel die komische Kette trägst. Und das Armband ist ihm sicher auch schon aufgefallen. Damit ist es doch gut, oder? Du kannst es also wieder ausziehen. So machst du dich wirklich nicht beliebt ...“

Sandra war nicht mehr zu bremsen. Die Anstrengungen der vergangenen Tage jagten sie immer weiter und ließen sie zu weiteren Schlägen ausholen.

Kai bückte sich und lief in die andere Richtung davon. Von den Tiefschlägen seiner Mutter würde er sich nicht treffen lassen. Und wenn er bis nach China weiterrennen müsste.

„Hier ist das meiste zwar teurer als beim Aldi, aber das Gemüse ist frisch. Und ich weiß auf Anhieb, wo alles steht!“, erklärte Verena, während sie im „Allesmarkt“ eine Käsepackung auf das Band legte. Bei den Bewegungen ihrer runden Arme sah Sandra ihre Mutter vor sich, und wie sie darüber grübelte, was sie zu Mittag kochen sollte.

„Es gibt einen Typ älterer Frauen, der sich zur Mutter aller erklärt“, dachte Sandra, als das Band weiterlief und sie ihren eigenen Einkauf vor die Verkäuferin stellte.

„Es ist schon unheimlich, dass der Mörder noch immer frei herum läuft“, nahm die Kassiererin den Gesprächsfaden mit Verena wieder auf.

„Da bin auch mal gespannt, wie lang das noch braucht, bis sie es der Lissy nachweisen können“, seufzte Verena. Für sie lag der Fall klar, und damit würde sie nicht hinterm Berg halten. Jeder durfte ihre Meinung wissen.

Verena war noch dabei ihre Tasche zu füllen, als Sandra bezahlte. Gemeinsam verließen sie den Supermarkt. Sie hatten denselben Nachhauseweg.

Selbst Verenas lindgrünes Kleid ähnelte dem von Sandras Mutter. Sie hatte es viele Sommer lang getragen. Sandra hatte es beim Ausräumen der elterlichen Wohnung nicht übers Herz gebracht, das Kleid in einen Altkleidersack zu stecken. Es erinnerte sie an ein grünes Blatt, das zu früh vom Baum gefallen war.

Die volle Tasche passte gerade so in Verenas Fahrradkorb, der am Lenker hing.

„Was hältst du eigentlich von der Idee, mit der Theatergruppe weiterzumachen?“, fragte Verena, bevor sie sich aufs Fahrrad schwang.

Sandra war die Vorstellung, am Abend etwas vorzuhaben, willkommen. Ablenkung würde jetzt nicht schaden. Vielleicht würde es ihr vorher noch gelingen, sich mit Kai wieder zu versöhnen. Stürmisch hatte er das Haus verlassen, natürlich ohne zu sagen, wohin er gehen wollte. Vielleicht hatte er es selbst nicht gewusst. Wie eine unverdauliche Speise lag ihr der Streit noch im Magen.

„Ist das nicht recht geschmacklos, jetzt ohne den Friedhelm weitermachen zu wollen?“, empörte sich Verena, ohne Sandras Antwort abzuwarten.

„Da tut man ja so, als wär gar nichts geschehen! Ich finde das gar nicht gut. Abgebrüht ist sie, die Lissy.“

Vertraulich beugte sich die ältere Frau vor. Sandra sah, wie das Fahrrad aus dem Gleichgewicht geriet. Instinktiv griff sie nach dem Lenker und hielt ihn fest, ihr eigenes Einkaufsgut krampfhaft in einer Hand haltend.

„Sie will uns alle nur ablenken, weißt du das?“

„Ablenken – wovon? Wie meinst du das?“

Getratscht hatte ihre Mutter auch gern. Ob das ein typisches Zeichen dafür war, dass jemand alt wurde und sich einsam fühlte?

Sandra hatte für Kai eine Riesentafel Vollmilchschokolade gekauft, und auf der flachen Tafel balancierte sie eine große Packung Joghurteis mit Wildbeeren. Bedrohlich rutschten die Sachen hin und her, während die andere Hand noch immer den Fahrradlenker festhielt. Lieber das Eis retten, entschied Sandra, und ließ den Lenker los. Verena verlagerte ihr Gewicht, und verhinderte damit ein Umkippen des Rades. Sie rückte den voll geladenen Fahrradkorb zurecht und stellte sich in Position um loszufahren.

„Das Netz um die Lissy wird immer enger. Ich hab dem Kommissar Grau natürlich gesagt, dass sie beim Friedhelm war an dem Nachmittag seines Todestages.

Der Friedhelm wollte sich nicht von seiner Amelie trennen, und ich könnte wetten, Lissy wollte ihn schon lange dazu bringen. Sie möchte uns alle auf ihre Seite ziehen und den Eindruck erwecken, als wäre sie unschuldig an Friedhelms Tod. Aber mich kann sie nicht täuschen!“

Das Joghurteis begann zu schmelzen. Die angenehme Kühle der Eispackung rief Sandra ihr Vorhaben in Erinnerung zurück: mit einem großen Becher Wildbeereneis im Garten zu sitzen und zu beobachten, wie die Enten vorsichtig ihre Runden auf dem Teich drehten. Vielleicht würde sie dabei ihre Theorie überprüfen können.

Sie glaubte nämlich festgestellt zu haben, dass ihre tierischen Nachbarn sich besonders zaghaft auf dem Wasser bewegten; der Friede auf der grünlichen Oberfläche des Teiches war trügerisch. In Wirklichkeit schienen die Enten in ständiger Angst vor dem, was sich unter ihnen bewegte, zu sein. Die fetten Karpfen, die an ihren Bäuchen kitzelten und ihnen jede Beute streitig machten, waren ihre gefürchteten Feinde. Der desorientierte Zick-Zackkurs der Enten auf dem Wasser war ein unablässiges Ausweichmanöver, ein hilfloser Versuch, den verhassten Unterwasserbewohnern zu entfliehen.

„Willst du heute Abend überhaupt kommen?“, konnte Sandra gerade noch fragen, bevor Verena in die Pedale trat.

„Sicher komme ich, ich lasse die Lissy doch nicht einfach schalten und walten, das bin ich dem Friedhelm schuldig. Jemand muss ihr ja auf die Finger schauen!“

Es war zu heiß, um die Schokolade draußen zu lassen. Sandra schob die große Tafel in den Kühlschrank und setzte sich mit ihrer Schüssel Eis in den Garten.

Aus dem offenen Wohnzimmerfenster hörte sie Kais Stimme. Er war also, während sie einkaufen gewesen war, wieder nach Hause gekommen. Der Wortmelodie entnahm sie, dass er kein flüssiges Gespräch führte. Stockend brachen halbe Sätze aus ihm hervor, die Sandra nur bruchstückhaft verstehen konnte.

„Wieso denn nicht ...? Könnte ich bitte mal ...?“

Laut fluchend trat er aus der Haustüre und setzte sich zu Sandra, die ihre Zeichenkladde und einen schwarzen dünnen Stift vor sich liegen hatte. Sie wollte versuchen, auf dem Papier die Schwimmbahnen der Enten nachzuvollziehen. Wahrnehmungen unmittelbar als Bewegungsspuren sichtbar in Erscheinung treten zu lassen, wäre ein gutes Thema für den Unterricht in der Oberstufe. Vielleicht würden sich Assoziationen zu den Wassertieren einstellen, je nachdem, welchen Charakter und Aussagekraft die Zeichnung haben würde. Ein Experiment.

„Sie lässt mich nicht mit Claudi reden!“ Der Streit mit seiner Mutter war vergessen. Er hatte ihre Versöhnungsgeste, die sie im Kühlschrank hinterlegt hatte, verstanden. Braune Spuren zogen sich um seine Mundwinkel und verstärkten den zornigen Gesichtsausdruck. Eine unbeabsichtigte Kriegsbemalung.

„Wer lässt dich nicht mit Claudia reden?", fragte Sandra überrascht. „Ist denn irgendwas mit ihr – geht es ihr nicht gut?" Vielleicht hatte die Situation in der Schule ihr doch ziemlich zugesetzt. Wer weiß, wie die tolpatschige Klassenkameradin das zarte Mädchen noch bedrängt hatte.

„Die hat doch eine Macke!", setzte Kai die Schimpferei fort. „Ihre Mutter meine ich. Sie holt Claudi nicht ans Telefon, obwohl sie auf meinen Anruf wartet. Dass ihr Vater streng war, das hat sie mir ja gesagt – aber ihre abgedrehte Mutter ist ja der Abschuss!"

„Jetzt mal langsam. Erzähl mal von Anfang an. Wann hast du Claudia denn gesprochen?"

„Ich hab sie kurz nach der Schule gesehen, da war sie nicht gut drauf. Ein paar Mädels aus ihrer Klasse hätten sie so gelöchert wegen dem Mord, hat sie gesagt. Und ich hab gesagt, ich ruf sie später an und dass wir dann was ausmachen könnten, und uns treffen. Das wär ja jetzt kein Problem mehr, wo ihr Vater tot ist, meinte sie. Ihre Mutter sei zwar auch wieder da, aber die wäre auch oft unterwegs. Claudi wollte nicht allein sein."

„Und was ist jetzt mit ihrer Mutter?" Amelie war also wieder im Pfarrhaus. Zumindest die Sorge war also vorübergehend aufgehoben.

„Die lässt nicht mit sich reden. Ich kam fast nicht zu Wort. Sie hat, nachdem ich meinen Namen am Telefon gesagt habe, immer nur Schwachsinn geredet wie: ‚Die Prinzessin liegt gerade auf der Erbse' und ‚Reden ist Silber, Schweigen ist Gold'. Ist die denn nicht ganz dicht? Sie will nicht, dass ihre Tochter mit einem Prinzen verkehrt, der blauschwarze Haare hat, sagte sie. Denn Schwarz sei die Farbe der Trauer und des Todes."

Kai stand auf und schob seinen Stuhl zurück. „Das lasse ich mir nicht gefallen", sagte er. „Die hat mich so behandelt, als wär ich eine Gefahr. Dabei ist sie es womöglich selbst. Schließlich weiß man nicht, wer Claudis Vater umgebracht hat. So, wie die Mutter drauf ist, war sie es womöglich selbst. Ich hol die Claudi da raus!"

Die Schulvorbereitungen für den nächsten Tag würden wohl ersteinmal liegenbleiben. Sandra war beeindruckt über den Einsatz ihres Sohnes. Amelie hatte in ihm eine bisher unbekannte Saite zum Schwingen gebracht. Und ihre Tochter eine andere.

Sandra klappte ihre Kladde wieder zu. Auch die künstlerische Erforschung des Entendaseins würde noch warten müssen.

„Dann lass uns mal gehen", sagte sie. Beim Aufstehen versuchte sie in einem Reflex die Schokoladenspur aus Kais Mundwinkel abzuwischen. Er wehrte sie ab, indem er seine Handkante vor das Gesicht hielt.

„Du könntest endlich mal kapieren, dass ich kein kleines Kind mehr bin", sagte er. Vielleicht lag es am Stimmbruch, aber der Unterton in Kais Stimme klang weniger aggressiv als erwartet. Fast liebevoll. Kameradschaftlich knuffte Sandra ihrem Sohn in die Seite.

„Du hast ja Recht. Ich ändere mich wahrscheinlich nicht mehr besonders, aber du änderst dich. Ständig. Manchmal komme ich da fast nicht mehr mit!"

Solche Momente waren wie Perlen der seltensten Art. Das Tauchen danach lohnte sich.

Unter der dreizehnten Matratze lag die winzige Erbse, unsichtbar für jeden, und spürbar nur für die, die eine wahre Prinzessin war.

Als sie ein Kind war bestand ihr Vater darauf, dass sie es auf ihr aushielt. Es sei wichtig, weil es überall die Erbsen gebe, sagte er. Andere lagen auf ihnen und merkten es nicht – seine Tochter aber müsse lernen, sie zu ertragen. Weil sie zu denen gehörte, die die feinen Erhebungen spüren konnten. Geschenk und Last zugleich.

Die Erbsen waren all das, was andere nicht wahrnahmen: dass sich in den Geruch der Mutter der eines fremden Mannes mischte; das Bellen eines Hundes, in dem die Sehnsucht nach fernen Wäldern lag; und später die Augen einer Kundin, die jede Nacht von einem Tränenmeer ausgespült wurden, bis sie nur noch von einem verwaschenen Hellblau waren. Zarte, orangene Stoffe suchte sie dann aus, um die Frau in ein warmes Gewebe aus Freude und Sonne zu hüllen.

Als sie Friedhelm traf, hob er sie sanft von der Matratze, ließ die

Erbse davonkullern und wirbelte sie durch die Luft. Er hielt nichts von Opfern und demütigem Mit-Leiden. Friedhelm versuchte ihr beizubringen, dass alles, was man begehrte, erreichbar war. Alleine das Ringen darum bedeutete Genuss.

Vorfreude ist die schönste Freude.

Ihr Vater mochte ihn nicht. „Er ist Millemer", sagte er. „Ein Städter, der nichts taugt. Naseweis sind die und glauben, etwas Besseres zu sein – nur, weil sie mehr Industrie haben als wir: früher die Uhren, dann die Schuhe, und heute die Medizintechnik.*

Die Fridinger aber sind schlau und bescheiden. Wir wissen, wie man das Land bestellt und Häuser baut, die bis in die Ewigkeit reichen.

Dein Friedhelm weiß nichts von wahrer Heimatverbundenheit und Familiensinn. Ein Spitz ist er, einer, der die Fasnet nur besucht, um den Weibern nachzustellen, und nicht, weil er die Tradition schätzt. Schau sie dir an, seine Familie – einer ist katholischer Mesner, der andere evangelischer Pfarrer, und er selbst ein gottloser Unternehmer. Die ziehen doch alle nicht an einem Strang. Wer weiß, warum der Manfred damals fortgezogen ist. Da soll mein Mädle nicht hinein heiraten!"

Ihre Mutter war es, die den Weg ebnete. Sie ließ nicht zu, dass ihre Tochter auf die Liebe verzichtete.

„Das Mädchen verdient deinen Segen", sagte sie zum Vater. „Lass ihr den Mann, er hat Kraft und Stolz und stammt aus einer Familie mit tiefen Wurzeln."

Durch die Heirat mit Friedhelm hatte sie Haus und Betten ausgetauscht, doch wuchsen im neuen Heim auch neue Erbsen heran, die die junge Frau drückten. Und auch ihren Mann, irgendwann.

Später kam dann die Verachtung. Die sorglose Ausgelassenheit, mit der er sie fasziniert hatte, besaß sie selbst in keinem Winkel ihres Seins. Ihre leise Anwesenheit, ihre Neigung, sich in Geschichten, Düften und Farben zu verlieren, irritierte ihn. Er fühlte, seine Frau lebte in einer tiefen, stillen Grube, in der sie auf dem Rücken lag und in den Himmel schaute. Ihre Blicke folgten den kreisenden Flügen der Raubvögel und ihre Phantasien setzten sich auf deren Rücken. Sie dehnten sich hinaus ins unendliche Blau. Friedhelm war mit in die Grube gestiegen, aber er lag darin mit dem Gesicht nach unten in die schlammige Erde gepresst. Es war ihm zu dunkel, und er wollte nichts wissen von feuch-

ten Tiefen; er konnte die Vorliebe seiner Frau für Höhlen und Erdkrater nicht teilen.

Mühevoll zog er sich eines Tages wieder aus der Grube hinaus und wandte sich von ihr ab. Seine Frau machte er zu seiner Magd.

Weil er sich von ihr alleingelassen fühlte, wähnte er sich betrogen. Da begann er sie zu demütigen.

Hätte sie nur einen Turm, in den sie Claudia sperren könnte, bis sie herausgefunden hatte, ob ihre Tochter zu den Auserwählten mit dem himmlischen Fluch gehörte.

Kein Prinz sollte sie daraus befreien, denn hinter ihm würde schon der nächste Turm warten. Der würde nicht nur höher, sondern auch dunkler sein. Ohne Fenster, aus dem das Mädchen hinausschauen könnte in die Weiten der Welt.

Wer sich zu früh bindet …

Sandra fragte sich, wie ein Pfarrer wohl den Umfang seiner Arbeitszeit maß – waren Alltag und Arbeit überhaupt trennbar?

Mühlheim stand in katholischer Tradition, dennoch schien der evangelische Kirchenmann zur Genüge gefragt zu sein. Während der gemütliche katholische Pfarrer vor allem von den älteren Bürgern geschätzt wurde, hielt der sportliche Pfarrer Lobmann gern auch den jungen Gemeindemitgliedern die Türen geöffnet. Sogar die eigene.

In der offenen Haustür des evangelischen Pfarrhauses stand Albert Lobmann. Er händigte gerade einem jungen Mann einen Schlüssel aus.

„So Patrick, hiermit verlasse ich mich auf dich. Du schaust nach dem Jugendcafé, und dass die Leute um 22 Uhr draußen sind und alles aufgeräumt ist. Ich kann mich doch darauf verlassen?“, fragte der Pfarrer gerade, als sich Sandra und Kai dem Haus näherten.

„Und wenn es Ärger gibt mit irgendwelchen Landsertypen, dann holst du mich!“

„Wir gehen ja sowieso erst morgen rein“, erwiderte Patrick, in dem Sandra den jüngsten Teilnehmer der Schauspieltruppe wieder erkannte, „aber heute abend ist wieder Probe im Gemeindesaal, da schließe ich auch auf, oder? So müssen Sie nicht daran denken", schlug der ernsthafte Jüngling dem Pfarrer vor.

Kais Kopfnicken in Patricks Richtung erinnerte Sandra daran, dass die Jungen sich bereits kannten.

Albert Lobmann wandte sich Sandra zu. Dunkel ragten seine buschigen Brauen über die besorgt dreinblickenden Augen.

Im Hof spielten Kinder, das mussten seine Sprösslinge sein, wenn die Ähnlichkeit nicht täuschte. Ein schmaler Junge mit seiner Schwester, beide braungebrannt und nur mit Unterhosen bekleidet. Sie versuchten, mit Seilen die Hofeinfahrt abzusperren und diskutierten darüber, wieviel Eintritt sie den Leuten abnehmen sollten, die als nächste den Kirchhof betreten würden. Das dritte Kind, ein älterer Junge, war nicht zu sehen.

„Ich kann mir schon denken, weshalb Sie kommen", richtete der Pfarrer das Wort an Sandra. „Und du bist sicher der Kai, stimmt's? Der Prinz mit dem blau-schwarzen Haar?" Ein herzliches Lächeln hellte sein Gesicht auf.

„Claudia wird sich freuen dich zu sehen, komm nur rein. Und Sie, Frau Lachner, möchte ich bitten, sich mit Amelie und mir hinzusetzen. Meine Frau ist auch da, sie wird uns sicher gern einen Cappuccino machen. Wir haben die Maschine erst kürzlich zu meinem Geburtstag bekommen – mit Milchschäumer und allem Schnick-Schnack. Der Kaffee wird Ihnen schmecken, ich könnte jetzt auch gut einen vertragen.

Ich hoffe, die Amelie kommt wieder zur Vernunft, wenn wir miteinander reden. Sie ist arg durcheinander, das können Sie sich ja denken – Friedhelms Tod müssen Ängste in ihr ausgelöst haben, die sie jetzt auf Claudia überträgt. Das ist zumindest meine Erklärung. Sie will das Mädchen gar nicht mehr aus den Augen lassen, seit sie von ihrem letzten Ausflug zurück ist. Sie war am Amalienfelsen, dort habe sie sich in Gedanken mit der Fürstin beraten, sagt sie. Jetzt sehen wir ja das Ergebnis.

Aber das wird schon wieder. Jetzt kommen Sie schon herein, und stören Sie sich nicht an der Unordnung überall! Bei uns geht es immer lebhaft zu. Zwei leere Stühle werden sich schon noch finden lassen."

Aus dem Hintergrund schallte eine kräftige Frauenstimme.

Nach einer Schimpfkanonade folgte ein schallendes Lachen. Das musste Mara sein, die herzhafte Frau des Pfarrers.

Hinter Albert Lobmanns Gestalt tauchte Amelies Gesicht auf, blass und mit großen, dunkelblauen Augen. Sie drängte sich an ihrem Schwager vorbei, mit ihren Halbschuhen in der Hand. „Da drinnen ist es mir zu laut. Ich mag da nicht an einem Tisch sitzen und reden. Lass uns in die Natur gehen!“, forderte sie Sandra auf. Kai ignorierend, stellte sie sich neben ihn und schlüpfte in ihre Schuhe.

Unschlüssig nestelte der Junge an seinem Armband herum.

„Wie ist es, Frau Lobmann – darf ich mal nach Claudia sehen? Wir haben für heute was ausgemacht“, fasste er sich schließlich ein Herz. Seine wütende Entschlossenheit von zuvor war verschwunden. Eine unberechenbare Kraft ging von Claudias Mutter aus, so zart und leise sie sonst wirkte.

In stockgerader Haltung sah Amelie Kai in die Augen. Kurz hob sie ihre Hand, als wolle sie ihm in seine Haare fassen, und ließ sie dann doch wieder sinken.

„Du hast meine Erlaubnis“, sagte Amelie langsam.

„Aber lasse dir nicht einfallen, mit Claudia zu fliehen! Abendstund hat Gold im Mund. Bis zum Abendessen sind deine Mutter und ich wieder zurück“, wies sie den Jungen an.

Ohne ein weiteres Wort ging Amelie rasch voraus, sie lenkte ihre Schritte in Richtung Oberstadt. Sandra drehte sich zu Albert Lobmann um und zuckte unschlüssig mit den Schultern, bevor sie Amelie folgte.

„Frau Lachner, den Kaffee trinken wir ein anderes Mal, in Ordnung?!“, rief der Pfarrer ihr nach.

Neben ihn drängte sich seine kleine Frau in die Türe und schaute Sandra und Amelie konsterniert nach – wahrscheinlich hatte sie gerade den Kaffee auf den Tisch gestellt. Eine anliegende, moosgrüne Hose betonte ihre kräftigen Beine. Kopfschüttelnd schloss sie die Türe.

Die Hitze hatte nachgelassen.

Unterhalb der Steige, zu Füßen des Schlosses, schlug Amelie eine Richtung ein, die Sandra noch unbekannt war. Gegenüber einem Reitstall säumten hohe Kastanienbäume das Donauufer. Vor einem unauffälligen Grabmal, das Sandra leicht übersehen hätte, blieb Amelie stehen.

„Dreihundert schwedische Soldaten wurden hier begraben." Trotz ihres unbeteiligten Tones war Amelies Betroffenheit zu erkennen. Als hätte sie einen Bezug zu diesem düsteren Teil aus Mühlheims Vergangenheit.

An einem stattlichen Ameisenberg vorbei in den Wald hinein, jede in ihren Gedanken versunken, gelangten sie nach einem steilen Anstieg auf den höchsten Punkt der Umgebung.

Er war gekennzeichnet mit einem Kreuz, das silbern in der Sonne leuchtete.

Liebe geht durch den Magen.

Manchmal war es ihr gelungen, Friedhelms Liebe aufs Neue zu entfachen. Mit der Kombination anregender Speisen kannte sie sich aus. Essen war ein sinnlicher Genuss, der seine Poren öffnete und den Blick empfänglich machte für die spröde Schönheit seiner Frau.

Er hatte Augen für andere Frauen, das wusste sie. Aber erst der dunklen, fordernden Frau gelang es, Friedhelm auf das weiche Tuch der Begierde zu ziehen.

Amelie spürte, wie sie mit der anderen verglichen wurde. Friedhelm höhnte, machte sich über ihre Feingliedrigkeit lustig, versuchte, ihr das letzte Fünkchen Selbstvertrauen auch noch zu rauben. Auf der Bühne durfte sie nicht mehr mitspielen, und die Geliebte übernahm die wichtigsten Rollen.

Ab dem Zeitpunkt half auch das raffinierteste Essen nichts mehr. In ihr selbst stieg nach jeder Mahlzeit eine Übelkeit auf, an der sie würgte, monatelang, wie in einem Krampf, der sich erst löste, wenn sie sich an ihre Lieblingsplätze begab. Mal fand sie zu Erinnerungen zurück, die tröstend waren und sie in eine Art ruhige Wehmut versetzten, mal gewann sie einen neuen Überblick, indem sie sich in Höhen begab, während die Welt unter ihr unwissend ihre Bahn verfolgte, mal beriet sie sich mit der weisen Frau, der klugen Fürstin, die Trösterin aller betrogenen und verlorenen Frauen war.

Eine wahre Freundin gab es, die ihr in der schweren Zeit zur Seite stand.

Verena liebte sie, als wäre sie ihr eigenes Kind. Und Amelies Freundschaft wiederum würde die ältere Frau vor der Einsamkeit im Alter schützen.

Alter und Einsamkeit waren enge Gesellen.

Doch Alter schützt vor Dummheit nicht.

Zur Sache kommen

Die Arbeitswelt wollte ihn zurück.

Frau Wirth holte Leo am frühen Morgen aus dem Bett. Das war noch nie vorgekommen. Normalerweise tat sie alles, um ihren Gästen die Urlaubszeit so angenehm wie möglich zu gestalten. Dazu gehörte selbstverständlich das ungestörte Ausschlafen.

Dezent klopfte die Wirtin an seine Zimmertüre. Zunächst wob er das Geräusch in seinen frühmorgendlichen Traum ein.

Leo saß gerade auf einem Motorrad, Sandra eng an seinen Rücken geschmiegt. Er hatte das Gefühl sie wollte ihn dazu ermutigen schneller zu fahren und dabei nicht auf das Geröll zu achten, das rechts und links die Berge hinabrollte. Das klopfende Geräusch nahm er als Schläge von Steinen wahr, die einer nach dem anderen auf seinem Helm aufschlugen. Immer mehr Steine bombardierten ihn, und Leo befürchtete schon, die Kontrolle über das Motorrad zu verlieren, als Sandra ihm von hinten etwas zurief, das er zuerst nicht verstehen konnte. Ihre Stimme wurde immer eindringlicher. Aber warum siezte sie ihn?

„Herr Mannski, Telefon für Sie! Der Herr sagt, es sei dringend."

Noch immer spürte er Sandras Arme um sich geschlungen, als er sich im Bett aufsetzte und sich die Augen rieb.

„Schon gut, ich stehe gleich auf", sagte Leo, noch halb betäubt vom Schlaf und der Geschwindigkeit, der er auf dem Motorrad ausgesetzt gewesen war.

„Was soll ich dem Herrn denn sagen? Es klang ziemlich wichtig."

„Lassen Sie sich die Rückrufnummer geben und sagen Sie, dass ich mich gleich zurückmelden werde!", rief Leo durch die verschlossene Zimmertür.

Mit einem starken Kaffee und der Telefonnummer des skrupellosen Frühanrufers bewaffnet, setzte er sich in die Gasthausstube und nahm dankend Wirths Apparat in Anspruch.

Das Handy-Zeitalter hatte ihn bisher noch nicht erreicht. Leo tat einfach so, als gingen diese mobilen Teile ihn nichts an. Er hatte einfach keine Lust, sein Leben von immer mehr technischen Einrichtungen bestimmen zu lassen.

In der gemütlichen Nische saß das Ehepaar Waldbaur beim Frühstück, beide in elegant-sportlicher Reiseaufmachung. Ihr Wanderurlaub im Donautal war zu Ende. Der Schlüssel ihrer Ferienwohnung lag schwer in seiner Hosentasche. Leo seufzte in Erinnerung an die letzten Tage.

Während die Frau ihm fröhlich zuwinkte, hob ihr Mann kaum seine Augen von seiner dick bestrichenen Butterbrezel. Die anstrengende Arbeitswelt eines gefragten Selbständigen begann wieder seine gedanklichen Räume einzunehmen. Obwohl es Freitag war und dem Ehepaar noch ein Wochenende am See bevorstand.

Er kannte die Telefonnummer.

„Mensch Jochen, was ist denn um *die* Zeit schon so wichtig?" Leo hatte seinem Journalistenfreund erst kürzlich eine Postkarte geschickt. Mit der Andeutung, dass die Fahrradfrau nicht nur von Fahrrädern etwas verstand.

„Dir geht's also gut im Donautal? Das freut mich! Vielleicht solltest du trotzdem deinen schönen Urlaub mal beenden. Du weißt doch: aufhören, wenn es am Schönsten ist! Oder ist es noch gar nicht so weit?", bombardierte Jochen ihn mit seinem üblichen Redeschwall.

Die erholsamen Zeiten schienen in die Vergangenheit zu rücken.

„Am besten ist, du redest gleich selbst mit dem alten Heinrich", empfahl ihm Jochen. Der Chefredakteur des Magazins hatte seinen Mitarbeiter beauftragt, zu Leo Kontakt aufzunehmen.

Innerlich stöhnte Leo auf. Köln und die Arbeitswelt waren so weit weg, und näher dran wollte er auch gar nicht sein.

Er zögerte und wusste zugleich, dass das nicht vernünftig war: Wenn er weiterkommen wollte, durfte er keine Gelegenheit verpassen, um an der Bekanntheit seines Namens zu feilen. Das Schreiben war alles was er konnte, und was ihn bisher je wirklich interessiert hatte.

„Was ist jetzt, soll ich dich gleich mal mit dem Heinrich verbinden?“, drängte Jochen.

Leo folgte der Stimme der Vernunft und ließ das Gespräch zu seinem Chef durchstellen. Dessen wie immer polternde Stimme vertrieb ihm die letzten schlaftrunkenen Reste.

„Leo Mannski, Sie können wohl der Welt entfliehen, aber nicht mir, ha ha! Ich brauche Sie hier, mein Lieber. Wir müssen uns unterhalten. Ihre Serie „Der Mensch und seine Geheimnisse“ findet späten Erfolg, da sollten wir dranbleiben! Haben Sie nicht schon eine Idee, wie sie weitergehen könnte? Die Leser lieben besonders den Teil über ‚moderne Hexen unter uns‘. Haben Sie nicht noch so etwas in der Art auf Lager?“

Moderne Hexen unter uns. Meersburg und die Folterkammer fielen ihm ein. Sandra, deren braungebrannte Beine seinen Blicken entschwanden, sobald sie in die Wälder eintauchten. Ihre ölverschmierten Hände, wenn sie aus ihrer Fahrradwerkstatt trat.

Sandras Anspielungen auf die Geschehnisse vor einem Jahr, ihr trauriger, nach innen gekehrter Blick, wenn sie auf dem Gelben Felsen saßen, ihr Verstummen, wenn Leo begann, konkrete Fragen zu stellen.

Je näher er ihr kommen würde, desto mehr hoffte er auch das Geheimnis, das wie ein unruhiger Geist durchs Donautal wandelte, zu verstehen.

„Es gibt schon ein paar neue Ideen“, improvisierte Leo. In einem Anfall von Übermut beschloss er, zwei Fliegen mit einer Klappe zu schlagen – im Donautal zu bleiben, und gleichzeitig einem neuen Auftrag nachzugehen.

„Es gibt hier die unaufgeklärten Todesfälle, mit mindestens einem Mord dabei, die vor einem Jahr hier im Donautal passiert sind. Ich beobachte, mache Fotos, lerne die Leute kennen und habe das Gefühl, ich könnte spannende Dinge in Erfahrung bringen. Außerdem birgt die Landschaft Geheimnisse. Morgendlicher Nebel, hohe Felswände, tiefe Höhlen, und dazu die überlieferten Sagen und Legenden. – Wie hört sich das an, Chef?"

„So, im Donautal sind Sie? Stimmt, ich erinnere mich, dieser Kleinunternehmer wurde erstochen, nicht wahr? Und war da noch mal was?! Gut, dass das Donautal gerade erst im Gespräch war, das könnte man ausnutzen. Aber, bitte nicht zu brav sein! Seien Sie informativ, poetisch, machen Sie, wenn es sein muss, mehr aus den Vorfällen, als Sie wissen. Schmücken Sie es mit den passenden Legenden. Die typische Mannski-Mischung eben, Sie wissen schon.

Kommen Sie mit zwei, drei Wochen bis zur Abgabe klar? Also, Mannski – ran an die Klamotten!"

Leo nahm seine Kaffeetasse und setzte sich zu Waldbaurs.

„Das ist ja recht, dass wir uns noch sehen, bevor wir gehen. Da brauchen Sie uns den Schlüssel schon nicht hinterher zu schicken", begrüßte ihn Frau Waldbaur freundlich.

Sie wollte genau wissen, was Leo an den zwei Tagen am See unternommen hatte. War er auch einmal mit der Fähre von Meersburg nach Konstanz hinübergefahren? Und hatte er einen Einkaufsbummel durch die schönen Second-Hand-Läden in Überlingen gemacht, in denen man ausgefallene und preisgünstige Kleider einkaufen konnte?

„Da habe ich meine besten Stücke her!" Frau Waldbaur öffnete ihre leichte Strickjacke und präsentierte eine türkisgrüne Bluse mit einem Blumenmotiv. Eine riesige rote Mohnblume lachte ihn an, einige der schwarzen Samen waren gleichzeitig Knöpfe.

Da fiel ihm der merkwürdige Anruf am ersten Abend ihres Aufenthaltes am Bodensee wieder ein.

Wer erwartet schon in einer Ferienwohnung ein angeschlossenes Telefon? Wie im Reflex war Leo in den Flur gegangen und hatte den Anruf entgegengenommen.

Irgendetwas hielt ihn davon ab, klipp und klar seinen Namen zu nennen.

„Hallo?“, fragte er zurückhaltend.

Die Stimme einer jungen Frau sprudelte los, als wisse sie genau, wer am anderen Ende der Leitung sei: „Na, endlich. Hier Moni!“, meldete sie sich. „Wie oft habe ich es schon bei dir versucht! Seit wann bist du zurück?“, fragte sie, als müssten sie sich gut kennen.

Leo räusperte sich, um die Antwort hinaus zu zögern. Er spielte durchaus gern mit dem Feuer, wenn die Flammen nicht zu groß waren.

„Ich bin seit heute hier“, antwortete Leo der Wahrheit entsprechend. Er sprach leise, mit fast gepresster Stimme.

„Du redest so komisch, bist du erkältet? Mir geht's im übrigen auch nicht besonders. Kannst du zu mir kommen, am besten gleich? Ich würde dich so gern sehen. Das wäre schön ...“

Ihr sanfter, melodiöser Tonfall, wie auch ihr Name, erinnerten Leo an die liebliche Landschaft, die sich im Hinterland des Bodenseeraumes entlangzog. Abgerundete Hügel, voll tragende Obstbäume und dazwischen leuchtende Mohnblumen.

Leo spürte, wie seine Achselhöhlen feucht wurden. Wo sollte das nur hinführen?

„Nicht heute“, erwiderte er und legte in einem Anflug von Hilflosigkeit den Hörer wieder auf, nicht abrupt, sondern langsam, ganz sachte – als wolle er die Abfuhr, die er der Unbekannten erteilt hatte, dadurch abmildern. Um weitere telefonische Eskapaden zu vermeiden, zog er den Stecker heraus. Leo bedauerte, den intimen Raum eines Paares verlassen zu müssen, den er irrtümlich betreten hatte.

Nachdem er sich wieder neben Sandra gesetzt hatte, sprach er lange Zeit nichts mehr. Er sah die fremde, junge Anruferin vor sich, wie sie auf einem Sofa lag, ungläubig den Hörer in ihrer Hand anschaute und dann erneut die Telefonnummer wählte.

Da unterdrückte Leo den Impuls, laut herauszulachen: Wollte sich die Frau, die sich Moni nannte, mit Herrn Waldbaur verabreden? Wahrscheinlich hatte sie beim Wählen nur die Ziffern vertauscht. Das würde ihr beim nächsten Mal hoffentlich nicht mehr passieren.

„Das Telefon habe ich übrigens ausgesteckt“, informierte Leo das Ehepaar.

„Ich dachte, es ist nicht angebracht, Anrufe, die für Sie bestimmt sind, entgegen zu nehmen.“

„Nur die engsten Verwandten und wichtige Geschäftspartner haben die Nummer von der Ferienwohnung“, erwiderte Frau Waldbaur. „Wieso, war denn was?“

Frech und rotköpfig nickte ihre Mohnblume Leo zu.

„Einmal rief eine junge Frau an“, begann er.

„Sie hieß Moni. Und – sie wollte nicht allein sein.“

Leo beobachtete seinen Tischpartner sehr genau. Dessen Blick richtete sich konzentriert und, wie der Journalist fand, wehmütig auf einen Punkt außerhalb ihres Tisches.

Heinz Waldbaur schaute auf eine Figur aus Holz, die hinter Leo in einer Nische stand: der Nachtwächter. Jahrhundertelang war er durch Mühlheim gezogen und hatte die Bürger auf Recht und Ordnung aufmerksam gemacht. Wenn ein Haus in Brand geraten war, hatte er sie rechtzeitig informiert. Spitzbuben wie Ehebrecher brachte er ins Gefängnis.

„Ach, die Monika!“, rief Frau Waldbaur aus. „Sag Heinz – könnte das *unsere* Moni gewesen sein? Das ist unsere Nichte, wissen Sie. Die älteste Tochter meiner Schwester“, klärte sie Leo auf. Die Vorstellung, ihre Nichte habe sich bei ihnen gemeldet, schien sie zu entzücken.

Ihr Mann ließ Leo nicht aus den Augen, als er seiner Frau Antwort gab.

„Das glaube ich kaum“, sagte er.

„Sie ruft uns doch sonst auch nie an, es sei denn, sie hat Ärger zu Hause. Das letzte Mal war schon sehr lange her.“

Frau Waldbaurs Freude war gedämpft. Sie dachte einen Moment lang über die Bemerkung ihres Mannes nach.

„Ach, die Moni!“, seufzte sie dann theatralisch. „Die hat es mit den Männern schwer. Immer rennen sie ihr davon, weiß der Himmel, weshalb. Dabei ist sie so ein hübsches Mädchen.

Da kam es dann schon mal vor, dass sie sich bei uns Rat einholte. Stimmt's, Heinz?"

Kameradschaftlich zwickte Frau Waldbaur ihrem Mann, der sich bereits wieder seinem Papierkram widmete, in die gut gepolsterte Seite. Für ihn schien das Thema beendet zu sein.

Mehr wollte Leo gar nicht wissen. Der sehnsuchtsvolle Blick eines alternden Mannes und eine zartrote Mohnblume, die umsonst seine Aufmerksamkeit zu fesseln versuchte, waren ihm Inspiration genug.

Sie wollten zur Sache kommen.

Sandra hatte Leo geraten, sich ein reichliches Vesper zu machen und gute Wanderschuhe anzuziehen. Sie schien Größeres vorzuhaben.

Im letzten Moment packte er noch eine leichte Decke ein. Ausgestreckt hätten zwei Leute gerade so darauf Platz.

Der Morgen war mild und die Luft sauber und kühl. Beschwingt machte Leo sich auf den Weg, von Antriebslosigkeit keine Spur. Sie schien sich, seit er sich im Donautal aufhielt, nach und nach zu verabschieden. Vielleicht wurde sie von den Schwingungen, die aus den Ritzen der selbstherrlichen Felsen und dem schweren Erdreich drangen, systematisch vertrieben.

Vor dem Abstieg in die Vorstadt machte er in dem kleinen Tante-Emma-Laden Halt, auf dessen 20 qm großer Fläche auch die Post untergebracht war. Er überlegte, ob er sich ein eigenes Postfach mieten sollte. Wenn er weitaus länger in Mühlheim bleiben würde, wäre das sicher angebracht.

Die zwei alterslosen Zwillingsschwestern Wilma und Henriette, deren greiser Vater von einer Ecke des winzigen Ladens aus das Einkaufsgeschehen verfolgte, waren gerade ohne Kundschaft. Sie füllten die Gemüse- und Obstfächer, die wie überdimensionale Spielzeugkisten eines Kinderkaufladens aussahen, mit frischer Ware auf. Der Raum roch nach Putzmitteln, Blumen und süß-sauren Äpfeln. Ein helles Klingeln begleitete das Öffnen der Türe, als Leo den Laden betrat. Das Gesicht des alten Mannes, der aufmerksam das geschäftige Treiben seiner Töchter beobachtet hatte, leuchtete auf.

„Der Herr Mannski ist da! Gebt ihm ein paar von den frischen Kirschen, Mädels!", tönte er, sobald er Leo erkannt hatte.

Sich in Mühlheim heimisch zu fühlen, ging ganz schnell. Wie hätte er da ernsthaft erwägen können, wegen einer neuen Reportage zurück nach Köln zu gehen?

Zufrieden steckte sich Leo eine der duftenden glasig-roten Früchte in den Mund. Er ließ sich zwei Schalen von der neuen Kirschernte in Zeitungspapier einschlagen und setzte seinen Weg in die Altstadt fort.

Der Rasen war gemäht und auf dem Treppenabsatz standen drei verschieden große Blumentöpfe, jeder mit einer andersfarbigen Aster frisch bepflanzt. Wie eine Kleinfamilie: Mutter, Vater, Kind.

Ob es in seinem Alter sehr schwierig sein würde, sich in die Rolle eines Familienvaters zu begeben? Schließlich hatte er damit noch keinerlei Erfahrung. Die Frage nach der Verhütung war, sobald sich die Annäherung mit einer Frau auch nur entfernt in Aussicht gestellt hatte, schon immer die wichtigste für ihn gewesen. Unbewusst fasste Leo in seine Hosentasche. Das kleine, schon lange nicht mehr zum Einsatz gekommene Päckchen, war noch vorhanden. Hätte er noch das Verfallsdatum überprüfen sollen?

Schwungvoll klopfte er an die schwere Holztüre und zuckte wie jedes Mal zusammen, als er sie aufschob. Das schrille Fahrradklingeln erschreckte ihn noch immer.

Auf dem großen Küchentisch, der an der Wand stand, lag ein großes weißes Plakat. Kai beugte sich darüber, mit einem dicken Pinsel in der Hand, den er gerade in eine dunkle Farbe tauchte.

„Selbstmord in ..." entzifferte Leo laut, als er auf den Tisch zuging. Kai war zu vertieft in seine Beschäftigung, um den Besucher zu bemerken, außerdem hatte er seine Kopfhörer auf.

„... in Samt", vervollständigte Sandra. Sie stand am Spülbecken mit dem Rücken zu Leo und füllte Obst, das sie gerade gewaschen hatte, in eine riesige Glasschüssel.

Kirschen, mindestens zwei Kilo.

Das Tuckern von Leos kleiner inneren Maschine verlangsamte sich. Gerade noch auf volle Geschwindigkeit gestellt, hatte ein kleiner Anlass genügt, ihn zu drosseln.

Ralph war von der Kirschernte am Bodensee zurück. Sandras Garten – wirklich nur der? – war schon in den frühen Morgenstunden in den Genuss seiner Fürsorge gekommen.

Leo war zu spät gekommen – zumindest, was die Kirschen betraf.

„Das soll ein Poster für die Band werden, die Kai mit seinen Kumpels gegründet hat. ‚Selbstmord in Samt' – hört sich das nicht sehr morbid an?"

Morbid – was für ein klangvolles, ungebräuchliches Wort. Frauen, denen es gelang, Leo mit ausgefallenen Begriffen zu überraschen, strahlten einen ungemeinen Charme auf ihn aus.

Er stellte, ohne etwas zu sagen, die zwei Schalen mit Kirschen hinter Sandra auf die Küchenanrichte. Vielleicht würde sie sie später noch einmachen wollen. In dem Augenblick drehte sie sich zu ihm um. Auf die plötzliche Nähe zueinander, dicht gedrängt zwischen dem Spülbecken und Küchenschränkchen, waren beide nicht vorbereitet. Auf Sandras Nase verteilten sich, wie fein aufgesprüht, viele kleine braune Punkte. Leo fuhr mit dem Zeigefinger ihren Nasenrücken entlang, er fühlte sich an wie eine Rutsche, die am Ende leicht nach oben gebogen war. Der winzig kleine Höcker auf der Mitte der Rutschbahn ließ seine Fingerkuppe kurz innehalten. Er massierte ihn, als könne er ihn dadurch glätten.

„So ungefähr mein einziger Schönheitsfehler. Und du musst ihn natürlich gleich entdecken!", scherzte Sandra.

In Leo kochte es. Bevor er sich überhitzte, schnell ein Glas Wasser.

Die Rutsche verwandelte sich in eine Nase zurück und Sandra sich in die trockene Wanderführerin, die er kannte. Sie zog sich einen kleinen Rucksack über, in den sie vorher zwei leere Stofftaschen hineingestopft hatte, und band ihre Stiefel zu.

Kai war mittlerweile beim letzten Buchstaben angelangt. Das ‚T' lehnte sich an den rechten Bildrand und sah aus, als würde es gleich aus dem Blatt kippen.

Sandra tippte ihrem Sohn auf die Schulter und teilte ihm per

Handzeichen mit, dass sie und Leo gehen würden. Das Ergebnis seiner Malbemühung schien Kai erschöpft zu haben. Seine Kopfhörer verrutschten, der Pinsel rollte unbeachtet vom Tisch und verspritzte beim Aufprall kleine schwarze Tropfen. Die musikalische Unterwelt zog ihn in ihre Tiefen.

Leo wurde auf die Probe gestellt. Keiner lässt sich gern vergiften, nicht einmal aus Liebe.

Das jedenfalls nahm er an.

„Pilze sammeln und selber keine Ahnung davon haben, ist ein Vertrauensbeweis an denjenigen, der sich auskennt", sagte Sandra, während sie die Donau überquerten. Statt die Steige in die Oberstadt zu wählen, schlug sie die gegenüberliegende Richtung ein. Sie ließen den Nußühl mit dem Schloss auf seinem Rücken an ihrer rechten Seite liegen.

„Aber doch nur, wenn man sie hinterher auch wirklich isst", bemerkte Leo.

Leo liebte Pilzgerichte. Aber er sammelte selbst nie welche und hatte auch noch nie Gefallen daran gefunden. Risiken ging er nie ein, dazu war er zu vorsichtig. Allein die Vorstellung daran, wie schmerzvoll Magenkrämpfe als Folge des Verspeisens giftiger Pflanzen sein müssten, jagten ihm Schauer über den Rücken.

Wozu sich selbst bemühen, wo doch Wirths Speisekarte gerade mit den wunderbarsten Gerichten wie „Rehragout mit Waldpilzen" und „Selbstgemachte Maultäschchen mit Pilzfüllung" erweitert worden war?

Wollte Sandra einen Beweis seines Vertrauens einholen? Oder trug ihr Vorhaben einen tieferen Sinn in sich, der sich Leo erst noch offenbaren würde?

Er beschloss, diplomatisch vorzugehen und seine Bedenken vorerst noch zurückzuhalten.

Kastanienbäume schüchterten ihn ein. Mit ihren ausladenden Ästen versperrten sie den Blick auf den Himmel. Wenn man sich zur Herbstzeit unter sie legte, wurde man vom Herabfallen ihrer Früchte bedroht. Leo mied sie lieber.

Sandra ließ ihm jedoch keine Wahl. Sie steuerten auf eine Allee mit schwer tragenden Kastanienbäumen, die das Donauufer bevölkerten, zu, als ihnen ein Mann auffiel. Er stand vor einem dunklen, geschliffenen Stein und machte sich Notizen. Auch Sandra schien ihn nicht zu kennen.

Neugierig blieb Leo neben dem Fremden stehen.

„Hier ruhen dreihundert schwedische Reiter fern ihrer Heimat ..." las er die in den Stein geritzte Widmung.

Ein Grabmal zur Erinnerung an die schwedischen Belagerer. Es musste ein grauenhaftes Gemetzel gegeben haben, schloss er aus der Inschrift. Irgendwie berührte ihn der Gedanke, dass die Stadt für ihre Feinde, von denen sie jahrelang belagert worden war, eine Gedenkstätte geschaffen hatte.

Der lockige Kopf des Mannes schaute von seinem Block auf.

„Sie kennen den Platz hier? Sind Sie hierher gekommen, um das Grab zu besuchen?", fragte er. Sein Blick schloss auch Sandra ein. Machte er etwa an diesem abgeschiedenen Platz eine statistische Erhebung?

„Ich hätte die Stelle nicht bemerkt, wenn Sie nicht da gestanden hätten", antwortete Leo. Sandra reagierte nicht. Sie hatte den Kopf gesenkt und sah aus, als ob sie eine Gedenkminute für die Toten einlege. Doch das war sicher nur Einbildung – was konnte eine Stadtfrau, die erst vor einem Jahr in den Ort gezogen war, für eine Verbindung zu einem Grab mit 300 schwedischen Soldaten haben?

„Und Sie? Haben Sie hier Vorfahren liegen?", scherzte Leo.

Der Mann lachte. Er wirkte nicht wie ein Tourist. Sein Block sah mehr nach Arbeit aus als nach einem Reisetagebuch.

„Nein, ich bin aus beruflichen Gründen hier. Ich bin Landschaftsarchitekt. Die Stadt hat mich gebeten, einen Entwurf für eine neue Grabmalgestaltung zu übernehmen; es hieß, die Touristen würden den Platz zu leicht übersehen. Und wenn ich Ihre Aussage richtig deute, trifft das auch auf Sie zu.

Historisch war es ein wichtiger Einbruch im Leben der Menschen hier: dreimal von den Schweden belagert zu werden, und dann noch diese grausamen Kämpfe ... da ist dieser schlichte Stein doch sehr unauffällig", erklärte der Mann.

„Hat denn der Hauptkampf direkt hier an dieser Stelle stattgefunden?“, fragte Leo.

„Das ist es ja. Wenn man sich die Gedenkstätte anschaut, könnte man das meinen. Tatsächlich aber hat sich der Kampf auf die ganze Umgebung ausgedehnt. In der ganzen Stadt lagen die Leichen, Blut strömte durch alle Gassen. Die Donau war rot gefärbt. Ich arbeite gerade an einem Entwurf, in dem deutlich werden soll, dass die Soldaten überall hier verteilt ihr Leben gelassen haben.“

Hinter dem Grabmal reckten zwei Pferde ihre Köpfe über eine verwitterte Steinmauer. Erwartungsvoll schnaubten sie zu der kleinen Gruppe hinüber. Da schien Sandra aus ihrer Versunkenheit zu erwachen.

„Das finde ich eine gute Idee“, stimmte sie zu. „Die Toten sollte man ehren, egal, zu welchem Lager sie gehörten. Wie soll man sonst zu einem inneren Frieden finden?“

Steile Wege machten Leo kaum noch etwas aus. Mittlerweile konnte er mit Sandra weitaus leichter als zu Beginn ihrer Bekanntschaft Schritt halten. Dass er morgens und abends in seinem Zimmer Fitnessübungen machte, brauchte sie ja nicht zu wissen.

Auch der Polsterring um seine Taille war geschrumpft. Und das trotz Wirths guter Küche! Wenn die Seele reichlich Nahrung hat, ist auch der Körper genügsamer. Das jedenfalls war Leos Erfahrung.

Die Kastanienbäume entschwanden seinen Blicken, als Sandra ihn in den Wald hinein führte. In einer scharfen Kurve stießen sie gegen eine niedrige Holzabsperrung. Ein paar zusammengenagelte Latten schützten einen niedrigen Hügel vor den groben Tritten der Wanderer. Erst beim genauen Hinsehen erkannte Leo sie: Millionen winziger Punkte, die auf geheimnisvolle Weise ihr Ziel zu kennen schienen.

„Das wollte ich schon immer einmal malen“, sagte Sandra, die neben ihm stehengeblieben war. „Ich weiß nur noch nicht, wie. Es müssten lauter kleine Punkte sein, verschiedenfarbige Ströme, die unter-, über- und nebeneinander herfließen. Wie auf den Bildern der australischen Ureinwohner, vielleicht mit Naturfarben gemalt. Von weitem betrachtet geben dann alle Ströme zusammen ein Bild, ein Motiv. Es muss doch einen Sinn in dem ganzen Treiben geben, den man dann vielleicht erkennen könnte, meinst du nicht?“

Wenn das Jüngste Gericht sich je erkennbar machen würde, dann sollte es sich das riesige silberne Kreuz zu eigen machen, das sie am höchsten Punkt des Aufstieges erwartete, dachte Leo. Das metallene Leuchten hatte er vorher schon vom Tal aus bemerkt, wie ein Mahnmal stand es über der Stadt. Ein ungefähr fünf Meter hohes Holzkreuz war mit Blech verkleidet, und wenn die Sonne darauf schien, glitzerte es wie ein riesiger Stern. Von nahem besehen, konnte man die vielen Inschriften lesen, die von Liebespaaren und Touristen eingeritzt worden waren.

Von dieser Perspektive aus waren die einzelnen Häuser der Vor- und der Altstadt gut zu erkennen. Der ‚Allesmarkt‘ sowie das Betondreieck der evangelischen Kirche, boten als geographischer Ausgangspunkt eine gute Orientierung. Auch das kleine Mesnerhaus war leicht zu finden, da das ihm nahegelegene großzügige Grundstück der Alten Mühle mit mehreren Parkplätzen und Gartenbewirtschaftung sofort ins Auge fiel.

„Nie hätte ich gedacht, dass ein kleiner, provinzieller Ort mir so ans Herz wachsen könnte“, sagte Sandra leise. „Bald nachdem ich damit begonnen hatte die Natur hier zu entdecken, fühlte ich mich hier immer heimischer. In der Landschaft, wie ich sie hier erlebe, finde ich mich als Person auf eine fast unheimliche Art widergespiegelt.“

Die Häuser, der in den verschiedensten Grüntönen schimmernde Wald, die unregelmäßigen Felsen und die Donau, die sich wie eine lange Schnur um dies alles wand und so zu einer zusammengehörigen Einheit verknüpfte, nahm Leo plötzlich als lebendige Gestalten mit unverwechselbaren Charakteren wahr: eine Bevölkerung, zu der Menschen, Tiere und Teile der Natur gleichwertig zählten. Und mittendrin Sandra. Leo verstand, was sie meinte.

Hinter ihrem kurz angebundenen, oftmals schroffen Auftreten verbarg sich eine Zartheit, die nach Schutz verlangte. Es gab im September kleine, rosafarbene Waldblumen,* deren Namen er nicht wusste – sie ähnelten den ersten Blumen im Jahr, den Krokussen. Man musste genau hinsehen, um ihre zarte Samtheit zu entdecken.

Leider durfte man ihre Blüten nicht anfassen, denn sie seien hochgiftig, hatte Frau Wirth ihn gewarnt.

Auch das mächtige Ziegelsteingebäude mit dem verglasten Anbau, das auf einem ehemaligen Fabrikgelände in der Oberstadt stand, fiel ihm ins Auge. Das Gymnasium war ein Blickfang.

Leo hatte Sandra bisher wenige Fragen gestellt. Ihre Vergangenheit lag für ihn hinter einem Schleier, durch dessen Risse sie ihn ab und zu linsen ließ. Bisher hatte er es ihr überlassen zu entscheiden, wann und wieviel Einblick sie ihm gewähren wollte.

„Warum bist du eigentlich nicht mehr Lehrerin?“, wollte Leo wissen.

Die Frage zerrte an dem dünnen Faden, der sich während des kurzen Gespräches zwischen ihnen verwoben hatte, und zerriss ihn mit einem Ruck.

Um sie herum vibrierte Stille.

„Das war Verrat“, antwortete Sandra schließlich.

„Und deshalb will ich einer bestimmten Person nicht mehr begegnen. Ich habe mich bis zum nächsten Sommer vom Schuldienst befreien lassen. Doch wenn sich der Fahrradladen nicht bewährt, kehre ich vielleicht in die Schule zurück. Im Moment läuft es glücklicherweise ganz gut. – Aber jetzt werde ich dir zeigen, wo du die zartesten Pilze finden kannst. Sie wachsen dort, wo der Boden feucht und weich ist. Man muss sie mögen, um sie zu finden.“

Sie brauchten sich nicht allzu weit von dem Aussichtspunkt zu entfernen, um einen ersten Erfolg einzuholen. Beim Sammeln erklärte Sandra, auf welche Merkmale er achten müsse.

„Und jetzt trennen wir uns“, kündigte die Pilzkennerin an.

Die Wahrscheinlichkeit einer reichhaltigen Ernte sei größer, wenn sie an verschiedenen Plätzen sammeln würden, erklärte sie.

Stunden später wollten sie sich wieder am Glitzernden Kreuz treffen.

Leo tauchte alleine noch tiefer in den Wald ein und versuchte eine Spürnase zu entwickeln, wie es den Wildschweinen bei der Trüffelsuche nachgesagt wurde. Die Äste über ihm wuchsen immer dichter zusammen. Resigniert ließ er sich auf einem abgeholzten Baumstamm nieder, an dessen Rinde sich eine ganze Kolonie von Baumpilzen angehäuft hatte.

Sollte er mehr auf die rosa oder auf bräunlich gefärbte Schwämmchen achten? Und war der Schirm leicht nach oben oder nach unten gebogen? Um den Stamm einer Fichte hatten sich ein paar unterschiedlich große Waldchampignons gruppiert. Wenigstens die würde Leo vorzeigen können.

Als er aus dem Wald trat, berührte die Sonne das Kreuz mit ihren letzten kräftigen Strahlen.

Sandra hatte ihre Stofftasche, die nicht wesentlich gefüllter war als seine, gegen den unteren Teil des Kreuzes gelehnt. Sie hatte eine Decke ausgebreitet, die Leos ähnelte.

Mit angewinkelten Beinen lag sie darauf und starrte in den Himmel.

Leise, um das schöne Bild, das einem romantischen Gemälde gleichkam, nicht zu zerstören, schlich Leo sich an.

Sandra rührte sich nicht. Wie so oft schien sie irgendwo ganz anders zu sein. Nur ihr entspannt ausgestreckter Körper ließ keinen Zweifel an ihrer Anwesenheit.

Sorgfältig stellte Leo seine Tasche neben ihre, darauf achtend, dass die wenigen Fundstücke nicht hinaus kullerten. Er legte sich langsam, als läge ein Haufen heißer Kohlen vor ihm, ebenfalls auf die Decke.

Die Luft kühlte ab, die flammende Sonne machte sich ohne Umschweife aus dem Staub und ließ sie allein. Fror Sandra denn gar nicht?

Kein Stück Kleidung schützte ihre Haut vor der Abendfrische.

Das übernahm Leo allzu gerne.

Der Kreis der Verdächtigen

„Es steht Ihnen nicht zu, mich zu Ihren Diensten zu bestellen!“ Sandra sagte den Satz laut vor sich hin. Eine Stunde war ihr geblieben, um ihren Text durchzulesen, bis die nächste Theaterprobe stattfand.

Am frühen Abend war sie von dem Ausflug mit Amelie zurückgekehrt. Sie waren durch den Wald gehetzt, Amelie immer voraus.

Erst am Glitzernden Kreuz hatten die Frauen Halt gemacht. Amelie nahm einen großen Schluck aus ihrer Wasserflasche und eröffnete dann das Gespräch. Es war, als knüpfe sie an einem vorhergehenden an, das in der Mitte einfach nur abgebrochen worden war.

„Er wollte mich nicht verlassen, Sandra. Ich habe Angst, dass ich es ohne ihn nicht schaffe“, sagte sie.

Sandra hatte auf dem Weg beschlossen, sich in die Hände der undurchschaubaren Frau zu begeben. Auf das, was ihr entgegengebracht wurde, wollte sie spontan reagieren.

„Ohne den Partner zu sein ist ein ganz neuer Lebensabschnitt. Es ist für mich auch nicht leicht, alleine klar zu kommen“, erwiderte Sandra.

Ihr Brustraum zog sich zusammen, als sie an Tom und die Trennung dachte. Bisher hatte sie ihre Gefühle zur Seite geschoben. Nur nicht schwach und kraftlos werden, jetzt, wo es darum ging, ihrem Sohn in der neuen Umgebung eine Stütze zu sein.

Amelie fuhr sich mit der gespreizten Hand durch ihre Haare. Sie sahen aus, als wären sie seit Tagen nicht gekämmt worden. Selbst als sie in einem Knoten hängen blieb, verzog sie nicht das Gesicht.

„Du bist eine Frau von Welt. Du hast einen Beruf, du weißt, wie man im Leben zurechtkommt. Aber ich war noch nie weg aus dem Donautal, ich kenne nichts anderes. Friedhelm hat mein Leben organisiert. Und jetzt habe ich nur noch meine Tochter. Claudia darf nicht denselben Fehler machen wie ich – sie soll erst selbständig werden, bevor sie sich bindet!"

Amelies Stimme hatte flehentlich geklungen, als läge es in Sandras Macht zu verhindern, dass Claudia dieselben Fehler wie ihre Mutter machte.

„Ich möchte nicht neugierig sein, Amelie ..." Sandra fasste sich ein Herz und stellte endlich die Frage, die sie die ganze Zeit beschäftigte.

„Wie war das denn mit Friedhelm? Stimmt das, dass er ziemlich gemein war?"

Ein wunder Ausdruck überzog Amelies Gesicht.

„Er war im Herzen ein Soldat", erklärte sie schließlich.

„Wer seinen Befehlen nicht gehorchte, den bestrafte er. Er hat mich nie geschlagen, aber Worte können mindestens genauso schmerzen. Er wusste genau, wo sich die wunden Stellen befanden – in ihnen wühlte er gern herum, bis die offenen Stellen immer tiefer wurden.

Liebe macht blind. Wenn er mich mit seinen Worten schlug, dann schloss ich einfach meine Augen. Ich wollte den hässlichen Ausdruck in seinem Gesicht nicht sehen."

Und dann, als wolle sie ihn entschuldigen:

„Ich weiß aber, dass er mich geliebt hat – und Claudia noch mehr."

Amelie stützte ihr Kinn auf ihre Hände, die sie zu Fäusten zusammengeballt hielt. Vielleicht sah sie ihren Mann und seine verschiedenen Gesichter vor sich.

„Haben andere ihn gehasst? Wurde er manchmal gewalttätig?", fragte Sandra.

Amelie überlegte. „Immer wieder geriet er mit anderen in Streit, früher mit seinen Brüdern, und zuletzt habe ich ihn mit Paul Schaffer herumschreien hören. Die besten Freunde konnte er mit wenigen Worten in kürzester Zeit verlieren.

Du willst wissen, wer als sein Mörder in Frage kommt. Glaubst du denn nicht, dass ich selbst es war?"

Amelies dunkelblauer Blick zeigte Angst und Sorge.

„So, wie du ihn beschreibst, könnte er viele Feinde gehabt haben. Aber *du* warst ihm am nächsten. Wahrscheinlich kommst auch du am ehesten in Frage“, überlegte Sandra laut. „Glauben kann ich es trotzdem nicht – dazu hast du zu sehr an ihm gehangen. Und zu einem grausamen Mord halte ich dich nicht für fähig.“

Sandra war berührt von dem vorsichtigen Lächeln, das sich allmählich in Amelies Gesicht ausbreitete. Sie schloß spontan ihre Arme um Sandra und drückte sie kurz und innig.

„Nie hätte ich meinen Mann vernichten wollen“, erklärte sie inbrünstig.

Sandra wollte sich diesmal nicht durch Heiner vertreten lassen. Es wurde Zeit, dass sie sich selbst an ihre Rolle wagte.

Nach dem Abendessen mit Kai, der nachdenklich und geräuschvoll kauend am Tisch gesessen hatte, machte sie sich auf den Weg zum Gemeindehaus.

Alle waren da. Sie sprachen nicht viel, als sie die Stühle zu einem Kreis zusammenrückten, um den Fortgang ihrer Proben zu besprechen.

Die dunklen Ringe um Lissys Augen deuteten auf schlaflose Nächte hin.

Lissy wollte wissen, ob jemand vorhatte, aus dem Theaterspiel auszusteigen. Keiner meldete sich. Dann schlug sie vor, dass Heiner an Friedhelms Stelle die Rolle des schwedischen Hauptmannes übernehmen sollte. Das Gesicht des jungen Bankkaufmannes leuchtete auf. Er verbarg seine Freude über die Hauptrolle, die er dem Tod des Leiters zu verdanken hatte, nicht.

„Wollt ihr etwa einfach so weitermachen, als wäre nichts gewesen?“

Angewidert spuckte Verena die Worte aus. „Macht sich vielleicht mal jemand darüber Gedanken, was eigentlich passiert ist? Friedhelm liegt tot auf dem Tisch eines Gerichtsmediziners, und Heiner freut sich darüber, dass er seine Rolle übernehmen kann! Das finde ich ... pervers!“ rief die rundliche Frau aus. Heiner setzte dazu an sich zu verteidigen, unterließ es aber doch. Trotzig schlug er seine Arme übereinander.

Die Gruppe schwieg betreten.

„Ich habe es mir überlegt. Ich finde, wir sollten weitermachen", sagte Amelie und zog etwas aus den Tiefen ihres hellblauen Wolkenrockes hervor.

Ein zusammengefaltetes Papier kam zum Vorschein, das alt zu sein schien und doch ohne Risse war. Sie strich es auf ihrem Schoß glatt, nachdem sie es vorsichtig auseinandergefaltet hatte. Mit beiden Händen hielt sie die Ecken des Bildes fest und hob es, gut sichtbar für alle, in die Höhe.

Das Bild eines Mannes war darauf zu sehen, die Fotokopie eines gemalten Bildes aus einer früheren Epoche. Er trug ein gelbes Wams, und darüber eine orange Weste. Auf seinem Kopf saß ein abgerundeter, schwarzer Helm. Welche Farbe die Haare darunter hatten, war nicht gut zu erkennen – vielleicht mittelblond, riet Sandra. Seine Augen wirkten hell, sie waren blau oder grau, und sie sahen mit herablassendem Blick auf den Betrachter. Vermutlich ein Soldat höheren Ranges.

„Dieses Bild hatte Friedhelm bei sich, als er das erste Mal in mein Haus kam", erklärte Amelie. Sie lächelte.

„Er wollte für die Fasnet das Kostüm eines schwedischen Soldaten tragen, so, wie es auf diesem Bild zu sehen ist. Ich habe es ihm genäht. Er wollte eben dieses auch bei der Aufführung des Stückes tragen."

Amelie schaute Heiner an, als sie fortfuhr:

„Für dich werde ich es nicht mehr umändern müssen, denn du bist in etwa so schlank, wie er es damals war. – Ich habe nachgedacht. Wir sollten versuchen, den Wettbewerb zu gewinnen – damit Friedhelms Arbeit nicht umsonst war."

Dankbar schaute Lissy zu Amelie hinüber, erleichtert darüber, dass sogar die Frau des Toten ihre Meinung teilte.

Ernst begegnete Amelie ihrem Blick.

„Aber du, Lissy – freue dich nicht zu früh. Die Unschuld vom Lande zu spielen steht dir nicht! Du wirst auch noch deine gerechte Strafe bekommen."

Sie beschlossen, das Stück von Anfang an durchzuspielen.

Der Auftritt des Hauptmannes wurde damit noch verzögert.

Erst am Ende der ersten Szene würde er zum Einsatz kommen. Das Spiel begann.

Die erste Beklemmung verging rasch. Die einzelnen Mitspieler nahmen ihre Positionen ein. Die Tatsache, dass das Stück einen Teil der Mühlheimer Geschichte aufgriff bewirkte, dass die Truppe sich mit Haut und Haar auf das Spiel einlassen konnte. Als würden die Einzelnen ihre Vorfahren und damit sich selbst darstellen. Selbst Verena schien ihren Unmut vergessen zu haben. Sie spielte eine Bäuerin, die mit ihrem breiten Wissen den Stadtflüchtigen dazu verhelfen wollte, sich in der freien Wildbahn eine Strategie des Überlebens zurechtzulegen.

Die Gruppe lauschte gespannt, als die Bäuerin der Bürgermeisterfrau Martha, also Lissy, gegenüberstand. Verena hatte einen mit Vorräten gefüllten Weidenkorb auf ihren Rücken gehievt und war dabei, die Stadt zu verlassen.

„Auch du willst verschwinden und unsere Stadt im Stich lassen? Siehst du denn nicht, was du damit anrichtest? Mit deiner Schläue solltest du doch den Stadtgetreuen zur Seite stehen!“, herrschte Martha die Bäuerin an. Sie würde keinen Widerspruch dulden.

„Herrin, geh schon zur Seite! Dir sind wir schon lang genug gefolgt. Jetzt geht's um Kopf und Kragen! Lieber nehmen wir den Kampf mit Kälte und Hunger auf, als fremden Herren zu dienen“, gab die Bäuerin mutig zurück.

Dass sie dabei die Bürgermeistersfrau zur Seite stieß, war nicht im Text vorgesehen.

Im letzten Drittel der ersten Szene betrat Heiner die Bühne. Einen Augenblick lang geriet das konzentrierte, flüssige Spiel fast ins Wanken.

Der schwedische Hauptmann war mit Friedhelm als herrische und zugleich charismatische Figur überzeugend besetzt gewesen. Durch Heiner bekam die Rolle einen neuen Akzent. Zu dem selbstbewussten Auftreten des Soldatenführers kam eine Arroganz hinzu, die einschüchternd wirkte. Der unscheinbare Bankkaufmann hatte sich in einen selbstherrlichen Anführer verwandelt.

Als er Sandra zu sich befahl, um ihm die Stiefel von den Füßen zu ziehen, spürte sie einen Widerwillen, der sie fast daran gehindert hätte, seine Anweisung auszuführen. Da wusste sie, dass sie zu einem Teil des Spiels geworden war.

Die erste Szene war gerade zu Ende, als jemand an die Tür des Gemeindesaales klopfte und daraufhin gleich eintrat.

Kommissar Ewald Grau war der Erste, der hereinkam. Er sah müde aus, sein Gesicht fiel in schwere Falten, die ihm ein sorgenvolles Aussehen gaben. Sandra fühlte sich an einen Boxerhund erinnert, der sein Herrchen verloren hat.

Das Spielen machte ihr Spaß, obwohl es ihr schwer fiel, die unterwürfige Haltung einer Wirtshausfrau beizubehalten. Sie erkannte erst allmählich, dass die Wirklichkeit dabei war, sie wieder einzuholen.

Nicht nur sie, sondern die ganze Theatergruppe.

Der Kommissar kam nicht alleine. Ihm folgten noch andere Personen, die Sandra kannte:

Pfarrer Lobmann, Claudia und Paul Schaffer.

„Ich sehe, ihr seid gerade fertig geworden mit eurer Schauspielerei. Das ist prima. Wann ist es denn eigentlich soweit? Muss man eigentlich Karten vorbestellen?“

Schwer zu sagen, ob der Kommissar small talk machte, um die Anspannung, die sich mit seiner Ankunft in den Raum gelegt hatte, zu zerstreuen. Oder hatte er echtes Interesse an der Aufführung?

Für die Antwort fühlte sich keiner zuständig, bis Lissy sich schließlich räusperte:

„Es ist immer recht gut besucht, das weißt du doch. In vier Wochen soll die Premiere sein, diesmal auf dem Welschenberg. Aber für dich gibt es sicher noch ein Plätzchen!“

Herr Grau erinnerte sich an Sinn und Zweck seines Besuches.

„Wenn ihr mit der Probe jetzt fertig seid, dann macht es euch sicher nicht so viel aus, wenn wir uns noch ein bisschen zusammen setzen“, kündigte er der Gruppe an.

Ein leises Murren ging durch den Raum, aber niemand traute sich, seine Beschwerde laut vorzutragen. Sie würden also die Nachbesprechung ausfallen lassen müssen. Abwartend setzten sich alle in den Stuhlkreis.

Der Kommissar eröffnete der Runde, dass er ihnen das bisherige Ergebnis der Ermittlungen mitteilen wolle. Und dass er wünsche, Informationen, die bisher untergegangen oder noch nicht weitergegeben worden seien, nun einzuholen.

„Ich habe bewusst den heutigen Abend dafür gewählt, weil sich alle, die in Mühlheim näher mit Friedhelm Lobmann zu tun hatten, hier bei der Theatergruppe finden lassen.

Und die, die nicht dabei sind", – dabei schaute er auf die drei Personen hinter sich, – „habe ich gebeten, dazu zu kommen. Meine Kollegen und ich haben in den letzten Tagen viele Befragungen durchgeführt, wie ihr wisst. Uns fehlen aber noch Informationen.

Und jetzt bitte ich euch, mir genau zuzuhören und eventuell mit Ergänzungen oder Verbesserungen beizutragen. Es geht um den Mordtag, den vergangenen Freitag. Der Tag, an dem ihr euch zuletzt getroffen habt.

Ich will mit euch den Mordtag rekonstruieren. Friedhelm Lobmann ist, wie ihr alle wisst, in seiner Werkstatt getötet worden. Mit einem Trokar, genauer gesagt, dem Trokardorn. Die dazugehörige Hülse lag auf dem Arbeitstisch – er hatte gerade daran gearbeitet. Der Mord ist laut Gerichtsmediziner am frühen Abend ausgeführt worden. Sein Tod trat schnell ein, er muss zwischen achtzehn und neunzehn Uhr erfolgt sein. Gut.

Was hat er davor getan? Mit wem war er zusammen?

Mit jedem von euch habe ich ein einzelnes Gespräch geführt, aber es gibt ein paar Unstimmigkeiten zwischen den Aussagen. Darauf kommen wir gleich noch.

Friedhelm hat nach dem gemeinsamen Mittagessen in seiner Werkstatt gearbeitet. Er hatte einen Auftrag, den er am selben Tag noch erledigen wollte: fünfzig Trokare sollten fertig zusammengebaut und für den Transport verpackt werden. Daran arbeitete er konzentriert, möglicherweise den ganzen Nachmittag über. Am Abend sollte die Theaterprobe sein, bis dahin wollte er fertig sein. Dass er es geschafft hat, konnten wir an der fertig gepackten und adressierten Kiste, die im angrenzenden Lagerraum stand, erkennen.

Den einzelnen Trokar, das Mordinstrument, hat Friedhelm vermutlich versucht zu reparieren; er kam wegen eines Fehlers nicht in den Karton für den Versand. Das hast du mir erklärt, Verena: Fehlerhafte Instrumente versuchte Friedhelm sofort in Ordnung zu bringen, wenn sie aussortiert wurden."

Kurz sah der Kommissar von seinen Notizen auf. Verena nickte.

„Das könnte der Grund dafür sein, dass er noch an einem Instrument zugange war, obwohl die anderen alle bereits versandfertig verpackt waren.

Claudia half ihrem Vater von 14 bis 15.30 Uhr. Dabei ist ihr nichts Ungewöhnliches aufgefallen; das Radio lief, und sie redeten nicht viel. Kurz davor hatte sich ihre Mutter verabschiedet, die in die Pilze gehen wollte. Dann zog sich Claudia in ihr Zimmer zurück, wo sie Musik hörte und ihre Hausaufgaben machte. Um 18 Uhr ging sie zu Kai, den sie das erste Mal an jenem Abend besuchte. Vorher legte sie einen Zettel auf den Küchentisch mit der Notiz, sie wolle bis um 21.30 Uhr zurück sein. Sie wollte ihren Vater nicht stören, da sie Stimmen in der Werkstatt hörte; er hatte manchmal abends einen Geschäftstermin oder Besuch von jemandem aus dem Gemeinderat. Die Herren waren ja untereinander gut bekannt.

Die Stimmen drangen nur gedämpft nach außen, so dass Claudia die zweite nicht identifizieren konnte. Das war um circa 18 Uhr, vielleicht auch ein bisschen später. Vor dem Haus sah sie kein fremdes Fahrzeug.

Erst um 22 Uhr kam Claudia wieder nach Hause zurück. Da im Haus kein Licht war, ging sie zur Werkstatt ihres Vaters, die vom Inneren des Hauses zugänglich ist, wobei sie auch einen Außeneingang hat. Um zum Hintereingang zu kommen, muss man durch den Garten gehen.

Claudia machte das Licht im Hausflur an und die Tür zur Werkstatt auf. Nur die kleine Tischlampe am Arbeitstisch brannte. Der Stuhl, auf dem Friedhelm Lobmann saß, war vom Tisch weggeschoben, sein Kopf war gegen die Wand gestützt. Die Katze Minka schlief auf seinem Schoß. Claudia ging zu ihm hin, nachdem er nicht auf ihr Zurufen reagierte. Sie dachte, er sei eingeschlafen, und sah erst, als sie dicht bei ihm stand, dass ein Trokardorn aus seiner Brust herausragte. Claudia setzte sich zu ihm und hielt seine Hand, bis sie Kai anrief."

Sandra warf einen Blick auf Claudia. Das Mädchen hatte ihre Arme überkreuz auf ihre Schenkel aufgestützt und sah mit vornübergebeugtem Körper zum Kommissar. Sie hing an seinen Lippen, als würde er eine spannende Geschichte erzählen, von der sie keinen Satz verpassen wollte.

„Ist das so weit richtig, Claudia?", vergewisserte sich Herr Grau. Claudia nickte, ohne ihre Augen von ihm abzuwenden.

„Gut. Was ist also noch an dem fraglichen Nachmittag geschehen? Ich fasse weiterhin zusammen.

Kommen wir zu dir, Amelie. Du hast nach dem Mittagessen das Haus verlassen, um auf Pilzsuche zu gehen. Das hast du bis um 15 Uhr getan, und anschließend bist du zu Verena gegangen, um die Pilze mit ihr zusammen zu verarbeiten. Dies geschah bis zum Abend. Verena bestätigte diese Aussage.

Henriette vom Laden oben hat dich übrigens um circa 15.15 Uhr gesehen, als du auf dem Weg zu Verena in die Oberstadt warst. Du sagtest, du seist nicht mehr nach Hause gegangen, sondern um 20.30 Uhr gleich ins Gemeindehaus, um der Theaterprobe beizuwohnen.

Und hier gibt es eine Unklarheit.

Wenn du nicht mehr nach Hause gegangen bist, warum hat dann die Spurensicherung im Haus Lehmkrümel gefunden, die von deinen Schuhen stammen?"

Amelie war den Worten des Kommissars gefolgt und sah ihn stirnrunzelnd an. Sie dachte angestrengt nach.

„Ich war doch in der Werkstatt, nachdem Albert uns aus der Probe geholt hat. Können die Krümel nicht dabei abgefallen sein?"

Kommissar Grau seufzte. Das hatte er sich natürlich auch überlegt. In den ersten Minuten, als Amelie die Werkstatt betreten hatte um ihren toten Mann zu sehen, war er nicht dabei gewesen. Aber wieso sollte sie in das angrenzende Kämmerchen gehen, wo das Paket mit den Trokaren, Putzmittel und andere Gebrauchsgegenstände standen? Denn auch hier hatte die Spurensicherung die verdächtigen Lehmkrümel gefunden.

„Wo genau warst du, nachdem du die Werkstatt betreten hast?“, hakte Herr Grau nach.

Amelies Blick verschwand in der Ferne. Sie sah Friedhelm vor sich, seine dichten Haare, die scharfen Linien in seinem Gesicht. Minka auf seinem Schoß. Das Papier raschelte in ihrer Tasche. Sie hätte ihn so gern noch einmal in dem Soldatenkostüm gesehen.

„Die Katze, Ewald. Ich habe Minka eine Büchse Futter aus der Kammer geholt. Das hat Friedhelm sonst immer getan – und nun konnte er es nicht mehr.“

Herr Grau kratzte sich am Kopf. Die Ungläubigkeit stand ihm im Gesicht geschrieben.

„Du willst doch nicht behaupten, dass das Erste, nachdem du deinen Mann tot gesehen hast, es war, deiner Katze aus der Kammer etwas zum Fressen zu holen?“

Amelie zuckte mit den Schultern. Der Kommissar wandte sich an Sandra und Lissy.

„Sie sind doch, kurz nachdem Amelie die Werkstatt betreten hat, nachgekommen. Können Sie Amelies Aussage bestätigen?“

Amelie war vor Friedhelm gestanden, sie hatte ihm über den Kopf gestrichen und etwas vor sich hin gemurmelt. Daran konnte Sandra sich deutlich erinnern. Sie hatte nicht mitbekommen, dass Amelie in der Abstellkammer gewesen war.

„Es waren vielleicht zwei Minuten vergangen, bis Lissy und ich nachkamen. Amelie stand vor ihrem toten Mann und berührte seine Haare. Eine Büchse hielt sie nicht in ihrer Hand. Aber ... ihr Rock ist sehr weit, und die Büchse hätte sie gut in ihre Tasche stecken können, ohne dass man sie unbedingt hätte sehen können“, sagte Sandra.

„Du warst doch auch dabei. Was meinst denn du dazu?“ Eindringlich sah der Kommissar Lissy an.

Lissys blaugrauer Schal hatte die gleiche kalte Farbe wie ihre Augen.

„Wenn du mich fragst, Ewald – das ist reiner Blödsinn. Amelie hat sicher schon einmal lang vorher die Werkstatt betreten. Sie hat beim Mittagessen mit Friedhelm Streit gehabt, das hat er mir am Nachmittag erzählt. Frag doch die Claudia! Amelie war eifersüchtig wie verrückt. Sie muss am frühen Abend, nachdem ich von Friedhelm weggegangen bin, nochmals heimgekommen sein. *Sie* hat ihn umgebracht, wer denn sonst?" Lissys Stimme war immer lauter geworden. Alle Leute im Saal hielten den Atem an. Lissy holte gerade tief Luft, um ihre Anschuldigung fortzusetzen, als Verena ihr zuvor kam: „Wie kannst du so etwas sagen? *Du* warst doch bei ihm zur verdächtigen Zeit, Amelie war bei mir, die ganze Zeit über! Hörst du? Sie hat ein Alibi! Du willst doch nur ablenken, denn ein Motiv hattest *du* doch am ehesten. Er wollte sich nicht von Amelie trennen, und das hast du nicht ertragen. Gib es doch endlich zu!"

„Pass auf, was du sagst, Verena!" Drohend zischten Lissys Worte durch den Raum.

„Wer weiß, ob nicht sogar *du* die Täterin bist? Ich kann auch das Motiv nennen: du wolltest Amelie für dich. Friedhelm hat Amelie sowieso nur benutzt, und auch du hast darunter gelitten. Am Ende wart es ihr beide zusammen, und eine deckt die andere. Stimmt das etwa nicht?"

Ein jämmerliches Schluchzen brachte Lissy endlich zum Schweigen. Claudia verbarg das Gesicht in ihren Händen. Amelie, die neben ihr saß, legte beruhigend ihren Arm auf den Rücken ihrer Tochter und bat die Frauen mit einem eindringlichen Blick, still zu sein.

Albert Lobmann hatte bisher noch geschwiegen, doch als er seine Nichte so außer sich sah, ergriff er das Wort.

„Ewald, muss das denn sein? Du siehst doch, alle sind nervös, und man fängt irgendwann an, sich gegenseitig zu zerfleischen. Das hast du doch sicher nicht bezweckt. Ich schlage vor, du stellst deine Fragen an uns in Zukunft wieder unter vier Augen."

Der Kommissar stand als Einziger. Er hatte mit Interesse den Verlauf des Gespräches verfolgt, doch Claudias Weinen brachte ihn aus dem Konzept. Betreten knetete er sich das Kinn. Trotzdem durfte er sich nicht vorschreiben lassen, welche Methoden er anzuwenden hatte, um der Lösung des Falles näher zu kommen.

Entschlossen faltete der Kommissar seine Hände und sah auf Claudias Hinterkopf. Das Mädchen saß mit dem Rücken direkt vor ihm. Den Pfarrer überhörte er geflissentlich.

„Claudia, du hast jetzt die Gelegenheit mir Informationen zu geben, die du bisher vielleicht vergessen hast", sagte er freundlich.

„Kannst du dich zum Beispiel inzwischen daran erinnern, wer bei deinem Vater in der Werkstatt war, bevor du gegangen bist, um Kai zu besuchen?"

Es hatte keinen Sinn – Claudia schluchzte noch lauter als zuvor. Erregt schüttelte sie die beruhigende Hand ihrer Mutter ab und rannte hinaus.

Albert Lobmann stand auf, um seiner Nichte zu folgen.

„Albert, du kannst noch nicht gehen. Wir haben auch noch ein Wörtchen miteinander zu reden. – Was war das denn für ein Streit, von dem ich gehört habe?", hielt die scharfe Stimme des Kommissars den Pfarrer zurück.

„Fällt dir jetzt nichts Besseres mehr ein, als Gerüchten nachzugehen?", fragte Albert Lobmann. Seine sonst unerschütterlich freundliche Ausstrahlung war kaltem Ärger gewichen.

„Wenn es denn sein muss – es ist eine Familienangelegenheit. Aber von mir aus kann es ruhig jeder wissen. Friedhelm wollte die Alte Mühle, unser gemeinsames Grundstück, vollkommen umbauen und eine Landgaststätte mit Übernachtungsmöglichkeiten daraus machen. Manfred hatte sich ja bei seinem Wegzug vor zehn Jahren von uns auszahlen lassen, um einen Start als selbständiger Imker zu wagen. Er hatte deshalb kein Mitspracherecht mehr, und ich unterstützte den Plan nicht. Doch in letzter Zeit wurde es dem Friedhelm immer wichtiger, was mit der Mühle geschehen sollte. Ich selbst wollte keine Kommerzialisierung unserer schönen Gegend unterstützen oder sogar selber vorantreiben. Wir alle genießen doch die Ruhe hier. Wegen des Geldes sollte man da nicht dran rühren, finde ich. Aber Friedhelm ließ nicht locker. Es quälte ihn geradezu, die Mühle so ungenutzt zu sehen. Er war nicht davon abzubringen. – Reicht das? Ich würde jetzt gern nach Claudia sehen."

„Einen Moment noch, Albert. Worauf habt ihr euch dann geeinigt, du und Friedhelm?"

Albert strich sich über die Stoppeln an seinem Kinn. Der verlegene und unsichere Eindruck, den er plötzlich machte, passte nicht zu dem sonst immer herzlich und souverän auftretenden Pfarrer.

„Ich bin, ehrlich gesagt, mürbe geworden. Die Pfarrei kostet mich meine ganze Kraft, und Mara redete mir zu, mich ebenfalls, so wie Manfred, von Friedhelm auszahlen zu lassen. Bis Friedhelm und ich uns über einen Auszahlungsmodus einig wurden, haben wir uns oft bös' gestritten. Aber ich nahm ihm zwei Versprechen ab, nämlich erstens, dass Verena wohnen bleiben und vielleicht kleine Arbeiten in der neuen Anlage übernehmen sollte, und zweitens, dass alles unter ökologischen Gesichtspunkten umgebaut werden sollte – um unsere Gegend nicht zu schädigen.

Dann aber fand ich vor kurzem heraus, dass Friedhelm *nichts von alledem* einhalten wollte. Er wollte Verena kündigen und trat mit jemandem in Verhandlung, der das Grundstück kaufen wollte – einer von auswärts, mit viel Geld natürlich. Erst aber wollte Friedhelm im Gemeinderat das Baugesuch durchbringen. Dass er anschließend die Mühle verkaufen würde, hat er natürlich niemandem auf die Nase gebunden."

„Das hat sicher den nächsten Streit provoziert, was?" Kommissar Graus Überlegung stand ihm auf der Stirn geschrieben: das Verhalten seines Bruders muss Albert als Verrat und Betrug empfunden haben. Könnte da nicht selbst ein Pfarrer die Kontrolle über sich verlieren?

„Dass Friedhelm mich hintergehen wollte, habe ich auf einfachste Weise herausgefunden: übers Internet. Er hat doch tatsächlich unsere Mühle im Internet zum Verkauf angeboten. Als ausbaufähiges Gelände mit alter Mühle aus dem 14. Jahrhundert, unbewohnt und mit einer Genehmigung, es dem Fremdenverkehr zugänglich zu machen. Und mit der Aussicht, ein weiteres Wohnhaus darauf errichten zu können."

Der Pfarrer verließ den Saal. Claudia brauchte Zuspruch, dafür wollte er sorgen.

Herr Grau rückte seine Brille zurecht, obwohl sie auch vorher nicht schief gesessen hatte. Doch hier galt es immer noch, der Lösung des Falles näherzukommen.

Der Kommissar empfand kein Vergnügen an der Aufgabe, in die Privatsphäre anderer Menschen einzudringen. Und noch weniger, Menschen, die er kannte und die ihm sympathisch waren, mit Fragen, die ihre Intimsphäre berührten, oder gar mit einem Mordverdacht, zu konfrontieren. Wie öfter in der letzten Zeit fragte er sich, ob es nicht besser gewesen wäre, den Fall wegen Befangenheit abzugeben. Doch so kurz vor der Pensionierung wäre ihm das wie ein Versagen vorgekommen. Ewald Grau hatte sich überschätzt. Trotz seiner langjährigen Erfahrung gelang es ihm nicht, sich emotional aus dem Fall herauszuhalten. Sollte das der krönende Abschluss seiner Dienstzeit sein?

Amelie stand auf und öffnete ein Fenster sperrangelweit. Die milde Abendluft füllte den Raum. Zerfetzte, vom Abendrot rosagefärbte Wolken schmückten den Himmel.

Mit Paul Schaffer zum Beispiel verband den Kommissar eine ganze Reihe ausgelassener Abende. Das Fasnetstreiben war in Mühlheim immer besonders toll; da wurde Herr Grau sogar Nendingen untreu und mischte sich in der Mühlheimer Oberstadt unters Volk. Der Kappenabend im letzten Februar zum Beispiel. Paul hatte im Wirtshaus eine Show abgezogen, die hätte man dem ansonsten furztrockenen Mann nicht zugetraut – in seinem Schneewittchenkostüm hatte er die Reize der sieben Zwerge besungen. Männer in Frauenkleider konnte man zur Fasnet immer viele erleben. Paul gab darin eine besonders gute Figur ab.

Und man schaue sich den respektablen Kerl jetzt einmal an. Bleich war er, der knochige, lange Mann. Paul sah erschrocken auf, als Kommissar Grau ihn ansprach:

„Und jetzt zu dir, Paul. Mit dir habe ich noch gar nicht über die Sache geschwätzt. Du wirst dich nicht wundern, dass ich dich hierher gebeten habe – denn du bist an dem Freitagabend auch beim Friedhelm gewesen."

Fly like an eagle

Ein Zischen ging durch den Raum, als gäbe sich eine Lokomotive Mühe, auf Touren zu kommen. Irritiert ergründete der Kommissar die Ursache des Geräusches. Sein Blick blieb an Amelie hängen, die sich an das geöffnete Fenster gesetzt hatte.

Sie hatte den Stuhlsitz zwischen ihren Beinen fest mit den Händen umklammert und schaukelte leicht mit dem Oberkörper vor und zurück. Dabei atmete sie heftig; beim Ausatmen stieß sie die Luft zwischen ihre gegen die oberen Zähne gepresste Zunge aus. Amelie war ein Vogel, kurz vor dem Abheben, oder eine Schlange, die Warnlaute in den Raum sandte.

Fly like an eagle, over the sea.

„… Gleich geht es los, Amelie. Flieg weit, viel weiter, als je zuvor …“

In den Wolken würde sie den Liebsten finden, denn dort wartete er auf sie, auf den Wattebäuschen, die geformt waren wie kuschelige Schäfchen. Wenn die Wolkenfetzen sich wieder verzogen, wäre er ein Löwe, der große Herrscher des Wolkendschungels.

„… Gebt acht, ihr Schäfchen. Er lässt keinen unversehrt …!“

Sie war im Dickicht, und ohne ihn war sie verloren. Doch jedem, der ihr zu nahe kam, würde es bang werden. Eine Schlange war sie, die sich vom Baum herabließ, glatt und warm ihre Haut. Der Herrscher, der sie beschützte, hatte sie alleingelassen. Zu viele Feinde, die ihn bedrängten. Die ihm eine Falle stellten, um ihn zu ihrem Gefangenen zu machen, doch: wer anderen eine Grube gräbt, fällt selbst hinein.

Wer zuletzt lacht, lacht am besten.

Auch in Gruben kann gelacht werden, zuerst ein leises Kichern, das anschwellen würde, bis es dem höhnischen Rauschen einer bösartigen Brandung gleichkäme.

„… Halte dir die Ohren zu, Amelie. Hör nicht hin. Flieg an ihm vorbei, lass ihn unter dir, in seiner Grube …“

„Amelie, was ist los? Können wir behilflich sein?“

Mit solchen Situationen kannte der Kommissar sich nicht aus. Verena nahm die Sache in die Hand. Energisch klopfte sie der Freundin auf die Wangen. Zack – zack – zack, auf jede drei kurze Schläge.

„Das passiert schon mal“, erklärte die robuste Frau, als sei der Vorfall etwas ganz Alltägliches. „Vor allem, wenn sie sich aufregt und ihr alles zu viel ist. Dann schaltet sie irgendwie ab. – Amelie, geht's wieder?“

Der Vogel landete. Amelie kam zu sich. Sie erinnerte sich an Paul und sah zu ihm hinüber.

Angespannt saß er auf seinem Stuhl.

„Früher habt ihr so gern Musik zusammen gehört, Paul. Fly like an eagle, over the sea ... erinnerst du dich? Und dann seid ihr in der Luft aufeinander geprallt. Dein Schnabel ist so furchtbar spitz. Hat er Friedhelm verwundet?“

Pauls Gesicht zog sich zusammen, als hätte er in einen unreifen Apfel gebissen. Seine Zungenspitze schnellte hervor und leckte die Enden seines Schnurrbartes. Eine nervöse Angewohnheit.

„Das gehört nicht hierher, Amelie“, entgegnete Paul aufgebracht.

„Wir waren Freunde, und wenn wir mal aneinander gerieten, hatte das nichts zu bedeuten. Schön, früher hat er mir mal ein Mädchen ausgespannt, aber das ist schon lange her. Und dass es schnell mal lauter zugehen konnte, wenn man mit Friedhelm zu tun hatte, war doch normal. Das weißt du doch auch, Ewald!“, wandte Paul sich an den Kommissar.

„Was ich dazu meine, ist nicht relevant“, erwiderte Herr Grau bestimmt. Die Mätzchen reichten ihm allmählich. Konnten die Leute nicht einfach ganz normal Rede und Antwort stehen? Und Amelie war besonders anstrengend. Die Frau zog immer die Aufmerksamkeit auf sich, selbst wenn sie sich in eine andere Welt flüchtete.

Am besten war es wohl, sich wieder auf Tatsachen zu beziehen.

„Ich habe Friedhelms Taschenkalender durchgeschaut, Paul.

Du warst eingetragen – am Freitag um 19 Uhr hattest du einen Termin bei ihm. ‚Bebauungsplan' oder so ähnlich hat er sich dazu notiert. Was sagst du dazu?"

Paul holte hörbar Luft.

„Es stimmt, wir waren verabredet. Friedhelm wollte das Projekt besprechen, das er in Planung hatte. Bevor er es in den Gemeinderat bringen wollte, wollte er was mit mir abklären. Nichts Aufregendes – solche Anträge werden immer wieder gestellt. Darum bin ich an dem Abend hin. Ich habe geklingelt, aber keiner war da, vielmehr – es hat keiner aufgemacht. Vielleicht war er da schon tot."

Damit hatte der Kommissar schon gerechnet. Seine nächste Frage kam schnell: „Du hast dich doch ausgekannt beim Friedhelm. Bist du denn nicht zum Hintereingang in den Garten gegangen? Und wenn, was hast du da gesehen – ist dir etwas Ungewöhnliches aufgefallen? Hast du denn nicht ins Fenster geschaut? Und überhaupt – warum um Himmels willen hast du mir denn nichts von der Verabredung gesagt?" Ewald Graus Stimme schwoll wieder an. Seine Ungeduld war nicht zu überhören.

Schuldbewusst sah Paul in die Runde.

„Ich weiß, es klingt feige, aber – ich wollte mich nicht verdächtig machen. Als ich von dem Mord gehört habe, und ich war um dieselbe Zeit verabredet – ich wollte nicht ins Gerede kommen. Es geht auch um meinen Ruf in der Politik! Ich denke schließlich ernsthaft darüber nach, mich bei der Bürgermeisterwahl aufstellen zu lassen. Mir ist nichts aufgefallen. Es stimmt schon, ich war am Hintereingang, aber ich habe mir nicht die Mühe gemacht auf das Sims hoch zu klettern. Die Fenster sind zu weit oben."

„Hast du nicht von außen gesehen, dass seine Tischlampe gebrannt hat? Fandest du das denn nicht auffällig?"

„Schon, aber ich hab mir nichts dabei gedacht. Wer denkt da schon an einen Mord? Nein, da war nichts Besonderes. Ich bin wieder gegangen, zurück nach Hause. Und habe gehofft, die Lissy kommt nach der Probe noch vorbei."

„Und, kam sie noch?"

Paul schwieg. Wegen seines Verlangens, seinen Fehler wieder gutzumachen, hatte er vielleicht bereits zu viel geplaudert.

Da sprang Lissy ein: „Sicher bin ich noch zum Paul. Mit einem Mord muss man erst fertig werden, das geht nicht allein."

Verena konnte sich nicht mehr zurückhalten. „Dafür ist er dann wieder gut genug, was? Den Tod des Geliebten beim Freund zu beweinen, ja Paul – geht's denn noch? Was lässt du dir da alles gefallen?", ereiferte sie sich.

Der Kommissar beschloss, sich an das heiße Eisen zu wagen. „Du kannst es mir jetzt sagen, oder unter vier Augen, Paul. Wie du willst. Aber wissen muss ich es. Hast du geglaubt, da ist was zwischen dem Friedhelm und deiner Lissy? Bist du nicht vor allem deshalb hin zu ihm?"

Paul begann Herrn Grau leid zu tun. Welcher Mann mochte schon zugeben, dass ihm Hörner aufgesetzt worden waren? Dem Befragten fiel die Antwort sichtlich schwer. In den bleistiftgezogenen Linien auf seiner Stirn hatte sich Schweiß gebildet. Dünne Bäche, die durch gerade Furchen rannen.

„Jeder hat schon darüber geredet, ich weiß es. Die Lissy und ich sind nicht verheiratet, aber ein Paar sind wir schon lange. Klar, Friedhelm hat sie angebaggert. Jedes Jahr zur Fasnet aufs Neue. Aber Lissy ist nicht darauf eingegangen. Lissy, jetzt sag's doch, damit das endlich aufhört mit dem Gerede, dass da nichts war!", wandte Paul sich nachdrücklich an seine Freundin.

Schneidend drang Lissys Stimme durch den Raum: „Damit ihr es alle wisst: der Friedhelm hat sich bei mir ausgeweint, ich war seine Vertraute. Wir kannten uns schließlich schon von Kindheit an. Wenn's den Leuten langweilig wird, dann reden sie halt, das ist man doch schon gewöhnt!", sagte sie und blickte dabei in Verenas Richtung.

„Und du bist die Schlimmste! Aber jetzt reicht es, Verena. *Du* bist es doch, die Friedhelm und Amelie auseinandergetrieben hat mit deinem Geschwätz. Eingeschleimt hast du dich bei der Amelie. Du hast sie zu deiner Ersatztochter gemacht – und jetzt ist sie angewiesen auf dich."

Herr Grau erinnerte sich an Albert Lobmanns Bericht.

Friedhelm wollte, dass Verena aus der Alten Mühle auszog. Das warf auf ihr Verhältnis zu dem Toten ein ganz neues Licht.

„Wusstest du denn, dass Friedhelm vorhatte, dich aus dem Haus zu werfen?“, fragte er die ältere Frau, die dem Pfarrer mit erhitzten Wangen zugehört hatte.

„Das ist mir ganz neu“, sagte sie, und ein verzweifelter Unterton schlich sich in ihre Stimme.

„Ich kann nicht glauben, dass er das vorhatte! Wo ich ihn doch schon als Kind kannte und er wusste, wie ich an der Mühle hänge. Mein ganzes Leben lang habe ich da gewohnt. Und außerdem – so leicht hätte ich mich nun nicht von dem Grundstück verjagen lassen. *Das* wusste Friedhelm auch.“

Ein Stimmengewirr war ausgebrochen und füllte den Raum immer mehr. Die vielen neuen Informationen hatten Erstaunen ausgelöst.

Ausufern sollte das Ganze dennoch nicht. Besänftigend hob Herr Grau die Arme, wie ein Dirigent, der ein Stück zu einem Abschluss bringt: „So könnten wir noch lang weiter machen, liebe Leute. Ich schlage vor, wir machen Schluss für heute. Aber denkt daran: Ihr könnt jederzeit zu mir kommen und sagen, wenn euch noch was einfällt, was zur Klärung des Falles beiträgt. Und bitte bei den Tatsachen bleiben! Mit Anschuldigungen kommen wir nicht weiter“, mahnte der Kommissar und verabschiedete sich mit einem Kopfnicken.

Im Spätprogramm gab es noch einen Krimi. Vielleicht würde es ihn beruhigen zu sehen, wie der Kommissar Wallander trotz seiner melancholischen Schwerfälligkeit dennoch jeden Fall löste.

Die roten Kletterrosen an der Hauswand waren verblüht. Amelie und Claudia konnten mit der Hagebuttenernte beginnen. Die Werkstatt hatten sie nur noch betreten, um aus der Kammer das Putzzeug und das restliche Katzenfutter heraus zu holen. Die Kiste mit den bestellten Trokaren schickte Amelie weg. Nichts im Haus sollte mehr an den Mord erinnern.

Friedhelm lag nun unter der Erde. Zur Beerdigung war das gesamte Städtchen gekommen. Die Kleinbetriebe im Ort hatten an diesem Nachmittag die Werkstätten geschlossen, damit alle daran teilnehmen konnten.

Amelie selbst hatte eine Inschrift in einen Stein gemeißelt. Über die Bedeutung des Zitates sließ es sich streiten:

„Warum in die Ferne schweifen?
Wo das Schöne liegt so nah."

Seit dem Mord waren zwei Wochen vergangen. Es war Ende September, und die Proben liefen wie geplant. Die Querelen wurden nicht mehr erwähnt, und die Kälte, die zwischen Lissy und Verena herrschte, nahm die Gruppe kommentarlos hin.

Lissy leitete die Gruppe souverän, doch mit Heiners Rolle tat sie sich schwer. Es wurde ihr klar, dass er die Figur des Hauptmannes neu erfand und nicht bereit war sie so einzunehmen, wie Friedhelm sie erdacht hatte. Der Schwede im Turm wurde zu einem grausamen Mann, der sich an der Überlebensangst der Mühlheimer erfreute. Bei Friedhelm noch war er zwar machtbesessen, aber von einem milden Charme beseelt gewesen. Die Mühlheimer hätten es unter seiner Führung nicht unbedingt schlechter gehabt als zuvor. Ihr Stolz hätte sie dennoch dazu angetrieben, ihn und seine Männer loszuwerden.

Unter Heiners Fuchtel aber würde ganz bestimmt niemand stehen wollen. Flucht und das Schmieden von Plänen im Untergrund waren da sehr naheliegend.

Die Schauspieler lebten in ihren Rollen. Der Zeitpunkt der Aufführung rückte näher. Eine Jury, zusammengestellt aus Theater- und Kulturfachleuten aus Stuttgart, wollte zur Premiere erscheinen.

Claudia brachte immer wieder eines ihrer Computerspiele zu ihrem neuen Kameraden. Die Jugendlichen lümmelten sich auf Kais Bett herum, hörten Musik und redeten. Seltsam, dass sie in der Schule nie miteinander sprachen. In den Pausen folgten sie der unabgesprochenen Regel, sich nicht zueinander zu gesellen. Befürchteten sie, von den Kameraden ausgelacht zu werden? Die Freundschaft zwischen ihnen wuchs. Kai sprach immer seltener von seinen Kumpels in Stuttgart, und auch der Computer wurde mit der Zeit weniger strapaziert. Das Zusammensein mit Claudia schien ihm zu genügen.

Leo glaubte zu wissen wie Kai sich gefühlt haben musste in dieser Zeit des intensiven Zusammenseins mit dem Mädchen.

Wohin aber sollte die Beziehung zwischen Sandra und *ihm* führen?

Sie redeten nie darüber. Über ihrem Bett, das sie übrigens selten ordentlich machte, hing ein kleines Regal. Darauf standen aneinandergereihte Postkarten, die alle aus China waren, sowie eine zierliche Porzellanhand. Sie sah aus als sei sie von dem Arm einer altmodischen Puppe abgebrochen. Das Ganze erinnerte Leo an einen Altar mit einem ausgefallenen Arrangement. In einem unbeobachteten Moment sah er sich eine der Karten näher an. Er mochte Toms Schrift nicht, sie war ihm zu fahrig und ausladend.

Sandra zeigte ihm jetzt öfters Zeichnungen, manche davon waren sogar vollendet. In ein paar Tagen sollte ihre Ausstellung in der Galerie „KunstSache“ eröffnet werden. Der Titel der Ausstellung hieß: „Das Donautal zeigt sich. Zeichnungen und eine Malerei von Sandra Lachner.“

Pilzzeit

Die erste, die stutzig wurde, als sie die durch die enge Gasse schwankende Frau sah, war Wilma aus dem Tante-Emma-Laden. Sie schrieb, wie immer Montag morgens, mit weißer Farbe das neue Warenangebot auf die Fensterscheibe des kleinen Geschäftes. Das frische Obst und Gemüse hatte sie vorher noch auf dem Wochenmarkt besorgt und gerade in die Regale eingeräumt. Wegen des Regenwetters würden viele Kunden nicht selbst auf den Markt in die Stadt fahren, sondern sich heute lieber mit dem Sortiment bei Wilma und Henriette zufriedengeben.

Am schnellsten waren immer die Pilze weg. Pfifferlinge hatte sie selten im Angebot, aber es war gerade Saison und heute hatte sie ein Kilo zu einem guten Preis bekommen.

Wilma wollte Nachschub an Farbe holen und sah auf das Nachbarhaus hinüber, als es knatterte. Nie würde sie sich daran gewöhnen, dass der alte Mann von gegenüber immer die Rollläden mit einem Ruck hochzog, wenn sein Tag am späten Morgen begann.

Auch die breit geformte Frau, die wie eine Blinde tastend ihre Hände ausgestreckt hatte, hörte das laute Geräusch. Sie stöhnte laut auf und bog mit schwerfälligen Schritten um die Ecke des Gässchens.

Hatte Verena zu viel getrunken, mitten am helllichten Tag? Das wäre etwas vollkommen Neues. Wilma, die von den Zwillingsschwestern die schönere Schrift hatte, malte ein schönes, halbrund geformtes Eurozeichen hinter die fünf. 1,35 Euro für 100 Gramm frische Pfiffferlinge würden schon nicht zu viel sein.

Der Schrei kam von einem Mann. Er war gellend und erinnerte Wilma an ihren Vater, als er das letzte Mal auf der Treppe gestürzt war. Er hatte unbedingt den Laden aufschließen wollen, mitten in der Nacht. Dabei musste er ausgerutscht sein. Ein halbes Jahr lang hatte es gedauert, bis er wieder einigermaßen selbständig laufen konnte.

Wilma steckte den dünnen Pinsel in das bereitstehende Glas mit Wasser und lief auf das Rathaus zu. Von Verena war nichts mehr zu sehen, sie musste wohl einen der schmalen Durchgänge zwischen den Häusern gewählt haben. Am Gasthaus ‚Füchsle' führte eine unauffällige Gasse vorbei, die direkt zu dem Brunnen mit dem Schellennarren führte.

Um die Zeit war im Städtchen nicht viel los. Die Frauen saugten ihr Haus, und nur wenige Männer wie ein Lehrer, dessen Unterricht erst später begann, waren auf der Straße zu sehen.

Einer von ihnen hatte den Schrei ausgestoßen. Herr Albingers Augen und Mund waren noch weit aufgerissen vor Schreck. Er hielt sein Handy in der Hand und trat nervös von einem Fuß auf den anderen während er versuchte, eine Nummer einzutippen.

Neben ihm lag, zusammengekauert im leeren Brunnenbecken, Verena; sie klammerte sich krampfhaft mit einer Hand am Schellennarren fest. Boshaft grinste der Narr über die leidende Frau zu seinen Füßen hinweg.

„Ja, gibt's denn sowas – Verena, was ist los? Was tut dir denn so weh?" Besorgt beugte sich Wilma zu ihrer Bekannten herab, die unter höllischen Schmerzen zu leiden schien. Das Gesicht der Frau war verzerrt, die Augen hatte sie so nach oben gekippt, dass nur noch das Weiße der Augäpfel zu sehen war.

Herr Albinger steckte sein Handy wieder in die Tasche seiner Anzugsjacke zurück. Seine Hand hatte zu sehr gezittert. So würde es nichts werden mit einem Anruf.

„Ich bin gerade vom Frühstück weg und aus dem Haus raus, da hörte ich sie", sagte er. Sein Gesicht war käsig gelb. Wilma befürchtete, er werde nicht mehr lange seine erste Tagesmahlzeit bei sich behalten.

„Haben Sie einen Krankenwagen gerufen?" Wilma stützte den Kopf der Kranken.

Gelber Speichel rann an Verenas Mundwinkeln herab. Sie

nahm Wilmas Worte nicht wahr, vielleicht erkannte sie sie nicht einmal. Die schwere Frau krümmte und wand sich, bis sie sich mit einem Male sichtlich entspannte. Ihr Kopf fiel zur Seite und landete auf Wilmas Schoß.

Langsam und beruhigend strich Wilma über die schweißnasse Stirn der Frau.

Verenas Abschied war kurz und schmerzvoll gewesen.

Herrn Albingers Knie gaben nach. Er kauerte sich auf die Straße und schaute zuerst Wilma, dann die tote Frau in ihrem Arm fassungslos an.

„Sie stirbt doch nicht? Machen Sie doch irgend was, Wasser zum Beispiel, schütten Sie ihr Wasser ins Gesicht. Warum ist denn auch der Brunnen leer!"

Hektisch stand der Mann wieder auf und rannte ein paar Schritte um den Narren herum, als habe er den Verdacht, die schelmische Fasnetsfigur hielte irgendwo das Wasser versteckt.

„Bemühen Sie sich nicht", sagte Wilma und strich behutsam mit ihrer Hand über Verenas Augendeckel, um sie zu schließen. „*Wir* können ihr nicht mehr helfen."

Im September sind die Pilzführer in der Tuttlinger Bücherei restlos vergriffen. Sonntags stapfen Väter mit ihren Kindern und mit geflochtenen Körben, Taschenmessern und einem Vesper ausgestattet in die Wälder. Am Ende des Monats ist vieles abgegrast, und immer seltener tragen die Kinder als stolzen Fund den groß beschirmten Parasolpilz vor sich her. Auch die gegendtypischen Semmelstoppelpilze haben bis dahin schon viele Mägen gefüllt.

Der Duft, der aus Wirths Küche drang, roch nach Wald und Kräutern.

Sandra sah lustlos auf die Speisekarte.

„Nur keine Pilze!", wehrte sie ab, als Tom auf die „Pilzpfanne mit Spätzle" tippte.

Tom hatte geduldig ihrer Schilderung über Verenas Tod zugehört. Die rüstige Frau war von einem Tag auf den anderen einfach nicht mehr da. Fünf Tage vor ihrem Tod hatte Verena Waldchampignons gesammelt. Hatte sie beim Sammeln den tödlichen Knollenblätterpilz übersehen? Sandra vermisste sie. Verena hatte sich zu einer anhänglichen, mütterlichen Nachbarin entwickelt, die Sandra in ihrem Heimatort mit offenen Armen aufgenommen hatte.

Den Appetit wollte Tom sich trotzdem nicht verderben lassen. Er widmete sich der Speisekarte und versuchte nebenher, das Thema zu wechseln.

„Wie nennt sich eigentlich deine Frisur – sollen das Rastalocken werden?“, wandte er sich an Kai.

Kais schwarze Haare erinnerten an strähnige Schafwolle, kurz vor der Schur. Nur, dass sie nicht muffig, sondern überraschend frisch rochen – die Disharmonie zwischen dem ungepflegten Aussehen und sorgfältiger Haarwäsche wunderte den Vater.

„Dreadlocks heißt das. Hätte anders werden sollen, aber ich hab es nicht hingekriegt. Und durchkämmen ist jetzt auch schwierig. Jetzt mach ich einfach gar nichts mehr. Vielleicht verfilzen die dann von allein.“

„Wie macht man es denn richtig?“

„Man muss die Haare mit Wasser und viel Seife miteinander verwurschteln, also verfilzen. Hab ich jedenfalls gehört. Hat aber nicht so geklappt.“ Der saubere Geruch stammte also aus dem übermäßigen Einsatz von Seife.

„Keiner will so richtig darüber nachdenken, dass Verena vielleicht vergiftet worden ist, auch Herr Grau scheint es nicht zu glauben.“

Sandra konnte an nichts anderes denken.

„Aber das kann doch kein Zufall sein – erst vor drei Wochen Friedhelm Lobmann, und jetzt Verena. Das könnte doch sein, dass jemand ihr mit Absicht einen Giftpilz unters Essen gemischt hat“, fuhr sie fort.

„Ein Unglück kommt selten allein“, sagte Tom.

Er würde ihre Hartnäckigkeit vermissen. Deshalb hatte er sich vor sechzehn Jahren in sie verliebt. Sie hatten sich beide in der Studentenmitverwaltung engagiert und joggten morgens zusammen vor Vorlesungsbeginn. Aufgefallen war ihm die junge

Frau mit den wilden roten Haaren zuerst, weil sie sich in Diskussionen oft lange Zeit nicht zu Wort meldete – aber wenn sie das Wort ergriff, dann kannte sie kein Pardon.

Der Dachgarten zum Beispiel. Sandras Einsatz hatte bewirkt, dass die Studentenschaft das Flachdach der Uni in einen Garten verwandeln durfte, nachdem ein Teil des Parks verkauft und neu bebaut worden war. Nach einem harten Garteneinsatz waren sie die darauffolgenden Sommer in jeder Vorlesungspause diskutierend und rauchend auf der Dachwiese gesessen.

„Der Kommissar wird doch überprüft haben, ob da jemand als Täter in Frage kommt? Ob sie vorm Abendessen noch Besuch bekommen hat, und welches Motiv in Frage käme ..."

Für Krimis hatte Tom noch nie viel übrig. Sie waren ihm meistens zu ernst und psychologisch. Und bei den komplizierten Klassikern wie Hitchcock musste man zu genau aufpassen, um die Auflösung zu verstehen. Er selbst las zur Entspannung Comics. Am liebsten Tim und Struppi.

„Was ist eigentlich aus dem Mord an dem Kleinunternehmer geworden?" Natürlich hatten die Zeitungen darüber berichtet. Tom hatte es zuerst kaum glauben können, dass seine Exfreundin Berührung zu diesem brutalen Fall haben sollte. Die Berichterstattungen waren jedoch schnell wieder ruhig geworden, nachdem es letztendlich niemanden gab, gegen den konkrete Beweise vorgelegen hätten.

Sandra nagte nachdenklich an ihrer Unterlippe.

„Es geht mit den Ermittlungen nicht richtig voran, glaube ich. Besonders verdächtig hätte Amelie sein können, aber sie war ja zur Tatzeit bei Verena. Und Verena selbst – auch sie hatte Grund, mehr als sauer auf Friedhelm zu sein. Er war oft nicht nett zu Amelie, die von Verena heiß verehrt wurde, und er wollte sie von ihrem geliebten Grundstück jagen – was sie, wie sie sagte, vor seinem Tod allerdings noch gar nicht wusste.

Paul Schaffer wurde noch ganz schön ausgequetscht, denn bei ihm wäre als Motiv ‚Eifersucht' in Frage gekommen, so eng wie Lissy und Friedhelm zu sein schienen. Aber nachzuweisen ist ihm gar nichts.

Es wurde auch viel über Lissy geredet, dass sie Friedhelms

Geliebte war und jetzt Vorteile aus seinem Tod zieht, weil sie automatisch die Hauptleitung der Theatergruppe übernommen hat – aber auch Heiner hat mit der Hauptrolle profitiert. Das reicht doch alles als Tatmotiv nicht aus, oder?

Ich habe den Eindruck, der Kommissar wartet ab und beobachtet. Er hat sich noch einmal bei mir gemeldet und ein paar Fragen zu Claudia gestellt."

Von Kais Platz drang ein verächtliches Schnauben.

„Der Kommissar hat doch keinen Plan. Der denkt doch eh' bloß an seine Pensionierung! Claudi und ihren Vater umbringen. Und dann bleibt sie noch händchenhaltend bei ihm sitzen. So irre ist sie bestimmt nicht", mokierte er sich.

„Das Mädchen kommt nicht in Frage, das glaube ich auch", bestätigte Sandra.

„Sie hat wohl unter ihrem Vater gelitten, aber so viel Kaltblütigkeit traue ich ihr nicht zu. Ohne Spuren zu hinterlassen erst den Vater töten und dann bei ihm sitzenbleiben, dazu ist sie nicht fähig. Herr Grau reitet immer auf dem Punkt herum, dass Claudia am frühen Abend Stimmen aus der Werkstatt gehört hat – doch keiner gibt zu, um die Zeit da gewesen zu sein."

Kai fuhr mit dem Finger die Zeilen in der aufgeschlagenen Speisekarte hoch und runter. Sandra konnte wetten dass er, wie meistens, bei einem fetten Fleischstück und hausgemachten Spätzle hängenbleiben würde.

„Das mit den Stimmen ist doch schon lange geklärt. Claudis Vater hat geprobt und dabei hört es sich so an, als wären mehrere Leute da. Wenn er in der Werkstatt an einer leichten Arbeit dran war, hat er so seine Rolle geübt. Das hat sie mir neulich erzählt."

„Frau Lachner, möchten Sie die Bestellung aufgeben?" Frau Wirth hatte sich eine rostrote Schürze um ihr weizengelbes Kleid gebunden. Herbstfarben.

„Können Sie sich im Ernst vorstellen, dass Verena den Knollenblätterpilz gepflückt haben soll? Ist sie dazu nicht viel zu vorsichtig gewesen? Oder passiert so etwas öfters?", überrumpelte Sandra die Wirtin.

Im Gasthaus war nicht viel los, der letzte Gästeschwung, der kurz nach dem Ende der Sommerferien eingesetzt hatte, war inzwischen wieder abgeklungen. Den Höhepunkt des Gaststättenbetriebes bildeten vorerst wieder Beerdigungen.

Es war ein ausgesprochen ruhiger Sonntag Mittag. Frau Wirth setzte sich auf den freien Stuhl neben Tom. Sandra hatte den Eindruck, dass die Wirtin gern neben dem großen, blonden Mann Platz nahm.

„Es kann eigentlich kaum passieren, dass man bei uns Pilzsorten verwechselt, da hier zum Beispiel der giftige Grüne Knollenblätterpilz kaum wächst; erst Richtung Bodensee ist er mehr zu finden. Er ist so appetitlich fest und kann zwar beim Pflücken mit Waldchampignons verwechselt werden, aber spätestens beim Verarbeiten des Pilzes hätte Verena auffallen müssen, dass die Lamellen des Giftpilzes im Gegensatz zu den rosabräunlichen des Champignons ganz weiß sind."

Bekümmert strich die junge Wirtin sich über die Hände. Dass ihrer geliebten Heimaterde ein solch gräuliches Unheil entwachsen konnte, war ihr unheimlich.

„Verena war keine Spezialistin, sie ging halt ab und zu in die Pilze, manchmal zusammen mit der Amelie. Gesehen hat sie auch nicht mehr so gut, da könnte es vielleicht schon mal zu einer Verwechslung kommen. Sie hatte ja niemanden, der nach dem Sammeln noch einmal alles überprüft hätte, höchstens, die Amelie war dabei. Das war aber neulich anscheinend nicht der Fall. Sonst wäre das nicht passiert."

Frau Wirth beugte sich vor und senkte ihre Stimme. Sicherheitshalber.

„Es gibt böse Stimmen die sagen, dass Verena lebensmüde war, und den Pilz mit Absicht gegessen haben könnte. Es wäre schließlich nicht das erste Mal, dass sich bei uns jemand was antut. Doch wenn Sie mich fragen: Im Herbst kann man zwar depressiv werden bei all dem Nebel, wenn's so grau ist den ganzen Tag und die nasse Luft in die Knochen zieht. Aber so war die Verena nicht! Sie hat sich zwar besonders in den dunklen Monaten allein gefühlt, aber sie war viel zu gläubig, um sich was anzutun."

„Sie glauben, moralische Skrupel halten einen depressiven Menschen davon ab, Selbstmord zu begehen?“, fragte Sandra skeptisch.

Die Wirtin nickte. „Wie auch immer – Verena wird dem Städtchen fehlen. Zu mir hat sie morgens ab und zu hereingeschaut, wenn sie gerade nicht so viel zu tun hatte. Wie eine lebendige Zeitung war sie. Und so gesellig. Was die Verena alles gewusst hat über die Leute hier, das geht auf keine Kuhhaut! Es ist schon allerhand, dass sie überhaupt den Weg geschafft hat, von der Altstadt hoch zu uns. Kurz vor der Arztpraxis ist sie zusammengebrochen, als Herr Albinger und Wilma sie fanden. Sie war eine ganz Zähe, die Verena. Dass sie allerdings so schnell verstarb, fünf Tage nach dem Verzehr der Pilze, das war schon sehr ungewöhnlich.“

„Bei der Obduktion hat sich gezeigt, dass Verenas Leber bereits ziemlich geschädigt war, wovon sie allerdings selbst wahrscheinlich gar nichts wusste. Eine unerkannte Hepatitis“, erklärte Sandra. „Sonst hätte der Arzt ihr sicher noch helfen können. Eine Vergiftung am Grünen Knollenblätterpilz kann im späten Stadium Lähmungen an den Organen bewirken, und dann bricht der Kreislauf zusammen. In Verenas Fall aber setzte der Tod wegen ihrer zerstörten Leber rascher ein als gewöhnlich.“

„Wird es einem nicht ersteinmal richtig schlecht, mit Durchfall und so?“, wunderte sich Tom. Dass jemand in einem zivilisierten, gut organisierten Land einfach so an einer Pilzvergiftung sterben konnte, erschien ihm doch sehr unwahrscheinlich.

Auch dazu konnte Frau Wirth etwas sagen:

„Na ja, wie das so ist mit zähen Menschen, die dazu noch ihren Dickkopf haben – Verena hat sich immer selbst geheilt, oder hat Amelie zu Rate gezogen. Manchmal hat sie Enzian gesammelt, obwohl der unter Naturschutz steht, und ist dafür schon auch mal ein bisschen weiter den Berg hoch geklettert. Und im Frühjahr hielt sie immer Ausschau nach frischem Bärlauch. Bis sie mal zu einem Arzt ging, da musste es schon arg schlimm um sie bestellt sein! Leider hat sie diesmal wirklich zu lange damit gewartet“, stellte die Wirtin bedauernd fest.

Die Beerdigung mit dem sich anschließenden Leichenschmaus zu Ehren der Verstorbenen hatte erst vor wenigen Tagen stattgefunden. Viel Verwandtschaft hatte die allein lebende Frau nicht gehabt, da sie selbst ein Einzelkind gewesen war. Ihre Tochter Merit hatte sich mit ihrem südländisch aussehenden Mann wieder als erste von der Gesellschaft verabschiedet. Sie schien weder an Mühlheim, ihrem Heimatort, noch an den Bewohnern zu hängen. Verena hatte sich oft beklagt, wie wenig heimatverbunden Merit sei, und dass sie nur an ihren beruflichen Erfolg denke.

„Sie wollte schon immer weg von hier", hatte Verena an einem ihrer nachbarschaftlichen Besuche bei Sandra erzählt.

„Sie sagte immer, Mühlheim biete ihr zu wenig, und auch Tuttlingen sei ihr zu klein. Es gibt ja auch keine Möglichkeiten zu studieren, und Merit wollte schon immer hoch hinaus. Jetzt ist sie als Hotelfachfrau viel unterwegs und will unbedingt mal selber ein großes Hotel leiten. Aber, dass sie deshalb gleich nach Berlin gehen musste! Und Enkelkinder wird sie mir wohl auch nie bescheren. Allmählich wird sie zu alt dafür", hatte Verena oftmals bedauert.

Am Tisch hatte sich Verenas Tochter nur mit den Brüdern Lobmann unterhalten. Vor allem im Gespräch mit Albert schien sich die steife Haltung der teuer gekleideten Frau zu lockern. Mit ihrem Wegzug hatte Merit alle Brücken hinter sich abgebrochen, auch die zu ihren Jugendfreunden.

Die dunklen Ränder unter den Augen des sorgfältig geschminkten Gesichtes hatten Sandra verraten, dass der Tod ihrer Mutter Merit nicht unberührt gelassen hatte. An der Beerdigung und dem anschließenden Festschmaus blieb ihre Mimik jedoch unerschütterlich gleich: ernst und kühl fixierte sie einen immer gleichen Punkt in der Ferne. Ihr Mann hatte solange den Chefkoch Herrn Wirth nach dem Rezept seiner selbstgemachten Kartoffeldauphines befragt.

Tom hatte sich entschieden.

„Sind in der Pilzpfanne auch Morcheln drin?", wollte er wissen.

„Eigentlich mag ich die gar nicht so besonders. Aber in nächster Zeit werde ich sie wohl öfter essen müssen."

Fragend schauten Kai, Sandra und die Wirtin ihn an.

„Die gibt's nämlich, soviel ich weiß, oft im chinesischen Essen."

Wenn Abschiede ein Gewand hätten, dann wäre der von Tom aus einem dunkelgrün schimmernden leichten Tuch gewesen, Seide vielleicht. Kühl und weich hätte sich der glatte Stoff an Sandras Wange geschmiegt; Tränen aber sog er nicht auf. Auch das Nasenwasser nicht, den dünnen Strom von Traurigkeit.

Lissy und Leo

Am Abend setzte sich Leo Mannski manchmal zu den Herren, wenn sie von ihrer Gemeinderatssitzung kamen oder sich einfach so zu einem „Gutenachtschoppen“ am Stammtisch trafen. Bei Sandra hatte er noch nie übernachtet. Sie wollte bei Kai nicht den Eindruck entstehen lassen, dass sie ein festes Paar seien, sagte sie. Wenn Leo eines Tages wieder von der Bildfläche verschwunden wäre – womit Sandra offensichtlich rechnete – dann müsste ihr Sohn wieder einen Verlust verkraften. Sein „echter“ Vater war nun schon seit fast einem Jahr in China.

Leo vermutete, dass Sandra sich mit ihrer Argumentation raffinierte Vorwände dafür lieferte, sich nicht tiefer auf das frische Verhältnis zu ihm einlassen zu müssen. Und wenn er morgens bei ihr auftauchte und ein unausgeschlafener Ralph ihn brummig begrüßte, während er das Holz für die bevorstehende kalte Jahreszeit stapelte, überkam Leo ein ängstlich-misstrauisches Unbehagen.

Im ‚Füchsle‘ fühlte er sich zu Hause, wurde verwöhnt und verköstigt, wie es nicht besser hätte sein können, und er hatte dennoch alle Freiheiten. Leider mussten diese Vorzüge auch bezahlt sein.

Wenn Herr Albinger, dessen Vornamen Leo noch immer nicht kannte, da er sich von niemandem duzen ließ, ihn verbal herausforderte, dann stieg er, je nach Lust und Laune, auch gerne mal darauf ein.

„Womit verdient sich der Herr Schreiberling eigentlich gerade sein Geld – hab ihn ja noch nie was schaffen sehen!“, versuchte er Leo eines abends in seiner üblichen Mischung aus Neugierde und Provokation aus der Reserve zu locken. Der Journalist streckte sich und massierte sich den Bauch – vielleicht waren die Rehrückenmedaillons mit Preiselbeersoße doch eine zu schwere Kost für die Nacht. Das morgige Fitnessprogramm würde er erhöhen müssen.

„Ich bin an einem Thema, mit dem Sie sich alle besser auskennen als ich mich, nehme ich an. Es geht um Sagen und Legenden, die es über die Gegend hier gibt“, erklärte Leo ohne zu zögern. Die Antwort hielt er für neugierige Nachfragen parat.

Auf ihren Ausflügen erzählte Sandra ihm tatsächlich oftmals eine überlieferte Geschichte und zeigte den entsprechenden Platz dazu.

Mittlerweile ließ sie sich nicht mehr für ihre Begleitung bezahlen.

„Sonst habe ich das Gefühl, ich werde von dir ausgehalten“, hatte sie einen Geldschein abgewehrt, „denn ich *möchte* dich schließlich begleiten.“

„Aber es ist doch deine Arbeit, die ich beanspruche! Und Arbeit darf ja schließlich auch Spaß machen“, protestierte Leo.

Nachdenklich schaute sie ihn an.

„Du kannst mir ja dann, wenn es mal soweit kommen sollte, ein Buch widmen“, schlug sie dann ungewohnt schüchtern vor. Sie einigten sich darauf, dass bezahlte Anfragen von anderen Urlaubern immer vorgehen sollten. Doch der morgendliche Wind wurde schärfer und die Feuchtigkeit des Morgennebels drang in alle Kleider. Die geringer gewordene Wander- und Radfahrlust der auswärtigen Besucher gab Leo eine gute Chance, die täglichen Wanderungen mit Sandra fortzusetzen. Seinen Notizblock und den Fotoapparat hielt er dabei immer griffbereit.

Leo hatte ihr von seinem Auftrag, den der alte Heinrich ihm gegeben hatte, nichts erzählt. Auch Sandra glaubte, dass er sich aus Berufsgründen lediglich mit den überlieferten Geschichten der Gegend beschäftigen müsse. Der Journalist wollte nicht, dass sie sich befangen fühlte, wenn die Vergangenheit wach wurde und sie ihn an ihren Erinnerungen teilhaben ließ.

Es wäre natürlich ein besonderer Leckerbissen, wenn er der Leserschaft die Aufklärung der ungelösten Todesfälle präsentieren könnte. Dass Sandra sehr viel mehr darüber wusste, wagte er jedoch nicht anzunehmen. Das hätte ja bedeutet, dass sie wichtige Informationen für sich behielt. Für eine geradlinige Frau wie sie eine war musste das doch sicher ein großes Opfer bedeuten. Und *wem* würde sie ein solches Opfer denn bringen wollen?

Leo musste vor sich selbst zugeben, dass er damit begonnen hatte, dem Genre ‚Kriminalgeschichten' etwas abzugewinnen – was ihn früher nie gereizt hatte, schien ihm nun eine geheimnisvolle Verlockung. Das Donautal machte es möglich.

„Kennen Sie die Geschichte des ‚Hirten von Mühlheim'?", brachte Herr Albinger sogleich sein Wissen ein. Der Stammtisch war etwas dünn besetzt. Das mochte daran liegen, dass die Tage kürzer und die Herren deshalb häuslicher wurden. Obwohl der Oktober durchaus auch mit überraschend warmen Tagen aufwarten konnte.

„Do ist amol z'Mühla 'n arma Hirt gsei. Der hot ama Sonntigamorga seine Schäfla uf da Welschaberg trieba und hot se doba g'hütat"*, begann er.

Nicht nur, dass Herr Albinger sich mit Sagen und Legenden gut auskannte, als Deutschlehrer und Alteingesessener trug er die Texte mit Vorliebe vollständig in Mundart vor. Seine Schüler hassten die schwerfälligen und oft langwierigen Vorträge, das wusste Leo von Kai. Doch die Wirtshausstimmung ließ sich damit gut ankurbeln.

Es ging um Armut, Kindermäuler, die zu stopfen waren, und dass Mutter Maria schließlich dem Hirten ihre Gnade zuteil kommen ließ. Die Schafe, die ihren Hunger an einem Busch zu stillen versuchten, bescherten dem armen Mann einen Schatz: statt Blätter fielen lauter Goldstücke vom Strauch und ihm in den Schoß herab.

Diese Sagen hatten etwas Märchenhaftes und oftmals ein gutes Ende – nur nicht, wenn Liebe im Spiel war. Dann konnte man fast davon ausgehen, dass es tödlich endete.

„Um was geht's denn eigentlich in eurem neuen Stück?", fragte der Nachtwächter, der sich nach seinem Rundgang noch zu ihnen an den Tisch setzte. Er war ein schwerer Mann, gehüllt in einen schwarzen, wollenen Umhang. Zweimal die Woche unterhielt der kernige ältere Herr interessierte Besucher mit einer Mischung aus Anekdoten und Wissenswertem über das Städtchen.

Heiner ließ ein paar lange Sekunden verstreichen, um die Spannung zu steigern – noch hatten weder er noch seine Truppe nach außen dringen lassen, welches Stück diesmal eingeübt wurde.

„Der Besuch der alten Dame", sagte er schließlich und wartete gespannt auf die Reaktion der anderen. Das Bömbchen zündete fehl. Die Auswahl schien nur Herrn Albinger zu schockieren.

„Wieso denn ausgerechnet so ein pessimistisches Stück? Sozialkritik ist ja in Ordnung, aber was hat es mit uns zu tun? Wer das sieht, muss ja denken, dass es bei uns so zugeht!", entrüstete er sich. „Soll es etwa auch noch im Städtle aufgeführt werden?"

Die Empörung stand dem Schulleiter ins Gesicht geschrieben. Wahrscheinlich sah er schon die Hetzjagd vor sich: verschwommene Schatten, die durch dunkle Gassen huschten, auf der Jagd nach einer Frau, die vor Jahrzehnten aus ihrer Heimatstadt vertrieben worden und nun zurückgekommen war, um sich an den missgünstigen Bürgern zu rächen.

Zumindest bis zur Premiere sollte er dableiben um zu sehen, wie Herr Albinger die Aufführung verkraften würde, nahm Leo sich vor.

„Jede Kleinstadt hat ihre dunklen Flecken", rechtfertigte Heiner die Wahl des Dürrenmattstückes. „Was soll denn nicht daran recht sein, wenn man sich fragt, ob man selbst zum Mitläufer werden könnte wenn es darum geht, die Ehre der Stadt zu retten – auch, wenn man dafür ein Menschenleben opfern muss?", fragte er selbstbewusst in die Runde.

Bisher hatte Leo nicht von Heiner den Eindruck gewonnen, dass er das Temperament eines Rebellenführers und ein ausgeprägtes politisches Bewusstsein habe. Ob er das Stück gezielt als Provokation in die Mühlheimer Welt setzen wollte? Er wirkte wie ein kleiner Junge, der gedankenlos mit einer Spielzeugpistole herumballerte und, nachdem der Erste verwundet wurde, zu begründen versuchte, weshalb dieser die Verletzung verdient habe.

Ein halbleeres Glas mit Weizenbier wurde mit Schwung auf den Tisch gestellt. Die Herren setzten sich für ihr Abendlied in Pose.

„Hört Ihr Leute, lasst euch sagen: unsere Uhr hat Zehn geschlagen!“, stimmte der Nachtwächter das altbekannte Lied an.

„Die Stadt mag Gott allzeit bewahr'n“, setzte die Männerrunde wie abgesprochen ein. „Vor Feuer, Sturm und allen Gefahr'n ...“

Die Männer standen auf. Der Nachtwächter setzte seinen Hut auf und kreuzte bedächtig seine Arme vorm Bauch. Sein Bariton füllte die fast leere Gaststube.

„Menschen wachen, kann nichts nützen -
Gott muss wachen, Gott muss schützen.
Herr in deiner Güt' und Macht ...“

„..Schenk uns eine gute Nacht!“*, beendete der Männerchor volltönend den Refrain.

Die ungeklärten Verbrechen waren seltsamerweise nie Gesprächsthema in der Männerrunde. Keine Spekulationen, kein Aufwärmen alter Geschichten, keine Hobbydetektiverei.

Zum ersten Mal befiel Leo der Gedanke, dass es den Leuten vielleicht ganz recht sei, dass die Todesfälle unaufgeklärt blieben. Sie warteten ab, bis das Gras meterhoch über die Vergangenheit gewachsen wäre; keiner würde freiwillig seinen Rasenmäher aus der Garage holen.

Vielleicht warteten sie nicht mehr auf jemanden, der für eine Aufklärung sorgte. Vielleicht kannten sie sie längst schon selbst.

Zehn Uhr war keine Zeit, um schon ins Bett zu gehen. Von Unruhe getrieben, schlüpfte Leo in seine Lederjacke und verließ den Gasthof. Die abendlichen Temperaturen in diesem frühen Herbst fühlten sich fast winterlich an, innerhalb von wenigen Stunden waren sie um zehn Grad gesunken. Es roch nach dem Rauch von Kaminen, die in einzelnen Häusern wieder in Einsatz kamen.

Der golden glänzende Fuchs über Wirth's Restaurant reckte seinen Kopf in die Höhe, als ob er gleich losheulen wolle. Leos Auto sprang ohne Mucken an. Einen guten Orientierungssinn hatte er nicht, und es war schon eine Weile her, dass er mit Sandra aus gewesen war.

Am Straßenrand saß ein wachsames Tier, die Augen bohrten sich furchtsam durch den Lichtstrahl seines Autos. Ein Fuchs. Oder, „Füchsle", wie mancher Schwabe zu dem zierlichen Tier sagen würde. Die Namen von Restaurants und Hotels wiederholen sich in der Regel. Zur goldenen Sonne, Gasthaus zur Linde, Gasthof zum Hirsch ... als ob auf geheimnisvolle Art und Weise alle miteinander verwandt, verschwägert und verbrüdert wären. Doch „Zum Füchsle" hatte Leo noch nie zuvor gehört.

„Das kommt so", hatte Herr Wirth eines Morgens beim Frühstück erklärt, „meine Frau ist aus Fridingen, und ich bin aus Mühlheim. In Mühlheim sind die Ziegen oder Geißen, wie wir hier sagen, gewissermaßen das Wahrzeichen unseres Städtchens, denn die gab es hier früher zuhauf. Haben Sie die Figuren aus Bronze gesehen, die vor dem kleinen Spielplatz hier oben im Städtle stehen? Ein Hirtenjunge mit seinen Ziegen. Die konnte man wegen der Rauheit der Temperaturen und der Landschaft am einfachsten halten."

Leo wusste inzwischen, dass Herr Wirth seine Zeit brauchte, um zum Höhepunkt seiner Erklärungen zu gelangen. Abwartend biss er in sein Brötchen.

„Aber die Fridinger, das sind die ‚Füchse', das ist *ihr* Wahrzeichen. Und weil ich meiner Frau eine Freude machen wollte – schließlich hat sie wegen mir und unserem Betrieb zuliebe ihren Heimatort verlassen – habe ich unseren Gasthof nach dem Wahrzeichen ihres Geburtsortes benannt."

„Wieso nennen sich die Fridinger denn Füchse? Die gibt es hier doch überall!", grübelte Leo kauend. Das Rührei war wieder besonders raffiniert gewürzt. Er versuchte alle frischen Kräuter darin zu erkennen.

Herr Wirth lachte. „Na, das ist doch klar“, amüsierte er sich über die intellektuelle Schwerfälligkeit seines Gastes. „Weil sie eben gewieft sind! Damit wollen sie zeigen, dass sie cleverer sind als wir Millemer, Verzeihung: Mühlheimer. Woher sie die Gewissheit nehmen, weiß ich allerdings nicht. Bauernschläue, nehme ich an.“

An der ersten Brücke links abbiegen, und dann gleich wieder links. Dass Leo richtig gefahren war erkannte er an der Stadthalle, einem architektonischen Kunstwerk aus Holz, Beton und Glas. Eine Stadt mit einem so neumodischen Hallenbad wie dem TuWass und dieser imposanten Stadthalle musste ja gut betucht sein – oder war es zumindest mal, dachte er, als er vor der Kneipe zum Stehen kam.

Die Gartenstühle und Tische waren abgebaut, die Sommersaison war in diesem Jahr endgültig vorbei. Über dem Eingang wurde die bunte Lichterkette vom Wind unsanft hin- und her gezerrt. Als Leo den ‚Burghof‘ betrat, tauchte er in eine Wolke aus Rauch, Alkoholdunst und Küchengerüchen ein – und genoss das Gefühl, etwas Verbotenes zu tun. Etwas, wovon Sandra möglichst nichts erfahren sollte.

Die Atmosphäre in der Kneipe war an diesem Freitag Abend ohne Lifemusik eine ganz andere. Jetzt, da die Bühne leer war, traten die einzelnen Gäste mehr in den Vordergrund. Die Geräuschkulisse wurde von ihren Gesprächen bestimmt. Ab und zu pfiff die Espressomaschine, und auf dem Sims der kleinen Durchreiche, die einen Einblick in die dahinter liegende Küche gewährte, lag, nachlässig hingeworfen, ein rotes Geschirrtuch. Es sah aus wie eine leckende Zunge. Auf allen Tischen brannten Kerzen, und in angenehm zurückhaltender Lautstärke lief eine CD. Leo erkannte Steve Miller:

Time keeps on slippin', slippin', slippin'
Into the future …

I want to fly like an eagle
To the sea …

Mit dieser Musik war er groß geworden. Parties fielen ihm ein, auf denen er selbstversunken in einer Ecke gesessen hatte oder mit ausgebreiteten Armen durch den Raum geschwankt war, in der Musik schwimmend wie in einer großen Welle. Eine plötzliche Lust zu tanzen überkam ihn. Das wäre doch was: das Gefühl von Zeitlosigkeit wieder zurückgewinnen und einfach abheben! So, wie er es damals immer getan hatte, wenn der Boden unter ihm ungemütlich steinig und der Weg steil zu werden drohte.

... Fly like an eagle
Let my spirit carry me ...

Die Bedienung lief an Leo vorbei und zog den Geruch dampfender Pommes hinter sich her. Er merkte, wie er Appetit auf die frisch frittierten Kartoffelstängel bekam, mit dicken Streifen Ketchup und Mayo darauf, so wie früher.

Am Tresen war ein Hocker frei, genau da, wo Lissy saß, als er sie das erste Mal hier drinnen getroffen hatte. Doch jetzt war sie nirgends zu sehen. Schade. Nicht jeden Tag ging der Journalist plötzlichen Impulsen nach. Die Zeiten, in denen er sich hatte treiben lassen, waren eigentlich schon lange vorbei.

Time keeps on slippin', slippin', slippin'
Into the future....

„Schönen guten Abend!", begrüßte Mike seinen Gast wie einen alten Bekannten und nahm seine Bestellung auf.

Mikes Brille war vom vielen Rauch beschlagen. Leo bezweifelte, dass er ihn wirklich wieder erkannte, aber die herzliche Begrüßung gab ihm ein gutes Gefühl. Er kam sich vor wie in einem großen Wohnzimmer. Selbst die Urlaubspostkarten, die an die Säule gepinnt waren, hätten an ihn adressiert sein können; sie kamen ihm alle bekannt vor.

„Waren Sie da schon mal?", knüpfte Leos Nebensitzer an. Er kam ihm irgendwie bekannt vor.

„In Istanbul – ja. Da habe ich meine Lederhose her. Vor

zwanzig Jahren war das! Und sie passt noch immer", erwiderte Leo stolz.

„Ich war auch da, kürzlich erst. Die Moscheen und der Bosporus haben es mir angetan."

Der Landschaftsarchitekt – jetzt fiel es Leo wieder ein. Der den Auftrag hatte, ein neues Schwedengrab zu gestalten.

Woher kam nur das plötzliche Heimweh? Leo war schon seit vier Wochen im Donautal und hatte, außer dem Telefonat mit Jochen, keinerlei Kontakte nach Hause aufgenommen. Die wenigen Pflanzen, die er besaß, hatte er seiner Nachbarin vor die Tür gestellt. Zumindest sie würde sich fragen, wo er so lange blieb.

Die bauchfreie Bedienung mit dem doppeltgepiercten Bauchnabel stellte eine große Portion Pommes vor Leo hin. Da hörte er einen Aufschrei, dem ein Poltern folgte. Eine Frau war über die Schwelle der Türe, die zu den Toiletten führte, in den Gaststubenraum hineingestolpert. Wie nutzlos hingeworfen lag sie am Boden. Mehrere Gäste beugten sich über sie und versuchten, sie wieder hoch zu ziehen. Aufgeregt schlug jemand vor, einen Krankenwagen zu holen.

Verärgert winkte Mike ab. „Jemand soll sie heim schaffen. Im Bett wird's schon wieder werden!", rief er hinter seinem Zapfhahn hervor.

Die junge Bedienung stellte leere Biergläser in das Spülbecken und belud von neuem ihr Tablett. „Wir hätten ihr nicht so oft nachschenken sollen", zischte sie Mike zu, während er ihr ein weiteres volles Glas reichte.

Auf dem verwaisten Platz neben Leo lag ein Bierdeckel, auf dem vier Striche zu sehen waren. „Sie hat wieder ganz schön zugeschlagen", bemerkte der Architekt mit einem Blick darauf. Ein Liter Rotwein war reichlich viel für eine schlank gebaute Frau.

„Habe ich eine Portion gut?", fragte Leo den Wirt, während er seinen vollen Teller zurückschob, aufstand und nach der hellblauen Jacke griff, die als Häufchen auf dem Boden neben ihm lag. Sie musste vom Hocker heruntergerutscht sein, als Lissy sich auf die Toilette begeben hatte, bis oben hin abgefüllt mit dem roten, schweren Gift, das nun in unappetitlicher Form aus ihrem Mund quoll.

Das Aufwischen überließ er Mike. Der bewältigte die Arbeit nur mit zahllosen Flüchen. Währenddessen beschrieb der Architekt, wie Leo zu Lissys Haus finden würde.

„Dann sind Sie also heute dran!“, lachte er.

Lissy bewegte sich wie eine aufgezogene Puppe, als müsse sie bei jedem Schritt überprüfen, ob alle Gliedmaßen noch wie gewohnt funktionierten. Leo war sich nicht sicher, ob sie ihn erkannte, bis sie sich an die Autotüre lehnte und ihn mit kalkweißem Gesicht fragend musterte. Vielleicht versuchte sie herauszufinden, wie er ihren Auftritt verkraftet hatte.

„Hey Leo, was machen wir denn nun mit dem angebrochenen Abend?“, fragte sie. Leo wunderte sich über ihre flüssige Aussprache, in dem Zustand hätte er mehr Schwerfälligkeit erwartet. Doch der neckische Tonfall passte nicht zu ihrer starren Mimik, der kleine Zusammenbruch im ‚Burghof‘ hatte sie mitgenommen. Mit zittrigen Fingern zündete sie sich eine Zigarette an.

„Na, zu dir gehen – was sonst?“, gab Leo scherzhaft zurück.

Obwohl er Nikotin im Auto sonst vermied, hielt er eine kritische Bemerkung zurück. An irgend etwas musste die Frau sich anklammern, und wenn es nur der kleine Glimmstängel war.

Tuttlingen glich einem geometrisch angelegten Labyrinth: Einbahnstraßen, eine Unzahl rechtwinkliger Abbiegungen und parallel zueinander verlaufende Straßen, die den ahnungslosen Fahrer in sich auf verwirrende Weise ähnelnde Teile der Innenstadt brachten.

Endlich sah Leo den Brunnen am Rathausplatz. Die Spitze seines pyramidenähnlichen Überbaus schien den Mittelpunkt der Umgebung zu bilden. Er stellte sich vor, wie sich hier die Energien der gesamten Stadt bündelten. Gelänge es, die oberste Stelle zu berühren, stünde man völlig unter Strom – ein Energieschock, den die blasse Frau neben ihm im Moment gut vertragen konnte.

Unterwegs sprach Lissy kein Wort. Sie kurbelte das Fenster hinunter und sog die feuchtkalte Nachtluft ein. Allmählich kehrte Farbe in ihr wächsernes Gesicht zurück.

An dem Buchladen, der sich im unteren Stockwerk desselben Hauses befand, würde Leo erkennen dass er richtig sei, hatte Mike ihm noch als Tipp auf den Weg mitgegeben. Bei seinem Namen denke man zuerst allerdings mehr an ein Optikergeschäft, obwohl die Schaufensterauslage eindeutig auf Lesematerial verweise.

Leo Mannski ließ die betrunkene Frau lieber nicht allein die hohe Treppe in ihre Wohnung hinaufgehen. Ein Ausrutscher, und es würde ihr vielleicht wie Henriettes Vater in seinen schlimmsten Träumen ergehen: „Ohne Vesper jämmerlich im Flur verendet!“, würde dann am nächsten Tag im Lokalteil der Tageszeitung stehen.

Lissy hakte sich bei ihm ein. Ihr spitzer Ellbogen stach in seine Hüfte, als sie den Hausschlüssel aus der Hosentasche ihrer engen Jeans kramte. Die Schaufenster der kleinen Läden ringsum warfen schwarze Scheibenblicke auf das nächtliche Paar. Es war unheimlich, sich von einer dunklen Häuserfront beobachtet zu fühlen.

Sie stapften die grün bezogenen Linoleumtreppen hoch und ließen „Brille‘s Buchladen“ unter sich. Es war ganz ruhig überall, auch in Lissys Wohnung.

Die Holzdielen knarrten, und Leo hörte Wasser plätschern, als Lissy sich ins Bad begab. Eine kalte Gesichtsdusche würde ihre Lebensgeister wieder zurückholen.

Eine Stehlampe mit einem gelben Schirm spendete warmes Licht wie eine goldene Abendsonne. Leo legte sich auf das durchgesessene Sofa und ließ sich bescheinen, bis er sich weich wie eine Tafel geschmolzene Schokolade fühlte.

Das Wasser im Bad lullte ihn mit seinem gleichmäßigen Rauschen ein. Beim Wegschlummern merkte er, dass alle Geräusche wie in einem Instrumentalstück aufeinander reagierten. Die Heizung blubberte, und draußen rief jemand einen nächtlichen Gruß. Irgendwo lief leise Musik. Erst kurz zuvor hatte

Leo sie gehört, doch ihm fiel nicht mehr ein, wo das war. Er hob ab und flog davon, passend zu der Musik zog er rhythmisch seine Bahnen, wie ein Adler, und fühlte sich leicht und sicher.

In seinem Traum sah er unter sich einen Mann und eine Frau, die Hand in Hand die nasse, dunkle Straße entlanggingen. Langsam fuhren die Autos an ihnen vorbei. Das Paar blieb stehen, direkt vor der rot umrandeten Brille, die im Schaufenster des Buchladens hing. Ihre Gesichter näherten sich, und ihre Münder trafen aufeinander. Als würden sie von jemandem ineinander geschraubt werden, so bewegten sich beide Köpfe in die jeweils entgegengesetzte Richtung – hin und her, zuerst vorsichtig und langsam, und dann immer rascher und fester. Leo konnte die schmatzenden Geräusche hören, die in ihren Mundhöhlen erzeugt wurden – oder war es das Zischen von Wagenrädern auf der nassen Straße?

Der Regen versprühte feine Tröpfchen, aber das störte das Paar nicht. Die Frau packte mit ihren Händen den Kopf des Mannes, legte ihre Handflächen wie zwei Schalen auf seine Wangen und massierte mit dem festen Druck ihrer Fingerspitzen die Kiefern und Muskeln seines Gesichtes. Bis sie in einen gemeinsamen, gemächlichen Rhythmus glitten, und schließlich nicht nur ihre Köpfe, sondern ihre ganzen Körper sich wie ein einziger bewegten. Die sanften, schaukelnden Bewegungen der beiden zeichneten helle Linien um sie herum und schließlich merkte Leo, dass *er selbst* die Richtung der Linien steuern konnte. Die Energiespuren wurden immer weiter, sein Becken malte mit Schwung die schönsten Figuren in die Luft, immer übermütiger wurden sie, und der Regen hörte nicht auf.

Doch die Tropfen waren erfrischend, und sie rochen gut. Jedes Mal, wenn Lissy ihre Haare schüttelte, fielen sie auf sein lächelndes Gesicht.

Genau das hatte er nicht beabsichtigt: morgens in einer Wohnung aufzuwachen, in der weder eine Zahnbürste, noch eine frische Unterhose von ihm zur Hand waren.

Auf dem kleinen Küchentisch stand ein Korb mit ein paar

trockenen Scheiben Weißbrot darin. Darunter klemmte eine in Eile beschriebene Serviette:

„Achtung, der Toaster klemmt. Ich küsse Dich – Lissy, stand da in zierlicher Schrift, und darunter sechs deutlich gemalte Ziffern. Leo schob das Papiertuch in seine Hosentasche.

Sie hatten kein einziges Wort miteinander gesprochen, dabei wollte er so viel von ihr wissen. Über Sandra wollte er Erkundigungen einziehen und herausfinden, woran die Freundschaft der beiden Frauen zerbrochen war. Was hatte dazu geführt, dass Sandra sich jetzt an Fahrrädern die Hände schmutzig machte, statt vor einer Klasse zu stehen? Leo war sich sicher, dass Lissy auf viele seiner Fragen eine Antwort wusste.

Die Situation war ihm entglitten, vielleicht hatte er eine Chance verpasst – und dafür eine andere genutzt. Während Sandra ihn immer wieder nur mit kleinen Bröckchen abspeiste, hatte Lissy ihn für eine Nacht gesättigt. Sein Wissen über die Vergangenheit der beiden Frauen war jedoch genauso gering geblieben wie zuvor.

Rastlos streifte Leo durch die Wohnung, setzte im Vorbeigehen ein Feng-Shui-Mobile in Bewegung und fragte sich, ob er in dem Klo beim Pinkeln stehen durfte oder ob Sitzpflicht bestand. In den Handtüchern fand er den würzigen Seifenduft der letzten Nacht.

Neben dem Telefon hing eine Pinnwand aus Kork, an dem viele Zettel dicht nebeneinander geheftet waren: Termine, Telefonnummern von Ärzten, und am größten das Faltblatt einer Anonymen-Alkoholiker-Gruppe.

Auf das Frühstück wollte Leo heute mal verzichten.

Der Laden konnte noch nicht lange geöffnet sein, es war noch keine Kundschaft zu sehen, und die Buchreihen lagen noch im Halbdunkel. In der Türe von Brille‘s Laden stand ein zierlich gebauter Mann, in der einen Hand eine Tasse Kaffee, in der anderen eine selbstgedrehte Zigarette. Er hatte sich in seinen braunen Schafwollpulli eingemümmelt, als sei er noch unter einer Bettdecke vergraben, das Kinn vom locker gestrickten Kragen bis zur Unterlippe bedeckt. Freundlich blinzelte er Leo über den Rand der rund geformten Brillengläser zu – oder zwinkerte er die letzten Schlafkrümel aus den Augenwinkeln? Er sah, vielleicht ähnlich wie Leo, ungewaschen und verschlafen aus. Anscheinend war der Journalist nicht der Einzige, der am Morgen unrasiert das Haus verlassen hatte.

„Bist du der Leo?“, sprach der Buchhändler ihn an.

Verklebt lag Leos Zunge in seinem Mund, ein fauler, schlafender Löwe, der sich nur schwerfällig in Gang setzte. Vorerst reichte ein Kopfnicken.

„Magst du 'reinkommen? Lissy hat mich gebeten, dir was zu geben. Und eine Tasse vom schwarzen Gift habe ich auch noch übrig“, wurde Leo eingeladen. Am hintersten Ende des schlauchförmigen Ladens lockte das grell beleuchtete und nach kaltem Rauch riechende Büro. Einladend wies Brille, wie Leo den freundlichen Buchhändler nun bei sich nannte, auf einen Bücherstoß, der in etwa die richtige Sitzhöhe aufwies. Dankend lehnte Leo die Packung ‚Schwarzer Krauser‘ ab und begnügte sich mit einem Becher starken Kaffees.

Endlich löste sich seine Zunge.

„Du hast die Lissy also heute morgen schon gesehen?“, fragte er. Was nur hatte sie für ihn hinterlegt?

„Lissy ist oft die Erste, die ich am Tag sehe. Und ich für sie – *normalerweise*, würde ich sagen. Heute ist es ja anders“, schmunzelte Brille zweideutig.

Was sollten die Anspielungen? Gab es selbst in der Stadt hier kein Privatleben? Leo spürte leichten Ärger in sich aufsteigen.

„Sie wollte sogar, dass ich es einpacke. Hier. Wenn es dich nicht interessiert, sollst du es für später mal aufheben, hat sie gesagt.“

Trotz und Neugierde trugen einen inneren Kampf in Leo Mannski aus. Warum sollte er vor dem fremden Menschen ein Geschenk auspacken?

Aber er war noch nicht wach genug, um der Versuchung zu widerstehen. Behutsam stellte Leo den Kaffeebecher auf den Schreibtisch neben den Computer und packte langsam das Buch aus. Das Geschenkpapier war mit roten Mohnblumen auf einem grünen Hintergrund bedruckt.

Ohne zu wissen warum, überfiel ihn plötzlich ein Gefühl von Einsamkeit.

Eine Zeichnung schmückte die rosa Vorderseite: eine verfallene Burgruine, genauer gesagt, ein zerfallener Turm, der die Form eines in den Himmel weisenden Zeigefingers hatte. Der Turm stand auf der Spitze eines Hügels. Knapp über dem fingerähnlichen Mauerwerk schlängelte sich in ovaler Form ein Kranz aus Weinblättern. Darin stand in großen, kindlich anmutenden Großbuchstaben, der Titel „Sagenkränzlein"*.

„Das ist eine Sammlung mit alten Geschichten unserer Heimat", erklärte Brille. „Und dazu noch eine Ausgabe in altdeutscher Schrift. Es wurde längere Zeit nicht mehr verlegt, aber die Nachfrage ist gestiegen, so dass eine Neuauflage geplant ist. Ich habe öfters Leute hier, die danach fragen. Lissy hat sie neulich aus der Wühlkiste gezogen und zurücklegen lassen. Und heute früh hat sie anscheinend beschlossen, dass du sie bekommen sollst."

Schade, im Inneren des Büchleins waren keine weiteren Zeichnungen zu finden. Es war eine kurze Sage, an der Leo beim Durchblättern hängenblieb. Genau hier war eine Seite mit einem Eselsohr eingeknickt worden. Wollte Lissy ihn damit auf eine besondere Stelle aufmerksam machen?

„Der Knopfmacherfelsen – woher er seinen Namen hat.

Einmal ging ein Knopfmacher von Fridingen nach Beuron. Er kam mit einem Rößlein vom Markt in Tuttlingen. Als er auf der Höhe von der alten Schanze war, fing es an zu nachten. Da begegnete dem Knopfmacher das Hardtfräulein. Es führte den Mann, ohne dass er es merkte, vom Wege ab und auf einen steilen Felsen hinaus.

Da stürzten Mann und Ross hinunter. Am anderen Tag fand sie der Klosterschäfer von Beuron – tot. Den Felsen heißt man heute noch Knopfmacherfelsen."*

Das Hardtfräulein war entweder bezaubernd schön, oder die Nacht so schwarz, dass der Knopfmacher das Unheil nicht vorhersehen konnte.

Schlechtes Timing. Warum vermied er nicht das Risiko und bemühte sich, vor Einbruch der Dämmerung zu Hause zu sein? War er unerfahren und das erste Mal allein in Tuttlingen auf dem Markt? Oder war er einfach leichtsinnig, weil er die Strecke bereits in- und auswändig zu kennen glaubte? Der Knopfmacher konnte der Verführung des Augenblickes einfach nicht widerstehen, genau wie Leo. Als er den Felsen hinunterstürzte – hatte er Panik, Angst, oder war es ihm gar nicht klar, wie ihm geschah?

Leo Mannski hingegen war nur müde. Und durcheinander. Er sehnte sich nach seinem frischen Bett mit der ordentlich zurückgeschlagenen Decke.

„O o, das Hardtfräulein!", frotzelte Brille, der neben ihm einen Karton geöffnet hatte und dabei war, die Bücher auf dem Boden auszulegen und nach irgendeinem System zu ordnen. Mit einem schnellen Blick über seine Schulter erfasste er, worin Leo sich vertieft hatte.

„Du hast bestimmt schon gemerkt, wo der Hase – nein, die Häsin –, hier langläuft: unsere hiesigen Weiber sind von einer besonderen Sorte, herb und rassig. Aber Vorsicht, sie wollen den Ton allein angeben! Na, und wo das hinführen kann, wenn man sie lässt, das sagt uns diese kleine Sage. Ich für meinen Teil kann nur bestätigen, dass es ganz verkehrt ist, den Frauen hinterher zu laufen. Das kann ja nur im Abgrund enden!" Wie ein Frauenheld sah er nicht aus, der sensible Intellektuelle. Aber er schien zu wissen, wovon er sprach.

„Soll das eine Warnung sein?", erkundigte sich Leo und dachte an Sandra, obwohl sie keine ‚Hiesige', sondern eine ‚Reingeschmeckte' war. Als Einheimischer gehöre man frühestens ab der dritten Generation nach der Einwanderung dazu, hatte sie einmal scherzhaft bemerkt.

Schon führte ihn Brille auf die richtige Spur.

„Ein kluges Köpfchen ist sie, die Lissy; ich kenne sie lange genug, um das zu beurteilen. Wir kennen uns schon seit Jugendzeiten – hach, was haben wir im ‚Burghof' lange Nächte verbracht und uns die Köpfe heiß diskutiert!", plauderte Brille munter.

„Aber ich hab mich nie von ihr einwickeln lassen, da ist schon mancher auf die Nase gefallen. Irgendwann kommen die Typen mit ihrer forschen Art nicht zurecht – außerdem säuft sie ganz schön viel.“ Brille war fertig mit dem Sortieren und rannte nun hin und her, von Regal zu Regal, in die er seine neuerworbenen Bücher einräumte. Ein paar kamen als Köder auf den langen Tisch. Es war Leo unklar, wie er für diesen eine Auswahl traf. Vielleicht bestimmte der Zufall mit.

Als Brille für Leos Zehennagel-Jugendbuch einen exponierten Platz im Schaufenster wählte, konnte sich der Journalist nicht zurückhalten. Interessiert fragte er, wie es ihm gefiele.

„Seit ich das Buch im Laden habe, kommt die Jugend wieder mehr hier rein. Die fährt ja völlig darauf ab. Innerhalb von wenigen Tagen haben die mir die Lektüre quasi aus der Hand gerissen. Ich kann die Aufregung allerdings nicht so ganz verstehen. Der Typ, der sich für das Buch ins Zeug gelegt hat, muss selber in der Pubertät stecken geblieben sein!“, lachte er Leo ins Gesicht.

Dabei fing er gerade an, ihm richtig sympathisch zu werden. Und jetzt diese Bemerkung.

Leo stand, mit seinem Geschenk in der Hand, auf und machte Anstalten, sich zu verabschieden.

„Vielleicht sehen wir uns ja noch öfters. Komm ruhig mal wieder auf eine Tasse Kaffee rein!“, bot Brille an. „Und schau mal nach der Lissy. Sie kann ein bisschen Unterstützung gebrauchen.“

Mit der Türklinke in der Hand blieb Leo stehen.

„Wie meinst du das?“, fragte er.

Das Sonnenlicht fiel mild in die halbgeöffnete Türe, bemüht, den düsteren Laden aufzuhellen. Doch mit ihm drängte sich auch die kalte Morgenluft hinein, und rasch zog Leo die Türe wieder zu. Brille war dabei die nächste Zigarette zu drehen und ließ die Spitze seiner Zunge geübt über das zusammengerollte Blättchen gleiten. Mit leicht zusammengekniffenen Augen sah er Leo vorwurfsvoll an.

„Jetzt komm, sag nur nicht, du hättest nicht bemerkt, dass die Lissy schlecht drauf ist. Sie säuft seit der Geschichte mit dem

Mord wie ein Loch. Von verschiedenen Lehrern weiß ich, dass sie in der Schule immer wieder auffällt mit ihrer Sauferei. Und daran ist die Sandra Lachner nicht unschuldig. Statt dass die Frauen zusammengehalten hätten, hat Sandra sie auch noch angeschwärzt!"

Leos Herz pumpte auf Hochtouren. Draußen steuerte eine ältere Frau gezielt auf den Laden zu. Gleich wäre es mit Brilles Redseligkeit vorbei.

„Sag schon, was war mit den beiden?", drängte Leo. Er würde die Kundin erst hereinlassen, wenn er eine befriedigende Antwort bekommen hatte. Die Frau blieb vor dem Laden stehen und kramte in ihrer Handtasche. Leo ließ die Türklinke nicht los.

„Unfair war das, von hinten bis vorn. Sandra hat die Lissy geradezu verleumdet, kann man sagen. Den Mord an diesem Friedhelm wollte sie ihr anhängen.

Warum die sich überhaupt so eingemischt hat, ist mir ein Rätsel. Aber das hat sich die Lissy nicht gefallen lassen!" Die fertiggedrehte Zigarette klemmte angezündet in Brilles Mundwinkel.

„Ja, und? Wie hat die Lissy sich denn gewehrt?", bohrte Leo hastig weiter. Die Dame vor der Tür hatte gefunden, was sie gesucht hatte. Es sah aus wie ein Stück Papier, auf dem sie vermutlich den Titel eines Buches notiert hatte.

Brille senkte vorsorglich seine Stimme.

„Da gab es eine Geschichte mit der Bevorzugung einer Schülerin, Gemauschel mit den Noten oder so was. Sandra hat die Schülerin gedeckt, und Lissy hat das der Schulleitung gesteckt. Das geschah ihr gerade Recht!" Schadenfroh blitzten Brilles Augen auf.

Entschlossen zerrte die Frau ungeduldig an der Klinke, die Leo erst jetzt losließ. Mit unbeabsichtigtem Schwung riss die Frau die Türe auf und kam kurz ins Wanken. Mißbilligend schüttelte sie den Kopf und betrat den Laden. Doch sobald Brille sie fröhlich begrüßte, lächelte sie besänftigt. Schon vertiefte sich der charmante Buchhändler in ein neues Gespräch.

Als Leo nach einem kurzen Abschiedsgruß die Straße betrat,

betrachtete er die Auslage im Schaufenster. Das Jugendbuch, auf dem ein formschöner Fuß mit buntlackierten Fußnägeln abgebildet war, lehnte auffällig an einem aus Gips gegossenen Bein.

Ein Poster, das in der Ecke des Fensters hing, fiel ihm ins Auge. Darauf war eine Schwarz-Weiß-Zeichnung zu sehen, wenige Striche nur, die lässig und doch konzentriert aufs Blatt gesetzt worden waren: ein Tannenzapfen, der wegen seiner phallischen Form fast obszön auf Leo wirkte.

Dass es die Ankündigung von Sandras Vernissage war, musste Brille wohl entgangen sein, als er es aufgehängt hatte.

Maria – Hilf!

Immer wieder tauchte er auf, wie ein lästiges Insekt, das man nicht los wird, oder ein Straßenköter, der hungrig um einen Bissen Abfall bettelt. Doch wagte es keiner, ihm den entscheidenden Fußtritt zu verpassen.

Der Kommissar schien trotz aller Bemühungen in seinen Ermittlungen keinen Schritt vorwärts zu kommen. Er betonte gern, dass er sich die letzte Zeit seiner Berufstätigkeit anders vorgestellt hatte. Es waren nur noch zwei Monate bis zu Ewald Graus Pensionierung. Sein größtes Weihnachtsgeschenk sollte der Ruhestand werden, den er kurz vorher antreten wollte.

„So ein Fall, und das in meinem Alter!", seufzte der Beamte Mitleid erweckend. Er saß nicht allzu bequem auf Sandras orangefarbenem Küchenstuhl, der scharfkantige Sitzrand schnitt ihm in die fleischigen Oberschenkel, und die Lehne gab unter dem Gewicht seines Oberkörpers bedenklich nach. Durch den Garten strich ein milder Oktoberwind, und vom nahe gelegenen Sägewerk drang das Kreischen der Maschinen bis in das kleine Mesnerhaus. Die gemütlichen, sommerwarmen Zeiten im Garten hatten vorerst ein Ende. Der schwere Mann hatte sich mal wieder aufs Fahrrad geschwungen, um in Mühlheim seinen Kurzbesuch abzustatten.

Sandra stellte einen starken Espresso vor ihn auf den Tisch.

„Sollten Sie nicht von *zwei* Fällen reden?" fragte sie provokativ.

Sandra interessierte sich für alle Informationen, die Herr Grau ihr geben konnte. Ganz im Stillen verfolgte sie ihre kleine, geheime Mission weiter, denn es würde kein Einheimischer den Fall lösen können, davon war sie überzeugt. Manchmal hatte sie sogar das Gefühl, dass der Kommissar in seinem tiefsten Inneren den Fall eigentlich gar nicht lösen *wollte*, denn je mehr er aufdecken würde, desto mehr würden seine persönlichen Beziehungen zu den Beteiligten in Gefahr geraten. Wenn er ein Abwehrverhalten hatte, so war ihm das wahrscheinlich nicht bewusst.

„Wieso zwei? Nein, liebe Frau Lachner, die Verena ist nicht ermordet worden, das ist sicher. Wir wollen es doch nicht gleich übertreiben, nicht wahr? *Ein* grauseliger Fall reicht ja völlig."

Wäre Friedhelm nicht eindeutig einer Gewalttat zum Opfer gefallen, wäre dem Kommissar auch zu seinem Tod eine harmlose Erklärung eingefallen, vermutete Sandra.

„Wieso sind Sie eigentlich so überzeugt davon, dass bei Verena ein Giftmord vorliegt?", wandte er sich plötzlich interessiert an seine unfreiwillige Gastgeberin. Er schien aufrichtig ihre Meinung wissen zu wollen.

Sandra zögerte. Sie hatte ihre ganz eigenen Ideen zu den Geschehnissen entwickelt und hielt ihre Augen und Ohren immer offen. Außerdem gewann sie durch die täglichen Ausflüge bei Wind und Wetter Einblicke in die Natur, die ihr unausgesprochene Informationen gaben.

„Wie sollte Verena einen Grünen Knollenblätterpilz gepflückt und mit einem Champignon verwechselt haben, wo es hier doch gar keine gibt?", entgegnete sie.

So oft sie auch kreuz und quer durch die Wälder gestreift war – selbst mit Amelie, die sich besser als jeder andere auskannte – hatte sie keinen aufspüren können. Sandra hatte Verena als anhängliche und zwar vertratschte, aber durchaus zuverlässige Frau kennengelernt, die weder die Gesundheit anderer, noch ihre eigene aufs Spiel gesetzt hätte.

Nachdenklich rührte der Kommissar zwei gefüllte Teelöffel mit Zucker in die winzige Tasse. Es hätte Sandra nicht gewundert, wenn die schwarze Flüssigkeit über den Rand geschwappt wäre.

„Nicht schlecht, Frau Lachner, ich sehe, Sie haben sich auch mit der Materie befasst. Aber genau das ist ja auch meine Überlegung: *Gerade deshalb*, weil hier so gut wie keine der Giftpilze wachsen, ist die Wahrscheinlichkeit größer, dass man über einen hinweg sieht, das heißt, einen Knollenblätterpilz irrtümlich für einen Champignon hält und unter die anderen mischt.

Ich gehe davon aus, dass genau das unserer lieben Verena passiert ist. Es mag schon dämmerig gewesen sein, ihr Augenlicht war auch nicht mehr das beste, und dazu kommt noch, dass die nächsten Knollenblätterpilze erst wieder hinterm Schuh-Franz, im Wäldchen Richtung Stockach, wachsen. Was ja nicht heißt, dass es nicht doch einmal einen hier geben könnte – so etwas kommt ja schon einmal vor. Aber sie hat sich in Sicherheit gewiegt mit ihrem Fund.

Außerdem, was für ein Mordmotiv gäbe es denn schon? Verena war zwar eine Klatschtante, aber doch eine harmlose, keine von der boshaften Sorte. Und während des Mordes an Friedhelm war sie in Amelies Gesellschaft und mit dem Einmachen schwer beschäftigt. Dass sie den Mord beobachtet haben könnte, ist deshalb sehr unwahrscheinlich."

„Und was ist mit Verenas Aussage, sie habe Lissys Fahrrad hinter der Werkstatt gesehen?"

So harmlos waren Verenas Aussagen nun wirklich nicht. Wenn man sie ernst nahm, dann müsste auf Lissy ein drückender Verdacht lasten.

Vielleicht hatte Sandra zu viel Phantasie, und das Großstadtleben fehlte ihr. Dennoch vermutete sie hinter der Fassade des harmonischen Kleinstädtchens mehr Dramen, als der Kommissar zu sehen bereit war.

„Lissy streitet nicht ab, dass sie am Nachmittag bei Friedhelm war", erzählte Kommissar Grau, während er vergeblich versuchte, der kleinen Kanne noch einen Tropfen Espresso zu entnehmen.

„Verena hat sich da trotzdem etwas zusammen gedichtet, vermute ich. Sie konnte Lissy auf den Tod – ach herrjeh, bitte verzeihen Sie – sie konnte Lissy ganz und gar nicht ausstehen und war davon überzeugt, dass Friedhelm und Lissy ein Verhältnis hatten. Die Spurensicherung hat von Lissy ein Haar in der Werkstatt gefunden, aber nur an Friedhelms Arbeitsstuhl. Er ist gepolstert, da bleiben die Haare leicht daran hängen. An seinen Kleidern waren keine von ihr zu finden.

Lissy sagt, sie hätten das Stück durchgesprochen, und dabei sei es auch mal lauter geworden. Und das war ihrer Ansicht nach völlig normal. Wenn man Friedhelm nicht anschrie, dann registrierte er oft nicht, was man ihm sagen wollte, sagte sie. Er habe einem sonst einfach nicht zugehört. Mehr sei aber auch nicht vorgefallen. Friedhelm habe Druck gemacht, und Lissy habe Ärger mit der Truppe vorausgesehen."

„Wie könnte denn der Mord an Friedhelm nun Ihrer Meinung nach geschehen sein? Haben Sie denn gar keinen einschlägigen Verdacht?", bohrte Sandra hartnäckig nach. Schließlich war der Mann seit einigen Tagen am Recherchieren, tauchte immer wieder unerwartet bei den Proben auf und beobachtete die Mitspieler, um sie anschließend mit neuen Fragen zu überfallen.

„Eigentlich sollte ich nicht zu viel über den Fall plaudern, aber Sie hängen noch nicht so drin in den ganzen Strukturen hier und können noch einigermaßen objektiv die Lage beurteilen, nehme ich an." Der Kommissar schien auf die Frage gewartet zu haben, als sei er froh darum, sie in seine Gedankengänge einbeziehen zu dürfen.

Erzählte er seiner Frau zu Hause denn gar nichts?

„Ich glaube, dass die Claudia eine Schlüsselperson zu dem ganzen Verbrechen ist", hob Herr Grau an.

„Claudia hat noch keine eindeutige Aussage über die Stimme gemacht, die sie am frühen Abend in der Werkstatt gehört hat. Dass ihr Vater Selbstgespräche geführt haben soll – ich bitte Sie! Das ist doch reichlich abstrus, finden Sie nicht? Lissys Fahrrad habe sie nicht gesehen, sagte Claudia, weil sie nicht hinten im Garten gewesen sei. Eine große Hilfe ist das Mädchen uns bisher wahrhaftig nicht gewesen."

Die Schale mit den Amarettokeksen war nun leer. Sandra bezweifelte, dass ihr Gast überhaupt registriert hatte, dass er selbst dafür gesorgt hatte. Seine tastenden Finger zogen sich enttäuscht aus dem Gefäß zurück.

Der Kommissar verschränkte seine Arme ineinander und wippte auf seinem Stuhl hin und her. Gefährlich neigte sich die Rückenlehne wieder nach hinten. Besorgt beobachtete Sandra die über seinem runden Bauch straff zugeknöpfte Jacke. Der mittlere Knopf machte sich zum Absprung bereit.

„Angenommen, Claudia hat kurz vor der Tat Stimmen in der Werkstatt gehört, und hat die des Besuchers – oder, der Besucherin – sogar erkannt. Warum würde sie mir nicht verraten, wem die Stimme wirklich gehörte? Natürlich, weil sie jemanden erkannt hat, der ihr nahesteht. Dazu würde ich vor allem ihre Mutter und ihre Onkel, nämlich Albert und Manfred Lobmann, zählen. Gesehen wurde Manfred Lobmann zwar nicht an dem Abend in Mühlheim, aber, er hat auch kein Alibi an seinem Wohnort. Er sei joggen gewesen, hat er gesagt, er verbinde das mit seinem abendlichen Besuch bei seinen Bienen, draußen am Waldrand. Da habe er allerdings niemanden getroffen, so dass es dafür keine Zeugen gibt. Zum Herfahren nach Mühlheim braucht er circa eine dreiviertel Stunde von seinem Haus aus; ihm fehlt ein Alibi für zwei Stunden. Erst gegen neunzehn Uhr war er zum Abendessen wieder zu Hause. Das käme ungefähr dreimal die Woche vor, sagte er, und seine Frau bestätigte das. Er müsse in dieser Jahreszeit den Honig zum Schleudern holen und allmählich Vorkehrungen für den Winter treffen, deshalb sei er im September besonders oft bei seinen Bienen. Allerdings kann ich bei ihm kein Tatmotiv entdecken – außer, dass er sich mit seinem großen Bruder, den er ganz früher sichtlich verehrte, in den letzten Jahren nicht besonders gut verstanden hat. Man kann sogar so weit gehen und sagen, Friedhelm war sicherlich mit ein Grund, weshalb Manfred seine Zelte in Mühlheim abgebrochen hat."

„Und was ist mit dem Pfarrer? Hat er ein Alibi für die Zeit zwischen achtzehn und zwanzig Uhr?"

Es fiel Sandra schwer, die Frage zu stellen. Wie könnte man auch ernsthaft daran denken, dass der nette Albert Lobmann, der außerdem noch Pfarrer war, seinen Bruder umgebracht haben könnte?

„Sie denken da in Richtung Kain und Abel, hab ich Recht? Albert war reichlich wütend auf seinen hinterhältigen Bruder, das kann ich sogar verstehen. Wie lange hat Albert versucht Sorge dafür zu tragen, dass die Alte Mühle nicht an einen Auswärtigen verscherbelt, Verena 'rausgeschmissen und aus dem Ganzen ein Touristennepp gebastelt wird!

Der Pfarrer war bei seinen Kindern, denn Mara hatte im Krankenhaus Nachtdienst. Aber hin und wieder sprang er weg und ging rüber ins Gemeindehaus oder ins Büro, solange die Kleinen ruhig spielten. Dass er zwischendrin kurz seinen Bruder ermordet, wäre natürlich ein besonders skrupelloses Vorgehen, aber ganz auszuschließen ist es auch nicht. Doch ist sein Ärger als Mordmotiv ausreichend?

Eine undurchsichtige Sache, das Verhältnis zwischen den drei Brüdern. Das sieht man doch schon daran, dass sie unterschiedlichen Religionen angehören, und diese auch noch beruflich vertreten! Bekannt ist, dass sie sich schon seit Jahren immer wieder wegen der Alten Mühle in den Haaren hatten. Dann wurde Manfred ausbezahlt. In letzter Zeit ist es um die Mühle ruhig geworden. Dass Albert und Friedhelm in der Sache etwas miteinander ausgehandelt hatten, war nicht bekannt."

So langsam kam also Schwung in die Sache – Sandra war überrascht über des Kommissars konsequente Gedankengänge. Vielleicht hatte sie ihn bisher unterschätzt.

„Welche Stimme hat Claudia denn nur gehört? Ist es nicht wahrscheinlich, dass es die ihrer Mutter war – denn das würde sie doch wohl am wenigsten zugeben wollen“, vermutete Sandra, wohl wissend, dass Amelie eben genau um die Zeit bei Verena gewesen war.

„Oder die von Lissy, ergänzte der Kommissar, „denn vielleicht war sie ja länger bei Friedhelm, als sie angegeben hat.“

„Es könnte doch auch sein, dass Claudia jemanden erkannt hat, vor dem sie Angst hat“, überlegte Sandra.

„Auch das habe ich mir überlegt, Frau Lachner. Doch – vor *wem* sollte Claudia Angst haben? Fällt Ihnen da jemand ein? Das Grundstück von Amelie und Friedhelm ist frei zugänglich. Keiner aus der Nachbarschaft hat am späten Nachmittag oder am Abend einen Besucher gesehen, nicht einmal den Paul, obwohl er ja auch kurz da gewesen ist, wie er selber sagt.“

Es muss ein angenehmes Wohneck sein, dachte Sandra, mit wenig sozialer Kontrolle. Was sich in diesem Fall allerdings als ungünstig erwies.

Sandra traf Claudia täglich in der Schule. Seit die Kunstkollegin – wie es hieß, vorübergehend – ausfiel, hatte sie die Achtklässlerin wöchentlich im Kunstunterricht. Außer, dass Claudia besonderen Respekt vor dem Schulleiter zeigte, fiel Sandra niemand ein, vor dem Claudia bisher Furcht gezeigt hätte.

„Und Verena, Herr Grau? Haben Sie mal über sie ausführlich nachgedacht? Vielleicht wusste sie, dass Friedhelm sie aus dem Haus werfen wollte. Explosive Gefühle wie Wut und Hass könnten in ihr ausgebrochen sein."

„Sie wissen doch aber, dass Amelie und Verena zur Tatzeit zusammen waren", gab der Kommissar zu bedenken.

„Ach, Amelie ... Sie hat doch kein Zeitgefühl. Wäre Verena für eine Stunde verschwunden, das hätte Amelie vielleicht nicht einmal bemerkt."

Pling. Mit einem frechen Hüpfer landete der Knopf vor Sandras Füßen. Kommissar Grau zupfte hilflos an seiner Jacke, die die grauen Streifen des Hemdes darunter freiga.

„Frau Lachner, einen Mord im Affekt hätte man vermutlich schon aufgeklärt. Da passieren doch die offensichtlichsten Fehler. Aber in unserem Fall war der Mord *geplant*. Es sind außer von Friedhelm keine Fingerabdrücke an der Mordwaffe zu finden. Da hat jemand Handschuhe getragen!"

Jeder Schultag, an dem Sandra ihrem Chef nicht begegnete, zählte zu den angenehmeren.

In der Pause streckte Herr Albinger nur kurz seinen Kopf ins Lehrerzimmer und bat Sandra, nach dem Unterricht in sein Büro zu kommen. Er sah blass aus. Seitdem er Verena, die er nur oberflächlich gekannt hatte, am Narrenbrunnen gefunden hatte, verbrachte er die Pausen allein in seinem Arbeitszimmer. Mit einem Male schien er menschenscheu geworden zu sein.

Als Kunstlehrerin gab es immer eine Menge aufzuräumen. Heute hatten sie Tonfiguren gebaut, jeder Schüler eine: Die Aufgabe lautete eine Säule darzustellen, die zum Leben erwacht und deren obere Hälfte in eine menschliche Darstellung übergeht. Beim Hochstellen der kleinen Objekte behielt sie eine besonders zerbrechliche einen Moment länger in ihrer Hand.

Diese würde einen Platz brauchen, an den garantiert kein Schüler aus Versehen anstoßen würde, das wäre sonst ihr Ende. Sandra verstrich den noch feuchten Ton an einzelnen Stellen, um die Figur zu stabilisieren. Die Initialen „C.L." waren mit filigranen Linien in den Rand des Tons geritzt.

Viel Mühe hatte Claudia sich ja nicht gegeben. Die untere Säulenhälfte der Figur war so dünn, dass sie sich unter dem Gewicht des oberen, weiblich gestalteten Teiles leicht bog. Behutsam stellte Sandra die zarte Säulenfrau in die hinterste Ecke des Regals.

Sandra hoffte, dass das Gespräch mit dem Schulleiter schnell beendet sein würde, denn sie wollte am Nachmittag noch endlich mal den Ort besuchen, an dem das Theaterstück stattfinden sollte. Amelie wollte sie dorthin führen.

Selbst seine Stimme schien sich verändert zu haben, sie hatte eine zaghafte Färbung bekommen. Seit dem ersten Gespräch bei ihrer Vorstellung hatte sie das Schulleiterzimmer nicht mehr betreten. Es roch nach Kamille und Schweißfüßen.

Die Heizung war aufgedreht, und trotzdem schien Herr Albinger zu frieren. Seine dunkelgraue Strickjacke war bis zur Kinnspitze zugeknöpft. Sandra setzte sich ihm gegenüber auf den unbequemen Holzstuhl, auf dem nicht einmal ein Kissen lag. Eine Tasse dampfenden Tees lehnte sie dankend ab.

„Kommen wir gleich zur Sache, Frau Lachner", begann ihr Chef und hüstelte – aus Verlegenheit, oder weil er erkältet war?

„Es geht um Claudia Lobmann. Sie macht uns Sorgen, und Sie haben doch auch privat mit ihr zu tun, stimmt's?"

Sandra ahnte, worauf der Schulleiter hinauswollte. Claudia kam in letzter Zeit öfter zu spät in den Unterricht und schien ihr Interesse an Schuldingen völlig verloren zu haben. Auch im Kunstunterricht beteiligte sie sich nur, wenn sie Lust dazu hatte. Eine Malaufgabe, die benotet werden sollte, hatte das Mädchen erst gar nicht angefertigt.

„Es geht ihr, glaube ich, nicht besonders gut. Der Schock über den Tod ihres Vaters zeigt erst jetzt seine Wirkung", versuchte Sandra das Verhalten des Mädchens zu erklären.

„Das mag sein. Sie ist bei allem sehr unbeteiligt, als grübele sie ständig über das Vorgefallene nach. Frau Lachner, Claudia wird bald schon ernsthafte Schulprobleme bekommen", sagte Herr Albinger. „Wenn das so weitergeht, kommt sie in Schwierigkeiten. Ihre Noten sinken zum Teil bereits drastisch."

„Vielleicht sollte man ihr einfach ein bisschen mehr Zeit geben und ihre Verfassung noch eine Weile tolerieren", appellierte Sandra an Herrn Albingers Mitgefühl. Dass die jüngsten Vorfälle ihn mitnahmen, hatte nicht eine Steigerung seines Einfühlungsvermögens bewirkt.

„Haben Sie denn schon mit Claudias Mutter geredet?", fragte sie.

Amelie tat ihr Bestes. Am Abend legte sie sich manchmal für eine Weile noch zu Claudia auf ihr Bett und erzählte ihr flüsternd Geschichten von früher, oder Träume, in denen phantastische Tiere vorkamen und sie beide auf ihnen durch die Lüfte flogen.

Im Alltag aber war Claudia sich selbst überlassen.

Das wäre vielleicht nicht so schlimm gewesen, denn sie war immer schon ein selbständiges Mädchen gewesen. Das Gewaltsame am Tod ihres Vaters war es, was sie nicht verkraften konnte.

Manchmal sah sie auf die Hände ihrer Mutter, die feinen, weißen. Sie glaubte zu sehen, wie eine von ihnen das silbrigglänzende Mordinstrument umklammert hielt, angestrengt, so dass die Adern prall gegen die pergamentdünne Haut stießen. Das jedenfalls hatte sie Kai einmal erzählt.

Herr Albinger runzelte die Stirn. Dass er sich Gedanken um Claudia machte, machte ihn sympathisch. Aber Sandra traute dem Frieden nicht.

„Natürlich haben wir auch mit Amelie gesprochen, das heißt, eine Kollegin hat das getan – nein, nicht die Frau Ganter, das wäre doch zu brisant gewesen. Es hat jedoch gar nichts genützt. Amelies Zeitgefühl ist, man kann fast sagen, anarchistisch; sie kommt und geht, wie es ihr passt, und das tut nun die Tochter ebenso. Der Vater, der noch einigermaßen für Strukturen und einen geregelten Tagesablauf gesorgt hatte, ist nun nicht mehr. Und ihr Onkel, der Pfarrer, ist viel zu beschäftigt. Und außerdem zu weich – mit der Erziehung hat er's nicht so, wenn Sie mich fragen. Schauen Sie doch mal seine drei Rangen an! Reden *Sie* dem Mädchen doch mal ins Gewissen – sie muss sich ein bisschen mehr zusammenreißen!"

Was für ein Vokabular in Claudias Situation.

Sandra sah aus dem Fenster, das hinter Herrn Albingers Rücken einen großen Teil der breiten Wand einnahm. Draußen schlug der Wind die orange-rot verfärbten Blätter der Essigbäume gegen die Scheibe der Turnhalle.

Dass Claudias Schulsituation so problematisch war, hatte Sandra nicht gewusst. Ihre Zukunft sollte unter dem furchtbaren Verbrechen an ihrem Vater nicht leiden müssen. Wenn das Mädchen jetzt genügend Beistand erfuhr um die Gegenwart zu meistern, dann würde sie die Schule auch wieder in den Griff bekommen.

Wenigstens der Kunstunterricht sollte ihr keine Steine in den Weg legen. Für Claudias nicht abgegebene Malaufgabe würde Sandra ihr erst einmal eine Note geben. Das würde schon niemandem auffallen.

Wie du säst, so wirst du ernten.

Pflanzen und Ernten waren mit Hoffnung und Enttäuschung verbunden. Die Ernte zeigte, was als geistiges Gut in das Saatgut hineingelegt worden war. Waren die Gedanken gut und gesund, so würde auch das Ergebnis erfolgreich sein. Säte man jedoch, ohne der kleinen Frucht gute Wünsche mitzugeben, so war die Enttäuschung sicher.

Wie aber konnte das Säen mit Liebe und Sorgfalt vor sich gehen, wenn das Herz des Gärtners angstvoll war und düster von Zweifeln? Wenn kommende Unwetter und habgierige Vögel, die es auf die kleinen Pflänzchen abgesehen hatten, vorauszusehen waren?

Friedhelm hatte auf dem Boden, den er einst beackert hatte, herumgetrampelt. Mutwillig hatte er zerstört, was sie zuvor gemeinsam angelegt hatten.

Wo nur würde sie wieder ein kleines Stück Boden finden, mit guter Erde und mildem Klima, das zu bepflanzen sie sich allein getrauen würde?

Claudia, sie war eine gute Ernte. Wie konnte es sein, dass sich jemand über sie beklagte, wie Sandra ihr klar zu machen versuchte?

Morgen ist auch noch ein Tag.

Morgen würde sie sehen, was sich machen ließ und Claudia dazu anhalten, mehr auf die Schule acht zu geben. Mutter Maria würde ihr und ihrer Tochter beistehen. Bald würden sie oben sein und vor der brennenden Kerze stehen. Das ewige Licht, das sie daran erinnern sollte, dass es immer Hoffnung gab.

Auf den nassen Blättern konnte man leicht ausrutschen. Ein Nieselregen pikste wie kalte Nadelspitzen in Sandras Haut.

„Es war alles zu viel für Claudia", sagte sie und bemühte sich, mit Amelie Schritt zu halten. Der Wald war so undurchdringlich wie Amelies Gesicht. Einen Moment lang zweifelte Sandra daran, dass die Frau an ihrer Seite überhaupt zuhörte. An einer Ausbuchtung am Wegesrand blieb Amelie vor einem Marienbildnis stehen. Die zierliche Figur hinter Glas erinnerte Sandra an Claudias zerbrechliche Säulenfigur.

„Das sieht so neu aus", stellte Sandra fest. „Wurde die Gedenkstätte erst installiert?"

Ein Lächeln huschte über Amelies Gesicht.

„Oh nein, ganz lange stand eine andere an demselben Platz, diese hier wurde erst vor kurzem neu gebaut ... Der Blitz schlug ein, genau in den Baum, der dahinter stand."

Amelie deutete auf eine kahle Stelle hinter dem Bildnis, aus der nur noch ein abgesägter Baumstumpf ragte.

„An dem Abend war ich auch hier, es war Sommer und ein spätes Wärmegewitter zog auf. Der Baum hätte überall sonst hinfallen können, ohne viel Schaden anzurichten. Aber nein – er fiel genau auf die heilige Mutter Gottes und zerschlug sie, so dass sie in tausend Teile zersprang."

Amelie wühlte in ihrer Rocktasche und zog etwas Kleines daraus hervor.

„Das ist mein Talisman", sagte sie, „der fiel mir an jenem Abend genau vor die Füße."

Sandra beugte sich über Amelies Hand, um das Kleinod besser zu erkennen.

Auf Amelies Handfläche lag ein klitzekleiner Arm aus Porzellan. Die winzige, weiße Hand lag mit der Handfläche nach oben geöffnet. Als wollte sie Sandra berühren – oder aber, etwas empfangen.

„Maria wird auch Claudia beschützen – wie du. Bitte, Sandra – hab ein Auge auf sie, du bist eine Lehrerin, auf dich wird sie hören. Ich bin zu schwach um ihr den Halt zu geben, den sie jetzt braucht. Sie ist voller Trauer und teilt sie nicht mit mir. Und wenn es in der Schule jetzt schief läuft ... sie wird den Boden unter ihren Füßen verlieren. Ich will nicht, dass sie davonfliegt – so wie ich."

Die letzten Worte kamen flüsternd, aber Sandra hatte sie gehört.

Fest umschloss Amelie die kleine Glücksscherbe und schob sie zurück in ihre Rocktasche.

Hilf dir selbst, so hilft dir Gott. Und, wenn nicht er, dann Mutter Maria.

Sie stellte sich vor, dass die erste aller Kirchen eine Ansammlung von alten Bäumen war, deren starke Stämme sich wie Wände gegen das Übel der Welt abgrenzten. Die Äste, die sich weit in den Himmel verzweigten, deuteten hoch oben die Wölbung eines Daches an. Unter diesem konnte man sich beschützt fühlen. Und doch hatten die Gedanken genügend Raum, um sich in die Höhe zu erheben, zwischen den Zweigen zu entweichen, immer weiter hinauf, bis eine Vereinigung mit dem weiten Geist eines großen Ganzen möglich war.

Inmitten der Mutterkirche Natur nun diese aus Stein, schlicht und gewaltig zugleich. Hier konnte Maria sie nicht übersehen.

Eine große Ruhe ging von dem mächtigen Gebäude aus, das mitten im Wald stand. Der Innenraum der dachlosen Kirche war durch kniehohe Säulenreste symmetrisch unterteilt. Sandra musste unwillkürlich an Opferaltäre oder Schlachtbänke denken und schämte sich dann gleich wieder wegen dieses Vergleiches. Mit grausamen Praktiken hatte diese luftige Gedenkstätte sicher nichts zu tun.

Außerhalb des Gemäuers waren fest installierte Holzbänke. Das Gelände wurde von Kirchgängern also noch immer aktiv genutzt. Sitzplätze für die Theateraufführung gab es deshalb genügend, und der Kirchturm als Fixpunkt würde der zentrale Handlungsort des Stückes sein. Die Mauerreste als Abgrenzung zum Wald symbolisierten die eroberten Stadtmauern; der Kirchturm aber würde, verkleidet mit malerischen Elementen, an den Rathausturm des Städtchens erinnern. Friedhelm hatte ein Experiment mit seiner Gruppe und dem Publikum vor, das Lissy nun mit der Aufführung verwirklichen wollte: Es sollte kein reines „Sitztheater" stattfinden, sondern die Besucher würden, zusammen mit den Schauspielern, immer wieder den Platz wechseln. Mal wäre der Haupthandlungsort innerhalb der Mauern, also im Inneren des „Städtchens", mal außerhalb, im Wald und um den Turm herum.

Unter dem mit Efeu bewachsenen Glockenturm aber war der schönste Platz.

Die Frauen setzten sich schweigend auf die einfache Bank. Vor ihnen breitete sich ein Marienaltar aus, mit frischen Blumen und der ewig brennenden Kerze liebevoll geschmückt. An den Steinwänden, die sie wie ein kleiner Raum umgaben, hingen viele Votivtafeln in verschiedenen Größen, die, so unterschiedlich sie alle aussahen, eines gemeinsam hatten: sie sprachen alle von Mutter Maria. Manche dankten für ihren Trost, andere baten um Hilfe. Ein Wallfahrtsort.

„Es ist wunderschön hier. Aber auch ein bisschen unheimlich", sagte Sandra.

Sie berührte die kleinen Tafeln, die ohne sichtbare Ordnung um den Altar herum befestigt waren. Eine fiel besonders auf. Sie hatte einen Rahmen aus dunkelgelbem Wachs.

‚Du hast mir geholfen, als ich schon an keine Hilfe mehr glauben wollte. Als mich alle verließen, bliebst Du bei mir. Ich werde Dir immer dankbar sein. Im März 1993, Dein M.L.' entzifferte Sandra die verblassten Worte.

Woher konnte jemand wissen, dass er von Mutter Maria ‚nicht verlassen' worden war? fragte sich Sandra. Ob eine extreme Lebenserfahrung den Glauben auch bei ihr wieder mobilisieren könnte?

„Das hat der Manfred geschrieben", unterbrach Amelie sie in ihren Gedanken.

Der Bruder des evangelischen Pfarrers hatte vor über zehn Jahren die Votivtafel aufgehängt. Ungefähr so lange war es auch her, dass er von Mühlheim weggegangen war. Seine Schrift war sehr klar und gerade.

„Wieso hat er das geschrieben? Wobei hat er denn Hilfe erfahren?", erkundigte sich Sandra.

Manfred war ein katholischer Mesner. Dass er sich Mutter Maria nahefühlte, war deshalb verständlich.

„Als Manfred von hier wegging, war Claudia noch ganz klein", erinnerte sich Amelie.

„Das war vor ungefähr zehn Jahren. Die drei Brüder waren zwischen Ende zwanzig und Mitte dreißig; Friedhelm war der Älteste. Albert studierte noch in Berlin, und Friedhelm und ich hatten eine kleine Mietwohnung hier in der Vorstadt. Manfred lebte alleine im Mesnerhaus, denn die Eltern der Brüder waren zu Verena gezogen, nachdem sie überraschenderweise die Alte Mühle geerbt hatten.

Was dann passierte? Manfred wurde krank, ziemlich schlimm sogar. Er reagierte auf irgend etwas allergisch, aber kein Arzt konnte herausfinden, auf was. Er hatte Cortisontabletten und Asthmaspray für den Notfall immer in seiner Nähe. Es konnte passieren, dass er in kürzester Zeit anschwoll, leider auch *im Körper*, und deshalb Atemnot bekam."

„War das der Grund dafür, dass er wegzog?", fragte Sandra. Sie hatte immer vermutet, dass Manfred wegen eines Streites Mühlheim den Rücken zugekehrt hatte. An eine Krankheit hatte sie nie gedacht.

„Manfred kapselte sich ab, traute sich kaum noch etwas zu essen, wurde strenger Vegetarier und trank keinen Tropfen Alkohol mehr. Kein Arzt konnte ihm helfen, und natürlich auch seine Brüder nicht. Friedhelm nahm die Krankheit nicht besonders ernst, vielleicht, weil man seinem Bruder äußerlich nicht viel ansah; er sagte immer ‚ach, das kleine Brüderchen ist wieder empfindlich!' wenn Manfred wieder einen allergischen Schock, wie er selbst es nannte, hatte. Das verzieh Manfred ihm nicht, denn er fühlte sich manchmal dem Tod nah. Er wollte, dass Friedhelm und ich zu ihm ziehen, oder ihn bei uns wohnen lassen, damit er nicht allein sein muss.

Da kam es zum großen Streit zwischen Friedhelm und Manfred. Friedhelm tobte, als Manfred ihm vorwarf, nur an sich zu denken: ‚Weil du Schwächling eingebildete Krankheiten hast und Aufmerksamkeit suchst, werde ich doch nicht zu deinem Papa-Ersatz werden!' schrie er Manfred an. Vielleicht hatte Friedhelm sogar ein bisschen Recht, denn Manfred lebte einfach nicht gern allein, es war das erste Mal, dass er ohne jemanden um sich zurechtkommen musste. Er war immer schon ein empfindsamer Typ. ‚Das einzige Mädchen unter uns Brüdern', pflegte Friedhelm sich manchmal über seinen jüngeren Bruder lustig zu machen.

Das war gemein von Friedhelm, aber ich glaube, seine Frustration darüber, dass der jüngste Bruder als Nesthäkchen immer vorgezogen worden war, ließ ihn so gehässig werden.

Daraufhin beschloss Manfred, wegzuziehen. Und er vertiefte sich immer mehr in sein Hobby mit den Bienen."

„Nur deshalb gab es Streit? Oder gab es noch einen anderen Grund?"

Amelie dachte nach. Schließlich sagte sie: „Irgendwann später, als die Eltern verstarben, spielte die Erbangelegenheit auch eine Rolle. Immer wieder ging es um das Grundstück mit der Alten Mühle, und Manfred ließ sich von seinen Brüdern seinen Erbanteil ausbezahlen. Aber Genaues weiß ich nicht – Friedhelm sprach mit mir nie über materielle Dinge."

Das unerwartete Geräusch eines herannahenden Autos riss die Frauen aus ihrem Gespräch. Wie war es hierher gekommen – die Kirche stand doch mitten im dichten Wald?

„Der Forstweg", erklärte Amelie.

„Alte Leute dürfen mit dem Auto herkommen, zum Beispiel, wenn Gottesdienst ist oder eine Hochzeit."

„Oder ... ein Theaterstück", ergänzte Sandra.

„Konnte Manfred denn die Allergie ausheilen, nachdem er weggezogen war?", setzte sie das Gespräch fort.

„Es war wie ein Wunder", erklärte Amelie. Sie zündete eine

kleine Kerze auf dem Altar an und warf ein Geldstück in die bereitstehende Kasse.

„Manfred sagt, es war Maria. Sie habe ihm im Traum geraten, den Honig, den seine Bienen sammelten, als Heilmittel zu verwenden. Er schwört darauf, dass ihm das geholfen hat." Amelies feines Lächeln auf ihrem Gesicht drängte Sandra den Verdacht auf, dass sie selbst noch eine andere Idee dazu hatte.

„Und du, was glaubst du?"

Das Kerzenlicht warf einen rötlichen Schein auf Amelies Gesicht, der ihre dünnen Fältchen um den Mund glättete und sie weich und mädchenhaft aussehen ließ.

„Natürlich hat ihm der Honig, vielmehr der Extrakt – Propollis heißt er – geholfen. Dazu noch seine konsequente Lebensführung, ohne Fleisch und Alkohol.

Aber ich glaube, dass die Trennung von Friedhelm am wichtigsten war – psychologisch gesehen. Der kleine Bruder war immer sehr abhängig von seinem großen. Bis er sich endlich von ihm lösen konnte. Seither kommt er mit seinem Leben besser zurecht."

Friedhelms Einfluss auf seine Umgebung muss enorm gewesen sein, dachte Sandra: Entweder die Menschen um ihn herum wurden krank, verrückt – oder sie hassten ihn bis aufs Blut.

Manche vergötterten ihn auch.

Der hereinbrechende Abend trieb die Frauen zur Rückkehr ins Tal. Bald wäre es wieder Zeit für die nächste Theaterprobe.

Amelie sollte die Rolle ihrer verstorbenen Freundin übernehmen. Die aufmüpfige Bäuerin, die Verena gespielt hatte, würde sich mit der neuen Besetzung in eine feingliedrige, aber zähe Rebellin, eine Schneiderin, verwandeln. Der Text wäre derselbe, doch aus Amelies Mund würde er anders klingen. Amelie kannte den Text bereits, denn bei jeder Probe war sie als eine aufmerksame Beobachterin dabei gewesen.

Die Vernissage

Der alte Heinrich wollte wissen wie Leos Konzept sei und ob er vorankomme. In seiner Stimme war eine leichte Ungeduld zu hören.

„Sie haben mir noch gar keine Kostprobe geschickt, Sie Schlawiner. Gehe ich mit Ihnen diesmal auch kein Risiko ein? Schließlich ist Ihre neue Reportage für die nächste Monatsausgabe geplant, und der Oktober hat schon angefangen“, bedrängte er ihn.

„Sie wissen doch, dass ich Geheimnisse liebe“, versuchte Leo seinen Chef zu besänftigen.

„Aber keine Sorge, ich bin mit dem ersten Teil schon fast fertig. Er besteht aus einer Mischung der Sagen dieser Gegend, verknüpft mit dem ungeklärten Mordfall, den es vor einem Jahr hier gab. Mit der Geschichte des ‚Knopfmachers‘ wollte ich beginnen.“

„Mannski, was reden Sie denn – Todesfälle und Knopfmacher – was soll *das* denn werden? Kommen Sie denn auch unter die Leute, da, wo Sie gerade sind? Schicken Sie mir endlich einen Teil zu, abgemacht? Einen kleinen Vorschuss können Sie doch sicher auch brauchen, was?“

Damit hatte er allerdings Recht. Die Wirths sollten auch mal wieder Geld von ihm sehen. Seit einer Weile schrieben sie seine Bestellungen nur noch an. Leo selbst hatte den finanziellen Überblick verloren. Es war ihm fast peinlich, nach der Rechnung zu fragen, denn er fühlte sich mittlerweile schon wie ein Familienangehöriger. Der kleine Felix turnte ihm auf dem Schoß herum, wenn er beim Frühstücken saß, und einmal hatte er sogar beim Bedienen ausgeholfen, als das Wirtspaar im Stress und Felix auch noch krank geworden war. Sonst hätten sie Ralph darum gebeten, doch auf dessen Anwesenheit verzichtete Leo gerne. Lieber lernte er noch etwas Neues hinzu.

Aber heute hatte er einen festen Termin. Auf der Vernissage von Sandras Ausstellung wollte Leo auf keinen Fall fehlen.

Frau Wirth hatte ihm seine frisch gewaschenen Kleider vor die Tür gestellt, und er wählte ein dezentes Seidenhemd aus, das sich erst beim genauen Hinsehen als raffiniertes Einzelstück entpuppte: die verschiedenen Teile waren jeweils gegengleich gefärbt, nämlich abwechselnd in petrol und violett. Dazu passte die graue Hose aus weichem Leder. Als Leo in den Spiegel schaute, der in seinem schmalen Zimmer direkt neben der Türe hing, stellte er fest, dass ihm der Aufenthalt im Donautal auch äußerlich bisher sehr gut getan hatte. Mit der vielen Bewegung war sein Körper geschmeidig und schlank geworden, die Gesichtsfarbe frisch, und seine Augen glänzten. Selbst sein leicht schütteres Haar schien voller geworden zu sein.

Vielleicht war es auch nur das Gefühl, von zwei attraktiven Frauen gleichzeitig begehrt zu werden – eine Erfahrung, die Leo zum ersten Mal in seinem vierzigjährigen Dasein machte.

Sandra wollte nicht von ihm abgeholt werden.

„Ich muss das allein durchstehen“, hatte sie gesagt, als ob es darum ginge, eine lange Krankheit zu überwinden oder eine schlechte Nachricht zu verarbeiten.

Leo war früh dran und die Sonne drang bereits, wie so oft am Vormittag des beginnenden Herbstes, durch die tiefliegenden Nebelfelder und beschien großzügig den Wanderweg, der nach Nendingen führte. Allzu weit konnte er nicht nach vorne schauen, da der feuchte, sonnbeschienene Asphalt ihn blendete. Vielleicht sah Leo den Spaziergänger deshalb erst, als er direkt vor ihm stand.

„Auf diesen Wiesen und Feldern werden Nahrungsmittel produziert.“ Unter den fetten Lettern des Warnschildes sah man einen Hund in angestrengt-gekrümmter Haltung, der von einem schwarzen Balken durchgestrichen wurde. Offensichtlich war das Tier mit Pressen beschäftigt. Was der leibhaftige Hund des Mannes wohl als Anregung verstanden hatte, denn er setzte sich neben das Schild in Pose.

„Na Herr Mannski, auch schon unterwegs?“, fragte Paul

Schaffer munter, während sein graumelierter Husky erleichtert das Ergebnis seiner Bemühungen beschnupperte.

Es war Samstag und Leo fragte sich, ob Paul als einzigen Wochenendbegleiter den Hund hatte. Ihm fiel ein, dass er früher Lissys Gesellschaft genossen hatte, und beim Gedanken an Pauls langjährige Ex-Freundin schoss Leo die Röte ins Gesicht. Dass er flotten Schrittes an ihm vorbeizog, wollte Paul jedoch nicht dulden.

„Sie gehen sicher in die Ausstellung, oder? Ein geheimnisvoller Titel: ‚Das Donautal zeigt sich' – was uns *da* nur erwartet?! Rutus werde ich vor der Galerie anbinden müssen", sagte der wie immer perfekt gekleidete Freizeitsportler und schloss sich Leo an.

Was war das für ein Mann, der neben ihm herlief? Mit seinem markanten Profil, dem ausgeprägten Kinn und dem scharfkantigen Nasenrücken wirkte er wie aus einem amerikanischen Actionfilm, einer von denen, der immer schneller als sein Gegenüber den Revolver zieht.

Soviel Leo wusste, hatte keine andere Beziehung die zu Lissy abgelöst. Paul Schaffer schien ein einsamer Mann zu sein, ein Steppenwolf, der die Geselligkeit in Männerrunden suchte: am Stammtisch, bei der Arbeit und in der Politik. Zu Hause aber leistete ihm nur sein grimmig aussehender Rutus, der ihn nun forsch vorwärts zog, Gesellschaft.

Leo war Paul bisher immer ausgewichen, denn er gab ihm das Gefühl, nicht ernstgenommen zu werden. Als ob er etwas Wichtiges hätte, das Leo fehlte, und er ihm Leid täte, weil sich kein Spender finden ließ, der Leo mit dem lebenswichtigen Organ aushalf. Das Organ hieß vermutlich „Männlichkeit" oder „Durchsetzungskraft". Der hagere Mann mit dem harten Blick strahlte auf Leo eine zurückgehaltene Aggression aus: eine Kanonenkugel, die nicht ihr Ziel verfehlte.

Eine Fahrradklingel schreckte beide auf.

Kai konnte dem lebhaften Hund, der den Weg in voller Breite für sich beanspruchen wollte, gerade noch ausweichen. Er saß auf dem roten Mountainbike, das nie von seinem Besitzer abgeholt worden war, und trat kräftig in die Pedale, um das dickfellige, bellende Ungeheuer abzuschütteln. Seine leuchtend grünen, rastagefilzten Haare klatschten gegen die Schultern seiner schwarzen Lederjacke. Schon allein Kais Aufmachung versprach der Ausstellung einen lebhaften Akzent zu setzen.

„Dieser ungehobelte Kerl“, schimpfte Paul verdrossen vor sich hin. Wieder einmal teilte Leo seine Meinung nicht. Sandras Sohn fiel zwar optisch auf, aber als ungehobelt oder gar unverschämt erlebte er ihn nicht. Manchmal nahm Kai seine Umgebung einfach nicht wahr. Er hatte – vielleicht vor Schreck – nicht einmal gegrüßt. In diesem Fall aber hätte Leo eher Rutus die schlechten Manieren zugesprochen.

„So ganz harmlos wirkt Ihr Hündchen aber auch nicht“, wandte er ein.

Damit hatte er den Stolz eines Hundebesitzers angesprochen. Mit einem zufriedenen Lächeln blickte Paul ihn an.

„Wen Rutus nicht mag, der muss sich vorsehen!“, sagte er. „Der hat schon manchen eingeschüchtert.“

„Solange das alles ist und der Hund nicht ernst macht ...“ Sicherheitshalber legte Leo noch ein bisschen mehr Distanz zwischen sich und Rutus ein. Was, wenn das Tier roch, dass Leo seinen Besitzer nicht leiden konnte?

Energisch zog Paul ein paarmal kurz an der Leine, um Rutus zu einem ruhigeren Tempo anzuhalten. Der Husky wollte nicht akzeptieren, dass das Fahrrad ihn mühelos abgehängt hatte.

Ein listiges Grinsen breitete sich über Pauls Gesicht aus.

„Wenn Rutus ernst macht, dann bleiben keine fünf gerade stehen. Aber keine Sorge – ohne mein Einverständnis passiert da gar nichts!“

Gut zu wissen. Ein Grund mehr, sich von Lissys Ex-Liebhaber fern zu halten.

Das sinnlichste Instrument war für Leo das Saxophon. Er stellte es sich großartig vor, das glatte, goldglänzende Teil in den Händen zu halten, sich dabei leicht in den Hüften zu wiegen, während die weichen, gedämpften Töne, die produziert wurden, sich an die Frauen heranschmiegten, um sie dann plötzlich mit jauchzenden, schrägen Tönen aufzurütteln, bis sie nicht mehr an sich halten konnten, sie ihre Oberkörper schaukelten, ekstatisch, ihre Augen hingen dabei an seinem Mund, der das Mundstück umschloss.

Der Charme eines Saxophonspielers war unwiderstehlich.

Dass zu Ralphs Allround-Repertoire auch noch dieses Instrument gehörte, fand Leo beinahe schon unverschämt.

Diesmal saß Sandras Gehilfe nicht an einem Piano in einem düsteren Raum, sondern er stand vor der Kunstgalerie, mitten auf dem Gehweg. Selbstvergessen und mit geschlossenen Augen spielte er Leos Lieblingsinstrument. Er spielte wirklich gut. Leo hatte das Stück vorher noch nie gehört, es wurde von keiner erkennbaren Melodie geleitet. Töne schwirrten durch die Luft, sie prallten am nächsten Dach der am Straßenrand parkenden Autos ab und quetschten sich wieder zurück in die trichterförmige Öffnung des Instrumentes, um dann, artig dressiert, wieder zum Vorschein zu kommen und elegante Saltos in der Luft zu schlagen.

Es standen viele Leute um den Musiker herum, manche davon – wohl wegen der ungewöhnlichen Komposition – mit eher ratlosem Gesicht. Ein junger Mann, der mit dem Rücken zu Leo und etwas abseits der anderen stand, war völlig unbewegt, als habe die ausgefallene Musik, oder der Musiker, ihn vollkommen hypnotisiert.

Es war Heiner. Seine auf die Darbietung gerichtete Konzentration hielt Leo davon ab, ihn anzusprechen. Allerdings verspürte er keinen Impuls, Ralphs Können ebenso anzuhimmeln.

Die Galerietür schien noch geschlossen zu sein, und Sandra war nirgendwo zu sehen. Es hatten sich mittlerweile circa dreißig Leute versammelt, die dicht gedrängt auf dem Gehweg standen. Er war nicht sonderlich breit und schloss an die gut befahrene Hauptstraße an. Auf dem Land war eben nicht viel los – eine Ausstellung schien ein großes gesellschaftliches Ereignis zu sein, das unter dem Motto „sehen und gesehen werden“ lief.

„Das ist wohl eine Vernissage der besonderen Art – Happening auf der Straße, und die Künstlerin lässt sich nicht blicken!

Oder wie soll man das Ganze hier sonst verstehen?" Leo musste einen kurzen Moment lang nachdenken, bis ihm der Name des Mannes einfiel, der ihn ansprach als seien sie miteinander vertraut. Manfred Lobmann. Neben ihm stand wieder ein blonder Junge mit schief sitzender Brille, der jedoch wesentlich größer und zappeliger zu sein schien als der letzte, den Leo neulich bei ihm in Sandras Garten gesehen hatte.Vermutlich war er der ältere Bruder. Hatte der katholische Mesner zu Hause Buben wie die Orgelpfeifen in seiner Kirche?

Auf seiner Schulter hatte sich eine Biene niedergelassen. Der Imker folgte Leos Blick und ließ das Kleintier mit zärtlicher Behutsamkeit auf seinen Finger krabbeln.

„Oh, ein kleiner Begleiter. Keine Angst, das ist eine Drohne, die tut nichts. Männliche Bienen können nämlich nicht stechen", informierte er Leo und ließ seinen Sohn noch über den kleinen behaarten Leib streicheln, bevor er sie wieder fliegen ließ.

„Ich wollte heute sowieso noch nach den Bienen schauen, da traf es sich günstig, dass heute Sandras Ausstellungseröffnung ist", erklärte ihm Manfred. Leo nickte zustimmend. Nach Bienenfachgesprächen stand ihm gerade nicht der Sinn. Dazu wurde er zu sehr von den vielen Gesichtern abgelenkt, von denen ihm einige bekannt waren. „Ach, schau mal an", raunte Manfred, der jemandem, der sich hinter dem Journalisten befand, zunickte. „Die hat sich heute aber fein gemacht!"

Leo drehte sich um. Sein Atem stockte kurz, bis seine Lungen wieder, wenn auch etwas heftiger als vorher, mit Sauerstoff weiter versorgt wurden. Heute sollte seine Hirntätigkeit möglichst nicht versagen.

Lissy hatte er als Letzte unter den Besuchern erwartet.

Ihre Blicke trafen sich, Leo wusste ihren nicht zu deuten. Ihre Mundwinkel waren in die Höhe gezogen, der Rechte hing etwas tiefer als der linke und gab dem Gesicht einen unsicherfragenden Ausdruck. Seine Mimik musste dümmlich gewirkt haben. Dass sein Mund weit offenstand nahm er erst zur Kenntnis, als sich ein Insekt darin Zutritt verschaffen wollte.

Dem Geräusch nach könnte es Manfreds Biene gewesen sein.

Das himmelblaue Kleid aus Seide war phantastisch. Wäre Lissy aufrecht gegangen und nicht so unsicher wankend, hätte sich die Menschenmenge, die stetig an Umfang zunahm, rechts und links zu ihrer Seite demutsvoll geteilt.

So aber wurde immer wieder eine hilfsbereite Hand ausgestreckt, um notfalls die torkelnde Frau in den schwarzen Lederstiefletten aufzufangen. Lissy war wieder betrunken.

Sie ging auf Leo zu und er fürchtete ihre ersten Worte, voraussehend, dass sie ihm gleich in den Armen liegen würde, nicht bereit, ihn wieder loszulassen. Leo würde den glatten, feinen Stoff zwischen seinen Fingern spüren, Lissys Geruch würde süß in ihn einströmen, Sandelholz und Seife, mit der Erinnerung an eine gemeinsame Nacht.

Blödsinn. Um wieder zu Sinnen zu kommen, schnappte Leo kurz nach Luft und räusperte sich. Bevor er Lissys alkoholgeschwängerten Atem an seinem Hals spürte, schob sich ein Männerkörper zwischen sie. Ein Hund schnüffelte zwischen Leos Beinen und wedelte freudig mit seinem buschigen Schwanz, als er den Journalisten wieder erkannte. Paul griff Lissys Arm und zog sie und seinen Husky entschlossen aus der Menge. Leo sah, wie er auf seine ehemalige Geliebte einredete, während sie sich vor der Galerietüre gegen eine der Blumenskulpturen lehnte, ihr schlanker, blauseidener Körper Kopf an Kopf mit einer dunkelroten Tulpe.

Ein älterer Herr, der auf einem Fahrrad angefahren kam, blieb vor Lissy und Paul stehen. Sein zerknitterter hellgrauer Anzug weckte den Anschein, als habe er sich, wenn auch vergeblich, um ein elegantes Aussehen bemüht.

Lissy, die ihren Arm Halt suchend um die stilisierte Blume geschlungen hatte, sagte etwas, worauf der Mann suchend um sich schaute, um dann mit einem Kopfschütteln zu antworten. Er schien sich nicht länger bei den beiden aufhalten zu wollen, sondern schloss rasch sein Fahrrad an eine der Tulpenskulpturen, an welcher auch Rutus festgebunden war. Er widmete sich der Eingangstüre. Nachdem er sie weit aufgeschoben hatte, kam Bewegung in die Menschenmenge und Leo verlor Lissy aus den Augen. Ralph lockte die Besucher mit beschwingten Tönen seines Saxophons in das Innere der ehemaligen Scheune. Dazu hüpfte Kais Rastaschopf wie ein grüner Gummiball irgendwo in der Menge auf und ab.

Ein energischer Händedruck von Frau Wirth forderte Leo dazu auf, den einströmenden Gästen zu folgen.

„Kommen Sie schon, die Ausstellung wird Ihnen gefallen!", ermunterte sie ihn. An ihrer Seite lief Henriette aus dem kleinen Krämerladen. Verschwörerisch zwinkerte ihm die Verkäuferin, die Leo nun zum ersten Mal ohne Schürze und in einem festlichen Kleid sah, zu.

Er hatte sowieso keine Wahl – wie von einem Wellenschlag getragen, wurde er in die Galerieöffnung hineingespült.

In die Höhle des Löwen, genauer gesagt: der Löwin.

Auf den ersten Blick schienen die vielen gleich großen Bilder, die alle in einheitlich weißen Rahmen an den Wänden hingen, keine besondere Überraschung bereit zu halten.

Anders als die oftmals ins Phantastische gehenden Zeichnungen, die Leo bisher von Sandra gesehen hatte – wuchtiges Felsgestein, das an tolpatschige Riesen und untergehende Schiffe erinnerte, und zarte Pflanzengewächse, die unkenntliche Figuren umwucherten – waren die ausgestellten Bilder geradezu realistisch. Neben jedem Werk stand der dazugehörige Titel. Während Sandra bisher Motive aus der Natur nur als Ausgangspunkt genommen hatte, um ihre eigenen Phantasien daran weiter zu entspinnen, fand sich hier nun eine Ansammlung von Landschaftszeichnungen, die verschiedene Ecken des Donautals naturgetreu wiedergaben.

Sie würden der Allgemeinheit sicher gefallen, viel besser noch als die surreal anmutenden, die er vorzufinden erwartet hatte.

Leo war enttäuscht.

„Unterm Amalienfelsen" las er zum Beispiel. Ein über die Donau überhängendes Gestein trug fast unleserliche Insignien, die Leo mit Mühe als Jahreszahlen, sowie den Namen „Fürstin Amalie" entziffern konnte. Gegenüber dem wuchtigen Gestein zog sich eine mit zarten Strichen gezeichnete Wiese, auf der eine Person lag, so klein gezeichnet, dass man sie kaum erkennen konnte. Sie hatte den Kopf auf die Hände gestützt und sah auf den Felsen. Die Gegenüberstellung von Zartheit und Massivität verlieh dem Bild eine reizvolle Spannung.

Auf einer anderen Zeichnung war eine waldbewachsene Anhöhe mit einem abenteuerlichen Felsvorsprung zu sehen. Auf seiner obersten Kante wuchs ein einsamer Baum, dessen Äste sich dem Tal zuneigten. Darunter, ameisengleich, hielten sich kleine Lebewesen auf dem sich parallel zur Donau schlängelnden Weg auf. Leo erkannte den Ausblick vom ‚Gelben Felsen', zu dem Sandra ihn auf ihrer ersten Wanderung geführt hatte. Spontan beschloss er, das Bild zu kaufen und trug sich auf eine Liste ein, die für alle gut sichtbar an der Wand hing. Eine schönere Erinnerung an den Tag ihres Kennenlernens konnte es gar nicht geben.

Derart waren auch die anderen Bilder. Auf jedem war ein anderer Platz zu sehen, den Leo aus Erzählungen oder von eigenen Besuchen her kannte: das moosbewachsene Heiligenbrünnle, die Felsenhöhle mit ihrer tropfsteinigen Innenausstattung, die Burg Kallenberg mit dem Rapunzelturm, das stolze Schloss, das Glitzernde Kreuz ... Gab es außer der Tatsache, dass alle Motive um Mühlheim herum zu finden waren, noch etwas anderes, das sie miteinander verband? ‚Das Donautal zeigt sich. Dreißig Zeichnungen und ein Gemälde.' War in dem Titel eine Doppelbotschaft enthalten? Führten die Zeichnungen die Ausstellungsbesucher an Plätze um ihnen, außer ihre Schönheit, noch etwas anderes zu zeigen?

Ralph beendete sein Saxophonspiel, sobald die Menschen das Ausstellungsgebäude betraten. Plötzlich ließ er mit einem einzelnen dunklen, vollen Ton das Haus erbeben, um ihn dann abrupt abzubrechen. In Sekundenschnelle hatte er die Aufmerksamkeit der vielen Gäste auf sich gelenkt. Neben ihm stand der beleibte, in Grau angezogene Herr, der wichtigtuerisch in der einen Hand einige Blätter und in der anderen seine Brille hielt, die er vor sich her wedelte, als könne er dadurch für größere Ruhe sorgen.

„Das ist der Vorsitzende der Kunstgruppe ‚Kunst für die Welt'", sagte Frau Wirth, die sich neben Leo gestellt hatte.

„Er heißt Ewald Grau und hat den Verein erst vor wenigen Monaten gegründet. Er war schon immer ein Kunstliebhaber. Seit er pensioniert ist, widmet er sich ganz seinem Hobby, ergänzte sie.

Sie standen im ersten Stock und schauten von der Balustrade auf den offenen Raum unter sich. Der Redner stand direkt unter ihnen, Leo betrachtete das durchscheinende Oval seines dünn behaarten Hinterkopfes. Neben ihm erschien Kais quietschgrüner Haarschopf. Der Junge stupste Herrn Grau an und flüsterte ihm etwas ins Ohr. Nachdenklich wiegte der rundliche Mann seinen Kopf hin und her, klopfte Kai kurz auf den Rücken und warf stirnrunzelnd einen Blick auf sein Script.

Jetzt erst bemerkte Leo, dass der Mann nicht ohne Grund mitten im Raum des unteren Stockwerkes stand. Er hatte neben sich ein Bild riesigen Ausmaßes hängen: das angekündigte Gemälde. Da es von einem großen Leintuch verdeckt wurde, das so weiß war wie die Wand, war es Leo zuerst nicht aufgefallen.

Herr Grau hatte es geschafft, für Ruhe zu sorgen. Er sprach von der Schönheit der Natur und dass ihre Vergänglichkeit erst durch die Kunst aufgehoben wurde; und dass gute Bilder Geheimnisse in sich trügen, die zu entschlüsseln dem Betrachter nur dann gelingen könne, wenn er sich mit Muße, Einfühlung und ausführlicher Betrachtung auf das Werk einließe.

„Alle Bilder von Sandra Lachner tragen ein Geheimnis in sich, meine Damen und Herren", beendete er bedeutungsschwanger seine Ansprache.

„Es ist mir eine Ehre, mit Ihnen jetzt eines zu lüften, dessen Motiv auch ich nicht kenne – wir werden außer der Künstlerin heute die ersten sein, die das große Gemälde, das sich hinter dem Tuch verbirgt, zu sehen bekommen."

Dass Sandra noch immer nicht zu sehen war, begann Leo zu beunruhigen. Wieso hielt Herr Grau eine Ansprache, wenn doch die wichtigste Person, nämlich die Künstlerin selbst, noch gar nicht anwesend war?

Er war am Ende seiner Lobreden über Sandras Arbeiten angelangt. Noch immer konnte Leo sie nicht unter den Besuchern ausfindig machen.

„Natürlich werden Sie sich fragen, wo unsere hoch geschätzte Künstlerin ist. Und ob auch sie im Anschluss wohl noch ein paar Worte zu ihrer Arbeit sagen und uns für Nachfragen zur Verfügung stehen wird. Doch da muss ich Sie leider enttäuschen, denn Kai sagte mir soeben, dass seine Mutter sich nicht wohl fühle und deshalb nicht kommen werde. Sie bittet um Ihr Verständnis. Das werden wir so akzeptieren müssen."

Ein grelles Lachen veranlasste den Redner innezuhalten. Auf wippenden Schuhsohlen wartete er das Ende der Störung ab.

Unweit von Leo stand Lissy kichernd vor einer der Zeichnungen, auf die sie mit spitzem Finger zeigte. „Die Mauruskapelle. Beuron" stand in schlichter Schrift auf dem danebenhängenden Zettel.

"Oh, wie romantisch!", gluckste sie.

„Wann wirst du mir wieder mal einen Kuss geben, Paul?" Mit geschlossenen Augen streckte sie ihm ihren gespitzten Mund entgegen. Peinlich berührt flüsterte Paul Lissy etwas zu. Die Augen richteten sich wieder auf Herrn Grau, der mit seiner Rede fortfuhr.

„Jetzt, bevor Sie ein Gläschen Sekt trinken und die einzelnen Werke in Ruhe betrachten werden, kommen wir zur Enthüllung des einzigen Gemäldes im Raum. Ich bitte um Ihre Aufmerksamkeit!"

Die auf beiden Stockwerken verteilte Menschenmenge, die inzwischen aus mindestens hundert Personen bestand, hielt wie ein einziger Körper die Luft an. Alle starrten auf das weiße Tuch, das Herr Grau an einer Ecke in der Hand hielt. Mit einem entschlossenen Ruck zog er an dem Zipfel, bis der Stoff sich von den Rändern des Rahmens, in den er leicht geklemmt worden war, löste. Langsam offenbarte sich Stück für Stück das Bild, bis es vollständig enthüllt und endlich restlos den Blicken des Publikums freigegeben war.

In überdimensionaler Größe und in realistischen Farben gemalt war ein längliches, silbernes Objekt zu sehen, dessen spitzes Ende zwischen braunen, vertrockneten Blättern gefährlich glitzerte. Drum herum wucherte das dichte Grün und Orange eines herbstlich anmutenden Waldes. Pilze wuchsen auf Teilen des steril wirkenden Fremdkörpers und verliehen dem Bild eine surreale Wirkung. Leo bewunderte Sandras sicheren Strich und die kalte Schönheit des Gerätes, die durch die fruchtbare Üppigkeit der waldigen Umgebung umso stärker zur Geltung kam.

So also sah ein Trokardorn aus.

Das Bild hatte ebenfalls einen Titel. Trotz der Höhe, aus der Leo auf die deutlich und groß geschriebenen Worte herunter schaute, waren sie gut lesbar.

Sandra hatte ihr Überraschungsgemälde „Das Ende" genannt.

Fassungslosigkeit hat viele Gesichter.

Es waren die besten Porträtfotos, die Leo je geschossen hatte. Er glaubte nicht, dass irgendein Besucher überhaupt merkte, wie fleißig sein Arbeitsgerät in Aktion trat.

Keine Ausrufe des Erstaunens, sondern eine eisige Stille beherrschte den Raum, als wäre die Zimmertemperatur in Sekundenschnelle abgestürzt. Nicht einmal von Lissy war mehr ein Laut zu hören. Jemand schien einen Eimer mit kaltem Wasser auf sie geleert zu haben; nüchtern und mit hoch erhobenem Kopf verließ sie die Galerie als Erste. Betreten, doch ohne ihr sofort zu folgen, kratzte Paul sich am Kinn. Sein wahres Alter, das er sonst so elegant zu überspielen wusste, war nun nicht mehr zu übersehen.

Mitten in das betroffene Schweigen hinein war plötzlich ein Kichern und Kreischen zu hören, als fände ein listiger Kobold sein größtes Vergnügen an der Betroffenheit der Gäste. Das Saxophon stieß mit hämischen Lauten die Menschen zurück auf die Straße und in den angebrochenen Sonntagmittag hinein. Keiner von ihnen verspürte den Wunsch, sich noch einen Moment länger in der Galerie aufzuhalten.

Herr Graus kalkweißes Gesicht hob sich kaum noch von der hellen Wand ab. Er stand wie zu einem Eisklumpen erstarrt vor dem großen Gemälde, bis außer Leo auch die letzten Besucher gegangen waren. Seine Augen suchten das Bild ab. Sie tasteten sich in alle Winkel vor, als suchten sie nach etwas, was in dem abgebildeten Wald verloren gegangen war und nun wieder gefunden werden sollte. Leo hielt seinen Fotoapparat hoch, um dieses Stilleben festzuhalten: ein alternder, dicklicher Mann in einem verknitterten grauen Anzug, mit einem Ausdruck von Verzweiflung im Gesicht, der allmählich in Resignation überging. Ewald Graus Erinnerungen hatten sich in einer Vergangenheit verirrt, die er am liebsten für immer verlassen hätte.

Das Blitzlicht holte den ehemaligen Kommissar in die Gegenwart zurück. Unwirsch schaute er den Verursacher an.

„Das hier ist nicht für die Öffentlichkeit bestimmt." Herr Graus Stimme klang eher müde als streng.

„Eine Ausstellungseröffnung ist *immer* für die Öffentlichkeit bestimmt!", konterte Leo.

Genau das war es doch, was Sandra erreichen wollte: das Schweigen über die Tode brechen.

Das Publikum hatte Ablenkung gesucht, nette Bilder, die ihnen bestätigen sollten, wie schön ihre Heimat war, wie vielseitig und einmalig. Die Zeichnungen hatten diese Erwartungen auf fast unheimliche Weise erfüllt. Noch war Leo sich aber nicht sicher, ob er ihren tieferen Sinn wirklich erfasst hatte.

Mit dem Gemälde hatte Sandra die Besucher in aller Schonungslosigkeit mit einem ungeliebten Thema konfrontiert: die ungeklärten Todesfälle schmolzen nicht wie der Schnee vom vergangenen Jahr, sie versickerten nicht einfach, um für immer zu entschwinden.

Irgend etwas hielt ihn davor zurück die Galerie zu verlassen. Auch Leo senkte seine Blicke in Sandras gemalten Wald. Der weiche, mit Tannennadeln bestreute Boden war an manchen Stellen mit dunkelgrünem Moos überwachsen. Feste Pilze, über die sich jeder Sammler freuen würde, sprossen aus ihm hervor. Da fiel der Groschen.

„Der da ist doch kein Champignon, sondern ein giftiger Pilz – wie heißt der nochmal?", versuchte Leo sich an Sandras Schilderungen zu erinnern, während er auf eine Stelle im Bild deutete. Erst vor wenigen Tagen hatte das Glitzernde Kreuz ihre Pilzesuchaktion überstrahlt. Sandras im Abendlicht rötlich schimmernde Haut war Leo besser in Erinnerung geblieben als ihre Beschreibung von Giftpilzen.

An seinen hochgezogenen Augenbrauen konnte Leo Herrn Graus Überraschung erkennen. So viel Naturbezogenheit hätte er einem Stadtmenschen wohl nicht zugetraut.

„Sie haben Recht, das ist ein Knollenblätterpilz", bestätigte er Leos Vermutung. Zur Verdeutlichung zeigte er auf eine Ansammlung von Pilzen die, im Gegensatz zu dem einzeln stehenden, alle bräunliche Lamellen besaßen. Ein Gedanke dröhnte in Leos Kopf so laut, dass er es nicht als nötig empfand, ihn auch noch auszusprechen. Kommissar Grau hörte ihn nicht.

Sandra wusste Bescheid.

Sie wollte mit dem Bild klarmachen, dass es um zwei Morde ging – den mit einem Trokar ausgeführten, und einen Giftmord. Und dass beide irgendwie miteinander in Verbindung standen.

Auf dem Nachhauseweg war Leo ganz in seinen Gedanken vertieft. Herr Grau hatte die Galerietür hinter ihnen abgeschlossen und seinen schweren Körper müde auf sein Fahrrad geschwungen. Er verabschiedete sich mit einem Gesichtsausdruck, der Leo nicht mehr aus dem Sinn gehen wollte.

„Wissen Sie, der Fall ist für mich abgeschlossen, auch wenn Mord nicht verjährt. Von mir aus soll sich doch mein Nachfolger damit beschäftigen", sagte der Ex-Kommissar. Es schien ihm nicht leid zu tun, dass er seinen Beruf nicht mehr ausübte.

„Wie war das damals denn eigentlich – hatten Sie denn nie einen bestimmten Verdacht?", hakte Leo nach. Die Todesfälle mussten in Sandras Leben sehr dominant gewesen sein, das hatte ihm das große Bild vor Augen geführt. Sie war irgendwie in den Fall verwickelt, aber Leo verstand die Zusammenhänge nicht.

Ewald Graus dicke, borstige Augenbrauen schwammen wie zwei losgelöste Wellen über schwarzen Wasserlöchern. Leo ahnte, dass er ein schwermütiger Mensch war. Das hatte er womöglich seinem letzten, ungelösten Fall zu verdanken.

„Dem Sachverhalt nach kamen viele in Frage – Amelie, Lissy, Paul, sogar seine Brüder Manfred und Albert, oder gar Claudia, die es mit ihrem Vater nicht leicht hatte. Auch Verena konnte man nicht ausschließen. Es liegt mir fern, leichtsinnig irgendwelche Leute zu verdächtigen oder gar zu denunzieren, wissen Sie – da hätte ich ja nun gar nichts davon. Aber ich hatte natürlich meine Verdachtsmomente.

Doch ich schwankte ständig hin und her. Mal war ich überzeugt davon, dass nur Amelie ihren Mann erstochen haben konnte, denn das war die naheliegendste Lösung – eine betrogene Ehefrau, die ihren Mann liebte und von ihm nie ernst genommen wurde. Dazu noch ihre Sonderbarkeiten. Dann wieder glaubte ich, nur ein Mann könne einen Mord so kalt berechnet und vorausgeplant haben.

Meistens will doch ein Täter im Grunde seines Herzens erwischt werden, um die Last seiner Schuld abzutragen, und gibt unbewusst Hinweise auf sich, führt eine Spur zu sich hin, damit die Tat aufgedeckt wird. Doch nichts von alledem in unserem Fall. Nichts hat je wirklich zusammengepasst. Nein ...“ mutlos schwenkte der Pensionär seinen Kopf hin und her.

„Ich war mit meinem Latein am Ende – und bin es auch noch heute.“

„Und was war mit dem Pilztod von Frau Schlatt?“

„Die Sache mit Verena und ihrer Vergiftung habe ich nie ernsthaft als Mordfall in Erwägung gezogen. Es gab keine Hinweise auf eine Fremdeinwirkung, und Verena hat sich nie bedroht gefühlt, soviel ich weiß. – Warum nur will Sandra unsere Gemeinde mit ihrem Bild an den Trokarmord erinnern?“

Der letzte Satz klang schon fast ärgerlich. Herr Grau musste daran denken, dass er Sandra im Laufe der Ermittlungen des öfteren besucht und sich ihr gewissermaßen anvertraut hatte. Warum ließ sie ihn, ja die ganze Gemeinde, denn jetzt nicht in Ruhe mit diesen unangenehmen Geschichten – wo sie es doch gerade schafften, wieder einen normalen, ungetrübten Alltag miteinander zu leben?

Noch eins wollte ihm nicht einleuchten.

„Sie kennen doch die Sandra mittlerweile auch. Was meinen Sie – warum bringt sie gerade *jetzt* das Thema aufs Tapet? Sie drängt doch geradezu darauf, dass man sich noch einmal mit den Toden auseinandersetzt. Warum jetzt?“, wunderte sich Herr Grau.

Das hatte Leo sich auch schon gefragt. Ihm fiel nur eine Erklärung dazu ein:

„Vielleicht ärgert sie sich darüber, dass die Sache so schnell totgeschwiegen wurde”, spekulierte er. Doch der ehemalige Kommissar hatte noch eine andere Interpretation parat:

„Wissen Sie, was meine Theorie ist? Sandra will mit ihrer Kunst schockieren, und mit dem Mordthema gelingt das natürlich am leichtesten. Zuerst diese netten, harmlosen Zeichnungen ... und dann, ganz im Kontrast dazu, die Mordwaffe auf Leinwand! Wirklich schade. Ich dachte Sandra sei trotz ihres spröden Auftretens eine Frau mit Herz. Dabei will sie nur von sich reden machen.“

Herr Grau machte sich zur Abfahrt bereit und knöpfte seine Anzugsjacke von oben bis unten zu, damit der Wind nicht hindurch pfiff.

„Ach, Herr ...“ setzte er zu einem letzten Satz an.

„ ... Mannski“, half Leo ihm weiter, obwohl er sich fast sicher war, dass der Kommissar schon seit längerem von ihm Notiz genommen hatte. Es kam so gut wie nie vor, dass ein Einheimischer ihn nicht bereits registriert hatte und Informationen über seine Person besaß, auch wenn sie sich bis dahin noch nicht persönlich begegnet waren.

Mühlheims Buschtrommeln funktionierten in der Regel eben sehr zuverlässig.

„Nicht, dass diese Sachen nach außen dringen, Sie verstehen mich doch? Am besten ist es, man spricht nicht einmal mehr darüber. Wir wollen Mühlheim doch nicht wieder als „Todesstädtchen“ ins Gespräch bringen!“, bat er Leo.

Mitten auf der Wiese lag ein grünes Knäuel: Kais verfilzte Haare. Der Jugendliche hatte seine langen, dünnen Arme und

Beine weit von sich gespreizt, als warte er darauf, etwas von oben zu empfangen. Ein vom Himmel gefallener Engel, der auf seinem Rücken gelandet war und nun ratlos in die Wolken starrte.

Kai zuckte mit keiner Wimper, als Leo sich lang neben ihm niederließ um seine Perspektive einzunehmen. Die Bläue des Himmels hatte sich lange hinter der Nebelwand versteckt gehalten und strahlte jetzt dafür umso intensiver. Genießerisch schloss Leo seine Augen.

Die Sommerferien waren seit zwei Wochen vorbei und Kais Schulalltag wieder voll im Gang. Schon kamen weniger Urlauber ins Tal. Wie kam Sandra eigentlich in der kalten Jahreszeit für ihren weiteren Lebensunterhalt auf? Sie hatte davon gesprochen, ihr Geschäft noch mit dem Wintersport zu erweitern, entsprechendes Zubehör zu verkaufen und Ausflüge zu den verschiedenen Skihängen zu organisieren. Bis zum Feldberg im Schwarzwald, oder in die Schweizer Alpen, lohnte sich ein Tagesausflug. Wenn alles nicht funktionieren würde, wollte sie im nächsten Sommer wieder in den Schulbetrieb einsteigen.

Und bald würde Leo sich ernsthaft darüber Gedanken machen müssen, wie lange er noch in der Gegend bleiben wollte. Schließlich bezahlte er zu allen Kosten auch noch Miete für eine kleine Wohnung in Köln. Nach der sollte er auch mal wieder schauen.

Mit dem ersten Teil seiner Reportage war Leo fast fertig. Die Verbindung zwischen dem Sturz des unglückseligen Knopfmachers und dem ermordeten Chirurgiemeister hatte er in der Überschrift: „Männer, Frauen und Geschichten. Das Donautal und seine Opfer“ hergestellt. Der Text ging ihm gut von der Hand. Was den Mordfall betraf, so blieb er bisher immer etwas im Nebulösen – viele Fakten hatte der Journalist sowieso nicht vorzuweisen. Seine Reportage würde ein Sammelsurium aus überlieferten Erzählungen werden, die sich auf die frühere wie auf die heutige Zeit bezogen. Anhand der Geschichten wollte er die Mentalität der Menschen im Donautal beschreiben: ihre offensive, neugierige Art, die leicht darüber hinweg täuschen konnte, dass sie letztlich doch von verschlossener, grüblerischer Natur waren. Seit ihm klargeworden war, wie er vorgehen wollte, war das Schreiben ganz leicht; nur die Sagen und realen Geschichten, deren Ausgang ein schlechter war, sollten zitiert werden. Harmonische Geschichten passten ohnehin nicht zu der harschen, zerklüfteten Landschaft. Lieblichkeiten nahmen erst Richtung Bodensee zu, wo die Apfelbäume blühten und sanfte Hügel sich um den langgezogenen See aneinander schmiegten.

Als freier Journalist wäre es für Leo auch mal wieder Zeit sich in der heimischen Kölner Stadtszene zu bewegen, die Fühler nach weiteren gefragten Themen auszustrecken und nützliche Beziehungen zu aktivieren.

Eine Welle von Ratlosigkeit umspülte ihn, während er neben Kai lag. Was sagte eigentlich die Stimme seines Herzens – sollte Leo ihr nicht auch die Gelegenheit geben, ihre Wünsche vorzutragen, bevor er seine Entscheidungen für die Zukunft traf?

„Magst du Mum eigentlich sehr?“, fragte Kai ins stille Blau hinein, als hätte er Leos Gedanken erraten.

Er war kein kleiner Junge mehr, es ging um seine Mutter, und deshalb auch um ihn selbst. Über ihnen kringelte sich ein zarter Kondensstreifen, der wie eine Schleife festgebunden am Himmel hing.

Leo fand keine passende Antwort.

„Ich weiß nicht viel über deine Mutter“, sagte er schließlich.

Kai schwieg. Die Antwort befriedigte ihn nicht besonders.

„Aber das, was ich weiß, gefällt mir“, fügte Leo nach längerer Überlegung hinzu.

Da schob sich in seinem Brustraum etwas zur Seite, eine schwere metallene Tür, die schon lange nicht mehr um Einlass gebeten hatte. Sein Herz öffnete sich und ein albernes, breites Lächeln zog sich über sein Gesicht. Es stimmte: So wenig er den Eindruck hatte Sandra zu kennen, umso stärker machte ihn das Wenige, das sie ihm preisgab, nicht nur neugierig, sondern auch glücklich. Es war ihm egal, was sie zu verbergen hatte. Irgendwann würde sie ihn zu ihrem Verbündeten machen.

„Und was ist mit dir – du magst doch auch jemanden, stimmt's? Besuchst du nicht hin und wieder ein Mädchen?", wagte Leo den Vorstoß in die Privatsphäre des Jugendlichen.

Kai seufzte.

„Ja, stimmt schon", bestätigte er.

„Sie kommt sogar nachher und fährt morgen dann wieder." Warum aber fehlte Kais Stimme der freudige Klang?

„Du scheinst dich nicht besonders darauf zu freuen", stellte Leo fest.

Stimmen näherten sich: ein Mann, der seinem Hund einen Monolog hielt. Vielleicht berichtete er ihm von seinen Erlebnissen auf der Ausstellung.

„Ich weiß nicht, was Mum sich gedacht hat bei diesem großen Bild. Claudi wollte unbedingt die Ausstellung sehen und kommt auch deshalb heute noch", erzählte Kai.

„Ich glaube, sie wird vor den Kopf gestoßen sein und sich an den Tod ihres Vaters erinnern. Das ist ganz schön hart für sie. Ich weiß nicht, ob ich das gut finden soll", grübelte er weiter. Seine Überlegungen rührten Leo, er konnte sich nicht daran erinnern, dass er in dem Alter schon so fürsorglich gewesen wäre. Außer um sich selbst machte er sich um niemanden sonst ausführliche Gedanken.

Das hatte sich, wenn er ehrlich war, auch nie wesentlich geändert.

Die Feststellung depremierte den Journalisten, und er drückte seinen Rücken noch ein kleines bisschen mehr in den Boden. Die feuchte, schwere Erde unter ihm zu spüren bot einen angenehmen Widerstand und Trost.

Da schlich sich in seine Nasenlöcher ein Duft, der darauf schließen ließ, dass es mal wieder irgendeinem Vierbeiner egal gewesen war, was auf den Wiesen und Feldern um ihn herum produziert wurde. Schelmisch wedelte Rutus den Liegenden mit seinem buschigen Schwanz zu.

Der Brief

So spät am Abend fuhr kein Zug mehr durchs Tal. Das Risiko, die Schwellen entlang bis zum verlassenen Bahnwärterhäuschen zu laufen, würde also nicht allzu groß sein. Es war der kürzeste Weg und Kai rannte durch die Dunkelheit, so schnell er konnte.

Er war noch nie in dem verwahrlosten Gebäude gewesen, keiner von den anderen ging dahin. Es hieß, dass es dort drinnen stank und nur so wimmelte vor Ratten.

Der Abendwind war sehr mild für einen beginnenden Herbst, und er schwitzte. Keine Zeit, die schwere Lederjacke auszuziehen. Er hörte zwar niemanden hinter sich, aber er glaubte, dass zumindest der Älteste der Gruppe nicht so schnell aufhören würde nach ihm zu suchen. Zu sehr war er in seiner Ehre gekränkt worden.

Dabei hatte Kai seine Freundin nur beschützen wollen. Normalerweise war er nicht der Typ, der sich gern anlegte und Schläge riskierte. Aber – was zu viel war, war zu viel. Wegrennen war zwar nicht die beste Lösung, aber der harte Blick und die durchtrainierten Muskeln seines Gegenübers hatten ihn dazu getrieben.

Das Jugendcafé war geöffnet. Sie waren an dem Abend nur wenige gewesen. Genau die richtige Anzahl, um Tischfußball zu spielen. Kai und Claudia spielten auf der einen Seite, Patrick und Kevin standen ihnen in Lauerstellung gegenüber. Kai schoss gerade ein Tor, als Claudia ihm zuwisperte:

„Nicht hinschauen – Jens ist gerade gekommen.“

Unwillkürlich schob Kai seine Schultern ein Stück zurück. Noch immer spürte er den harten Griff von Jens, als er bei der ersten Begegnung mit ihm gegen die Wand gedrückt worden war.

Auch Patrick schaffte es diesmal nicht, den breitschultrigen und etwas älteren Jugendlichen loszuwerden, der nicht aus Mühlheim war und ab und zu ins Jugendcafé kam. Immer mit der Absicht, Ärger zu machen.

Jens und seine beiden Kumpels, die sich hinter Kai aufgestellt hatten – „wie in einem Mafiafilm", dachte er – warfen provokative Bemerkungen in den Raum, bis sie endlich mit dem Instinkt eines Wolfsrudels ein Opfer gefunden hatten, auf das sie sich konzentrieren konnten.

Claudia. Voller Wucht knallte sie mit ihrem steifen blauen Torwart den kleinen Ball ins Spielfeld.

„Bist also 'ne Punktussie geworden, was? Kannst es dir ja leisten, jetzt, wo dein Alter dir nicht mehr den Arsch versohlen kann", höhnte Jens, während er sich an das Mädchen heran schob und Kai dabei zur Seite stieß.

„Hau ab, du Wichser!", knurrte Claudia, alle Vorsichtsmaßnahmen vergessend.

„Lass uns in Ruhe. Wir brauchen keine Stunkheinis."

„Aber dafür *Stink*heinis, was? Ohne Dreck stehen die doch gar nicht!", grölte Jens mit einem deutlichen Seitenblick auf Kais blaugesträhnte Haare, die, in vielen Zöpfchen geflochten, zu allen Seiten abstanden. Claudia hatte sich damit viel Mühe gegeben. Demonstrativ hielten sich Jens' Lakaien ihre Nasen zu, als sei bei Kais ausgefallener Frisur davon auszugehen, dass sie einen Brutplatz für Ungeziefer bot. Es hatte keinen Zweck, sich zurück zu halten – auf friedlichem Weg würden sie die Typen nie loswerden, entschied Kai.

Warum war der Pfarrer jetzt nur nicht in der Nähe? Den halben Abend über hatte Albert Lobmann sich mit den Jugendlichen unterhalten, während er hinter der Theke gestanden und Getränke ausgeschenkt hatte. Erst vor kurzem hatte er den Raum mit dem Hinweis verlassen, dass er im Gemeindesaal zu finden sei. Wegen einer Besprechung mit dem Posaunenchor.

Aber jetzt hinauslaufen und den Erwachsenen zu Hilfe holen, wäre zu demütigend. Das fand auch Patrick, der auf Jens' beiden Begleiter einredete in der Hoffnung, ihre Vernunft zu wecken. Umsonst.

Alles weitere ging dann ziemlich schnell.

Claudia schrie auf, als Jens sie derb in den Hintern kniff. Sie boxte ihren spitzen Ellbogen in seinen weichen Unterbauch und versuchte seinem festen Griff auszuweichen.

Kai handelte rasch – irgendwie musste er den Unruhestifter von Claudia weg und aus dem Jugendcafé heraus locken. Mutig schob er sein Gesicht nah an Jens' breites Kinn. Der Ältere war Kai mit seiner Größe deutlich überlegen.

„Tu doch nicht so, als wärst du auf eine Braut aus. Weiß doch jeder, dass du schwul bist. Das sind Nazis meistens, drum müssen sie auch so fucking stark tun!“, schleuderte Kai dem Größeren und Älteren ins Gesicht.

Das hatte ausgereicht, um Jens' Aufmerksamkeit voll auf sich zu lenken. Kai hoffte, dass er sich nicht irrte und sein Gegner ihm vielleicht beim Gewichteheben, aber nicht beim Rennen überlegen sein würde.

Wer suchet, der findet.

Sie schob die Matratze von der Wand weg. Dabei fiel eine Kerze um, die schon lange abgebrannt war. Jemand musste sie einmal als Lichtquelle benutzt haben, denn elektrischen Strom gab es hier nicht. Gut, dass sie daran gedacht hatte, ihre Taschenlampe einzustecken.

Es übernachteten nicht einmal mehr Obdachlose in dem alten, verfallenen Häuschen, seit Albert sein Amt ausübte. Wenn einer durch die Gegend kam, dann wusste er, dass der evangelische Pfarrer immer eine offene Tür hatte – im Gemeindesaal hing dann am nächsten Morgen der säuerliche Geruch von billigem Alkohol und ungewaschenen Socken in der Luft. Noch ein kleines Taschengeld aus der Gemeindekasse, und die ewigen Nomaden zogen zufrieden weiter.

Doch wenn man daraus schloss, dass Albert immer nur gutmütig sei, so war das falsch. Sie wusste, wie er im Eifer brüllen konnte, wenn der ältere Bruder ihn gereizt hatte; dann fiel er in die Kindheitstage zurück. Als die Männer noch Kinder gewesen waren, hatten sie mit dem Kämpfen erst aufgehört, wenn bei einem von ihnen das Blut zu fließen begann.

Bald sollte das alte Haus renoviert werden, junge Leute würden einziehen und die Räume mit Kindergeschrei füllen. Doch vorher wollte sie herausholen, was sie hier vor den unwissenden Augen anderer versteckt hatte.

Nein, auch in den Löchern dieser Wand fand sie nicht, was sie suchte. Hatte sich in der Zwischenzeit jemand an dem Versteck zu schaffen gemacht, oder fiel ihr der richtige Platz nur nicht mehr ein?

Vielleicht hatte sich zu viel in ihrem Kopf bewegt an jenem Abend. Sie war viel zu benommen gewesen, als sie nach Friedhelms Tod hierher gekommen war.

Bedächtig und ohne Panik suchte sie in den drei kleinen Zimmern weiter, Wand für Wand.

Endlich fühlte ihre tastende Hand den lockeren Mauerstein und schob ihn zur Seite.

Nun hatte sie ihren Fund.

Jens und seine Kumpanen hatten die Jagd bald aufgegeben. Vielleicht hatte der Pfarrer sie noch am Kragen gepackt; Kai hatte seine Stimme gehört, als er losgerannt war. Er erreichte das Häuschen völlig außer Atem und stolperte gegen ein Schild, das fest in den Boden gerammt war: ‚Hier arbeiten die Firmen ...', mit einer Auflistung verschiedener Betriebe. In der Eile und in dem schwachen Mondlicht stach Kai nur ein Name in die Augen: ‚Elektro Albinger'. Bestimmt irgendein Verwandter des Schulleiters aus dem weit verzweigten Albinger-Clan. Bald würde das verkommene Häuschen also eine Generalüberholung erleben.

Die Haustür klemmte. Kai schob seinen Kopf durch das kaputt geschlagene Fenster, den Körper zog er nach, so dass er mit einem Plumps in einem Zimmer landete. Unter seinen Füßen knirschte es, der Stummel einer alten Wachskerze rollte auf dem Boden hin und her.

Eine Hand wäscht die andere.

Wann hatte ihr jemals jemand geholfen? Nicht einmal, als ihre Schreie aus dem Fenster und wie Scherben auf die Straße gefallen waren, hatte ihr jemand beigestanden. „Du bist nicht mehr als eine zer-

rupfte Gans, die ihre Federn gelassen hat – doch zum Genießen bist du schon viel zu alt und zäh!“, so höhnte er, immer weiter und weiter. Und seine Sätze wurden immer gemeiner.

Die Nachbarn hatten schnell ihre Fenster geschlossen und die Rollläden herabgelassen, um ihre Verzweiflung nicht hören zu müssen.

Friedhelms Wut, die manchmal aufloderte wie ein Flammenwerfer, versengte die Umgebung mit seiner unglaublichen Hitze. So schnell, wie sie kam, war sie aber auch wieder verschwunden.

Jemand rüttelte an der Tür, doch sie ließ sich nicht öffnen.

„… Vielleicht ist er es, Amelie, er kommt zu dir zurück. Er sucht dich! Halte dich bereit für ihn …“ Oder war es jemand auf der Flucht?

Jetzt ließ er sich durchs Fenster gleiten, hinein in den schummrigen Raum. Sie konnte seinen keuchenden Atem hören. Vielleicht sollte sie ihr Licht verbergen.

Die Nacht ist nicht zum Schlafen da.

Erst einmal aufatmen und warten, bis der Herzschlag sich wieder normalisiert hatte. In der Zwischenzeit hatte Patrick bestimmt schon den Pfarrer aufgesucht, so dass Claudia und die anderen auch in Sicherheit waren.

Die Frau in der anderen Ecke des Zimmers erkannte er erst, als er ein zweites Mal hinschaute, denn es war dunkel und sie hielt den Schein ihrer Taschenlampe unter ihrer Hand versteckt. Claudias Mutter kauerte auf den Knien auf dem Boden, und vor ihr lagen verschiedene Gegenstände.

Da es keinen Menschen mit vier Händen gab, vermutete er, dass sie Handschuhe vor sich liegen hatte. Sie waren fleischfarben und sahen von weitem wie echte Hände aus.

Amelie hob sie auf und schob sie in ihre Rocktasche. Der Lichtschein ihrer Taschenlampe beleuchtete dabei das Feld um sie herum.

Das war aber nicht alles.

Auf dem Boden lag ein zur Hälfte auseinander gefaltetes Stück Papier. Es war eine Fotografie oder ein Zeitungsausschnitt. Kai keuchte, er war noch außer Atem und ließ sich neben Amelie auf dem Boden nieder.

Nur undeutlich konnte Kai die Umrisse eines Kopfes auf dem Papier erkennen. Nachdem sie ihren plötzlichen Besucher erkannt hatte, beugte Amelie sich mit ihrer Taschenlampe über das Bildnis und vertiefte sich darin, als sähe sie es zum ersten Mal und als müsse sie ergründen, wer darauf zu entdecken sei.

„Das Kostüm hat ihm gut gestanden. Ich habe ihn einmal darin gesehen, nachdem ich es ihm genäht hatte: einmal regieren dürfen, Widerspruch wird nicht geduldet, und die Frauen liegen ihm zu Füßen. Nie hätte Friedhelm sich aus dem Turm stoßen lassen. Er als Hauptmann hätte bis zuletzt um sein Leben gekämpft." Monoton reihte sich ein Wort an das andere, als zitiere Amelie fremdgesteuert einen Text, der nicht ihr eigener war und den sie auswendig gelernt hatte. Sie schien Kais Gegenwart zwar zur Kenntnis zu nehmen, aber nicht zu registrieren, wer er eigentlich war. Er hätte ebensogut ein Unbekannter sein können. Amelie benutzte ihr Gegenüber als Leinwand, auf den sie ihren selbstgewählten Film projizieren konnte.

Kai mochte das Gefühl nicht, in irgendeinem Film gelandet zu sein, den er sich nicht selbst ausgesucht hatte. Und in dem er dennoch irgendeine Rolle einzunehmen hatte, die ihm selbst noch nicht klar war.

Die Mutter seiner Freundin war eine merkwürdige Frau. Was tat sie nur am späten Abend in dem heruntergekommenen Häuschen?

Die Aufregung und Erschöpfung des Abends machten sich bemerkbar. Vielleicht war es ratsam, nicht gleich ins Jugendcafé zurückzukehren. Irgendwann müssten die Typen ja wieder nach Hause gehen, aber in der Dunkelheit wollte Kai ihnen bestimmt nicht mehr begegnen.

Nun konnte er das Bild erkennen – ein Soldatenbildnis, aber nicht aus dem ersten oder zweiten Weltkrieg, soweit kannte er sich aus.

„Kannten Sie den? Ist das ein Verwandter?", fragte er.

Ein kurzes, vogelhelles Auflachen. Amelie wandte ihre Augen nicht von der Fotografie ab.

„Friedhelm hat immer behauptet, der sei sein Vorfahre, ein Schwede, der seine Heimat verlassen und an der Belagerung Mühlheims teilgenommen hatte. Das Bild lag lange in einer Kiste auf dem Dachboden seines Elternhauses, bis er es fand."

Jetzt erst sah Kai, dass das Bild ein Foto eines Gemäldes war. Das männliche Porträt war sehr realistisch gemalt und hätte fast eine Fotografie sein können. Es erinnerte Kai an langweilige Besuche in irgendwelchen Galerien, in die seine Mutter ihn früher mitgeschleppt hatte – lange Gänge, ausgelegt mit plüschweichen, roten und blauen Teppichen, die jeden Laut verschluckten. Gesichter, die überheblich und selten freundlich von den Wänden herab auf den kleinen Besucher starrten.

Hatten nicht früher vor allem Familienmitglieder und Mitarbeiter an kaiserlichen Höfen solche Porträts in Auftrag gegeben?

„Claudi hat also schwedische Vorfahren?", folgerte Kai.

„Das stimmt wohl. Immerhin haben ihre Großeltern die Mühle von schwedischen Verwandten geerbt", bestätigte Amelie. „Die Belagerungen haben über mehrere Jahre angedauert, und die Nationen vermischten sich auch in den Betten. Warum auch nicht, schließlich lebte man miteinander. Friedhelm wollte immer mal nach Schweden. Als könne er dort vielleicht seine wahre Heimat und die Ruhe finden, die er hier vermisste. Immer war er getrieben. Immer hatte er neue Pläne und Ziele vor sich."

Amelie, die in ihrem weiten, blauen Rock auf dem mit Dreck übersäten Boden kniete, erinnerte Kai an ein Märchenbuch aus frühen Kindertagen. Aschenputtel, die auf das Erscheinen des Königssohnes wartete. Ihr Prinz hatte sie zwar zur Frau genommen, doch war die blasse, hübsche Frau immer das Aschenputtel geblieben.

„Wollten Sie denn gerade sauber machen?", fragte Kai mit einem Blick auf Amelies ausgebeulte Kleidtasche.

Amelie kehrte aus ihren Erinnerungen in das schmutzige, kalte Haus zurück. Überrascht sah sie zu dem Jugendlichen auf.

„Wie kommst du darauf?", entgegnete sie.

„Ich dachte, wegen der Gummihandschuhe ... und weil die Matratze hier liegt. Als ob jemand hier wohnen würde."

Amelie faltete das Bild zusammen und stand auf.

„Vorsicht, da fällt gleich was aus Ihrem Kleid!", warnte Kai.

Ein rosa Finger hing aus Amelies Rock heraus. Behutsam strich Amelie mit ihrer Hand über die helle Plastikhaut, bevor sie die Fotografie zusammen mit dem Handschuh in die Tasche zurück schob.

„Jetzt muss ich gehen. Ich muss noch einiges fertig nähen, denn übermorgen ist Generalprobe."

Schon war Amelie wieder verschwunden. Die Matratze lag noch immer quer im Raum, aber daran würden sich die Ratten und Mäuse nicht stören.

Das Haus vibrierte. Ein Zug, der endgültig letzte an diesem Abend, fuhr vorbei.

Nicht nur wegen der aufkommenden Kälte schlug Kai zitternd seine Arme um sich.

Streit hatte Kai noch nie mit Claudia gehabt, nicht einmal eine ernsthafte Diskussion mit abweichenden Meinungen. Deshalb kam ihre heftige Reaktion für ihn umso überraschender.

Im Jugendcafé brannte nur noch eine Kerze, und hinter der Theke lief leise Musik, als Kai zurück kam, vorsichtig um sich spähend, um die Feinde rechtzeitig zu sichten. Die hatten sich jedoch nicht mehr blicken lassen, seit Kai sie aus dem Haus gelockt hatte.

Claudia saß allein vor einem Glas Cola, der Schlüssel lag vor ihr. Patrick hatte ihn ihr hier gelassen, nachdem sie ihm versichert hatte, sie würde ihn ihrem Onkel anschließend in den Briefkasten werfen. Sie hätte es Kai gegenüber als Verrat empfunden, wenn sie nach Hause gegangen wäre, ohne zu wissen, wie es ihm ging.

Kai setzte sich zu ihr. Die Wanduhr, die hinter Claudia hing, zeigte schon fast auf zweiundzwanzig Uhr. Zeit um nach Hause zu gehen. Aber erst würde er dafür sorgen müssen, dass sein Adrenalinpegel wieder abfiel – die Ereignisse zu verdauen hieß, sie jemandem zu erzählen.

Claudia verstand nicht – oder wollte nicht verstehen – dass Kais Begegnung mit ihrer Mutter ihn aufgewühlt hatte.

Er fragte sich immer wieder, was Amelie überhaupt in dem Haus zu suchen hatte.

„Meine Mutter ist halt so", setzte Claudia zu einer schwachen Erklärung an.

„Sie hat überall ihre Plätze, und je nach Jahreszeit, Wetter und Stimmung sucht sie die unterschiedlichsten Umgebungen auf. Ich weiß selbst nicht, wo die überall sind. Na und? Sie kann doch hingehen, wohin sie will!"

„Das ist nicht der Punkt", widersprach Kai.

„Die Frage ist: was *tut* sie eigentlich an diesen Plätzen? Versteckt sie Dinge, oder trifft sie sich sogar mit jemandem? Es war komisch, dass sie überhaupt nicht erschrak, als ich durchs Fenster rein kletterte – fast so, als hätte sie jemanden erwartet.

Und dann dieses merkwürdige Foto, und diese Gummihandschuhe – sie hat den einen berührt, als sei er etwas Besonderes. Einen Handschuh! Was hat das denn nur zu bedeuten, Claudi?"

„Hör endlich auf damit, ich mag es nicht mehr hören. *Jeder* sagt, meine Mutter sei seltsam.

Sogar mein Onkel, der meine Mutter gut leiden kann, denkt es. Das sehe ich ihm an, wenn er mit ihr redet. Wie ein Arzt, der weiß, dass sein Patient sterben muss – und der Patient selbst ahnt noch gar nichts. Das ist doch unfair!"

Claudia setzte sich aufrecht hin und sah Kai fest ins Gesicht.

„Was meinst *du* denn eigentlich? Du hast doch bestimmt eine Erklärung dafür, was meine Mutter in dem Bahnwärterhaus zu suchen hatte!", sagte sie herausfordernd.

Eine ehrliche Antwort zu geben, war riskant. Aber Kai musste seinen Verdacht loswerden:

„Sie hat Dinge versteckt, ein Foto und diesen Handschuh. Und beides hat mit deinem Vater zu tun. Vielleicht hat sie an all ihren Plätzen Dinge versteckt, sogar Beweismittel für den Mord. Deine Mutter hat Handschuhe gehabt. Claudi, kapierst du das denn immer noch nicht? Es könnten die gewesen sein, die der Mörder getragen hat!"

Claudia pustete die Kerze so energisch aus, dass es für mindestens drei weitere gereicht hätte.

„Jetzt reicht's!“, erklärte sie erbost.

„Meine Mutter ist keine Mörderin, wenn du das damit sagen willst. Sie wollte wahrscheinlich das dreckige Haus putzen. Sie macht immer mit Gummihandschuhen sauber. Soll ich dir mal was sagen, Kai?“

Claudias Stimme wurde schrill, ein unangenehmer Ton. Das Thema schien sie übermäßig aufzuregen.

„Am liebsten möchte ich gar nichts mehr hören und wissen vom Tod meines Vaters.

Jemand hat ihn gehasst, und daran war er selber bestimmt nicht ganz unschuldig.

Und jetzt lass endlich meine Mutter aus dem Spiel!“

Das klang wie eine Drohung.

„Na, was ist das denn für ein Spektakel? Wollt ihr denn nicht mal nach Hause gehen – Zeit wäre es denn nun wirklich dafür! Die Lage hat sich ja nun auch beruhigt, wie ich sehe. Jens ist jedenfalls nicht mehr hier aufgetaucht, er wird sich auch hüten – ich habe ihm für die nächsten zwei Wochen Jugendcaféverbot erteilt.“

Der Pfarrer sah zerknittert und unrasiert aus. Er hatte schon lange keine Gelegenheit gefunden, in den Spiegel zu schauen. Kai hatte ihn noch nie irgendwo entspannt sitzen sehen – immer war er wegen eines nächsten Termins auf dem Sprung, oder mit jemandem im Gespräch, der seine Dienste als Seelsorger in Anspruch nahm. Er gehörte selbst schon längst ins Bett.

Claudia verabschiedete sich kurz angebunden. Sie musste eine andere Richtung einschlagen als Kai und wartete nicht auf ihn.

Albert Lobmann bemerkte Kais Zögern. Umständlich zog sich der Jugendliche an: Heute würde es ihm selbst mit der lässigen Lederjacke nicht mehr gelingen, cool und verwegen auszusehen.

Sie warteten, bis Claudia um die Ecke verschwunden war. Ihre schmale Gestalt tauchte in den Nebel ein wie die Phantomgestalt einer Phantasy-Geschichte.

Kai fühlte Chaos in sich. Das war die Nachwirkung des aufregenden Abends. Und dann noch die unerwartete Begegnung mit Claudias Mutter.

„Du hast doch was, Kai. Habt ihr euch denn gestritten?" Selbst in seinem müden Zustand hatte der Pfarrer noch ein offenes Ohr.

„Es ist irgendwie alles so undurchsichtig. Ich habe das Gefühl, Claudias Mutter weiß mehr über den Mord an ihrem Mann, als sie bisher gesagt hat", fasste Kai seine Gedanken zusammen.

„Zerbrech dir nicht den Kopf, Kai. Das Mädchen lebt doch ständig mit der Angst, auch noch ihre Mutter zu verlieren. Du bist erschöpft und siehst alles dramatischer, als es in Wirklichkeit ist. Amelie hat sich schon immer in ihre eigene Welt zurückgezogen, aber das tut doch niemandem weh. Und jetzt geh nach Hause, damit deine Mutter sich keine Sorgen macht!", beendete der Pfarrer das Gespräch.

Vielleicht sollte Kai sich wirklich nicht so viele Gedanken machen, wozu auch – mit Claudia wollte er sich zuletzt anlegen. Ihre Mutter machte zwar einen seltsamen, aber doch harmlosen Eindruck. Dass sie jemanden gezielt umgebracht haben könnte, erschien ihm unwahrscheinlich.

Die Straßen waren leer und der halbe Mond schimmerte gespenstisch hinter einer dicken Nebelwand. Kein Geräusch störte die Stille, nicht einmal ein einsam herumstreifender Kater war zu hören. Die Balzzeit war eben schon fast wieder vorbei.

Sandra saß an ihrem Schreibtisch, um sie herum waren Bücher auf dem Boden verteilt. Schulbücher. Wegen der Theaterprobe war sie wieder nicht dazu gekommen, den Unterricht für den nächsten Tag vorzubereiten. Das musste sie nun kurz vor dem Schlafengehen noch tun.

„Gute Nacht, Mum." Kai wollte sich gleich in sein Zimmer verziehen. Am nächsten Tag war in der ersten Stunde wieder Religion, er würde also etwas länger schlafen können als sonst. Mist, er hatte seine Mathehausaufgaben nicht gemacht. Also doch um die gleiche Zeit wie immer aufstehen, um die unerledigte Arbeit nachzuholen.

„Hey, Sohnemann – heute ist es aber sehr spät geworden,

weißt du das?“ Sandra stieß sich vom Tisch ab und drehte sich auf ihrem Bürostuhl Kai zu, der im Türrahmen stehengeblieben war.

„Ist das für mich?“

Zwischen ‚Kunst für Kenner‘ und ‚Sport kann begeistern!‘ lag ein ungeöffnetes Päckchen. Darauf stand in fettgedruckten schwarzen Buchstaben Kais Name.

Sandra verzog unwillig den Mund und legte ihre Stirn in Falten.

„Von Dad“, sagte sie und wandte sich wieder ihrer Arbeit zu.

„Gute Nacht. Und morgen Abend bleibst du zu Hause. Schlaf nachholen!“ Vater und Mutter in einem zu sein war fast unmöglich. Aber sie konnte es ja mal versuchen.

In dem Päckchen war eine CD, ein Seidenschal und ein Prospekt über Peking. Von der Band „Crunchmoon“ hatte Kai noch nie etwas gehört. Die zitronengelben Buchstaben waren zu einer Sichelform angeordnet, und darunter lag auf einer neongrünen Wiese ein Mädchen, in einem pinkfarbenen Kleid gekleidet und dem Buchstabenmond hingebungsvoll zugewandt. Vier männliche Gestalten balancierten auf einzelnen Buchstaben. Jede war mit einem anderen Instrument ausgestattet.

Die Girliegruppe hatte Tom demnach noch nicht ausfindig machen können. Halb so schlimm, schließlich konnte er erst seit wenigen Tagen auf dem anderen Kontinent sein.

Der Schal war wohl für Sandra vorgesehen: rote Sterne auf einem silbernen Untergrund. Kai glaubte kaum, dass sein Vater Sandras Geschmack getroffen hatte. Wenn sie den Schal trotzdem trug, dann würde das schon viel heißen.

Kai zog sich aus, legte die neue CD ein, streifte die Kopfhörer über und warf sich auf sein Bett. Über ihm hing ein Poster mit den Planeten, ein Relikt aus Kindertagen, das ihm noch immer gefiel. Das Schwarz der Wände drum herum gaben ihm das Gefühl durch den Weltraum zu schweben.

Hatte sein Vater einen Glücksgriff mit der CD getan, oder war er vor dem Kauf gut beraten worden? Schräge, jaulende Sphärenklänge gingen in ein piepshelles Stakkato über. Es war nicht zu erkennen, ob es menschliche oder künstlich erzeugte Stimmen waren, die ihm wie Nadelstiche ins Hirn drangen. Die Grenze von einem lustvollen zu einem schmerzhaften Hörerlebnis wäre bald überschritten.

Kai flog gerade am Mond vorbei, als ihn die Hand seiner Mutter aufschreckte. Sandra reichte ihm den Telefonhörer und sagte etwas, was er nicht verstand. Vom Merkur abgestürzt taumelte er gerade einem funkelnden Stern entgegen, als ihm klarwurde, dass er die Musik abschalten musste, um die Stimme am anderen Ende der Leitung zu verstehen.

Es war Claudia.

„Ich wollte dir nur noch eine gute Nacht wünschen", erreichte ihn kleinlaut ihre Stimme.

Kai schwieg. War das schon alles? Dann: „Du hast Recht, es ist schon alles ein bisschen merkwürdig mit meiner Mutter. Aber es gibt noch mehr Seltsames, was ich auch nicht verstehe. Vielleicht kannst du dir ja einen Reim darauf machen."

Kai schwieg noch immer. Ob es Sinn machte, sich die Ohren mit Ohropax zu verschließen und trotzdem Kopfhörer zu tragen? Die schrillen Geräusche der absolut geilen Musik wären dann vielleicht besser zu ertragen. Das Grelle sollte nur gedämpft und nicht völlig überdeckt werden.

„Hörst du mir eigentlich zu?", fragte Claudia.

Nach Kais zustimmendem Grunzen fuhr sie fort:

„Ich komme morgen mal bei dir vorbei. Ich hab da ein Papier gefunden, das möchte ich dir zeigen. Okay?"

„Ja, klar doch. Bis morgen dann!"

Eine dunkelhaarige, schmaläugige Kosmonautin in einem rosa Anzug stieß den Mond an wie eine Schaukel. Kai, der sich bequem in die Kuhle der Sichel schmiegte, schloss erschöpft seine Augen. Klagend sang ihn das Mädchen in den Schlaf.

„Ist Kai denn da?", fragte Claudia schüchtern.

Immer wenn sie an der Türe klingelte, benahm sich Claudia, als käme sie zum ersten Mal. Dass sie als kleines Kind mit dem Haus verbunden gewesen war hatte nicht dazu geführt, dass sie sich jetzt wie selbstverständlich darin bewegte. Sie schien immer halb damit zu rechnen, dass ihr Besuch nicht erwünscht sei.

„Nein, Kai ist nicht da. Ich glaube er wollte in die Stadt und CDs anhören."

Claudia versteckte nicht ihre Enttäuschung.

„Ich hab ihm doch gesagt, dass ich vorbeikomme. Ich wollte ihm etwas zeigen!"

„Komm doch rein", forderte Sandra das Mädchen auf.

„Wir haben zwar später noch Theatertreffen, und ich wollte mein Kostüm noch fertig machen. Aber das hat noch Zeit."

„Wird es denn nicht allmählich zu kühl für eine Aufführung im Freien?"

„Es heißt, dass der Oktober ein ziemlich stabiler Monat sei und meistens nicht so verregnet wie der September. Außerdem werden alle ständig in Bewegung sein, die Mitspieler, wie die Zuschauer. Da wird es uns schon nicht kalt werden."

Seit Sandra auf ‚Maria Hilf' gewesen war, freute sie sich immer mehr auf den Höhepunkt des gemeinsamen Einstudierens: den öffentlichen Auftritt des Theaterstückes ‚Der Hauptmann im Turm'. Es gab niemanden mehr in der Theatergruppe, der Zweifel an der Durchführung geäußert hatte. Mit Verena war auch jede Kritik verschwunden.

Für die nächsten drei Tage war freundliches Wetter gemeldet. Alle versprachen sich für den Auftritt gute Voraussetzungen.

Claudia folgte Sandras Einladung und betrat das Haus. In ihrer Hand hielt sie einen Umschlag.

„Wolltest du etwas mit ihm besprechen – Hausaufgaben oder so? Kann ich dir vielleicht helfen?"

Sandra wunderte sich. Es sah Kai eigentlich gar nicht ähnlich, eine Verabredung mit Claudia einfach zu vergessen. Mit anderen war er vielleicht nicht so zuverlässig, aber bei allem, was Claudia betraf, legte er eine Achtsamkeit an den Tag, die seine Mutter hoffen ließ, dass sie sich irgendwann auch auf andere Bereiche wie Haushalt, Schule und andere Mitmenschen ausweiten würde. Da musste wohl ein Missverständnis passiert sein.

Sandra war gerade damit beschäftigt, Tom einen Brief zu schreiben. Sie kam sowieso nicht damit voran. Wie auch – sobald sie an ihn dachte, geriet ihr Innenleben in Aufruhr.

Er war so plötzlich abgereist und hatte sich nur telefonisch verabschiedet. Doch kaum in China angekommen, schien eine seiner ersten Handlungen das Schicken des Päckchens an Kai und sie gewesen zu sein. Der beigelegte Brief war allerdings ziemlich knapp ausgefallen:

„Ich wohne bei meinem deutschen Kollegen und habe ein kleines, einfaches Zimmer für mich allein. Ein Glück, bei diesen Menschenmassen, die eigenen vier Wände um sich zu haben! In zwei Tagen will er mich in die Schule mitnehmen, so dass ich erste Eindrücke sammeln kann. Den Unterricht muss ich erst in einer Woche aufnehmen.

Ein Fahrrad hat er mir auch schon besorgt, denn die meisten Menschen hier – und in Peking leben immerhin über zehn Millionen! – sind auf zwei Rädern unterwegs.

All das Neue ist aufregend. Vielleicht kannst Du, Kai, mal wenigstens in den Weihnachtsferien herkommen. Dann essen wir eine fette Peking-Ente – mmmhhh!

Habt Ihr übrigens gewusst, dass das Feuerwerk in China erfunden worden ist?

Mögt Ihr die Geschenke? Das nächste Mal schicke ich Euch ein paar exotische Snacks. Wie wär's zum Beispiel mit Küken am Spieß? Die süßen Leckereien schmecken wie in Zuckerwasser eingelegte Pappe.

Kuss und Gruß von Tom / Dad."

Dass Kai in den Ferien, und ausgerechnet Weihnachten, nach Peking gehen sollte, würde Sandra nicht unterstützen. Und sie selbst sollte die Feiertage allein verbringen? Nur ein Egomane wie Tom konnte so etwas vorschlagen.

„Nein, keine Hausaufgaben", unterbrach Claudia sie in ihren Gedanken.

„Ich habe einen Brief gefunden, und weiß nicht so recht, was ich damit machen soll. Vermutlich sollte ich ihn dem Kommissar geben. Aber vorher wollte ich mit jemandem darüber reden."

Claudia setzte sich auf einen der orangenen Küchenstühle und legte den Brief vor sich auf den Tisch. Sandra schob ihren eigenen, den sie erst angefangen hatte, an die Seite und schaute das Mädchen verwundert an.

„Hast du den heute bekommen? Willst du ihn mir mal zeigen?" Sandras Neugierde war geweckt.

Claudia öffnete den blauen Umschlag und zog ein dünnes Blatt heraus, auf dem nur ein paar Sätze standen.

„Ich habe ihn wahrscheinlich schon länger und habe ihn nur noch nicht entdeckt", erklärte sie.

„Es ist mir recht, wenn Sie sich den Brief mal anschauen."

Sandra strich den Bogen Papier glatt und legte ihn vor sich hin. Der Brief war an einem PC geschrieben worden und sah aus, als habe jemand einfach nur eine nüchterne Nachricht formuliert.

Unter dem Text stand handschriftlich in eckigen Buchstaben, die sich gegenseitig umzustoßen schienen:

‚Friedhelm Lobmann'.

‚Falls ich frühzeitig und unerwartet sterben sollte, möchte ich, dass Ihr Folgendes wisst', begann der Brief ohne Anrede. Claudia hatte ihre Hände wie zu einem Gebet gefaltet. Sie setzte die Spitze ihres Kinnes darauf und las Sandra gespannt jedes Wort von den Lippen ab. Als murmele sie jeden Satz mit um zu überprüfen, ob sie ihn auswendig kannte.

‚Ich habe Angst. Es gibt eine Frau, die sagt, dass sie mich liebt und mich haben will. Ihr kennt sie alle, es ist Lissy Ganter. Sie hat mir gedroht, dass sie mich, und sich gleich dazu, umbringen wird, wenn ich meine Familie nicht verlasse.

Manchmal werde ich beobachtet. Neulich habe ich Paul Schaffer im Garten entdeckt, als ich aus der Werkstatt ging. Er war wütend, weil ich ihm nicht versprochen habe, dass er den Auftrag für die Alte Mühle bekommt. In Wirklichkeit ist er eifersüchtig.

Wenn ich ermordet werde, dann war es einer von den beiden.

Friedhelm Lobmann.'

Sonst nichts.

Sandra fragte sich, warum Friedhelm seine Ängste nicht schon vor seinem Tod anderen erzählt und Hilfe gesucht hatte. Die Antwort lag auf der Hand: es hätte sowieso keiner geglaubt. Nur die Gerüchteküche wäre wieder angeheizt worden.

„Der Brief ist, glaube ich, kopiert", stellte sie fest. Es war die Unterschrift, die farblich genauso aussah wie der Rest des Briefes – als sei nicht die originale Tinte auf dem Blatt zu sehen.

„Den Originalbrief hab ich nicht. Und den hier hab ich in einem Buch gefunden. Ich hab es aufgeschlagen, und der Brief fiel auf den Boden", berichtete Claudia.

Eine halbe Stunde später saß Sandra mit Claudia auf dem Kommissariat.

„Wann hast du diesen Brief gefunden?"

Kommissar Grau hielt das Blatt in seiner Hand und betrachtete es mit skeptischem Blick, als zweifele er an dessen Existenz.

„Erst gestern Abend. Ich hab nach einem Buch gesucht, und dabei nahm ich das eine in die Hand, aus dem der Brief fiel." Claudias Stimme klang bedrückt. Sie knabberte an den Fingernägeln ihrer rechten Hand.

Sandra fiel ein, dass sie noch immer keinen Blick in Kais Jugendbuch über die ausgerissenen Zehennägel geworfen hatte. Überhaupt hatte der Kontakt zu ihrem Sohn in den letzten Tagen gelitten – die bevorstehende Aufführung hatte ihre Gedanken und ihre Zeit völlig beschlagnahmt.

Sie hatte Mitleid mit Claudia. Wenigstens ein liebevolles Wort hätte ihr Vater an seine Tochter richten können in seinen letzten Zeilen. Statt dessen hatte er nur kurz formulierte Verdächtigungen hinterlassen.

„Was war das für ein Buch? Hast du es dabei?", fragte Herr Grau.

Nein, das hatte sie nicht.

„Tom Sawyer", erinnerte sich Claudia nach kurzem Nachdenken.

„Aber eigentlich hab ich was anderes gesucht, nämlich ‚Die Leiden des jungen Werther'. Das fangen wir in der Schule an zu lesen, und mein Vater hat mir früher schon mal davon erzählt. Drum wollte ich schon mal einen Blick 'reinwerfen."

„Tom Sawyer ist doch sicher viel dicker und der Einband sieht ganz anders aus als ‚Der junge Werther'. Warum hast du ausgerechnet das herausgenommen?", hakte der Kommissar nach.

Claudia zog die Augenbrauen zusammen. Das Blau ihrer Augen wirkte fast schwarz.

„Keine Ahnung. Vielleicht, weil ich es als Kind immer besonders gemocht habe. Die Zeichnungen darin sehen so echt aus."

Herr Grau fuhr sich durch den Kranz seiner spärlichen Haare. Er schien über etwas zu grübeln, als läge ein Rätsel vor ihm, dessen Lösung eigentlich ganz einfach sein müsste.

„Wusste dein Vater, dass ‚Tom Sawyer' das Lieblingsbuch aus deiner Kindheit war?", bohrte er weiter.

Claudias Gesicht entspannte sich. Ein wehmütiges Lächeln zog sich über ihr schmales Gesicht.

„Ja, klar wusste er es. Er selbst hat mir immer wieder Geschichten daraus vorgelesen, obwohl ich längst schon selber lesen konnte. – Sie glauben, er hat den Brief mit Absicht in das Buch gelegt, damit ich es finde?", fragte das Mädchen. Herr Grau nickte.

„Ich frage mich nur, wie lang der Brief schon darin lag. Wann hast du das Buch denn zuletzt angeschaut?"

Eine lange Pause. Dann schüttelte Claudia ihren Kopf.

„Ich weiß es nicht, ehrlich. Es ist schon sehr lange her. Bestimmt schon ein Jahr oder so."

Auf dem Schreiben war kein Datum notiert. Herr Grau faltete es wieder zusammen.

Er stand auf und reichte Claudia seine Hand. Der Besuch war für ihn beendet.

„Ich werde den Brief auf Alter und Echtheit überprüfen lassen. Vielleicht kommen wir damit ein Stück weiter. Vielen Dank jedenfalls, dass du dich gleich damit an uns gewandt hast – und auch, dass Sie Claudia hergebracht haben, Frau Lachner", wandte der Kommissar sich an Sandra.

„Herr Grau, eine Frage noch." Sandra wurde einen Gedanken nicht los. Wieso tauchte der Brief erst jetzt auf, Wochen nach dem Tod des Mannes?

„Sie haben doch extra das Haus durchsuchen lassen und es mehrere Tage nicht freigegeben. Warum haben dann *Sie* das Schreiben nicht gefunden?"

Ein verlegenes, halbes Lächeln erschien auf dem breiten Gesicht des Kommissars.

„Friedhelm war ein Literat, Frau Lachner. Regalwände voller Bücher! Sie haben schon Recht, es ist uns entgangen. Die Kollegen haben es übersehen, da sie wohl nicht jedes Buch aus dem Regal gezogen und geschüttelt haben. Allerdings lag auch kein Selbstmord vor, bei dem man noch viel mehr mit einem Abschiedsbrief gerechnet hätte. Ich werde natürlich die Kollegen befragen, die das Wohnzimmer durchsucht haben.

Eine andere Möglichkeit wäre, dass der Brief erst nachträglich in das Buch gelegt wurde. Doch wenn der Brief nicht echt sein sollte – was wir anhand der Unterschrift versuchen werden festzustellen – dann müssen wir eben den Fälscher finden."

Sandra und Claudia verließen das Gebäude, jede in ihren Gedanken versunken.

„Wer, außer dir und deinem Vater hat gewusst, dass ‚Tom Sawyer' dein Lieblingsbuch war?", fragte Sandra, während sie in das Auto stiegen.

„Meine Mutter natürlich. Vielleicht noch Onkel Albert. Sonst fällt mir niemand mehr ein.

Frau Lachner, es *muss* mein Vater gewesen sein. Das wäre typisch für ihn: nichts Persönliches, alles ganz sachlich. Obwohl er Angst gehabt haben musste wie verrückt!"

Endlich ging im Fall Lobmann mal was voran. Die Vorstellung, seinem Nachfolger einen ungelösten Fall zu hinterlassen, gefiel dem Kommissar nicht besonders. Hatte er auch nie einen ausgeprägten beruflichen Ehrgeiz an den Tag gelegt, wäre es doch befriedigender, die lange Dienstzeit von vierzig Jahren ehrenvoll zuende zu bringen. Dazu gehörte, dass er – und zwar möglichst bald – den Täter vor den Untersuchungsrichter führte.

Und auf der anderen Seite: schwierige Gespräche mit Menschen, die er mehr oder weniger kannte und zum großen Teil auch schätzte. Wen von ihnen würde er schon im Gefängnis sehen wollen?

Seufzend griff Kommissar Grau zum Telefonhörer und bat Paul zu sich ins Büro. Es wäre das erste Mal seit langem, dass er Überstunden machen würde. Die letzten Monate hatte er es möglichst vermieden. Der Übergang ins Pensionärsdasein sollte allmählich vor sich gehen.

Wenn die Ausstrahlung von Menschen die Raumtemperatur beeinflussen konnte, dann lag es an Paul, dass es dem Kommissar plötzlich bitterlich kalt war. Er drehte die Heizung auf und versuchte, Pauls Reaktion einzuordnen.

Der hagere Mann sah durch den Kommissar hindurch, als sei er allein im Raum. Es war ihm egal, was der Beamte über ihn denken mochte. Er ballte seine Fäuste so fest zusammen, dass die Knöchelchen gelblich hervorstachen.

„So ein Blödsinn, dieser Brief! Das hat sich die kleine Kröte doch nur ausgedacht." Ewald Grau gab den Brief nicht aus der Hand, er befürchtete, Paul könne ihn vor Ärger gleich zerreißen. Sicherheitshalber lief der Kommissar die paar Schritte zum Nebenzimmer, und legte seiner Sekretärin den Brief auf den Schreibtisch.

„Kümmern Sie sich bitte darum, dass das Papier sofort zur Untersuchung kommt", beauftragte er die korpulente Frau, die umständlich ihre Kaffeetasse und die angebissene Butterbrezel abstellte. Gemächlich machte sie sich mit dem Fundstück auf den Weg. Kommissar Grau seufzte. Hoffentlich würden die Kollegen ein anderes Tempo an den Tag legen.

Paul hatte sich beruhigt. Sein aggressives Auftreten war einer bedrückten Stimmung gewichen.

„Und, Ewald – bin ich nun der Hauptverdächtige, wenn es dir schon nicht gelingt, den richtigen Mörder – nein, Mörder*in* – zu kriegen?", fragte er bedrückt.

Kommissar Grau setzte sich an seinen modernen Schreibtisch, der ebenso gut in ein neumodisch gestyltes Haus gepasst hätte. Ein rustikaler Holztisch hätte es seiner Meinung nach auch getan. Prüfend schaute er Paul an. Wie gut kannte er den Mann, mit dem er schon seit Jahren eine, wenn auch nur lose, freundschaftliche Verbindung hatte?

„Ich kann deine Reaktion nicht richtig deuten, Paul. Du könntest ärgerlich geworden sein, weil du das Gefühl hast, zu Unrecht beschuldigt worden zu sein, oder weil du denkst, jemand will dir was anhängen. Oder aber, du fühlst dich in die Enge getrieben, die Schlinge schließt sich und du schlägst um dich. So, wie vermutlich auch Friedhelm versucht hat, *dich* in die Enge zu treiben."

„Wie kommst du denn darauf?" Pauls Nasenspitze wurde blass. Sie stach weiß aus seinem Gesicht hervor.

„Mir ist die Sache mit der Alten Mühle nochmals durch den Kopf gegangen", erklärte der Kommissar.

„Du hättest dir da einen schönen Auftrag an Land ziehen können, wenn Friedhelms Baugesuch durch den Gemeinderat gegangen wäre, stimmt's? Jetzt hast du außer mir keine anderen Zuhörer. Erklär mir das mal ganz genau, was ihr an dem Abend besprechen wolltet, als du zum Friedhelm gingst."

Ewald Grau versuchte, eine bequeme Sitzposition auf seinem harten Stuhl zu finden. Warum gab es eigentlich für schwergewichtige Menschen wie ihn nicht Stühle in Übergröße? ‚XL' wäre für ihn das Richtige. Sein Magen knurrte. Zu Hause warteten schon seit einer Stunde Schupfnudeln mit Sauerkraut auf ihn. Selbstgemachte.

„Wenn's denn sein muss ... also gut. Ich habe da nichts zu verbergen. Friedhelm hat einen Entwurf des Grundstückes gemacht, bei dem klar war, dass sehr viel gemacht werden musste – angefangen mit dem Aufbaggern der Straße, Wasserleitungen legen, die Alte Mühle komplett renovieren ... Und dann gab es noch einen Antrag auf ein weiteres Wohngebäude."

Ewald Grau nickte. Ein Projekt in der Größenordnung hatte für eine kleine Gemeinde immer eine besondere Bedeutung, da waren viele Aufträge an die heimischen Handwerker zu erwarten.

„Hätte etwas gegen sein Baugesuch gesprochen?", fragte er.

„Darüber wollten wir eben an dem Abend noch reden. Wir haben schon an einem anderen Tag zuvor darüber diskutiert – na gut, gestritten. Ich war mir sicher, dass es mit dem neuen Wohnhaus nichts werden konnte, weil es zu dicht angrenzen würde am Nachbargrundstück. Friedhelm bestand aber darauf, dass ich ihm den Weg im Gemeinderat ebne. Man sollte ein Auge für ihn zudrücken, oder, besser gesagt, Friedhelm bis an die Grenze des Erlaubten die Genehmigung erteilen – wohl wissend, dass er die Grenze beim Bau selbst überschreiten würde. Und dann bekäme er vielleicht, wenn man der Sache überhaupt nachgehen würde, eine Geldstrafe. Die er ohne Probleme würde zahlen können."

„Wie hat er dich unter Druck gesetzt?", bohrte der Kommissar weiter.

Eigentlich konnte er es sich schon denken. Paul wusste, dass es keinen Zweck hatte, um den heißen Brei zu reden.

„Er wollte mich für die Sanierung engagieren, wenn sein Gesuch durchginge. Wenn ich ihn nicht unterstütze, so sagte er, würde er einen anderen Betrieb herholen."

Es war bekannt, dass Paul es mit seiner Flaschnereifirma nicht leicht hatte, seit sich in der näheren Umgebung Konkurrenz niedergelassen hatte, die ihre Angebote gezielt unter seine Preise setzte. Wie er seine teuren Anzüge finanzierte, war dem Kommissar schon lange ein Rätsel. Vielleicht half ihm auch Lissy dabei.

„Du warst also voller Ärger an diesem Abend. Er wollte dich kleinkriegen, und du wolltest eigentlich keine krummen Geschäfte machen. Was passierte dann?" Kommissar Grau senkte seine Stimme. Ein Ausweichen wäre jetzt nicht mehr möglich.

Ungläubig starrte Paul den Kommissar an. An seiner Nasenspitze schimmerte ein Schweißtropfen.

„Weißt du, was du da sagst? Als ob ich jemanden umbringen würde, nur, weil er mir einen Großauftrag verweigert. Das kann doch nicht dein Ernst sein, Ewald!"

„Da kam schon manches zusammen, Paul – Friedhelm ließ dich spüren, dass er dir überlegen war. Er versuchte, deine Freundin zu verführen – wer weiß, vielleicht hat er es sogar schon lange geschafft? – , und er hätte dir finanziell weiterhelfen können. Das kann ein Kerl wie du sich doch nicht lange gefallen lassen, stimmt's, Paul?"

Kommissar Grau wusste, dass er viel auf eine Karte setzte. Mit der Freundschaft wäre es nun endgültig vorbei.

„Hast Du vielleicht irgendwelche Beweise für deine absurde Theorie? Du wirst dich bei mir noch entschuldigen müssen, Ewald. Kann ich jetzt gehen?"

Der Abschiedsgruß fiel sehr knapp aus.

Zum zweiten Mal aufgewärmt schmeckten Schupfnudeln besonders lecker. Dieser Gedanke war Herrn Grau Trost und Perspektive zugleich. Mit diesem Frust im Bauch würde er mindestens zwei gehäufte Teller verspeisen müssen. Freundschaften der Arbeit wegen zu verlieren wäre mit der Pensionierung auch endlich vorbei.

Sandra bog in Claudias Straße ein und hielt vor ihrem Haus. In Amelies Nähzimmer brannte Licht. Von draußen konnte man sehen, dass sie gebeugt über ihrem Tisch stand. Sicher arbeitete sie an den Kostümen, die bald fertig werden sollten. Es war, als wollte Amelie ihrem Mann selbst über seinen Tod hinaus noch gefallen – als müsste sie ihm immer noch beweisen, wie gut sie ihre Sache machte.

Das Mädchen stieg nicht aus. Irgendetwas schien sie noch zu beschäftigen.Nervös nestelte sie an dem Türgriff herum.

„Ich hab da noch ein Problem. Vielleicht können Sie mir helfen", begann sie unsicher. Sandra nickte ihr aufmunternd zu.

„Na ja, ich schaff es nicht mit dem Bild, das ich schon längst hätte abgeben sollen ... Sie wissen schon, es gibt eine Note dafür. Das Malen fällt mir immer schwer, weil mir dabei alles mögliche einfällt, was mich traurig macht, während ich andere Hausaufgaben ganz gut hinkriege. Muss ich das Bild wirklich noch abgeben?"

Bittend sah Claudia ihre Lehrerin an.

Es wäre nicht das erste Mal, dass Sandra bei dem Mädchen ein Auge zudrückte. Sie hatten schon einmal eine stumme Absprache getroffen, als Claudia im Unterricht gefehlt hatte. Kai hatte seiner Mutter später erzählt, dass Claudia den ganzen Vormittag im Bett verbracht hatte, im Wechsel mal heulend, mal trübsinnig auf die Decke starrend. In diesem Fall brachte Sandra es einfach nicht fertig, der Schülerin einen Eintrag wegen unentschuldigten Fehlens zu geben. Claudia war in einer Ausnahmesituation, man sollte ihr das Leben nicht noch schwerer machen, als es ohnehin schon war.

Vielleicht sollte sie noch einmal eindringlicher mit Amelie reden. So ging es nicht weiter. Sie konnte Claudia nicht regelmäßig vor Konsequenzen bewahren, wenn das Mädchen den schulischen Anforderungen nicht nachkam. Claudia war zu viel sich selbst überlassen und Amelie würde sich bald die Frage stellen müssen, wie es mit ihrer beider Leben weitergehen sollte – ob sie zum Beispiel in Mühlheim bleiben oder sich irgendwo anders ein neues Leben aufbauen wollten. Eine psychologische Betreuung wäre vielleicht das Richtige für das Mädchen, das ihre zart besaitete Mutter nicht belasten wollte. Sie musste sich stärker geben, als sie war.

Wie es in ihr drin aussah, konnte Sandra nicht einmal ahnen.

Sandra strich ihr beruhigend über den Arm. Claudias Jacke aus cremefarbener, gekämmter Kunstwolle war weicher, als sie aussah. Wie das Fell eines jungen Raubtieres.

Vorerst aber ging alles um die Aufführung.

Am nächsten Tag zog Amelie mit einem Leiterwagen durch die Vorstadt. Sie sah aus wie eine mittelalterliche Marktfrau, die der Bevölkerung ihre Ware zum Verkauf feilbieten wollte. Das hölzerne Gefährt war angefüllt mit bunten Stoffen, derben Leinengewändern, samtweichen Kleidern und braunen Helmen, die aus lederähnlichem Material hergestellt waren. Sie selbst trug ein Kleid aus heller Baumwolle, eine dunkelrote Schürze war um ihre Taille gebunden, und ihr langes, helles Haar hatte sie mit großen Nadeln nachlässig zusammengesteckt.

Der Wagen rumpelte, die Katzen flohen in die Häuser und die Kinder, kurz vorm Zubettgehen, rannten neugierig ans Fenster.

Wenn Amelie sich in einem fertigen Kostüm im Städtchen zeigte, dann wäre es bald soweit.

Der Raum vibrierte, die Stimmung war wie bei Erstklässlern am ersten Tag der Einschulung. Zurufe, Lachen, viele Arme, die in Kleider ein- und ausschlüpften, sich in falschen Öffnungen verirrten und Stoffbahnen über vor Aufregung gerötete Köpfe zogen.

Die Heiterkeit, die in der letzten Zeit gefehlt hatte, war mit einem Male wieder da.

„Du siehst aus wie ein Idiot! Das ist doch ein Riemchen für die Schuhe und kein Stirnband!" Die Anwesenden kicherten, Amelie lief herum, zupfte Kleider zurecht und steckte hier und da eine Nadel fest. Vor dem Spiegel, den jemand aus der Toilette geholt hatte, drängten sich Mühlheims Bewohner, wie sie vor nahezu 400 Jahren ausgesehen haben mochten.

Lissy klatschte in die Hände.

„Wir spielen heute alle Akte durch. Bei schwierigen Stellen gibt es eine Unterbrechung und die Wiederholung. Bis es sitzt! Heute ist es die letzte Chance vor der Generalprobe, Schwächen und Fehler zu verbessern, oder Fehlendes festzustellen.

Und jetzt geht's los – Aufstellung, bitte!"

Bitte mehr Eleganz!

Die Rolle der energischen Bäuerin, die Verena noch eingenommen hatte, gab es nicht mehr. Statt dessen spielte Amelie eine schlanke Schneiderin namens Anna. Die Gruppe war sich einig, dass Amelie nicht in Verenas hinterlassene Rolle hineinschlüpfen konnte wie in ein abgetragenes Kleidungsstück Sie selbst bestand darauf, sich etwas Neues einfallen zu lassen. Sie als Schneiderin – wie die Bäuerin zuvor – plante, sich den Schweden zu widersetzen. Einige der Mühlheimer Bürger würden sich ihr anschließen.

Anna weinte. Sie weinte um ihre Freunde, die sie zurücklassen würde; um die Menschen, die bereits in die Wälder geflohen waren, mancher davon vielleicht dem Feind in die Arme; und um eine Zukunft, die voller Armut und Angst sein würde. Sie weinte um ein Leben, das noch zu jung war, um beendet zu werden, und zu alt, um noch an Wunder zu glauben. Die Schneiderin weinte um sich. Sie verbarg ihr Gesicht in einer ausgebreiteten Stoffbahn, die sie gerade zuschneiden wollte.

„Muttchen, wein doch nicht. Hast doch uns!“, versuchten ihre Töchter sie zu trösten, zwei junge Frauen, die, wie Jugendliche aussehend, blond und unschuldig ihre Bühnenmutter umarmten.

Ein Ruf schreckte die Frauen auf. Die kräftige Stimme des Nachtwächters verkündete lauthals singend die neuesten Nachrichten der letzten Geschehnisse.

„Liebe Leute, lasst euch sagen:
am Ufer sind Schweden, schon seit Tagen!
Die Donau färbt sich langsam rot,
denn unser Stadtvater ist nun tot.“

Marthas anschließender Aufschrei ließ allen das Blut in den Adern gefrieren. Sie hatte noch versucht ihren Mann davon abzuhalten, mit den schwedischen Soldaten zu verhandeln. Der

Stadtvater hatte die Stadtmauern verlassen und sich damit den Feinden völlig ausgeliefert. Was genau passiert war, konnte der Nachtwächter nicht sagen – aber der Tod des Bürgermeisters raubte vielen verzweifelten Bewohnern des Städtchens den letzten Funken Hoffnung.

Ohne den Stadtvater sah mancher keinen Grund mehr, in der Stadt zu bleiben. Wer würde sie noch beschützen können? Sie selbst waren allmählich entkräftet und zermürbt. Mit dem Mut der Verzweiflung planten einige, in der Nacht zu fliehen.

Anna teilte ihren Töchtern ihren Plan mit.

„Wir werden unsere Emma opfern, die letzte Ziege, die uns bleibt. Emma wird uns retten. Wir hängen ihr das Glöckchen um und treiben sie zum Tor hinaus. Ich werde ihr einen Dorn ins Hinterteil jagen, damit sie ja recht wild davonrennt! Die Schweden müssen ausgehungert sein, sie werden ihr nachjagen. Währenddessen lassen wir uns auf der hinteren Seite der Stadtmauer herab und verschwinden übers Ostertal in die Wälder. Bis zur Felsenhöhle müssen wir es schaffen. Da sind wir sicher. Fürs Essen sorgen, das wird uns dann keine große Mühe bereiten. Wie die Eichhörnchen werden wir uns Vorräte anlegen!"

Ein forderndes Klopfen an der Tür brachte Anna zum Schweigen. Der Nachtwächter streckte seinen Kopf zur Tür hinein.

„Seid gegrüßt, fleißige Frau. Lasst Euer Tuch liegen und folgt mir zur Bürgerversammlung auf dem Rathausplatz – mitsamt Euren Töchtern! Martha will verkünden, dass vorerst sie die Führung der Stadt übernehmen wird. Bis die Zunftmeister sich einig geworden sind, wer der neue Bürgermeister sein soll."

„Schon recht, alter Schmitz, wir kommen ja. Obwohl ich nicht gedenke, Martha zu gehorchen – es herrscht Krieg, und bald werden unsere Gesetze nichts mehr wert sein. Die großen, milchgesichtigen Männer werden regieren! Du glaubst doch nicht, dass ich hier auf bessere Zeiten warten werde?" Anna zog ihren Weidenkorb aus einer Kammer hervor. Er würde das Notwendigste ihrer Habseligkeiten aufnehmen.

„Das wird Martha nicht gefallen, gute Frau. Verstoßt Euch nicht selbst aus unserem Kreis, sondern lasst uns darauf hoffen, dass die Männer am Fluss bald müde werden. Vielleicht geben sie die Hoffnung auf unsere Stadt bald schon auf und ziehen weiter. Woanders werden sie nach leichterer Beute Ausschau halten“, redete der Nachtwächter ihr gut zu.

Der Plan gelang. Anna und ihre Mädchen tauchten in die Wälder ein und versteckten sich, wie viele andere auch, in der Felsenhöhle. Sie teilten sich die wenigen Decken, besprachen ihre Ängste, entwarfen und verwarfen wieder Pläne, bis sie schließlich erschöpft aneinandergelehnt einschliefen.

Am frühen Morgen, als der Nebel noch wie eine flauschige, feuchtklamme Decke über dem Wald lag, kroch ein junger Mann, blass vor Müdigkeit, zu ihnen in die Höhle.

Patrick spielte den jungen Hans, der Hals über Kopf über die Stadtmauer geflohen war, nachdem der schwedische Hauptmann mit seinen Männern die Stadt gestürmt hatte. Gespannt lauschten die Zuhörer seiner Schilderung.

„Sie haben Häuser geplündert, aber keines hat gebrannt. Martha hat das Schlimmste verhindert. Sie hat den schwedischen Hauptmann mit stolzem Blick empfangen und erklärt, dass sie vorerst die Stadt in seine Hände lege“, erzählte Hans.

Man bewunderte den Mut der Bürgermeistersfrau: Sie hatte bewiesen, dass die Ausnahme, ihr als Frau vorübergehend die Verantwortung für die Stadt zu übertragen, gerechtfertigt war. Was doch im Normalfall Männersache war! Aber Martha war klüger und handlungsfreudiger als ihr toter Mann, wie jeder wusste.

Besorgt dachten die Stadtflüchtigen an ihre Familien und Freunde, die oben geblieben waren. Wer war den fremden Männern zum Opfer gefallen? Es war zu hoffen, dass nur wenig Blut floss, aber die Stadt war belagert. Die Feinde waren bis in das Herz ihrer Heimat gedrungen.

Amelie hatte sich in einen anderen Menschen verwandelt. Mit rosa Wangen und lebhaften Gesten beruhigte sie die verzweifelten Leidensgenossen, munterte sie auf und machte ihnen Mut.

„Wir werden ihnen die Stadt nicht überlassen!“, erklärte sie kämpferisch. „Sollen wir warten, bis die Schweden unsere Stadt haben ausbluten lassen? Nein, sage ich!"

„Lasst uns still sein und wieder hoch gehen. Wenn es so ist, wie Hans sagt, dann haben wir keine blutigen Auseinandersetzungen zu befürchten und müssen nur hoffen, dass die Männer bald wieder abziehen", bat ein älterer Mann, dessen Körper von einem starken Husten geschüttelt wurde. Noch vor Friedhelms Tod war dies Heiners Part gewesen.

Statt dessen stolzierte Heiner als Hauptmann durch die Stadt, maß die Bürgermeistersfrau mit anzüglichen Blicken und ließ sich in einer Wirtschaft nieder. Die Bedienung, von Sandra gespielt, sollte ihm nur vom Feinsten auftischen.

Lissy sah aus, als habe sie in eine Zitrone gebissen, die nicht nur sauer, sondern obendrein auch noch schlecht war. Sie bemühte sich nicht, ihren Unmut zu verbergen.

„Aufhören, Heiner – das geht so nicht! Der Hauptmann kann von mir aus ekelhaft sein und selbstherrlich – und machtbesessen sowieso. Aber, doch nicht so *brutal*! Wir müssen dem Publikum wenigstens einen Hauch von Sympathie für ihn abgewinnen, sonst geht Spannung verloren, und jeder hofft nur noch auf sein Ende."

Trotzig schlug Heiner die Beine übereinander und kreuzte seine Arme.

„Das finde ich nicht. Gerade in kleinen Aktionen sollte seine Skrupellosigkeit deutlich werden!", verteidigte er sich.

Sandra saß noch immer perplex auf dem Boden. Als sie Heiner den Stiefel vom Fuß ziehen wollte, hatte er sein Bein völlig unerwartet nach vorn schnellen lassen und sie dabei in die Brust getreten. Ihr Oberkörper krampfte sich vor Schmerz und Überraschung noch immer zusammen. Der Schock verhinderte dass sie aufbegehrte, und wortlos nahm sie ihre alte Position auf den Knien wieder ein.

„Wir wiederholen die Szene", befahl Lissy.

„Und diesmal mit mehr Eleganz, bitte. Der Hauptmann ist kein rüpeliger Gasthausganove."

Das ließ sich Heiner nicht gefallen. So viel künstlerische

Freiheit, um seine Rolle zu interpretieren, sollte man ihm schon lassen. Mit Lissy musste man Klartext sprechen.

„Du hast hier eigentlich gar nichts zu sagen, schon vergessen?“, sagte er drohend. „Du reißt hier alles an dich, ungefragt – das Erbe deines Liebhabers ist dir ganz zufällig in den Schoß gefallen, was? Die Rolle ist mir auf den Leib geschrieben! Ich sage dir auch, warum: Friedhelms Hauptmann hat genau die Spur Brutalität gefehlt, die Friedhelm selbst gebraucht hätte, um sich im entscheidenden Augenblick zu wehren. Sonst würde er heute vielleicht noch leben.“

Heiner bohrte seinen Blick tief in Lissys emotionslose, graue Augen.

Hatte er vom Hauptmann – oder aber von Friedhelm selbst gesprochen?

Sandras Armhaare stellten sich auf. Sie konnte sich nicht erinnern, wann sie das letzte Mal eine Gänsehaut bekommen hatte.

Die bedrückte Stimmung, die Sandra als Bedienung und Untergebene beim Spielen empfunden hatte, wich nicht. Wie auch, da sie noch immer die grob gewebten Kleider trug, die ihr ungewohnt um die Fußknöchel streiften. Sie hatte beschlossen, sich nicht umzuziehen, denn es war ja nicht weit bis nach Hause. Sie wollte möglichst schnell dort sein. Der Vorfall mit Heiner hatte ihr nach dem anstrengenden Tag noch den Rest gegeben. Rasch überquerte sie den Kirchvorplatz.

„Hat es denn weh getan?“ Schnellen Schrittes holte Heiner sie ein. Sandras zu einem dicken Zopf gebändigtes Haar schaukelte vor ihm gleichmäßig hin und her.

„Das wollte ich natürlich nicht. Das nächste Mal werde ich versuchen, dir einen sanfteren Stoß zu verpassen“, versuchte Heiner seine Entgleisung wieder gut zu machen.

Sandras Zopf schlug ihm ins Gesicht, als sie sich plötzlich zu ihm umwandte.

„Das war kein kalkuliertes Spielen – du hast mich, ohne nachzudenken, einfach getreten!“, warf Sandra ihm vor. „Was habe ich dir denn eigentlich getan?“ Ärgerlich stellte sie sich vor Heiner hin. Fast hätte sie ihn stillschweigend davonkommen lassen – was war nur in sie gefahren? Lief sie etwa Gefahr, mit ihrer unterwürfigen Rolle gleichzeitig ihre Identität aufzugeben?

Heiner war verunsichert. So einfach war es also doch nicht mit einer Entschuldigung. Verteidigungsbereit holte er tief Luft und ließ seinen Brustkorb anschwellen.

„Komm, Sandra, in der Schauspielerei muss man eben was aushalten können. Nimm's doch nicht so persönlich ..." begann er. Aber so leicht ließ Sandra ihn nicht davonkommen.

„Was meinst du mit ‚aushalten'? Weißt du was – ich trau dir nicht über den Weg. Wenn so was noch einmal vorkommt, steige ich aus. Ich lasse mich doch nicht von dir tyrannisieren, nur, weil du beim Spielen sadistische Anwandlungen bekommst!" Sandra war kaum noch zu bremsen. Sie hasste das Gefühl, gedemütigt worden zu sein.

Die anderen Mitspieler waren ebenfalls an Sandra und Heiner vorbei gelaufen. Als Letzter verließ Patrick das Gemeindehaus und klingelte beim Pfarrer, um ihm den Schlüssel zurück zu geben. Der Junge schien eine Vorliebe für den Kirchenschlüssel zu haben.

Sandra raffte ihren weit geschnittenen Leinenrock zusammen und lief in Richtung Altstadt.

Sie wollte schnell nach Hause und es war kalt. Schon lange hatten sich die Nebelschwaden wie Rauch um die Häuser gelegt. Weit und breit war keine Menschenseele mehr zu sehen. Auch Amelie war unauffällig in die Nacht entschwunden.

Es war Donnerstag Abend und diesmal standen die braunen Mülltonnen vor den Türen der ordentlichen Vorstadthäuser. Sandra hielt es nicht für nötig, sich die Abfuhrtermine in den Kalender einzutragen, es reichte, abends einen Blick auf die nächsten Wohnhäuser zu werfen um zu wissen, ob für den nächsten Tag eine Leerung geplant war. Dennoch war es schon vorgekommen, dass diese Technik versagt hatte. Manchmal schienen die Nachbarn sich einen Sport daraus zu machen: wem würde es gelingen, als Letzter seinen Mülleimer herauszustellen, um ihn dann am nächsten Morgen als Erster wieder an seinen Platz zurück zu schieben? Als habe man so etwas Hässliches in diesem adretten Städtchen nicht nötig.

Es lag selten Abfall auf der Straße, und doch war es welcher, der Sandras Schritt langsamer werden ließ: ein fleischfarbener Kunststoffmüll, der mitten auf dem Fußweg lag. Er sah aus wie ein verschmutzter Gummihandschuh.

Sandra hob ihn auf und warf ihn in die nächste Tonne.

Das Badezimmer war gerade groß genug für zwei Menschen, die sich gut kannten. In der Enge konnte es schon mal vorkommen, dass man einen Zahnpastaspritzer seines Nebenmannes abbekam. Im Hintergrund drangen aus Kais Zimmer Töne, die orientalisch anmuteten. Bei dem Lärm würde kein Mensch einschlafen können, er erinnerte an die Sirene eines Polizeiwagens, die immerzu ins Stocken geriet, um dann wieder mit neuer Kraft loszulegen. Die neue CD aus China war keine Gute-Nacht-Musik, die in einen friedlichen Schlaf führen würde.

Während Kai auf seiner Zahnbürste herumkaute, rieb er zwischen beiden Handflächen eine Strähne seiner langen, dünnen Haare, die er zuvor in einer Seifenlauge eingeweicht hatte. Der nächste Versuch, seine Haarpracht in jamaikanische Kunstlocken zu verwandeln. Konzentriert betrachtete er sein Spiegelbild.

Wo hatte der Junge nur diese Eitelkeit her? fragte sich Sandra. Nicht einmal Tom machte solch ein Aufhebens um sein Aussehen. Allerdings ging er auch charmanterweise stets davon aus, dass er umwerfend aussah. Was er zumeist auch tat.

„Hast du eigentlich Claudia heute vergessen?", fragte Sandra, während sie ihr Gesicht mit einer duftenden Lotion massierte. Sie stellte fest, dass sich ihre Stirnfalte vertieft hatte. Mit Nachdruck rieb sie darüber, als könne sie sie wegradieren.

„Claudi – wieso? ... ach, du heilige Scheiße!", entfuhr es Kai. Erschreckt starrte er auf sein Spiegelbild. Sandra fragte sich, ob der Gedanke an die verpatzte Verabredung, oder aber sein eigener Anblick den Schrecken verursachte.

„Dass sie vorm Schafengehen nochmal angerufen hat, hab ich doch glatt vergessen! Die Crunchmoon-CD war halt ziemlich laut", rechtfertigte sich Kai.

Die Raucherecke war nach einem Mehrheitsbeschluss der Lehrerversammlung abgeschafft worden, sehr zum Leidwesen mancher Schüler.

Sandra hatte Aufsicht. Vor der Turnhalle, die den Schulhof begrenzte, standen zwei breite Büsche, die noch nicht ihre Blätter abgeworfen hatten. In ihrem Schutz kauerte jemand und sandte Rauchsignale in den Himmel.

„Das kann doch nicht wahr sein – Claudia! Bist du von allen guten Geistern verlassen?"

Das Mädchen saß versteckt im Schulhof und paffte eine Zigarette. Sandra hockte sich zu ihr.

„Mach sofort das Ding aus! Ist irgendwas los – hast du Ärger gehabt?", fragte sie das Mädchen nach einem Blick auf deren verkniffenes Gesicht.

Der mütterlich-strenge Ton, den Claudia von ihrer eigenen Mutter nicht gewohnt war, schien das Mädchen zu provozieren. Sie zog eine zweite Zigarette aus der Schachtel, zündete sie an ihrer brennenden an und reichte sie ihrer Lehrerin. Ärgerlich nahm Sandra sie ihr aus der Hand, unschlüssig, wie die Entsorgung zu bewerkstelligen sei.

„Mach keine dummen Scherze, sondern sag mir, was mit dir los ist!"

Claudia paffte lustlos an ihrer Zigarette. Nach einem Lungenzug sah es nicht gerade aus. Sandra vermutete, dass ihr eigentlich nicht viel am Rauchen lag. Sie hatte das Mädchen zum ersten Mal dabei ertappt.

„Ich hab Ärger gehabt. Mit der Frau Ganter", antwortete Claudia verstockt.

Sandra wusste, dass Claudia Erdkundeunterricht bei Lissy hatte. Dass sie nicht ihre Lieblingslehrerin war, wusste sie auch.

„Erzähl schon. So schlimm wird's schon nicht sein!"

War das Mädchen nur bockig – oder hatte sie Angst? Was war nur vorgefallen, das sie daran hinderte, sich mitzuteilen?

Zwei Männerbeine bauten sich vor Sandra und ihrer Schülerin auf. Sandra sah geradewegs auf die ausgebeulten Knie einer verwaschenen Cordhose.

„So, Frau Lachner, ich denke, das reicht jetzt. Verständnis haben Sie – ja, ich denke, wir alle – wahrhaftig genug gezeigt für Claudia. Aber dass Sie mit dem Mädchen auch noch, versteckt in den Büschen, rauchen – das geht doch eindeutig zu weit! Außerdem ist mir da noch etwas zu Ohren gekommen, das ich mit Ihnen klären möchte. Kommen Sie bitte gerade mal mit in mein Büro!" Herr Albinger war wieder gesund, seine vorübergehende Erkältungsschwäche bezwungen. Seine Stimme klang fest und vorwurfsvoll.

Worte wie ‚Kumpanei', ‚Bevorzugung einer Schülerin' und ‚Disziplinarverfahren' dröhnten in Sandras Ohren, als sie das Zimmer des Schulleiters wieder verließ.

Obwohl Herr Albinger keine Namen genannt hatte, war es Sandra schnell klar, wem sie den Ärger mit ihrem Chef zu verdanken hatte.

Sandra wusste, dass sie sich in einer Gefahrenzone aufhielt, als sie Claudia Rückendeckung gab. Doch nun versuchte sie erst gar nicht, sich zu verstellen. Die Konfrontation mit dem Schulleiter überrumpelte sie glattweg.

Nach dem mittäglichen Gongschlag lehnte sich Sandra an einen Kastanienbaum und wartete. Claudias missgünstige Klassenkameradin, das dickliche Mädchen, das selbst in der beginnenden kühlen Jahreszeit selbstbewusst den gepiercten Bauchnabel zur Schau stellte, grinste Sandra keck im Vorbeilaufen an. Schließlich kam Claudia mit gesenktem Kopf über den Schulhof getrottet.

„Also los, Claudia, sag schon – was ist in Frau Ganters Unterricht vorgefallen?", fragte Sandra und schloss sich ihr an.

„Sehen Sie die Dicke da vorn? Das ist die Lena, eine saudumme Kuh." Claudia deutete mit vorgeschobenem Kinn und wütendem Blick auf das rundliche Mädchen vor ihnen.

„Sie hat mich blöd angemacht, als ich zu spät in die erste

Stunde kam und hat rumproletet, dass Sie mich immer bevorzugen und gute Noten geben, obwohl ich nichts gemacht habe. Und dass das bei Frau Ganter nicht funktioniert. Was ja sogar stimmt – aber musste sie das denn verraten?"

Entschuldigend sah Claudia ihre Kunstlehrerin an.

„Ich weiß nicht, wie sie es herausgefunden hat – sie kann mich halt nicht leiden und hat da wohl was mitbekommen. Aber dass die Frau Ganter das so ernstnimmt und dem Schulleiter sagt, hätte ich nicht gedacht! Er hat mich in sein Büro geholt und gefragt ob es stimmt, und ich konnte es nicht abstreiten."

„Was hast du denn gesagt?" fragte Sandra.

„Dass Sie mich eben verstehen und mir weiterhelfen wollten. Und dass Frau Ganter manchmal im Unterricht säuft und dass das auch nicht besser ist."

Der Freitag hielt noch einige Anforderungen bereit. Am späten Nachmittag würde auf ‚Maria Hilf' die Generalprobe stattfinden, und am darauffolgenden Abend die Premiere. Auch die Jury aus Stuttgart wollte dabei sein, um der Mühlheimer Laienbühne ihre Punkte zu vergeben.

Überall hingen die Ankündigungen, die meisten Eintrittskarten waren im Vorverkauf schon vergeben, und im Städtchen war das bevorstehende Theaterspiel der wichtigste Gesprächsstoff.

Sandra fühlte sich von Lissy verraten. Sie war hin- und hergerissen zwischen Wut und Sorge. Welche Konsequenzen hatte sie zu befürchten? Vielleicht war in der Schule noch nichts verloren, und der Schulleiter würde mit sich reden lassen. Er trat zwar gern als Moralist auf, doch im Grunde war ihr Chef, wie Sandra im Schulalltag beobachten konnte, ein wohlmeinender Mensch. Herr Albinger kam Sandra wie ein Mann mit klaren Prinzipien vor: ausgestattet mit einem konservativen Weltbild, einzelkämpferisch und mit Betonung auf das soziale Miteinander. Es ging ihm nichts über seine Arbeit, den Männerstammtisch und seine gesellschaftliche Stellung. Über einen schwerwiegenden Konflikt in der Schule würde er nicht ohne weiteres hinwegsehen.

Sandra entschied, dass der ‚Hauptmann im Turm' vor allem anderen Vorrang haben sollte, bis die Aufführungen vorbei wären. Das würde ihre ganze Konzentration kosten und sie von den neuen Problemen ablenken. Dennoch würde sie bald schon mit Lissy ein Wörtchen reden müssen.

Sandra sehnte sich danach, nach dem Mittagessen in die Natur zu gehen: Kraft schöpfen, tief durchatmen und sich den Kopf von allen sorgenvollen Gedanken durchpusten lassen. Dafür würden die rauen Herbstwinde, die neuerdings kräftig durch das Tal bliesen, schon sorgen.

Diesmal war es die rote Farbe, die in großen Blutstropfen den kurzen Weg zwischen Kais Zimmer und dem Bad schmückte. Was war das schon wieder für eine Überraschung? Nicht einmal wenn sie ausgeruht und sorgenfrei gewesen wäre, hätte sie das aggressive Heavy-Metal-Gedröhne ertragen können, das aus Kais dunkler Höhle dröhnte. Ab welchem Alter konnte man von einem Jugendlichen Rücksicht und vielleicht sogar so etwas wie Fürsorge erwarten? Hätte er sich nicht zum Beispiel schon ums Mittagessen kümmern können, solange sie sich in der Zange des Schulleiters befunden hatte?

Erschöpft stieß sie die Türe zu Kais Reich auf. Nicht umsonst hatte sie sich auf das Schlimmste vorbereitet.

Mitten im Chaos des unaufgeräumten Zimmers, in dessen Mitte ein offener Eimer mit Farbe stand, tanzte Kai wild zu der Musik umher und schwang dabei einen langen, glücklicherweise nicht mehr tropfenden Pinsel. Ein leibhaftiges Rumpelstilzchen, kurz vor dem Auseinanderbersten.

Er feierte das Ergebnis seiner neuen Wandverschönerung. Unübersehbar rot und frech prangte ein riesiges, auf dem Kopf stehendes, gemaltes Kreuz über seinem Bett. Das antichristlichste Symbol, das Sandra sich denken konnte. Eine nahe Beziehung zur christlichen Religion hatte sie selbst zwar nicht, aber diese offene Feindseligkeit ihres Sohnes erschreckte sie doch.

Kai hatte ihr Eintreten nicht bemerkt, und Sandra verließ, nachdem sie die Lautstärke auf eine erträgliche Dimension heruntergedreht hatte, wortlos das Zimmer. Unüberlegt etwas zu sagen, könnte jede weitere Kommunikation unmöglich machen – das hatte sie in der letzten Zeit gelernt. In diesem Fall aber verhinderte allein ihre Kraftlosigkeit jede vorschnelle Reaktion.

Rotbackig und hungrig ließ Kai sich zum Mittagessen nieder. Fast glaubte Sandra, sie habe unter einer Halluzination gelitten, so unschuldig und gut gelaunt wirkte ihr Sohn. Keine Spur von Aggression.

Munter machte er sich über die Linsen mit Spätzle her, eines seiner Leibgerichte. Eigentlich hatte Sandra die schwäbischen Nudeln selber machen wollen, den Spätzledrücker hatte sie zu dem Zweck schon aus dem Schrank geholt. Doch das anschließende Saubermachen des Küchengerätes – mit Streichhölzern die vielen kleinen Löcher einzeln vom klebrigen Teig zu befreien – hatte ihren Kochehrgeiz erheblich gedämpft. Die abgepackten vom ‚Alleskauf' waren schließlich auch nicht die schlechtesten.

„Kann heute Abend zu der Generalprobe eigentlich auch schon jeder kommen?", fragte Kai mit vollem Mund und schlürfte in einem Zug sein volles Glas Milch leer.

In Sandras Kopf herrschte ein heilloses Durcheinander. Wie passte das zusammen – hier das rote, umgedrehte Kreuz, als hätte Luzifer persönlich seine Hand im Spiel gehabt – und vor ihr der schlacksige, heißhungrige Junge mit milchverschmierten Mundwinkeln? Konnte es sein, dass sie als Mutter mehr unter diesen schizophrenen Schwankungen litt als ihr Sohn selbst?

Zu einem einzelnen roten Fleck auf Kais grauem Sweatshirt gesellte sich ein helles Spätzle, gekrümmt wie ein gelblicher Wurm. Irgendwie fühlte sich Sandra durch den Anblick besänftigt. Solange er sich mit ihr an einen Tisch setzte, würde sie ihn sättigen und sich über seine Anwesenheit freuen. Und wenn er sich danach mit dem Teufel persönlich vergnügen würde – das konnte sie wohl nicht verhindern.

„Was meinst du? – Nein, das ist für heute eigentlich noch

nicht geplant. Sonst kommen alle möglichen Leute, und das könnte der morgigen Aufführung die Spannung vorweg nehmen. So jedenfalls sieht es die Lissy.“

Lissy Ganter, die Verräterin ... und Säuferin?

„Ihr macht wohl immer das, was sie sagt, oder?“

Sandra wusste, dass Kai die Lehrerin, die er im Biounterricht hatte, zu autoritär und streng fand. Sie war auch, so sagte er, häufig schlecht auf ihren Unterricht vorbereitet, ließ die Schüler öfter als alle anderen Lehrer einen Film angucken oder gab ihnen kopierte Arbeitszettel, während sie selbst am Schreibpult Klassenarbeiten korrigierte. Hatte sie in ihrem Schreibtisch, zwischen allen Unterlagen, auch ihre Flasche versteckt?

Sandra überlegte. „Vielleicht hast du Recht – wir machen eigentlich immer, was sie uns vorgibt. Irgendeiner muss ja manchmal für die Gruppe entscheiden, wie die Dinge laufen sollen, sonst gibt es zu viele Diskussionen“, erklärte sie.

„Vor allem, seit es Spannungen unter den Mitspielern gibt, und alle misstrauisch sind“, setzte sie in Gedanken hinzu.

Die Vögel schnatterten und kreischten, sie plusterten sich auf und flatterten von einem Baum zum nächsten. Ihre Aufregung schien sich auf den ganzen Wald zu übertragen – es herrschte eine Aufbruchstimmung, die an die Atmosphäre in einem Flughafen erinnerte.

„Das richtige Wetter, um in den Süden loszufliegen“, bemerkte Amelie. „Windig, sonnig und trocken.“

Ob sie zufällig nach dem Mittagessen am Mesnerhaus vorbeigekommen war, oder gezielt Sandras Begleitung gesucht hatte, verriet Amelie nicht.

Es war das erste Mal, dass Sandra sie in einer langen Hose sah. Die eng anliegenden Jeans standen ihr gut und Sandra war überrascht, wie sportlich und muskulös die schmale Frau darin aussah. Die Zerbrechlichkeit, die Amelie ausstrahlte, war von dem blauen Wolkenrock, den sie sonst immer getragen hatte, betont worden. Hatte sie nicht seit dem Tod ihres Mannes etwas zugenommen – ging es ihr ohne Friedhelm besser, als man im Allgemeinen anzunehmen wagte?

Sie liefen gemeinsam los, als hätten sie sich verabredet. Amelie nahm geradewegs Kurs auf den schmalen Wanderweg, auf dessen Ziel eine einfache Holztafel wies: ‚Felsenhöhle, 20 min.' besagte die darin eingebrannte schwarze Schrift. Sandra passte sich dem Tempo ihrer Begleiterin an.

Die Luft roch nach feuchtem Schlamm und Dünger, der von einem frisch gepflügten Feld herüberwehte. Die Frauen fielen beim Laufen in einen lockeren Trab der, wenn man ihn auf Musik übertragen hätte, zu einem leichten, beschwingten Stück gepasst hätte. Sandra freute sich an dem Gefühl des weichen Bodens unter ihren Füßen, sie genoss die Anstrengung des steilen Anstieges, die sie mühelos schaffte, und stellte sich vor, wie die Vögel sich in Gruppen aufmachten, flügelschlagend den Wald zu verlassen. Bald schon würden sie sich vom Donautal verabschieden und dem Bodensee nähern, um ihn zu überqueren, unermüdlich und immer weiter dem Süden entgegen. Könnte sie sich doch nur anschließen und das Gefühl von Freiheit mit ihnen teilen!

Da verließ Amelie plötzlich den fest gestampften Pfad und lief quer durch die Wacholderbüsche bis in den lichten Wald hinein. Eingedrückte Zweige bezeugten, dass es jemanden gab, der sich hier öfters einen Weg durch die Wildnis schlug. Zweifellos war dieser Jemand Amelie, denn sie schien sich bestens im wilden Unterholz auszukennen.

Sandra konnte hören, wie die Zweige knackten, über die Amelie hinweg ging. Es war noch heller Tag, aber im Unterholz dämmerte die ewige Waldfinsternis. Plötzlich blieb Amelie stehen und kniete sich auf den moosbewachsenen Boden. Mit raschen Handbewegungen wischte sie Zweige und Blätter beiseite, die etwas zuzudecken schienen: eine oberflächlich zugedeckte Felsspalte. Breit genug für einen schlanken Menschen. Sandra und Amelie passten gut hindurch.

Mit Tom hatte Sandra das Tauchen entdeckt. Jahrelang waren sie während des Studiums, soweit es der Geldbeutel zuließ, in exotische Länder gereist, immer auf der Suche nach dem nächsten Unterwassergenuss. Die geheimnisvolle Welt der farbigen Fische, skurrilen Meereswesen und wogenden Korallen hatte beide in ihren Bann gezogen. Manchmal glaubte Sandra, sie könne süchtig werden nach diesem schillernden, bunten Schweigen, das ihr nichts abverlangte, sie lediglich einlud zum Schwimmen und Schauen, dazu ringsum die Stille – es war die beste Entspannungsmethode, die sie kannte.

Vielleicht war es versponnene Nostalgie, doch mit der Trennung von Tom war auch diese Ära für Sandra radikal beendet.

Die Höhlenwelt, in die Amelie sie an diesem Tag vor der Generalprobe führte, erinnerte Sandra an die zurückliegenden Taucherlebnisse. Doch irgend etwas an der Stimmung dort unten war anders, als es die im Wasser gewesen war.

Plötzlich wusste Sandra, was es war, was sie erregte und gleichzeitig ein beklemmendes Gefühl in ihr verursachte: es gab Spuren anderer Menschen. Man sah und hörte sie nicht – aber der feste Boden war ausgetreten. Vielleicht lebten sie nicht einmal mehr. Fast glaubte Sandra, sie zu riechen.

„Hier sind es immer fünf bis sieben Grad, im Sommer wie im Winter."

Die Luft war klamm. Sandra war froh darüber, dass sie ihren dicken Wollpullover angezogen hatte, obwohl der Himmel klar gewesen war und weiße Wolken am Himmel hingen, als sie losgegangen waren. Doch die Oktoberwinde waren nicht zu unterschätzen, sie ritzten in die Haut wie schlecht geschliffene Messer. Die wirklich scharfen aber würden erst noch kommen. Dann war die rustikale Outdoor-Kleidung gefragt.

Die unregelmäßig gewölbte Decke über ihnen glänzte wie mattes Gold. Nach der mühsamen Kletteraktion in die gewundenen Tiefen waren die Frauen schließlich am Ziel angelangt – im Mutterleib der Höhle.

Der Nebel lichtet sich

Nicht jeder verträgt Hitze, und erst recht nicht, wenn sie mit einer hohen Luftfeuchtigkeit einhergeht.

Leo Mannskis Kreislauf machte zum ersten Mal Bekanntschaft mit einem Dampfbad. Er hielt sich tapfer und staunte darüber, dass es ihm gelang, die befremdlich hohen Temperaturen auszuhalten, ohne dass es ihm schwindelig oder gar übel wurde. Allmählich glitt er in einen trägen, entspannten Zustand. Die Poren öffneten sich, und sauberer Schweiß strömte aus ihnen hervor, als sei der Körper angefüllt mit Wasser, das nun, wie bei einem Dammbruch, aus ihm herausschwappte.

Auf den unteren Stufen saßen noch ein paar Menschen, die Leo kaum sehen, und nur leise hören konnte. Zwei Männer unterhielten sich flüsternd. Leo konnte ihre behaarten Nacken schwach erkennen, in den dichten Nebelschwaden verschwanden Kopf und Oberkörper. Je weiter hoch man sich auf die blau gekachelten Stufen gesetzt hatte, desto unsichtbarer wurde man. Leo und Sandra saßen ganz oben.

Sandra trug einen schwarz und streng geschnittenen Badeanzug mit einem hochgeschlossenen Ausschnitt. Genauso zugeknöpft wirkte sie auch. Ihre muskulösen Beine tauchten aus dem weißlichen Nebel hervor, der dünne Schweißfilm glänzte auf ihrer Haut wie eine glatte Wachsschicht.

Leo ahnte nur, wo ihr Gesicht war, obwohl sie neben ihm saß. Sie atmete tief und konzentriert und sprach nicht. Leo stützte sich mit den Ellenbogen auf seinen Oberschenkeln auf und triefte ergeben vor sich hin. Ratlos ließ er seinen Kopf zwischen den Oberarmen hängen. Warum diese Verschlossenheit – von seiner nächtlichen Eskapade mit Lissy konnte Sandra doch nichts erfahren haben? Oder war das ihr normales „Dampfbadverhalten“?

Eine Besucherin erhob sich von einer der vorderen Sitzstufen und riss die Glastüre auf, um dem schweren Dampf zu entkommen. Die kalte Luft strömte in den Raum wie ein unverschämter Eindringling. Sobald die Frau draußen war, dämpften die beiden Männer vor Leo nicht mehr ihre Stimmen. Vermutlich glaubten sie, nun alleine in dem Raum zu sein.

„Hast du vorhin im Schwimmbecken auch Amelies Kleine gesehen?", fragte der mit der tieferen Stimme.

„Du meinst Claudia? Dann war sie es also tatsächlich, ich war mir nur nicht sicher. Sie ist groß und hübsch geworden, was? Sieht immer mehr aus wie ihre Mutter."

Neugierig, wie Leo war, hatte er Kai nach ihrer vertraulichen Begegnung auf der Wiese zum Bahnhof begleitet, anstatt ins ‚Füchsle' zurück zu gehen. Er wollte sowieso noch nicht nach Hause, und zu Sandra traute er sich nicht. Lissy und die letzten Begegnungen mit ihr waren noch zu frisch. Leo befürchtete, der Geruch nach Sandelholz, der sich vielleicht in seiner Haut festgesetzt hatte, ihn verraten würde. Und wenn nicht der, dann sein schuldbewusster Blick.

Um die Begegnung mit Sandra noch ein wenig hinauszuzögern schlug er Kai vor, ihn mit seinem Auto zum Tuttlinger Bahnhof zu bringen. Claudias Zug würde bald ankommen. Kai ließ sein Fahrrad vorm ‚Füchsle' stehen und stieg in Leos Auto ein. Unterwegs machten sie in Nendingen vor einem frisch gestrichenen rosa Häuschen Halt. Kai ließ sich von dem Ex-Kommissar den Galerieschlüssel geben. Er nahm an, dass Claudia vorhatte, gleich die Ausstellung anzusehen.

„So stelle ich mir einen Bahnhof im Osten vor, aber vor der Wende", plauderte Kai, als sie nach dem Kreisverkehr abbogen und auf das schmutzig-gelbe Gebäude zufuhren. Fast wären sie zu spät angekommen, denn der Bahnhof war schlecht ausgeschildert. Vielleicht schämten sich die Tuttlinger für ihn, der sich neben vielen anderen neuzeitlichen Bauten der Stadt wie ein verwahrlostes Stiefkind ausnahm – wenn auch eines, das vor lauter Hässlichkeit bereits wieder an Charme zu gewinnen begann. Bereitwillig ging Leo auf den small-talk des Jungen ein.

Vielleicht würde das seinem nervösen Mitfahrer wenigstens zu einer kleinen Portion Gelassenheit verhelfen.

Der Zug war unpünktlich. „Wie meistens“, sagte Kai, der es gewöhnt zu sein schien. Auf dem Bahngleis blies ein schneidender Wind, obwohl die Luft überall sonst mild und still gewesen war. Als der ICE endlich einfuhr, wanderten Kais Blicke aufgeregt über dessen Fenster, die von außen sowieso nicht einsehbar waren.

Sie stieg ganz hinten aus. Das rote Mützchen, unter dem ein dunkelblonder Schopf hervorquoll, ließ Claudia wie einen verlorenen Waldtroll aussehen, allerdings wie einen, der Fröhlichkeit und Schalk nicht kannte. Das spitze Mausegesicht mit den dunkelblauen, ernsten Augen hätte zu einer erwachsenen, nicht aber zu einer so jungen Person gepasst.

Auf der Rückfahrt redeten die Jugendlichen nicht viel. Sie strahlten eine Vertrautheit miteinander aus, die an Geschwister erinnerte, Zwillinge vielleicht, die die Gedanken und Gefühle des anderen kannten wie ihre eigenen. Ihre Unterhaltung fügte sich aus Bruchstücken zusammen, deren Verbindung Leo nicht immer gleich erkannte. Es ging um das Jugendcafé und den neuen Lautsprechern darin, einer aktuellen Band, die nur Lauttexte ohne Sinn hatte, und um Minka, Claudias Katze, die seit ihrem Wegzug aus Mühlheim in Kais Besitz übergegangen war.

Und schließlich ging es um Sandras Ausstellung. Claudia wollte der Galerie, wie Kai richtig vermutet hatte, sofort einen Besuch abstatten. Der Galerieschlüssel klimperte in Kais Hosentasche.

Wie in Trance lief Claudia durch die Ausstellung, von einem Bild zum nächsten. Am längsten blieb sie vor der Zeichnung mit dem ‚Gelben Felsen‘ stehen. Fast bereute Leo, einen Punkt auf das Bild geklebt zu haben, das somit als verkauft galt. Vielleicht hätte sie das Bild selbst haben wollen? Leo beschloss, ihr eine Kopie davon zu machen.

Nirgendwo sonst blieb Claudia keine Minute lange vor einem Werk stehen. Das Mädchen wirkte getrieben. Sie vermied es, sich auf die einzelnen Werke länger zu konzentrieren.

Leo hielt den Atem an, als sie sich dem größten Gemälde näherte. Aufmerksam beobachtete er Claudias Gesicht, während sie den Inhalt des Bildes erfasste.

Er widerstand dem Impuls ihre Hand zurückzuhalten, als sie auf die Leinwand zuging. Sie würde sie doch nicht in einer Anwandlung von Aggression zerstören wollen?

Tastend strich Claudia über die Oberfläche des gemalten Trokars, als erwarte sie, einen echten Gegenstand in die Hand nehmen zu können.

Und nun waren sie schon seit über einer Stunde in dem edlen Heilwasserbad: junge, hübsche Muttis mit ihren orangebeflügelten Kindern, kernige Athleten, die unermüdlich ihre Bahnen wie Schwimmroboter zogen, und Omas und Opas mit braunen, hängenden Falten, frisch aus dem Solarium. Kai und Claudia vergnügten sich an den abenteuerlichen Rutschen und tobten wie kleine Kinder im Wasser herum. Leo war geradezu erleichtert als er sah, wie schnell es Kai gelang, den traurigen Waldtroll in ein fröhliches junges Mädchen zu verwandeln.

Sandra hingegen hatte Leo ziemlich bald ins Dampfbad gezogen.

„Es muss mich ja nicht jeder sehen. Ich habe keine Lust, auf mein Fehlen heute morgen bei der Vernissage angesprochen zu werden", hatte sie erklärt.

Sie gingen alle zehn Minuten für eine kurze Abkühlung unter die kalte Dusche und begaben sich dann sofort wieder in das Innere des heiß-feuchten blauen Raumes.

Leo wartete einfach ab. Die Hitze nahm ihm die Redelust, und er hörte den beiden Männern zu. Ihre Stimmen kamen ihm irgendwie bekannt vor, aber ihm fielen weder Gesichter, noch Namen, zu ihnen ein.

Sie hatten das Thema gewechselt.

„Und, wie läuft's mit den Vorbereitungen?", fragte der mit der weichen, angenehmen Stimme.

„Du meinst mit ‚Der Besuch der alten Dame?' Die erste Aufführung ist ja schon am Montag, also übermorgen – wir sind gerade beim Countdown!", antwortete der andere. Das konnte nur Heiner sein, wie Leo jetzt an seiner harten Stimme mit der betont klaren Aussprache erkannte. Wer aber war sein Begleiter? Sandra rührte sich nicht.

Die beiden Männer besprachen das Problem, das sich stellt, wenn sich das Wetter verschlechtert und eine Aufführung im Freien unmöglich macht, oder ein Darsteller unerwartet ausfällt.

„Manche sind in einer neuen Rolle besonders gut, wenn sie sich noch nicht so daran gewöhnt haben, und noch locker und offen für Improvisationen sind", erklärte Heiner seinem schwitzenden Begleiter.

„Stimmt, so wie letztes Jahr im ‚Hauptmann im Turm'. Amelie war da unschlagbar, erinnerst du dich?", fragte der mit der soften Stimme.

Als die beiden Männer sich erhoben, ging Heiner hinter seinem Begleiter und verdeckte ihn, so dass Leo ihn noch immer nicht erkennen konnte. Er hatte den Eindruck, dass die Männer ganz kurz ihre Hände ineinander verschränkten, bevor sie das Dampfbad verließen. Er konnte sich aber auch getäuscht haben.

Leo lehnte sich zurück. Das Bedürfnis, sich schon wieder unter die Dusche zu begeben, hatte ihn verlassen. Er steuerte auf einen Entspannungszustand zu, in dem keine andere Aktivität als Schwitzen denkbar war. Höchstens noch zuhören.

Jetzt waren sie allein im Raum. Sandras Stimme schlich sich in den warmen Nebel wie ein Geist, den man nicht fassen und nicht sehen konnte, und von dem man nicht wusste, ob es ihn wirklich gab. Leo blieb still und unterbrach sie nicht.

„Eigentlich mag ich Höhlen", begann sie. „Aber die Felsenhöhle fand ich irgendwie unheimlich. Ich fror und wollte wieder zurück in die Sonne. Doch Amelie setzte sich in eine Nische und zündete eine Kerze an. Ich dachte: ‚Hier kommst du nicht mehr raus!'"

Obwohl die Flamme der Kerze still war, warf sie unruhige Schatten auf die unregelmäßigen Wände der Höhle, die Sandra wie eine Gruft vorkam. Es war das erste Mal, dass sie in der Felsenhöhle war.

„Siehst du die Schatten? Das sind sie, die Mutigen, darunter auch Ängstliche, alle die, die nicht in der Stadt geblieben sind. Sie konnten sich kein Leben in der Unterdrückung vorstellen und haben lieber gehungert und wie die Tiere in einer Höhle gehaust. Sie haben hier zusammen geschlafen, gefroren, wie Steinzeitmenschen ein Feuer gemacht und darauf gewartet, dass die Stadt sich ihnen wieder öffnet. Sie wussten, dass die Kaiserlichen irgendwann die Stadt stürmen und die Schweden vertreiben, nein, schlimmer noch: überwältigen und töten würden. Die Kaiserlichen, die Befreier, waren die nächsten Ausbeuter, vielleicht sogar die schlimmeren."*

Sandra gab ihren Widerstand auf und setzte sich zu Amelie. Die schmale Frau mit den feinen Gesichtszügen schien immer mehr in eine Welt abzutauchen, zu der Sandra nicht gehörte. Als würde sie von Geschehnissen berichten, an denen sie selbst teilgenommen hatte.

„Nach den Kriegen kam die Dürre, und danach die Pest. Der Tod griff um sich. Es mussten immer zwei Kinder in einen Sarg gelegt werden, weil man nicht nachkam mit dem Anfertigen der Totenbäume."

Monoton schwebte Amelies Stimme durch den kühlen hohen Raum. Ihr gleichmäßiger Klang beruhigte die formlosen Schatten, die sich auf den tropfsteinigen Erhöhungen niedergelassen hatten. Aufmerksam verfolgten sie Amelies schaurigem Bericht.

„Kannst du dir vorstellen, welches Elend hier existiert hat? Was nur hat die Menschen aufrecht gehalten, was hat sie weiterkämpfen lassen? Sieh dir unser Städtchen heute an: Die Häuser sind Schmuckstücke, es gibt keinen, der Hunger leiden müsste. Und dennoch: Das Unglück hat die Menschen hier nicht verlassen. Der schwedische Hauptmann ist damals bestraft worden, und mit ihm alle Belagerer, alle Unterdrücker, die das einzelne Leben verachtet haben. Doch, der Geist der Vergangenheit lebt weiterhin unter uns!"

Wie pathetisch. Wäre die Umgebung nicht wie einem Gruselfilm entnommen, Sandra hätte sich über die Dramatik in Amelies Worten vielleicht sogar amüsiert. Hatte die Frau neben ihr noch immer nicht akzeptiert, dass das der Lauf der Welt war – Hunger, Elend, Krieg existierten heute noch genauso wie Wohlstand und Frieden. Das waren Realitäten, die jedes Zeitalter kannte. Da bildete Mühlheim keine Ausnahme. Und warum nachträglich klagen, wo es dem Städtchen doch heute so gut ging?

Amelie zog eine klamme Decke aus einem geräumigen Spalt in der Felsenwand neben sich.

„Komm, Sandra, wärme dich. Sieh sie dir an, die Schatten der Toten: heute noch werden wir sie auferstehen lassen, indem wir sie spielen. Wir haben uns dazu verpflichtet, ihre Geschichte nicht in die Tiefen des Vergessens gleiten zu lassen. Friedhelm hat sich als Nachfahre des schwedischen Hauptmannes gesehen, er war Mühlheimer und Schwede zugleich. Hier fühle ich mich ihm besonders nah. Lass uns einen Moment noch bei den Geistern der Vergangenheit verweilen und schweigend ihrer Geschichte lauschen, bevor wir in die trügerische Welt der Sicherheit und des Wohlstandes zurückkehren."

Wieder gingen sie sich abduschen. Sandras schwarzer Badeanzug klebte an ihr wie die Haut eines geschmeidigen, ledernen Tieres. Sie schloss die Augen und hielt ihr Gesicht dem kalten Wasserstrahl entgegen. Leo stellte sich vor, sie stünde unter einem Wasserfall, dessen harter Strahl nicht nur ihren Körper, sondern auch die Seele von Schmutz befreite: alle düsteren Erinnerungen wären mit einem Male weggewaschen. Mit sorgenfreiem, klarem Blick würde sie ihn dann endlich unbefangen zur Kenntnis nehmen.

„Die Generalprobe auf Maria Hilf verlief ohne Zwischenfälle", erzählte sie weiter, nachdem sie sich wieder auf ihre ausgebreiteten Handtücher gesetzt hatten, bereit für die nächste Schwitzrunde.

„Und dann war es soweit: der Samstag Abend rückte näher. Am Tag der Aufführung war das Wetter stabil, kein Regen weit und breit. Jeder der Truppe kam in seinem Kostüm, und wir trafen uns eine Stunde vor Beginn. Die Leute von der Jury aus Stuttgart waren auch schon da und sprachen mit Lissy als Hauptverantwortlicher über den Hintergrund des Stückes."

Die Jury bestand aus drei Männern und zwei Frauen, die nach ihrer Fragerunde mit Lissy ihren Platz in der ersten Reihe einnahm. Der Vorhof der Ruine war mit vielen Menschen gefüllt, und Sandra erkannte unter ihnen einige Bekannte. Auch Brille, der nebenher für die hiesige Lokalzeitung schrieb, und Mike vom ‚Burghof' – natürlich mit seiner neuesten, jugendlichen Flamme – waren unter den Besuchern.

Kai hatte sich für die Premiere besonders schick gemacht. Passend zum Schottenrock trug er in den vielen Zöpfen rotschwarz-karierte Bändchen, die Claudia ihm geflochten hatte. Lässig saß er mit übereinander gekreuzten Beinen auf einer der Kirchenbänke in der ersten Reihe, neben ihm seine Freundin, die sich in ihre helle Kunstfaserjacke gekuschelt hatte. Es war Mitte Oktober, und sobald sich die Sonne verzog, biss die abendliche Kühle zu. Amelie hatte auf jedes Bänkchen einen Handzettel mit Informationen zu dem Theaterstück ausgelegt.

‚Das Stück beruht auf wenigen überlieferten Informationen aus dem 17. Jahrhundert.

Im Dreißigjährigen Krieg 1618-1648 wurde Mühlheim immer wieder von den Schweden belagert. Wenn die Stadt ihre Tore offenhielt, konnte sie das Blutvergießen manchmal verringern, wenn auch nicht vermeiden. Bei einer Belagerung im Jahre 1632 wurde der Bürgermeister Jakob Huber erstochen.

Am 29. September 1633 kehrten die Schweden wieder zurück, zu 3000 Mann nahmen sie die Stadt ein. Teile des Volkes flüchteten in den Wald und in die Höhlen.

In welchem Jahr genau der schwedische Hauptmann im Turm verendete, oder aus ihm gar hinausgestoßen wurde, ist nicht bekannt. Dass es aber geschah, davon spricht heute der Ratshausturm mit dem Bildnis des Hauptmannes.

Ablösesummen für die kaiserlichen Soldaten und hohe Kosten für deren Unterbringung und Versorgung bluteten nicht nur die Stadt Mühlheim an der Donau aus. Dann kamen Hungersnöte und die Pest.

Heute ist Mühlheim ein blühendes Städtchen. Seine Vergangenheit hat es jedoch nicht vergessen.‘

Die letzte Zeile stach mit ihrer großen Schrift heraus:

„Friedhelm Lobmann, der Autor des Stückes und Regisseur, hatte selbst schwedische Vorfahren. Auch er ist einer Gewalttat zum Opfer gefallen.

So wie er erreichen wollte, dass wir dieses Stück historischer Vergangenheit nicht vergessen, so soll die Aufführung dazu beitragen, dass wir uns immer an ihn erinnern."

Das Publikum wurde auf Trab gehalten. Sandra hatte die Aufgabe, während des Stückes die Besucher von den Bänken weg und zum jeweiligen nächsten Ort der Handlung zu führen. Verschwörerisch winkte sie ihnen zu, um sie in den offenen Innenraum der Kirche und dann wieder an den Waldesrand zu locken. Jeder Umzug zum nächsten Schauplatz erhöhte die Aufmerksamkeit der Gäste und erzeugte Spannung.

Besucher, Spieler, Jury – alle waren mittendrin. Das Publikum wurde wie ein Teil des Stückes behandelt: Im Städtchen waren sie ein Teil der Bürger und Gefangenen, und wenn das Stück vor den Toren der Stadt oder am Waldesrand weiterspielte, so gehörten sie zu den Stadtflüchtigen. Vielleicht trugen auch die spannungsreichen Beziehungen der Schauspieler untereinander dazu bei, dass das Spiel besonders authentisch wirkte.

Die Bürger im Städtchen kamen nicht aus den Mauern heraus, die sie nicht zu schützen vermocht hatten, und die Menschen draußen trauten sich nicht in die Stadt hinein. Sie fürchteten Strafen, die die Schweden ihnen auferlegen könnten, und die mit Qualen, wenn nicht gar mit dem Tod, verbunden sein könnten. Folter war keine Seltenheit.

Doch vor der Pause drohte einen Moment lang das Spiel zu entgleisen. Amelie schien plötzlich nicht nur ihren Text vergessen zu haben, sondern auch die vorgegebene Handlung.

Das war, als der junge Hans in die Felsenhöhle mit der Nachricht zurückkam, das Volk sei dazu bereit, den schwedischen Hauptmann als ihr künftiges Oberhaupt zu akzeptieren.

„Wen kümmert es, wem wir dienen? Hauptsache, es herrscht Friede in der Stadt, und das Plündern hat ein Ende!" So sei die Stimmung hinter den Stadtmauern, berichtete Hans.

„Was sagt Martha dazu?", erkundigte sich eine von Annas blonden Töchtern, die über einem kleinen Feuer ihre Hände wärmte.

Eigentlich hätte Anna erbost aufspringen und ihren Unmut über die Feigheit ihrer Mitbürger äußern sollen. Statt dessen wandte sie ihr Gesicht dem jungen Hans zu, der sich neben Annas Tochter ans Feuer gekauert hatte. Ihm gefiel das Mädchen, und im Laufe der Spielhandlung würde sich hier eine zarte Liebesgeschichte entwickeln.

„Jede Sorge ist umsonst!", sagte Anna ruhig.

„Nicht mit Gewalt, sondern nur mit List wird es gelingen, die Belagerer loszuwerden. Martha wird es schon richten. Der Hauptmann weiß nicht, wie kaltblütig sie ist. Wenn jemand es schafft, ihn zu bezwingen, dann ist sie es."

Unter den Schauspielern entstand eine verlegene Pause. Da bewies der Nachtwächter Improvisationstalent:

„Magd, wo bleibt das Bier? Wir haben die beste aller Braumethoden weit und breit!" Auffordernd wandte er sich dem Publikum zu: „Überzeugt Euch selbst, denn: Pause muss sein!", rief er.

Der kräftige Applaus, der sich seinen Worten anschloss, brachte die Schauspieler wieder in Bewegung. Sie verbeugten sich in die Richtung des Publikums. Einige von ihnen zogen sich hinter den mit großen Vorhängen abgetrennten Teil des Kirchinnenhofs zurück, andere mischten sich unter die Besucher.

Sandra schob sich durch die Menschenmenge zu Kai und Claudia. Auf dem Weg hörte sie wie Lissy, die einen Riesenhumpen mit Bier in der Hand hielt, ärgerlich auf Amelie einredete. Dabei hatte die Abänderung des Textes gut, wenn nicht sogar besser als der vorgesehene gepasst – warum, wusste Sandra selbst nicht so genau. Dem Publikum jedenfalls war sicher nichts aufgefallen. Also kein Grund zur Aufregung.

Da war er wieder, der Groll auf Lissy, und die Worte des Schulleiters fielen ihr ein. Sorgte nicht Lissy selbst dafür, dass das Leben anderer durch sie aus den Fugen geriet? Es war regelrecht Rufmord, den sie in der Schule betrieben hatte, und der Sandra ihre Stelle kosten konnte. Wollte sie ihren Chef mit den Verleumdungen über Sandra von ihren eigenen Schwierigkeiten ablenken? Versuchte sie mit allen Mitteln, ihr Alkoholproblem zu verbergen?

Nein, lieber nicht mehr heute Abend darüber nachdenken. Das Stück verdiente ihre ganze Konzentration. Sie genoss die Aufführung und den Kitzel, vor einem großen Publikum zu stehen. Dass Heiner diesmal den befürchteten Tritt unterlassen hatte, steigerte Sandras Spiellust.

„Habt ihr Durst?“, fragte sie die Jugendlichen. An einem Stand wurde schweres, dunkles Bier, Met und selbstgemachte Limonade ausgeschenkt. Selbst in der Pause sollte die Atmosphäre des siebzehnten Jahrhunderts beibehalten werden.

Kai druckste herum. Warum war es so schwer, eine Antwort auf eine so einfache Frage zu finden? „Es ist was passiert“, sagte er schließlich. Stille. Kai sah Claudia fragend an, als hole er sich von ihr die Erlaubnis zum Weiterreden.

„Es ist ihr wieder eingefallen – die Stimme. Es war nicht ihr Vater, der Selbstgespräche geführt hat. Sie hat vorhin, als ihr gespielt habt, die Stimme wieder erkannt!“

Fragend sah Sandra das Mädchen an, deren große Augen weit geöffnet waren. In ihnen erkannte sie eine ernste Entschlossenheit, ihr Wissen preiszugeben. Aber auch noch etwas anderes sah Sandra: Es war Angst.

Sandra setzte sich neben Claudia und nahm ihre kalte Hand in ihre eigenen, von der Aufregung des Spiels gut durchbluteten Hände. Claudia sah an ihr vorbei, ihr Blick heftete sich an eine Person, die, in groben Leinenkleidern gekleidet, in der lachenden, geschwätzigen Menschenmenge stand und mit einem angespannten Gesichtsausdruck auf ihr Gegenüber einsprach.

Die Stimme war nicht besonders laut, und dennoch drang der ernste, eindringliche Unterton darin bis zu Sandra durch. Claudia sagte noch immer nichts. Das war auch nicht nötig, denn plötzlich wurde ein grauer Schleier von Sandras Augen weggezogen.

Da war nun die Bestätigung dafür, was sie schon lange vermutet hatte: Die schillernde, lebhafte, mittelpunktsgewohnte Lissy war nicht nur an Friedhelms Todesnachmittag, sondern auch zur Mordzeit bei ihm gewesen. Warum sie das bis dahin nicht zugegeben hatte, lag klar auf der Hand. Es gab vielleicht nicht sehr viele wirklich berechnende Menschen, die in der Lage wären einen anderen kaltblütig zu ermorden. Doch Lissy gehörte zu ihnen, das hatte Sandra schon lange gespürt – und nun wusste sie es sicher.

„Du bist dir also sicher, dass du Lissy gehört hast?", fragte Sandra. Erfand Claudia auch nicht irgendwelche Hirngespinste, und packte aus Geltungssucht das heiße Eisen der Täterfrage an?

„Es war die eine Szene", flüsterte Claudia. Sie räusperte sich kurz, als habe es ihr nach der großen Erkenntnis die Sprache verschlagen.

„Da, wo Martha versucht, ihren Mann davor zurückzuhalten, dass er zu den Schweden an den Fluss hinunter geht. An einer Stelle wird sie richtig böse, sie schreit da nicht wirklich, sondern unterdrückt irgendwie ihre Wut. Die Stimme hatte plötzlich einen ganz grollenden Unterton und hörte sich gefährlich leise und gemein an. Genauso war es, als ich die Stimmen bei meinem Vater gehört habe. Die waren auch nicht laut oder schrill, aber sie haben mich erschreckt – darum bin ich nicht reingegangen. Es war Lissy damals, jetzt weiß ich es ganz genau!"

Eindringlich richtete Claudia ihre samtblauen Augen auf Sandra und Kai.

„Werdet ihr es der Polizei sagen? Sorgt ihr dafür, dass sie ins Gefängnis kommt? Ich kann es nicht allein, ich habe Angst vor ihr!"

Es war Annas Idee, ihr Wissen um die einheimischen Kräuter zu nutzen. Sie wollte, dass dem Hauptmann Gift ins Bier gemischt werde.

Sie sammelte selbst die Blüten des Weißen Germers, der auf den feuchten Wiesen am Waldesrand zu finden war.

In der Nacht begab sich die Schneiderin an die Stadtmauer und rief mit kurzen, geißähnlichen Lauten dem Nachtwächter zu. Der ließ einen hölzernen Eimer an einer Schnur herab, in den Anna ihren Fund legte. Hinter den Stadtmauern würde Martha den Inhalt des Eimers übernehmen und ihn entsprechend weiterverwenden. Der Hauptmann sollte in seiner Todesangst seinen Soldaten den Truppenabzug befehlen.

Martha war von dem Schweden einbestellt worden: er wollte die Stadtgeschäfte mit ihr, der ehemaligen Bürgermeistersfrau, besprechen. Und das mitten in der Nacht? Seine Absichten waren klar. Die Chance wollte Martha nutzen.

Das Turmzimmer wurde zu normalen Zeiten als Gefängniszelle benutzt, doch der Schwede hatte es zu seinem Schlafgemach gewählt. Das Gewölbe im Schloss war größer und sollte aufmüpfige Bürger aufnehmen, so war seine Idee.

Ein würziges donautälerisches Bier hatte der Hauptmann noch nie abgelehnt, seit er im Städtchen weilte. Das Gift des Weißen Germers, das schon in der Antike als Mordgift an Pfeilspitzen verwendet wurde, würde ihn in einen schwachen und furchtsamen Zustand versetzen.

Mit großen, gierigen Schlucken trank der Schwede das schmackhafte Bier, dessen bitterer Geschmack den des giftigen Krautes übertönte. Wenige der zerquetschten Blüten müssten genügen, um dem Hauptmann ein so großes Unwohlsein zu verursachen, so dass Todesängste entstehen würden. In diesem angstvollen Zustand sollte er seinen Truppen den Abzug befehlen. Nur dann würde Martha ihm Heilung zukommen lassen, und er würde mit seinen Männern die Stadt für immer verlassen.

Heiners schauspielerische Leistung erreichte kurz vor dem Ende der Aufführung ihren Höhepunkt, als er sich Martha näherte und dabei ein wenig torkelte. Auch mit dem Reden ging es schwerer als sonst. Hegte er einen Verdacht – ahnte er etwas von Marthas Plänen?

„Du bist schön und schlau", sagte er.

„Du sollst an meiner Seite bleiben. Hilf du mir beim Verwalten deiner Stadt – und ich helfe dir, deine Stadt zu beschützen. Meine Männer mögen das Klima hier, euer Bier – und eure Frauen. Meine Männer sind stark und zäh. Und ganz besonders ich!"

Die Szene spielte wieder im Innenhof des Kirchengeländes. Das Publikum war dem Turm zugewandt, der aus dieser Sicht sein Inneres freigab. Er war ein halboffener Raum, vor dem ein Holzvorsprung gebaut worden war. Sogar ein Bett hatte darauf Platz. Martha und der Hauptmann bewegten sich auf dem Vorsprung aufeinander zu. Die Atmung des Publikums stockte oftmals, als er gefährlich nah am Rand des ungesicherten Balkons entlang torkelte.

„Hast du denn keine Gemahlin im fernen Norden?", fragte Martha. Die Frage hätte in einem koketten Tonfall gestellt werden können, doch aus ihrem Munde klang sie missbilligend.

Der Hauptmann hielt sich den Bauch. Die ersten Schmerzen schienen ihn zu befallen.

„Ach, was kümmern mich meine Sünden von gestern? Warum sollte ich zu einer derben, rotwangigen Frau zurückkehren, wo doch hier eine wilde Rose wächst? Obwohl auch du keine junge Knospe mehr bist, das weiß ich wohl ..."

Hier grinste der Schwede hämisch, doch sein Lächeln hing schief im schmerzverzerrten Gesicht. Er bemerkte nicht den Schatten, der sich über das Gesicht der gekränkten Frau zog.

„Ja, du bist eine verblühte Rose, eine Hagebutte! Zum Kratzen bereit, doch fruchtig im Geschmack, sobald die Dornen gezogen sind, stimmt's?!"

Der Schwede stieß ein Geräusch aus, das wie Lachen und Stöhnen in einem klang. Er griff nach der Frau vor ihm, die seinem Griff auswich und sich gegen die Steinwand drückte, um den Halt nicht zu verlieren.

Die Zuschauer hielten den Atem an. Der Hauptmann stand am Rand des kleinen Balkons.

Da zeigte Martha ihr wahres Gesicht.

„Du willst mir von Liebe sprechen, du Hurensohn?", zischte sie.

„Eine Frau im Norden, die andere im Süden – für wieviele Himmelsrichtungen hast du gesorgt? Lass es dir gesagt sein: *Ich* lasse mich für deine Zwecke nicht benutzen. Vorher sterbe ich – aber noch eher *du*!"

Die Worte kamen wie Pfeilstiche. Der Hauptmann krümmte sich unter jedem einzelnen. Das Gift des Weißen Germers entfaltete nun völlig seine Wirkung. Martha war in Rage geraten: Kein Mann durfte sich über sie lustig machen. Im selben Moment auch noch nach ihr zu greifen, verdoppelte die Schwere des Vergehens.

Waren es die unerträglichen Schmerzen, die seinen Schritt unsicher werden und ihn stolpern ließen? Oder hatte Martha ihn aus Versehen – oder mit Absicht – gestoßen? Der Mann stürzte vom Rand des Balkons herab, außerhalb der Sicht des Publikums und hinein in die Dunkelheit.

Martha blieb einen langen Moment schweigend vor dem Publikum stehen und sah es an, als erwarte sie Vorwürfe. Doch die Zuschauer reagierten nicht.

Ein leichter, aber kühler Wind zog von Norden auf und blies Marthas braunen Umhang hoch. Sie fröstelte, genauso wie das Publikum, und zog den braunen Stoff noch ein bisschen enger um ihre Schultern.

Als würde sie zu sich selbst reden, sagte sie schließlich:

„Ich weiß nicht, ob ich mit seinem Tod habe jemandem helfen können. Aber sicherlich hab ich mich selbst befreit!"

Der Nachtwächter zog mit seiner Laterne durch die Straßen. Die Glocke schlug, und er sang dazu:

„Seht, Ihr Leut' und lasst Euch sagen,
unsere Uhr hat Zwölf geschlagen!
Nun woll'n wir ruh'n, der Tag war hart,
kommt gut nach Haus –
habt eine gute Fahrt!"

Die Schauspieler kamen singend aus allen Richtungen, versammelten sich vor dem Turm und stimmten in den Refrain ein:

„Menschen wachen, kann nichts nützen,
Gott muss wachen, Gott muss schützen.
Herr, in deiner güt'gen Macht,
wünsch' uns eine gute Nacht."

Der Applaus war gewaltig und galt vor allem der schauspielerischen Leistung von Lissy, Heiner und Amelie. Auch die drei Mitglieder der Jury klatschten – wohlwollend, soweit Sandra es beurteilen konnte.

In wenigen Tagen würde die Gruppe über den Ausgang des Wettbewerbes Bescheid bekommen, sagte ein dunkelhäutiger, schmaler Mann mit einem kleinen goldenen Ohrring in seinem Ohrläppchen. Er verabschiedete sich von Lissy per Händedruck und nickte Heiner zu. In seinem Blick lag Anerkennung.

Freunde und Liebende

„Wir haben bis in den Morgen gefeiert. Die Gruppe war sich einig, dass, außer Amelies Ausrutscher, die Aufführung gelungen war. Aber die Stimmung war nicht wirklich ausgelassen – es war eine Art verzweifelte Fröhlichkeit, zumindest empfand ich es so. Die Einzige, die nicht dabei war, war Amelie. Sie zog es vor, einen ihrer Lieblingsplätze aufzusuchen. Wahrscheinlich ging sie in die Felsenhöhle zurück."

Sie lagen mittlerweile im Außenbecken, wieder in denselben gekachelten Betten wie wenige Wochen zuvor. Aus dem Wasser am unteren Ende ihres Körpers lugten wie rosa Männchen ihre Zehen hervor. Sandra hielt ihre Augen geschlossen, während sie sprach. Jede Barriere, die sie bisher davon abgehalten hatte Leo vollkommen in die damaligen Ereignisse einzuweihen, löste sich mit einem Male im Nebel auf. Die Ausstellung war der Auftakt dazu gewesen, die Geheimniskrämerei zu beenden.

Leo befürchtete fast, sie würde mit sprechen aufhören, sobald er das Wort ergriff. Wollte sie nun wirklich alles offenbaren?

„Dass Amelie sich dem Fest nicht anschloss, bedrückte vielleicht auch nur mich. Ich war in ständiger Lauerhaltung Lissy gegenüber und traute ihr keinen Schritt mehr über den Weg. Ich war mittlerweile davon überzeugt, dass sie Friedhelms Mörderin war. Verena hatte es von Anfang an behauptet. Vielleicht hatte sie deshalb sterben müssen. Noch am selben Abend riet ich Lissy, sich der Polizei zu stellen."

Lissys Augen glänzten, und sie stand nicht mehr besonders gerade. Die Truppe war nach den Aufräumarbeiten auf Maria Hilf im ‚Füchsle' gelandet, und der Chef des Hauses lud zu einer letzten Runde ein.

Obwohl Lissy nicht mehr nüchtern war, gelang ihr mühelos die Parodie auf Ewald Grau:

„So so, die Lissy isch es gsei, des han i mir doch glei denkt!“*, lachte sie Sandra ins Gesicht.

„Das würdest du doch gerne hören, stimmt's? Aber da kannst du lange warten, meine Liebe – und überhaupt, in was mischst du dich da eigentlich ein?“

„Das frage ich dich gern zurück, Lissy. Wer hat mich denn beim Albinger angeschwärzt – war das etwa keine Einmischung?“

Sandra sah alles genau vor sich, sie wusste nun, was sich am Mordtag ereignet hatte. Alles passte zusammen.

Als Lissy am Nachmittag bei Friedhelm war, hatte sie sich mit ihm gestritten – worüber nur? Über sein ehrgeiziges Theaterprojekt, bei dem Lissy das Gefühl hatte, er überfordere die Gruppe und versuche sich rücksichtslos einen Namen zu machen? Vielleicht kam auch ihre Beziehung ins Gespräch. Lissy konfrontierte ihren Geliebten: Sie hatte schon jahrelang Pauls Heiratsanträge abgelehnt, immer in der Hoffnung, Friedhelm werde sich endlich von Amelie trennen. Lissy konnte nicht verstehen, was ihn bei Amelie hielt. Die zarte, in sich versunkene Frau hatte ihren Mann zwar in ihrer Traumwelt als Prinzen aufgenommen, doch Friedhelm war ein lebensfroher, erdverbundener Mann, der auf Disziplin und ehrgeizige Projekte baute. Von Luftschlössern, in denen sich Amelie gern aufhielt, hielt er nicht viel. Seine Frau würde ihm nie den Rückhalt bieten können, den Lissy ihm als heimliche Freundin schon seit Jahren gab.

Da lachte er sie aus.

„Hast du dich denn noch nie gefragt, warum ich mich nicht schon längst von Amelie getrennt habe?“, fragte er die gekränkte Geliebte.

„Du glaubst doch nicht, dass ich dich jetzt noch heiraten würde, nach der langen Zeit, die wir schon zusammen sind? Du verabschiedest dich gerade aus deiner Blütezeit. Wenn ich schon den Stress einer Scheidung eingehen würde, dann doch nur einer jungen, schönen Frau zuliebe. Das müsstest du doch wissen!“

Aber das Schlimmste, das, was Lissy bereits geahnt hatte, kam erst noch:

„Außerdem, Lissy: Ich habe nie aufgehört, Amelie zu lieben. Sie ist vielleicht verrückt, aber sie ist meine Inspiration. Ohne sie würde ich nie phantastische Höhenflüge wagen, nie würde ich nach den Sternen greifen. Ohne Amelie und Claudia möchte ich nicht sein! Damit wirst du dich abfinden müssen."

Außer sich vor Ärger, Enttäuschung und verletzter Eitelkeit war Lissy gegangen. Aber nur, um später wieder zurückzukehren. Sie hatte ihre Tat wohl überlegt.

Die Biolehrerin, die sich in der Pflanzenwelt bestens auskannte, hatte auch dafür gesorgt, dass Verena endlich Ruhe gab.

Bisher war ihre Rechnung aufgegangen.

Das Wochenende nach den Aufführungen – auch am Sonntag hatte eine gut besuchte stattgefunden – ging in einen verregneten, grauen Montag Morgen über. Die Leute redeten. In der Schule, im „Allesmarkt", die Mütter mit ihren Kinderwägen an den Straßenecken und beim Spaziergang ins Tal – im Zentrum der Aufmerksamkeit stand Lissy. Es war, als entdecke man jemanden, den man gut zu kennen glaubte, wieder neu. Nicht, dass Lissy vorher eine unauffällige Person gewesen wäre, sie war schon immer in den verschiedenen Vereinen aktiv und bei jeder Veranstaltung sah man sie beim Ausschank stehen. Als ‚Martha' aber hatte man zum ersten Mal bewusst ihr bestechendes Charisma wahrgenommen. Die gesellige und engagierte Lissy hatte auf der Bühne eine Skrupellosigkeit an den Tag gelegt, die nicht gespielt sein konnte.

Die Zeitung brachte einen großen Artikel mit gestochen scharfen, farbigen Aufnahmen. Eine ganze Seite war mit dem Bericht über das Theaterstück gefüllt – Brille hatte ganze Arbeit geleistet.

Wenige Zeilen aber waren es, die für mehr Aufsehen sorgten, als er beabsichtigt hatte.

„So überzeugend das Stück gespielt wurde, man sollte es nicht mit der Realität verwechseln. Die Laienspielgruppe hat, wenn auch nur fiktiv, das Geheimnis um den Tod des schwedischen Hauptmannes gelöst – aber nicht den Mord an Friedhelm Lobmann."

Leo fragte sich, wie lange es dauerte, bis Haut im Wasser aufquillt und eine grünliche Färbung annimmt. Noch war es nicht soweit, aber er fühlte sich nicht weit davon entfernt.

Sandra schniefte. Eine beginnende Erkältung hatte ihr als Vorwand gedient, der Vernissage nicht beiwohnen zu müssen. Ihre Augen brannten und die Nase tropfte, als sie sich Leo zuwandte. Bisher hatte sie ihn nicht gefragt, wie ihm die Ausstellung gefallen hatte. Nur auf Claudia hatte sie reagiert, als Leo mit ihr und Kai von Tuttlingen zurückgekehrt waren und Sandra abgeholt hatten, um ins TuWass zu gehen.

„Tolle Zeichnungen!", hatte Claudia auf der Fahrt beiläufig die Bilder gelobt.

Sandra, die vorne auf dem Beifahrersitz saß, drehte sich nicht zu Claudia um.

„Und das große Bild?", fragte sie.

Kurze Stille. Claudia suchte nach einer passenden Antwort.

„Es war, als ob ich zum ersten Mal einen Trokar sehen würde", sagte sie schließlich.

„Er sieht auf dem Bild richtig schön aus – irgendwie edel. Ich musste daran denken, dass Papa viele Jahre mit solchen Teilen verbracht hat. Hast du ihm das Bild gewidmet?"

Leo warf einen Seitenblick auf Sandra, die kränklich blass neben ihm saß. Ihre roten Haare hingen herab, als würde es sie zu viel Mühe kosten, wie sonst frech und dynamisch nach allen Richtungen abzustehen. Sandra musste alles als eine große Anstrengung empfinden.

„Für deinen Vater? Ich habe ihn doch gar nicht gekannt!"

„Aber irgendeine Bedeutung hat das Bild doch. Du hast es ja sogar ‚das Ende' genannt. Meintest du denn nicht Papas Ende damit?"

Wie ruhig die Stimme des Mädchens war. Kais Furcht, seine Freundin würde sich über die Ausstellung grämen, hatte sich nicht bestätigt. Sie war vielleicht stärker, als er dachte.

Sandra drehte ihren Kopf nach rechts und starrte nach draußen. Ein überfahrener Igel lag zerquetscht und blutig am Straßenrand. Ob seine Stacheln den Reifen seines Mörders noch zerstochen hatten?

„Das Ende – das kann viel bedeuten. Zum Beispiel, das Ende der Malerei. Wer malt heute schon noch gegenständliche Dinge? Das ist doch heutzutage Gebrauchskunst, Werbegrafik, und nichts, was in Ausstellungen gehört und verkauft wird, um in einem Wohnzimmer zu landen."

„Was meinst du damit? Willst du denn nicht mehr malen?", fragte Kai irritiert. Wovon sprach seine Mutter eigentlich? Warum wich sie Claudias Frage aus?

Sandra schloss ihre Augen und kramte nach einem Taschentuch. Ein Niesanfall bahnte sich an.

„Du stellst Fragen! Ich weiß selbst nicht mehr genau, was ich will. Ich habe nur das Gefühl, dass irgendetwas zu einem Ende kommen sollte."

„Und nach der Aufführung kam das Ende von Lissys Schulkarriere in Mühlheim, stimmt's?", fragte Leo. Allmählich dämmerten ihm die Zusammenhänge.

Sandra nickte.

„Es ging ziemlich schnell. Lissy trank immer mehr, zwar nicht in der Schule, aber morgens war sie gerädert, schlecht gelaunt und machte sich bei den Schülern mit ihren Wutausbrüchen immer unbeliebter. Die Spannung setzte ihr zu, denn sie wartete auf den Bescheid von der Jury.

Und dann, zwei Wochen nach der Premiere, kam das Schreiben. Darin stand, etwa so formuliert: ‚... die Darbietung des von Ihnen angeleiteten Schauspiels verdient unsere ganze Bewunderung ... doch aus Gründen der Pietät – die Verzahnung eines Mordfalles mit dem Theaterstück – möchten wir davon absehen, das Stück ‚Der Hauptmann vom Turm' bei der Preisverleihung zu berücksichtigen. Wir hoffen, Sie und Ihre Laienspielbühne in fünf Jahren wieder als Teilnehmer ...' undsoweiter."

Lissy machte keinen Hehl mehr daraus, dass sie Friedhelms Geliebte gewesen war.

„Es war das Beste, was ich je gemacht habe!“, schrie sie eines Morgens, als sie ins Lehrerzimmer kam, den Brief in ihrer Hand schwenkend.

„Nur weil ich Friedhelm in- und auswendig kannte, konnte ich das Stück in seinem Sinne zu Ende bringen. Und jetzt schmeißen die uns da einfach 'raus!“

Lissy konnte es nicht fassen. Ein Preis hätte ihr viel bedeutet, und nun dieses profane Ende all ihrer Spielbemühungen. Alle waren gefrustet. Aber es gab schließlich Schlimmeres, als einen Preis nicht zu erhalten. Die Spielzeit war eine intensive Phase gewesen. Man musste den Ausgang der Dinge akzeptieren, so wie er war. Doch dazu war Lissy nicht in der Lage.

Da zog sich Paul von ihr zurück. Er ersetzte die Beziehung zu seiner Freundin durch einen schönen, ihm ergebenen Husky. Die letzte Barriere brach. Über ihren Alkoholkonsum hatte Lissy nun keine Kontrolle mehr.

Herr Albinger war ratlos. Solch einen schwierigen Fall im Kollegium hatte es in der Schule seines friedlichen Mühlheims noch nie gegeben. Er schlug Lissy vor, eine Entziehungskur zu machen, und sie von den Herbst- bis zu den Weihnachtsferien freizustellen.

Lissy glaubte, dass Sandra sie aus Rache überall schlecht machte und Claudia gegen sie aufhetzte. Es war eine vertrackte Situation.

Lissy und Sandra gingen sich in der Schule aus dem Weg. Nicht nur einmal hatte Sandra das Gefühl, dass die Gespräche im Lehrerzimmer verstummten, wenn sie es betrat.

Den Geruch von Kräutertee hatte Herr Albinger längst wieder gegen den von Aftershave eingetauscht. In der großen Pause bat er Sandra in sein Büro. Nachdem er die Aufführung auf ‚Maria Hilf‘ überschwenglich gelobt hatte, ging er zum kritischen Thema über.

„Ich habe es mir reiflich überlegt, Frau Lachner – einen Strick möchte ich Ihnen nun wirklich nicht drehen aus der

Sache mit Claudia. Obwohl ich betonen muss, wie höchst unprofessionell es von Ihnen war, einer Schülerin eine Extrabehandlung zukommen zu lassen! Demnächst haben Sie die Claudia allerdings sowieso nicht mehr im Unterricht. Ihre Vertretungsstunden in der Klasse werden bald vorbei sein. Wenigstens darüber müssen wir uns keine Gedanken machen – denn als Lehrerin kann ich Sie dieser Schülerin gegenüber kaum noch auftreten lassen. Das wirkt doch unglaubwürdig.

Seien Sie sich in Zukunft bitte mehr darüber bewusst, dass Sie zu Ihren Schülern eine angemessene Distanz einhalten sollten."

In einer plötzlich zutraulichen Regung schob der Schulleiter über den Schreibtisch hinweg seinen Kopf näher an Sandra heran, so dass sie sein starkes Rasierwasser roch. Seine halblangen Haare hingen wie dünne Vorhänge über den fleischigen Ohren und Sandra fragte sich, ob sie als ein Relikt aus einer Zeit zu verstehen waren, aus der auch er Rebellion und unkonventionelle, spontane Aktionen kannte. Die Zeiten mussten allerdings schon sehr lange der Vergangenheit angehören.

„Warum überlassen Sie es nicht Sandras Mutter und ihrem Onkel, sich um Claudia zu kümmern? Wenn es die Verwandtschaft nicht schafft mit dem Mädchen, dann müssen eben professionelle Helfer eingeschaltet werden wie eine Pflegefamilie oder die Erziehungsberatung!"

Sandra nickte. Der Mann hatte ja Recht. Sie wusste, dass sie dazu neigte, sich unverhältnismäßig stark für andere einzusetzen – hier allerdings hatte sie wohl das vertretbare Maß an Engagement überschritten. Das hatte mit Claudias Person, ja, mit ihrer ganzen Geschichte zu tun. Was Herr Albinger nicht zu wissen brauchte war, dass Sandra, indem sie Claudia in Schutz nahm, auch Amelie glaubte weiterhelfen zu können. Wenn ihre Tochter unangenehm auffiel und Schulschwierigkeiten bekam, dann würde sie als Mutter als Erste zur Rechenschaft gezogen werden.

Damit hatte Herr Albinger sie entlassen. Sandra hatte vielleicht Glück gehabt, und dennoch empfand sie die ganze Situation als Demütigung. Ihr Chef hatte sie gerügt, die Kollegen tuschelten.

Sandra vermutete, dass ihr Vorgesetzter sie von härteren Maßnahmen verschont hatte, weil die Probleme mit Lissy noch größer waren.

„Und Claudia? Ging sie nicht sofort zur Polizei, um den Verdacht auf Lissy zu erhärten? Konnte man der Frau denn nichts nachweisen?“, fragte Leo fassungslos.

Unglaublich die Vorstellung, dass er sich eine Nacht lang auf eine Mörderin eingelassen hatte. Diesen zärtlichen, kraftvollen Händen würde er sich wohl nie wieder überlassen. Eigentlich schade ...

Weihnachten

Kommissar Grau stand kurz vor der Pensionierung. Sein vorgesehener Nachfolger ließ sich zwei Wochen lang freistellen, um den künftigen Arbeitsplatz in Tuttlingen kennenzulernen. Gerd Schickle war zwar von kleiner Statur, aber die fehlende Größe machte er durch eine großzügige Portion Selbstbewusstsein und forsches Auftreten wieder wett. Der junge Mann war ein Kommissar wie aus einem Bilderbuch – oder, treffender gesagt, aus einem Fernsehkrimi: hellwach und unerschrocken. Sein kurzer Borstenhaarschnitt und die verwaschenen Jeans betonten die sportliche Erscheinung und verliehen ihm eine sympathische Lässigkeit.

Die beiden unterschiedlichen Männer sprachen den Fall Lobmann durch. Herr Grau zeichnete auf einem Blatt Strichmännchen, versah sie mit Initialen und verband sie mit Bleistiftstrichen, bis ein chaotisches Liniengewirr jeden Überblick unmöglich machte. Davon ließ sich der eifrige Kollege jedoch nicht beeindrucken.

„Wenn ich es richtig verstehe, dann haben einige der Verdächtigen zur Mordzeit kein Alibi“, stellte Herr Schickle fest. „Auf wem lasten denn die meisten Indizien?“

Ewald Grau vergaß bei seinem Bericht nicht, die Motive und Ausführungen zu jeder in dem Fall verwickelten Person ebenfalls auf dem Blatt zu vermerken. Diese setzte er jeweils als dicke Punkte hinter die Initialen der einzelnen Beteiligten. Hinter den Buchstaben ‚L.G.‘ sammelten sich die meisten an.

„Jetzt noch mit der Aussage der kleinen Lobmann spricht eindeutig das Meiste gegen Lissy Ganter. Dazu kommt noch, dass sie ihren starken Alkoholkonsum in der Öffentlichkeit kaum noch verbergen kann. Er lässt vermuten, dass sie mit der Tat nicht klarkommt und versucht, beim Trinken das Ganze zu vergessen.“

„Können Sie dem Mädchen, dieser Claudia, denn soweit vertrauen? Frau Ganter wird durch sie schwer belastet“, gab Herr Schickle zu bedenken.

„Das frage ich mich auch, Herr Kollege.“ Ewald Grau ließ nachdenklich seinen Stift um Claudias Initialen kreisen.

„Es klingt glaubwürdig, was die Kleine sagt, und tatsächlich gibt es ja die Momente der plötzlich zurückkehrenden Erinnerung, ausgelöst durch besondere oder ähnliche Ereignisse, die man vielleicht zu vergessen suchte. So könnte es sich bei der Aufführung verhalten haben: die Bedrohungssituation auf der Bühne – Lissys gefährlich klingende, gepresste Stimme – dann der Todesstoß. All das hatte Claudia vielleicht schon einmal erlebt, nur, dass sie hinter der Türe gestanden hatte. Vielleicht hatte sie sogar mitbekommen, wie ihrem Vater der Trokar in die Brust gerammt wurde. Durch die Wiederholung dieser Situation auf der Bühne kam die Erinnerung an das Gehörte zurück.“

Herr Grau schlug sich mit einem Male gegen seine Stirn. Auch ihn schien die Erinnerung an irgendetwas Wichtiges eingeholt zu haben.

„Der Brief!“, rief er mit weit mehr Temperament aus, als Herr Schickle bisher bei ihm erlebt hatte.

„Ich werde gleich mal nachhaken, ob der Brief, den Claudia in einem ihrer Bücher gefunden hat, schon untersucht worden ist. Eigentlich hätte ich das Ergebnis schon längst erfahren müssen! Da werde ich mich gleich mal drum kümmern.”

Sandras Zehen wackelten im warmen Wasser hin und her. Das Tuttlinger Heilwasser kribbelte. Kai und Claudia kamen angeschwommen und legten sich auf die freigewordenen Kachelbettenplätze neben Sandra und Leo. Kai lag neben seiner Mutter. Um ihn zog sich ein grünlicher Schleier. Die Tönung in seinem Haar schien nicht besonders haltbar zu sein.

„Wow!“, scherzte er mit einem Blick auf Sandras rot lackierte Zehennägel.

„Noch so vollständig? Guck mal meine an!“

Provozierend streckte er einen knochigen, leicht behaarten

Fuß aus dem Wasser und drehte ihn in Leos und Sandras Richtung: etwa die Hälfte des kleinen Zehennagels fehlte. Über dem verbliebenen Teil ragte ein klumpiges Stück rosa Fleisch hervor. Ein Ekelschauder durchlief Sandra. Sie schaltete schnell.

„Das kommt von diesem blöden Buch – gib's zu! Fängst du auch noch mit diesem Blödsinn an und reißt dir die Fußnägel aus, um zu demonstrieren wie benachteiligt und amputiert du armer Kerl durch mich, durch unsere Gesellschaft, durch die Welt an sich bist? Das ist wirklich zum Kotzen!“

So erregt hatte Leo die Frau noch nie gesehen. Ein ordentlicher Zusammenstoß mit ihrem Sohn, und ihr niedriger Blutdruck stieg auf ein gesundes Level.

„Und das haben wir dir zu verdanken, stimmt's? Du mit deinem perversen Selbstzerstümmelungsbuch. Gesellschaftskritik – ekelhafter Quatsch!“, versprühte Sandra das übrige Gift zu ihrer rechten Seite, wo Leo lag.

Damit hatte sie sich verausgabt. Erschöpft legte sie sich auf ihr hartes Kachelkissen zurück. Ihre Nase leuchtete in einem fiebrigen Rot mit der untergehenden Abendsonne um die Wette. Leo amüsierte und wunderte sich über ihren spontanen Ausbruch. Dass sie ihn mit dem Buch – berechtigterweise – in Zusammenhang brachte, war ihm völlig neu. Gesprochen hatten sie noch nie darüber.

„Mum, ist bei dir jetzt völlig ein Rad ab?“ Das konnte Kai nicht auf sich sitzen lassen. „Schon mal was von realen Verletzungen gehört? Das gibt's nämlich auch noch. Ich bin barfuß Rad gefahren und in die Speichen gekommen. Leo war dabei.“

Es stimmte. Auf dem Weg von Nendingen nach Mühlheim, nach dem Männergespräch auf der Wiese, hatte Kai seine schweren Stiefel ausgezogen und auf den Gepäckständer mit den Worten geklemmt: „Ist ein irres Gefühl! Müssen jetzt mal ausdampfen, die Treter.“

Nachdem das kleine Mißgeschick passiert war, hatte er klaglos das zerfetzte Stück des Fußnagels abgerissen und sicherheitshalber Strümpfe und Stiefel wieder angezogen. Leo hatte den Zwischenfall schon längst wieder vergessen.

Warum freute sich Sandra denn nicht? Es war doch sonnenklar: Ihr Sohn war ein exzentrischer junger Mann, der unablässig demonstrierte, dass er keinen Wert auf Konventionen legte. Sein düsteres Zimmer und schwarze Kleidung täuschten darüber hinweg, dass er von Selbstzerstörungsaktionen weit entfernt war. Kai war ein Heranwachsender, der nichts lieber wollte, als das Leben in vollen Zügen zu genießen. Und in diesem Moment genoss er es, zwischen zwei Frauen zu liegen, die ihm alles bedeuteten.

„Ich muss ins Bett."

Das Wasser und die Hitze verhalfen Sandras Erkältung zum völligen Ausbruch. Verständnisvoll strich Leo über ihren Arm. Seine Daumenkuppe blieb kurz an einem ihrer vielen Muttermale hängen. Ihm fiel ein, dass solche Hautpartien krebsanfällig waren, wenn man sie zu oft der Sonne aussetzte. Im nächsten Sommer würde er darauf achten, dass sie nicht ohne Hautschutz ins Freie ging. Der Gedanke, er könne Sandra, egal aus welchem Grund, wieder verlieren, ließ Furcht in ihm aufsteigen.

Sie verabredeten, sich nach dem Ankleiden am Auto zu treffen.

In den Umkleidekabinen war viel los. Die Badegäste wollten nach Hause, denn die Abendbrotzeit brach an. Geräusche von allen Seiten: Kindergeschrei, genervte Mütter und Väter, gackernde junge Mädchen, die gegenseitig ihre Unterwäsche bewunderten, und verliebtes Gekicher hinter der Wand zu seiner Rechten.

„Wie weich die Haut doch ist nach drei Stunden im Wasser und im Dampfbad ..." Die angenehm melodische Stimme des Mannes hatte Leo heute doch schon einmal gehört.

„Deine vielleicht. Cremst du mich ein? Meine Haut fühlt sich ziemlich trocken an", bat der Zweite. Gehörte die Stimme nicht zu Heiner? Der schmeichlerische Unterton seiner sonst harten Stimme jagte Leo ein leichtes Prickeln über den Rücken.

Stille. Leo zog sich sein T-Shirt schnell über den Kopf, um keinen der nächsten Gesprächsfetzen zu verpassen.

Immer noch Stille. Was taten die nebenan denn bloß?

Kleidergeraschel, Getuschel, und leises Lachen. Die würden es doch nicht wagen, in einer Umkleidekabine ... mitten in der Öffentlichkeit ...

Es war wie ein innerer Zwang, dem sich Leo nicht entziehen konnte. Er kniete sich auf den Boden und tat in seiner engen Kabine so, als würde er etwas suchen. Der Spalt unterhalb der Zwischenwand bis zum Boden war groß genug, um einen Blick in die Nachbarzelle werfen zu können.

Zu spät.

Die Türe nebenan klapperte, Schritte entfernten sich, und zwei fettgepolsterte Füße platschten in die Kabine hinein. Die Stimmen von Heiner und seinem Freund verloren sich im Gang, während sie sich darüber unterhielten, was sie am Abend noch kochen wollten. Bis Leo den Kopf aus seiner Türe strecken konnte, war das Männerpaar schon verschwunden.

Kai und Claudia standen vor Leos Auto, als er schließlich kam.

„Ist Sandra noch nicht soweit?“, fragte Leo die Jugendlichen.

„Doch, aber sie hat gerade Ralph getroffen und ist schon mit ihm heimgefahren. Sie wollte so schnell wie möglich nach Hause, weil sie sich so krank fühlt. Wenn es ihr besser geht, will sie morgen mit dir auf den Gelben Felsen steigen, das soll ich dir ausrichten“, antwortete Kai.

Enttäuscht stieg Leo ein. Schon wieder dieser Kirschen-Ralph. Er hatte es ihr anscheinend wirklich angetan. Regelmäßig drängte sich dieser Mann zwischen sie.

Leo ließ das Auto anspringen und reihte sich in die lange Schlange der Abendheimkehrer ein.

Kai versuchte Claudia den Namen seiner Band zu erklären:

„Da sollen Bilder in einem hochsteigen, verstehst du – schwarzer Samt, rotes Blut, vielleicht irgendjemand, der mit geschlossenen Augen auf einer dunklen, flauschigen Decke liegt ... Selbstmord in Samt eben. Ist das nicht ein geiler Name?“, fragte er anerkennungsheischend.

Leo sah in den Rückspiegel und Claudia aus dem Fenster. Es war inzwischen dunkel, und die Lichter der Autos wirkten wie aufgerissene Augen, verzweifelt auf der Suche nach dem richtigen Weg.

„Ich weiß nicht", sagte sie.

„Samt macht doch einen Selbstmord nicht schöner, oder? Ist das nicht völlig egal – Selbstmord in Samt, Seide – oder in Fetzen? Der Tod ist immer hässlich."

Sie sprach mehr zu sich selbst als zu Kai.

Kai lehnte sich zurück. Er zog es vor, nicht weiter auf das Thema einzugehen. Er dachte über Claudias Worte nach.

„Sie sehen heute ein bisschen blass aus um die Nase. Wie wäre es mit einem vitaminreichen Aperitif, einem Gläschen Sekt mit selbst gemachtem Holundersirup? Und dann bringe ich Ihnen einen hausgebeizten Lachs in Dillsoße, einverstanden? Dazu Kartoffeln aus unserem eigenen Garten!"

Herr Wirth hatte Recht. Leo war noch immer vor den Kopf gestoßen, als hätte ihm jemand mit einer Riesen-Fliegenklatsche auf den Kopf geschlagen, in der Meinung, er als überflüssiges Geziefer sei leicht zu vernichten.

Leo fühlte sich versetzt. Sandras grußloses Verschwinden hatte ihn schwer getroffen. Dass sie ihn wegen Ralph stehen gelassen hatte, konnte er nicht einfach so hinnehmen. Aber sie zur Rede stellen – wegen so einer Kleinigkeit ... Sein Leben war ohne Frauen viel unkomplizierter, stellte er zum wiederholten Male fest. Und trank das gut gefüllte Sektglas mit einem Schluck leer.

Das Lokal füllte sich und Leo widmete sich dem zarten Fisch auf seinem Teller. Aus dem Hintergrund ertönte Felix' Gequäke, er wollte nicht ins Bett und hielt seine Mutter mal wieder davon ab, ihrem Mann in der Gaststube beiseite zu stehen. Wie anstrengend ein kleines Kind doch war! Gottseidank war es noch keiner Frau gelungen, ihn zum Vater zu machen. So ein einzelgängerisches Leben hatte doch auch deutliche Vorteile.

Das Gelächter eines glücklich klingenden Mannes riss Leo aus seinen trübsinnigen Gedanken. An seinem Nebentisch saß ein Paar, das sich angeregt beim Essen unterhielt, der Mann strich der Frau liebevoll über ihre Hand, und sie stießen mit ihren mit dunklem Wein gefüllten Gläsern an. Auch das noch! Ein frisch verliebtes Paar direkt am Nebentisch würde ihm auch noch das letzte bisschen Appetit verderben.

Der Mann prostete Leo freundlich zu. Kannten sie sich denn?

Leo hätte Herrn Waldbaur fast nicht wieder erkannt – dass er so gelöst und herzlich wirkte, lag wohl an seiner charmanten Begleiterin. Leo erhob ebenfalls sein Weizenbierglas und nickte den Tischnachbarn zu.

„Auch wieder im Lande?", fragte er deprimiert.

Die junge Frau band mit wenigen Handbewegungen geschickt ihr schweres dunkelbraunes Haar zusammen und nahm ihr Besteck wieder auf. Sie hatte einen guten Appetit und überließ, genüsslich kauend, ihrem wesentlich älteren Begleiter das Wort.

„Ich habe bis morgen wieder in Tuttlingen zu tun und nutze die Gelegenheit, meiner Nichte das romantische Städtchen zu zeigen. – Ach ja, darf ich vorstellen? Das ist Moni", sagte Herr Waldbaur stolz.

Unbekümmert lächelte die hübsche Nichte Leo an.

„Meine Tante hat sich beim Nordic Walking eine Sehnenscheidenentzündung im Arm zugezogen. Darum müssen wir leider ohne sie auskommen", erklärte sie ohne eine Spur von Bedauern in der Stimme.

„Richten Sie ihr bitte einen Gruß von mir aus", floskelte Leo und lenkte seine Aufmerksamkeit wieder auf seinen Teller zurück. Er stellte fest, dass die Kartoffeln ausnahmsweise viel zu weich gekocht waren. Bald schon verzog er sich auf sein Zimmer.

Leo gab sich fünf Minuten Zeit, um Lissys Telefonnummer zu finden. Er nahm sich vor, keinen weiteren Gedanken an die Frau zu verschwenden, wenn er sie nicht gleich fand.

Da war die beschriebene Serviette. Sie steckte in der Hose, die Leo zuletzt angehabt hatte, als er Lissy nach Hause gebracht hatte.

Ebenfalls darin war ein Kugelschreiber – ohne Deckel. Die blaue Tinte hatte zwei der sechs Telefonziffern unleserlich gemacht. Entmutigt schob er das Knäuel zurück in die Hosentasche.

Leo setzte sich an den winzigen Schreibtisch und öffnete seinen Laptop. Wenn er dem alten Heinrich nicht bald die Reportage zukommen ließ, bekäme er Ärger.

Was für eine Nacht! Der Journalist fühlte sich wie gerädert. Er hatte bis zum Morgengrauen geschrieben, und sobald er eine Pause einlegte, glaubte er halbherzig unterdrückte Liebesgeräusche aus dem Zimmer nebenan zu hören. Vielleicht spielten ihm auch nur seine eigenen gierigen Phantasien einen Streich – überall vermutete er geheime Liebschaften.

Als Leo am Morgen die Gaststube aufsuchte, saßen Herr Waldbaur und seine Nichte bereits vor ihren vollen Tellern. Als bräuchten sie nicht mehr als die knusprigen Brötchen auf ihrem Teller und die Gesellschaft des anderen, um zufrieden zu sein.

Das Telefon auf der Theke klingelte. Leo kam es vor, als sei es vor Jahren das letzte Mal gewesen, dass Sandra ihn morgens angerufen hatte, um die Tagesgestaltung zu besprechen. Sie verabredeten sich als Ausgangspunkt ihrer heutigen Wanderung bei der Alten Mühle. Sandra wollte dort auskundschaften, ob Kai Aussicht auf einen Job in den Herbstferien hätte. Merit, die Geschäftsführerin, sei nur heute dort und wolle am Nachmittag schon wieder weiterfahren. Das habe ihr Ralph, der auch die Gartenarbeiten am Gelände der Mühle übernähme, am gestrigen Abend noch erzählt.

Das war Leos Stichwort.

„Du bist gestern mit Ralph zurückgefahren?“, fragte er vorsichtig. Mit einem Mal erhöhte sich die Geschwindigkeit seines Herzschlages. Leo war auf alles gefasst.

„Ja. Das hat Kai dir doch ausgerichtet? Ralph und Heiner haben mich mitgenommen. Ich wollte so schnell wie möglich nach Hause.“

„Ralph und *Heiner*?“, fragte Leo fassungslos. Dann lachte er plötzlich wie befreit. Da er Ralph immer aus dem Weg gegangen war, hatte er den Klang seiner Stimme noch nie gehört. Aber das weiche, dunkle Timbre passte zu seinem Typ.

Warum nur hatte er nicht schon früher geschaltet? Die Situation vor der Galerie fiel ihm wieder ein, und wie entzückt Heiner dem Saxophonspiel seines Freundes gelauscht hatte.

„Was ist daran so komisch?“, fragte Sandra ungeduldig.

Das zu erklären schien Leo jedoch unmöglich.

„Warum fragt Kai eigentlich nicht selber nach Arbeit?“, kam Leo wieder auf das ursprüngliche Thema zurück. Mit dem Hörer in der Hand lehnte er sich entspannt an die Theke. Seine Laune besserte sich in Höchstgeschwindigkeit.

„Ich will ihm lieber gleich sagen können, wie er vorgehen muss, sollte es in der Mühle einen Job für ihn geben. Wie ich ihn kenne, vergisst er die Hälfte davon, was die ihm auftragen, wenn er alleine hingeht“, erläuterte Sandra.

Leo fand die Erklärung zwar nicht plausibel, hatte aber auch keine Lust, das Thema zu vertiefen. Die gedanklichen Wege einer Mutter waren für ihn bar jeder Logik, und sie zu hinterfragen, erschien ihm sinnlos.

Den Charakter einer betont rustikalen Landpension hatte Leo bislang als nicht besonders einladend empfunden. Trotz seiner bewahrten Schlichtheit wirkte das Gelände, als sei es aufwändig restauriert worden. Ein teures Auto auf dem Parkplatz mit einem Berliner Kennzeichen verstärkte diesen Eindruck. Die Ziegen, Hasen und Schafe, die hinter einem Zaun umhersprangen, verliehen dem Ambiente jedoch einen verspielten Charme. Im Sommer noch hatte Leo im bewirtschafteten Garten nach manch langer Wanderung ein kaltes Weizenbier getrunken. Sich in das Innerste des Gebäudes zu begeben, hatte er bisher vermieden.

In der dämmrigen Gaststube – es gab nur kleine Fenster, durch die wenig Morgensonne drang – unterhielt sich Sandra mit einer elegant gekleideten Frau. Auf den Tischen war kein Krümel zu sehen, und die Frühstücksgäste waren bereits verschwunden. Sandra und ihre Gesprächspartnerin standen an einer Theke aus dunklem Holz, vielleicht Eiche; die Frau in ihrem schwarzen Anzug hob sich nur durch ihr weißblondes Haar von ihrer Umgebung ab. Sandra bedeutete Leo mit einem

Handzeichen, dass er sich zu ihnen gesellen solle. Sie stellte ihn der ernst wirkenden Dame vor.

„Das hier dürfte das schönste Grundstück in Mühlheim sein", sagte Leo höflich.

„Da haben Sie wohl Recht. Es ist eine ausgezeichnete Lage. Wir haben gleich in unserem ersten Sommer seit dem Umbau sehr viele Gäste gehabt."

Leo merkte ihrem geschäftsmäßigen Tonfall an, dass Merit Schlatt es gewohnt war, mit fremden Menschen umzugehen. Er war froh, als er mit Sandra wieder in der Sonne war. Ohne weitere Absprache schlugen sie den schmalen Weg zur Felsenhöhle ein, der, wenn sie weiterliefen, zum Gelben Felsen führen würde.

Sandra berichtete, dass Kais Mithilfe in den Herbstferien durchaus erwünscht sei. Merit habe vorgeschlagen, dass er sich in der Küche vorstellen solle, um dort vorerst Handlangerdienste auszuführen. Sollte er sich als zuverlässig und geschickt erweisen, käme vielleicht auch ein Job als Aushilfskellner in Betracht. Die Aussicht, dass sich ihr Sohn Einblicke in das Leben eines Berufstätigen verschaffen würde, schien Sandra zu gefallen. Trotz ihres angeschlagenen Zustandes schritt sie munter aus.

„Wem gehört eigentlich die Alte Mühle?", fragte Leo.

„Habe ich dir das noch nicht erzählt? Sie gehört Claudia als Alleinerbin, und Albert verwaltet sie als ihr Vormund. Er hat Merit Schlatt als Geschäftsführerin eingesetzt. Ein schlauer Schachzug, denn sie als gelernte Hotelfachfrau und als ehemalige Bewohnerin der Mühle – sie ist als Verenas Tochter schließlich hier aufgewachsen – kümmert sie sich mit besonderem Interesse um die Anlage. Ich finde zwar alles eine Spur zu feudal, aber es ist liebevoll gemacht und mit gutem Geschmack restauriert. Und vor allem: es funktioniert. Seit die Alte Mühle mit der Pension, Streichelzoo und Restaurant in Betrieb ist, hat der Fremdenverkehr in Mühlheim deutlich zugenommen. Ohne die Mühle in der Nachbarschaft würde ich mit meinem Fahrradladen sicher nur Miese machen."

Schwitzend hielt Leo inne. Selbst in ihrem kränkelnden Zustand legte Sandra ein rasantes Tempo an den Tag.

„Hattest du nicht erzählt, dass Albert Lobmann ganz und gar *gegen* eine Kommerzialisierung des Geländes war?“, fragte Leo verwundert.

Sandra blieb ebenfalls stehen. Sie befanden sich in der Kurve, in der sich Leo auch diesmal eine Bank herwünschte, und sogen mit den Augen die buntbetupften Wälder auf.

Da runzelte Sandra in Erinnerung an die Geschehnisse ihre Stirn.

„So ändern sich die Zeiten“, sagte sie.

„Mir hat er mal gesagt, dass er jetzt, wo er selber freie Hand über die Anlage hat, nichts gegen ein touristisches Projekt einzuwenden hat. Alles ist ökologisch perfekt ausgeklügelt, und die alte Haussubstanz ist bewahrt worden. Ein Teil der Einnahmen geht auf Claudias Sparbuch, ein anderer Teil fließt auf ein Konto für ein Projekt, das Albert für die Jugendlichen hier aufziehen will – sofern Claudia dafür ihre Zustimmung gibt, wenn sie volljährig ist. Insofern gibt es selbst für Alberts toten Bruder keinen Grund, sich im Grab umzudrehen.“

Kurz vor der Höhle verlangsamte Sandra wieder ihren Schritt. Leo spürte die kühle Luft herausdringen wie einen schwachen Hauch, den die Erde ausatmete.

„Warst du eigentlich mal da drin?“, fragte sie, ohne ihren Begleiter dabei anzuschauen.

Leo zögerte. Er wusste, dass die Felsenhöhle für Sandra etwas Besonderes war. Nie hatte sie ihn eingeladen, mit ihr unter dieses Stück Erde zu gehen, nie hatte sie den Schlüssel für die Absperrung dabei, wenn sie spazieren gingen. Würde er mit einer ehrlichen Antwort ihren Unmut riskieren, weil sie an eine ‚Entweihung‘ oder dergleichen dachte?

„Ja, an einem Morgen, als du keine Zeit hattest. – Warum hast *du* mich eigentlich nie mit ‘runter genommen?“, fragte er zurück.

Sandra drehte ihr Gesicht dem Gitter zu, hinter dem das schwarze Loch sie angähnte.

„Weil ich da nur reingehe, wenn es nicht anders geht – wenn sich eine Gruppe anmeldet, zum Beispiel“, antwortete sie.

„Seit ich das erste Mal dort war, zusammen mit Amelie, vermeide ich es, die Höhle aufzusuchen. Es ist vielleicht albern, aber – ich habe irgendwie Angst, ihr da zu begegnen."

Hand in Hand aus einer großen Höhe hinabstürzen, die Finger fest ineinander verhakt – macht ein gemeinsamer Sprung den Abschied vom Leben leichter? Ob dieser zweisame Akt die beiden Menschen bis über ihren Tod hinaus verbindet? Oder, noch abwegiger – vorausgesetzt, der Mensch wäre dem Inkarnationsgesetz unterworfen – würde ein solch schicksalshaft aneinander gebundenes Paar womöglich den nächsten Schritt auf die Erde als Zwillinge begehen?, überlegte Leo, als er und Sandra sich an den Händen haltend bis zur vorderen Spitze des Felsvorsprunges balancierten. Es war ein klarer, frischer Morgen, dessen Feuchtigkeit ein noch sehr schwaches Versprechen von Schnee in sich trug. Im Tal legten die Jogger wegen der kühlen Temperatur an Tempo zu. Ihr Atem schwebte wie inhaltsleere, weißliche Sprechblasen vor ihnen her.

Geschafft. Ohne Scheu setzten sie sich eng nebeneinander. Sandra stellte ihren Wanderrucksack auf den schmalen Streifen Gras, der zwischen ihr und dem steil hinabfallenden Abgrund wuchs. Aus dem Rucksack lugte ein dünner Holzstab, den sie herauszog. Er erwies sich als ein langer Pinsel mit feinen Borsten. Auch flüssige Farben, abgefüllt in kleinen Gläschen, und eine Palette zauberte sie hervor. Der bemalte Stein mit dem Motiv einer Theatermaske verlangte nach einer Restaurierung. Wind und Frost hatten ihm an diesem ungeschützten Platz zugesetzt, an einzelnen Stellen waren die Farbeen schon abgeblättert.

Mit gekreuzten Beinen machte sich Sandra an die Arbeit. Während sie behutsam mit dem Malen begann, nahm sie den Faden wieder auf, der am gestrigen Tag im TuWass abgerissen war.

„Es kam ab und zu vor, dass Kommissar Grau mich besuchte. Unser Haus lag auf seiner Fitnessstrecke, wenn er mit dem Fahrrad von Nendingen durch Mühlheim und weiter nach

Fridingen fuhr. Es war kurz vor den Herbstferien, also Ende Oktober, und das Wetter war wie heute: kalt und sonnig.

Er hielt auf dem Rückweg bei mir an. Claudia war, wie so oft, gerade zu Besuch bei uns."

Die Stimmung in der Küche war gelöst, die Jugendlichen schmiedeten Pläne für ihre freien Tage in den kommenden Herbstferien und aßen nebenher Waffeln, die Sandra bergeweise auf den Tisch stellte. Herr Grau platzte geradezu in den gemütlichen Nachmittag hinein, nachdem er mit Nachdruck gleich dreimal hintereinander die Türglocke betätigt hatte.

Ächzend ließ er sich auf dem einzigen freien Stuhl neben Claudia nieder und bediente sich mit der angebotenen Waffel. Der Puderzucker stäubte in alle Richtungen, als Herr Grau seine Worte in den Raum poltern ließ.

„Jetzt hab ich mich zwar beim Radfahren einigermaßen abreagiert, aber beruhigt hab ich mich noch immer nicht ganz", erklärte er und sah dabei Claudia an. Das Mädchen wich irritiert seinem Blick aus. Sandra hatte seit einigen Tagen den Eindruck, dass es mit Claudia allmählich aufwärts ging. Sie versäumte keinen Tag in der Schule und nahm an allem wieder engagierter teil. Es war, als füge sie alle ihre Einzelteile, die seit dem Mord an ihrem Vater durch die Gegend gewirbelt worden waren, allmählich wieder zu einem harmonischen Ganzen zusammen.

„Gab's denn Ärger?", fragte Sandra, die sich an die unregelmäßigen Kurzbesuche des Kommissars gewöhnt hatte.

„Wie man's nimmt, Frau Lachner. Man hat versucht, mich zum Narren zu halten, das macht mich schon ärgerlich."

Herr Grau ließ Claudia nicht aus den Augen.

„Jetzt sagen Sie doch schon, was passiert ist!", drängte Sandra. Kai kaute hingebungsvoll an einer voll beladenen Waffel mit Schokoladensoße, kleingeschnittener Banane und einer zweiten Waffel obenauf als Deckel für das überladene Objekt.

„Der Brief, den Claudia uns gebracht hat, ist eine Fälschung. Du hast ihn selbst geschrieben, Madam! Denkst du, wir sind so blöd und kriegen das nicht 'raus?!", tobte der Kommissar. Claudia wandte ihr Gesicht von dem feisten Mann mit den hochroten Wangen ab und riss sich das Herzchen einer Waffel ab.

„Blödsinn, Mann“, mischte sich Kai ein und leckte die dunkle Tropfspur auf, die sich über seinen Handrücken zog.

„Was sind *das* denn für Nullen bei der Polizei?“

„Und was sagst du dazu, Claudia?“, überhörte der Kommissar die respektlose Bemerkung.

Claudia seufzte. Sie wusste vor Verlegenheit nicht, wo sie hinschauen sollte.

„Wieso sagen Sie das?“, fragte sie mit mutloser Stimme.

„Das weißt du selbst doch ganz genau!“, entgegnete Herr Grau aufgebracht.

„Du hast die Unterschrift deines Vaters nachgemacht – und gar nicht mal so schlecht. Aber wir haben die Schrift des Briefes mit den Entschuldigungen verglichen, die du in den letzten zwei Jahren in der Schule abgegeben hast. Ein paar davon sind mit der Unterschrift des Briefes völlig identisch, aber nicht mit der echten deines Vaters. Das hat die graphologische Untersuchung eindeutig ergeben.“

„Das ‚L‘ habe ich nie so toll hingekriegt. In der Schule ist das aber nie aufgefallen“, gab Claudia unumwunden zu.

„Sie hatten Recht mit der Kopie, Frau Lachner.“ Ewald Graus Stimme fand zu ihrer normalen Lautstärke zurück. Dass Claudia die Fälschung nicht abstritt, schien ihn zu besänftigen.

„Es war eine raffinierte Idee, uns nicht das Originalblatt in die Hand zu geben – aufgrund der Tinte hätte man vielleicht das Alter der Schrift identifizieren können. Bei einer Kopie geht das nicht so leicht. Verraten aber hat sie tatsächlich das ‚L‘. Ihr Vater hat es seltsamerweise von unten nach oben geschrieben. Eine künstlerische Spielerei, oder einfach falsche Angewohnheit? Den Schwung nachzuahmen ist verdammt schwierig.“

Welche Frage als nächste käme, war jedem in der Runde klar. Kai stellte sie, nachdem er den letzten Bissen seiner Riesenwaffel hinuntergeschluckt hatte.

„Warum hast du das denn getan, Claudi?“

Verlegen starrte Claudia auf ihre Hände. Ihre Finger zupften aneinander herum, als könnte sie die passende Antwort aus ihnen herausklauben.

„Weil es einer von beiden war“, sagte sie schließlich. „Ich wollte einfach nur ein bisschen nachhelfen.“

Der Kommissar ließ die Sache auf sich beruhen, doch nicht ohne deutlich zu machen, dass er Claudia eigentlich zur Rechenschaft ziehen müsste. Schließlich hatte sie absichtlich eine falsche Fährte gelegt, unschuldige Personen belastet und war doch selbst schon strafmündig. Er drohte ihr mit strafrechtlichen Schritten, sollte sie mit weiteren verwirrenden Beiträgen die Ermittlungen behindern. Dass sie an Glaubwürdigkeit eingebüßt hatte, hatte sie sich selbst zuzuschreiben. Ob sie am Mordtag tatsächlich Lissys Stimme in der Werkstatt gehört hatte, war zwar nicht auszuschließen, aber die Aussage verlor an Tragweite.

Nach zwei Wochen unverrichteter Dinge kehrte Gerd Schickle nach Stuttgart zurück. Im Dezember würde er seine neue Stelle in Tuttlingen offiziell antreten.

Mit einem kräftigen Handschlag verabschiedete er sich von Kommissar Grau: „Nehmen Sie es nicht so tragisch. Ich will ja auch ein bisschen was zu tun kriegen, wenn ich Sie hier ablöse. Und dann fange ich wenigstens nicht bei Null an!“, versuchte er Herrn Grau zu beruhigen, dem es unangenehm war, dass er seinem Nachfolger möglicherweise einen großen, unabgeschlossenen Fall hinterlassen würde.

Das Leben ging weiter. Schnee legte sich auf das Tal und blieb auf den gezackten Rändern der Felsen liegen, Skibazare erinnerten an die baldige Wintersaison, und Sandra verzichtete bei ihren Ausflügen der Kälte wegen immer öfter darauf, den Bleistift zu zücken. Dennoch begaben sie und Amelie sich weiterhin auf gemeinsame Touren in die weiße Stille.

In der Schule war Ruhe eingekehrt, seit Lissy die Koffer gepackt und sich in eine therapeutische Klinik im tiefen Schwarzwald hatte einweisen lassen. Kurz vor Weihnachten sollte ihre Entlassung, und nach den Ferien ihre Rückkehr in die Schule sein.

Es war mal wieder ein Brief, der diesmal aber nur in Sandras vier Wänden für Aufregung sorgte.

„Meine lieben Landeier,
ich habe es mir überlegt: Weihnachten in China ist nicht so das Richtige, vor allem nicht ohne Familie. Es wird hier ja sowieso nicht gefeiert. Und nachdem Kai nicht herkommen – darf? will? – habe ich beschlossen, zu Euch zu kommen. Das geht hoffentlich in Ordnung? Das Ticket habe ich schon besorgt. Ich habe zehn Tage von der Schule frei bekommen und lande am 22. in Stuttgart. Ich freue mich auf Euch – Euer Tom/Dad."

Eigentlich hatte sie Amelie bereits vorgeschlagen, dass sie zusammen Weihnachten feierten, so müsste keine mit ihrem Kind an dem Festtag allein sein. Albert Lobmann hatte seine Schwägerin mit Tochter zwar auch eingeladen, doch stimmten Kai und Claudia spontan Sandras Vorschlag zu. Amelie hatte, wie so oft, nur abwesend gelächelt.

Sandra befürchtete, die Erinnerungen an die letzten gemeinsamen Jahre mit Tom könnten gerade zu Weihnachten besonders schmerzhaft sein, denn an den Feiertagen war es zu dritt immer die schönste Zeit gewesen. Es war, als ob all die Harmonie und das friedliche Miteinander, das zwischen Sandra und Tom das ganze Jahr über fehlte, in diesen wenigen Tagen nachgeholt werden sollte. Zum Teil gelang es sogar.

Mit Kais Bedenken hatte sie allerdings nicht gerechnet.

„Das passt doch gar nicht zusammen", sagte er, „Dad, Claudi, ihre Mutter und wir."

„Wieso denn nicht? Wir könnten zusammen kochen und essen, dann die Bescherung machen und später vielleicht noch was spielen." Sandra fand die Idee immer besser, das erste Weihnachtsfest in ihrem neuen Zuhause anders als die Jahre zuvor zu feiern. Als Auftakt in eine neue Zukunft, in der Tom keine wesentliche Rolle mehr spielte. Und ihn dabei doch nicht völlig auszuklammern.

Schließlich hatte Kai zögernd zugestimmt. Als fürchte er, dass die gewohnte Weihnachtsharmonie diesmal ausbleiben würde.

Der Baum passte gerade so in das kleine Wohnzimmer des Mesnerhauses. Manfred Lobmann hatte ihn, nebst einem eigenen, für Sandra im familieneigenen Waldstück in der Nähe von ‚Maria Hilf' geschlagen. Diesmal hatte er das älteste seiner Kinder dabei, den Joachim: ein besonnen wirkender, feingliedriger Junge, dessen ernstes Aussehen durch die großen Brillengläser noch verstärkt wurde.

Manfred bugsierte mit Joachim die buschig gewachsene Tanne in das enge Mesnerhaus hinein. Als der Baum endlich sicher und gerade im Ständer befestigt war, stellte Manfred das erste Geschenk darunter. Die Form ließ auf einen kleinen Eimer mit Honig schließen.

„Hier hatten wir auch immer unseren Weihnachtsbaum stehen", erinnerte sich Manfred, der sonst immer gern gesehene Gast. Heute jedoch vermochte selbst er nicht, Sandra etwas von seiner Ausgeglichenheit weiterzugeben. Bald würde Tom eintreffen, in einer Stunde sollte sie ihn vom Tuttlinger Bahnhof abholen. Sandra vergaß zum ersten Mal, ihrem seltenen Gast ein Getränk anzubieten und sich für ein Gespräch Zeit zu nehmen.

„Also, dann gehen wir mal wieder", sagte Manfred mit einer Spur von Enttäuschung in seiner Stimme. Trotz ihrer gedanklichen Abwesenheit spürte Sandra, dass etwas nicht stimmte.

„Manfred, entschuldige – ich bin heute einfach nicht bei der Sache. Kais Vater kommt heute. Ich habe ihn schon lange nicht mehr gesehen."

„Du hängst noch an ihm, stimmt's?" Manfred hielt nichts davon, um den heißen Brei zu reden.

Die kleine Frage genügte, um Sandra in die Gegenwart zurückzuholen. Sie steckte ihre Hände in die Taschen ihrer verblichenen Jeans und lehnte sich gegen den Türrahmen. Manfred hatte die Tür ausgehängt, um genügend Spielraum für den Baum zu haben.

„Sieht so aus. Dabei würde ich zu gerne ohne ihn auskommen. Kennst du das Gefühl – jemanden innerlich loswerden zu wollen, den man eigentlich liebt?"

Manfred strich sich mit einer verlegenen Geste über sein glatt rasiertes Gesicht. Gespannt sah sein Sohn zu ihm auf; die

Antwort seines Vaters zu erlauschen war, wie heimlich durch ein Schlüsselloch zu linsen.

„Ich glaube schon", sagte er.

„Mit meinem Bruder ging es mir so. Ich habe Friedhelm bewundert und geliebt: seinen Mut, seine Respektlosigkeit, und dass er gemacht hat, was ihm gefiel. Nichts schien ihm unmöglich zu sein. Aber mich hat er kaum bemerkt. Das tat weh. Ich musste ihn mir geradezu aus meinem Herzen reißen."

Manfred erinnerte sich an den Jungen neben sich. Zärtlich legte er einen Arm um die Schulter seines Ältesten, der ihm bis zur Brust reichte.

„Aber jetzt habe ich ja meine eigene Familie. Los, Joachim, es wird Zeit – wir wollten noch kurz bei Albert und Mara vorbei schauen. Und Mama wartet zu Hause mit Linsen und Spätzle auf uns."

Die rechte Seite des Steines glänzte in ihrem neuen Anstrich. Rosa Lippen mit einem nach oben gezogenen Mundwinkel lächelten Leo aus einem in Gelb- und Rottönen gehaltenen halben Gesicht freundlich an. Die linke Seite hingegen sah noch beschädigt und düster aus. Sandra wusch in einem Glas, das sie bereits zu Hause mit Wasser gefüllt hatte, die Pinsel aus.

Bevor sie die Restaurationsarbeit fortsetzte, lehnte sie sich gegen Leo und versank in Erinnerungen an das letzte Weihnachtsfest.

Es häuften sich die Päckchen unter dem Tannenbaum. Toms Geschenke waren in dünnem Reispapier mit zarten Mustern und chinesischen Schriftzeichen verpackt. Er sah mitgenommen aus, obwohl er sich mit keinem Wort über Umstellungsprobleme auf das Leben in China beklagte. Dass er sich mit der dortigen Küche noch nicht angefreundet hatte, schloss Sandra aus seinem Gewichtsverlust und der Bemerkung „Endlich wieder die deftig-schwäbische Küche!". Deshalb beschloss sie am Abend seiner Ankunft spontan, sein Lieblingsgericht zu kochen – eine kräftige Gemüsesuppe und süße Dampfnudeln. Für letzteres brauchte man nicht nur einen gut schließenden Topf, sondern für die empfindlichen Hefeteigküchlein auch ein ‚gutes Händchen'. Sandra besaß beides.

Die Liebe, die an dem Abend durch Toms Magen ging, hätte sich gern im Schlafzimmer weiter ausgebreitet, doch Sandra zog eine klare Grenze. *Die* Nachspeise wollte sie nicht beisteuern.

Es war fast wie jedes Jahr zu Weihnachten: Tom machte die Essenseinkäufe und nahm Kai mit, während Sandra sich daheim um eine festliche Atmosphäre kümmerte, den Baum schmückte und Geschenke einpackte. Die klare Rollenaufteilung funktionierte noch.

Ein Abend vor Weihnachten fragte Tom, ob Tuttlingens Nachtleben sehenswert sei. Sandra legte sich den sterngemusterten Schal um, den er ihr im ersten Päckchen aus China geschickt hatte, und hängte sich bei ihm ein. So betraten sie den ‚Burghof'. Sie kamen gerade noch in die Wirtschaft hinein, denn es spielte eine Band, wie immer am letzten Abend vor Weihnachten. Der kleine Saal war brechend voll.

Sandra und Tom tanzten bis in die Nacht, klatschten um weitere Zugaben und lagen sich beim letzten melancholischen Abschlusssong in den Armen. Es war Weihnachten, und wenigstens einen geheimen Wunsch wollten sie einander offenbaren. Auch wenn sie wussten, dass die Erfüllung kaum länger als eine Nacht lang währen würde.

Am nächsten Morgen griff Sandra im Halbschlaf nach ihrem Kissen – nichts zu machen. Darauf hatte nur ein Kopf Platz. Resigniert, aber nicht unglücklich seufzte Sandra beim Anblick des tief schlafenden Mannes an ihrer Seite.

Es fing vielversprechend an: Amelie brachte die Nachspeise mit – eine fette, dunkelbraune Schokoladencreme – und Sandra hatte das Zubehör für ein Racletteessen besorgt.

Amelie war festlich zurecht gemacht, sie trug ein dunkelrotes Kleid aus Samt und schwere, silberne Ohrringe. Ihren Kopf schmückte eine kunstvolle Frisur, in der weißliche Perlen schimmerten. Tom nahm Sandras neue Freundin amüsiert zur Kenntnis und begrüßte sie mit einer angedeuteten Verbeugung.

Dabei benahm er sich so galant, dass Amelie sein versteckter Spott verborgen blieb.

Beim Essen sorgte Tom für die Unterhaltung. Seine Berichte über sein neues Leben in China waren unterhaltsam – „Ratet mal, wo die Reiskörnchen landeten, als ich das erste Mal mit Stäbchen aß?" – , aber auch informativ: „Wusstet ihr, dass in China weibliche Föten nicht abgetrieben werden dürfen?" Tom genoss sichtlich alle Aufmerksamkeit. Sandra fühlte, dass er in Peking einsam war. Das Verhältnis zu seinem Kollegen, bei dem er wohnte, schien unterkühlt zu sein. Tom war ein geselliger Mensch, der verkümmerte und unzufrieden wurde, wenn er zu viel allein war.

Sein Nachholbedürfnis aber war gewaltig.

Je öfter Tom sein Weinglas nachfüllte, desto weniger kamen die anderen zu Wort. Sandra schien es, als habe sie selbst noch keinen Satz mit ihren Gästen gewechselt. Tom saß zwischen beiden Frauen. Die Phasen, in denen er sich Amelie zuwandte, wurden immer länger. Claudia und Kai wechselten Blicke, bei denen Kai seine Augen vielsagend nach oben kippte. Allmählich braute sich in Sandras Kehle ein Klumpen Ärger zusammen, den sie Tom beim Abräumen des Geschirrs in der Küche vor die Füße spie.

„Würdest du bitte mit deinem Alkoholkonsum aufpassen? Du redest wie ein Wasserfall. Das passiert dir immer, wenn du zuviel trinkst."

Tom erstarrte in seiner Bewegung. Er war gerade dabei, eine neue Weinflasche zu öffnen.

„Was ist los mit dir? Amüsierst du dich denn nicht?", fragte er verletzt.

„Zuerst schon – aber langsam wird es peinlich." Steif und aufrecht verließ Sandra die Küche.

Eines aber bewirkte die kurze Unterredung: Tom sprach, außer dem Notwendigsten, kein Wort mehr. Sein Weinglas aber füllte er stets aufs Neue.

Beim Auspacken der Geschenke ging die Rakete hoch.

Kai hatte von seinem Vater wieder eine CD bekommen, und

dazu einen Schlafanzug in traditionell chinesischer Machart. Stirnrunzelnd besah er die Stücke.

„Haste die Pekinger Girlieband immer noch nicht ausfindig machen können?“, fragte er enttäuscht. Unwillig brummte Tom etwas vor sich hin.

Sandra freute sich wortreich über ein besticktes Jäckchen, das Amelie ihr genäht hatte. Es passte wie angegossen. Die flaschengrüne Farbe hob sich apart von ihren roten Haaren ab. „Die Jacke erinnert mich an meine Studentenzeit!“, lachte sie.

„Genauso ausgeflippt sind wir früher 'rumgelaufen, stimmt's, Tom, weißt du noch ... ‚Time keeps on slipping ... ?‘“, sang sie versöhnungsbereit.

Sandra hatte vor Begeisterung nicht mitbekommen, dass Tom aufgestanden und im Flur verschwunden war. Breitbeinig, den Mantel über die Schultern geworfen, betrat er das Wohnzimmer und schnappte seinen Geldbeutel, der auf dem Fensterbrett lag.

„Die Kitschjacke kann dich auch nicht jünger machen, als du bist!“, sagte er gehässig und warf die Tür hinter sich zu. Kurz darauf hörte die bedrückte Gesellschaft ein Auto davonbrausen.

Im Flurkästchen fehlte Sandras Schlüsselbund.

Weit unter Leo und Sandra lief eine aufgekratzte Menschengruppe. Sie sang ein altes Wanderlied in den höchsten und tiefsten Tönen und amüsierte sich köstlich dabei. Sandra packte Leo am Arm und deutete nach unten.

„So hätte es sein sollen – eine fröhliche, ausgelassene Runde habe ich mir zu Weihnachten gewünscht. Statt dessen saßen wir da wie die begossenen Pudel, das Fest war verdorben. Amelie war die erste, die wieder den Mund aufmachte: „Das Herz ist eine Mördergrube“, sagte sie nur. Den Rest des Abends verbrachte jeder versunken in seinen eigenen Gedanken. Die Kinder hörten die CD an, die Kai von Tom bekommen hatte. Sie übertraf alles, was ich bis dahin an chaotischer, schriller Musik gehört hatte, bei weitem.“

Es wurde eine unruhige Nacht. Sandra wachte immer wieder auf und griff neben sich ins Leere. Aber auch im Wohnzimmer hatte Tom sich keine Lagerstätte errichtet. Er kam die ganze Nacht nicht nach Hause.

Sandra machte sich Vorwürfe – einmal wieder Nähe zugelassen, und die nächste Katastrophe war vorprogrammiert. Tom hatte wie immer reagiert: mit Rückzug, Ärger und Abhauen. Was für ein Dilemma! Warum passierte es ihr immer wieder, dass sie sich im Zusammensein mit diesem Mann verlor ... ?

Erst am späten Morgen, als Sandra trübsinnig über ihrer Schale mit Milchkaffee saß, hörte sie ihr kleines Auto in der Einfahrt und Türenschlagen. Tom lenkte zielbewusst seine Schritte ins Haus.

Er sah ihr nicht in die Augen, als er den Schlüssel vor ihr auf den Tisch legte.

„Ich komme nur, um meine Sachen zu holen", sagte er.

„Du gehst – wohin denn?" Sandra riss sich zusammen. Kein Vorwurf sollte die Situation erschweren.

Tom holte tief Luft. Er wappnete sich für die nächste Kampfrunde.

„Ich hab da gestern im ‚Burghof' eine Frau kennengelernt. Bei ihr bleib ich noch einen Tag, und dann fahre ich meine Eltern besuchen. Mit uns hat es doch sowieso keinen Zweck." Betretenes Schweigen.

„Und Kai?" Wenigstens auf seinen Sohn könnte er doch Rücksicht nehmen!

„Kai ist kein kleines Kind mehr. Ich melde mich nochmal bei ihm, bevor ich zurückfliege."

„Zu wem gehst du? Wie heißt die Frau?", fragte Sandra kalt. Sie hatte einen absurden Verdacht. Nein, das wäre ein doch viel zu grausamer Zufall ...

Leo fror. Er traute sich nicht, seine Position zu verändern, denn auf der Kuppe des Felsens war viel zu wenig Platz, um sich zu lockern. So knetete er wenigstens seine Hände und ließ die Füße hin- und herschwingen.

„Er hat Lissy getroffen, stimmt's?", fragte er scheu, in der leisen Hoffnung, sein Verdacht läge völlig daneben. Sandra schob ihren Arm unter seinen und legte ihre Hand auf seinen Schenkel. Ihre Körperhitze drang durch den Stoff seiner Hose. Da saßen sie, 801 m über dem Meeresspiegel, auf einem winzigen gelben Felsen mitten im Himmel.

Sandra nickte.

„Ich wollte weder ihn, noch sie je wiedersehen. Was Tom betraf, so war das ja erstmal kein Problem. Er hat sogar seinen Aufenthalt in China noch um ein weiteres Jahr verlängert. Mittlerweile werfe ich seine Karten nicht mehr weg. Mit Lissy war es da schon schwieriger. Sie wollte nach den Weihnachtsferien wieder in der Schule anfangen. Ich konnte mir nicht vorstellen, wie ich eine weitere Begegnung mit ihr verkraften sollte. Es war einfach zu viel vorgefallen."

Tom ging einfach. Er ließ sogar seine Geschenke liegen.

Sandras Kopf fühlte sich an wie eingeklemmt zwischen den Gleisen. Ein Zug rollte über ihn hinweg, nicht schnell, sondern mit gedrosseltem Tempo, er zermalmte ihn, Millimeter für Millimeter. Ihre Schmerzensschreie vereinten sich mit dem höhnischen Kreischen der Zugsirene, sie verhallten ungehört in der Ferne, denn es gab niemanden weit und breit, der ihr Leid hören, geschweige denn mit ihr ertragen, oder sie gar von ihm befreien wollte. Während Tom und Lissy Arme, Beine, warme Körper ineinander verschlangen, sich austranken und dabei jeden Sinn für Zeit und Raum verloren.

Es war die schlimmste Migräne ihres Lebens.

Die linke Seite war dran. Obwohl auch Sandra zu frieren begann, öffnete sie das Gläschen mit dunkelvioletter Farbe, spitzte den dünnen Pinsel mit angefeuchteten Fingern und setzte ihn behutsam in der Ecke des herabgezogenen Mundwinkels an. Erst, wenn das tragische Gesicht erneuert war, wollte sie mit Leo den Platz unter den Wolken wieder verlassen.

In einer solchen Situation kann, wenn überhaupt jemand, nur eine Freundin weiterhelfen.

Sandra rief Amelie an und bat sie um ein Kräutlein, Tabletten, um irgendetwas, das die furchtbaren Kopfschmerzen beenden würde. Die letzten beiden Aspirins, die noch im Haus zu finden waren, zeigten keinerlei Wirkung. Und an den Feiertagen war die Apotheke geschlossen. Nicht einmal das Autofahren traute Sandra sich zu, um die nächste Notfallapotheke aufzusuchen.

Amelie kam in derselben Kleidung, in der Sandra sie das erste Mal gesehen hatte, obwohl es damals Sommer gewesen war und ihr blauer Rock aus einem dünnen, leichten Stoff bestand. Nun trug sie wenigstens eine dicke Wollstrumpfhose darunter. Sie zog aus ihrer Tasche ein Gläschen, und als sie den Deckel aufschraubte, drang der Geruch einer scharfen, nach Minze duftenden Salbe ins Zimmer. Sandra legte sich aufs Sofa, den Kopf auf Amelies Schoß. Mit kreisförmigem, sanftem Druck rieb Amelie die Creme auf Sandras Stirn und in ihren Nacken. Dabei sprach sie leise vor sich hin. Sandra genoss den melodiösen Klang. Irgendwann drang die Bedeutung der Worte in ihr Bewusstsein vor:

„Er blutet dich aus, alle Männer tun es, weil sie Jäger sind und töten wollen. Er will die Liebe aus dir heraustreiben, bis du leer zurückbleibst – leer und einsam. Weil er selbst nicht lieben kann, zerstört er, denn die Sehnsucht nach dem Unerreichbaren quält ihn und macht ihn selbst zu einem Folterer. Lass ihn ziehen, Sandra, lass ihn ziehen. Wenn du jemals frei sein möchtest, dann drehe dich nicht um, lass dich fallen und werde frei – frei wie ein Vogel, frei wie ein Adler. Werde Königin der Lüfte.“

Es ging ihrem Kopf besser, doch plötzlich verlangte sie nach frischer Luft und drängte Amelie, mit ihr hinaus zu gehen.

„Wohin?“, fragte Amelie.

„Weit hoch, ich halte es hier unten nicht aus. Wo ich den Kopf durchpusten lassen kann!“

Sie liefen den schmalen Weg zur Felsenhöhle hoch. Er war matschig, denn es war wärmer geworden und die Schneedecke schmolz. Um nicht auszurutschen, ließ Sandra mit jedem Schritt ihr ganzes Gewicht in ihre Füße fallen.

An der Höhle angekommen, gönnten sich die Frauen keinen Moment Ruhe. Amelie sandte beim Vorbeilaufen einen kurzen, sehnsüchtigen Blick in die schwarze Öffnung, die von tropfsteinähnlichen Eiszapfen verziert wurde. Zum Gelben Felsen war es nicht mehr weit.

Der Kopf würde ihr platzen, wenn sie ihre Gedanken nicht loswurde. War Amelie überhaupt die richtige Gesprächspartnerin? Es war schließlich kein halbes Jahr her, dass sie selbst ihren Mann verloren hatte.

„Wie kommst du eigentlich inzwischen ohne Friedhelm klar?", fragte Sandra. Es war angenehm, in Amelies Spuren zu stapfen. Den vorgetretenen Pfad entlang zu marschieren machte ihr die Wanderung durch den Schnee leicht. Wenn nur das entsetzliche Ziehen im Kopf nicht wäre, das sich im Brustraum fortsetzte und ihr Herz umschloss.

„Ich vermisse ihn jeden Tag. Und gleichzeitig bin ich froh, dass ich alleine bin. Ja, ich bin auch froh." Amelie beschleunigte ihren Schritt.

„Kannst du dir vorstellen, wie das ist, mit einem Mann zusammen zu sein, der nur Befehle erteilt? Zum Putzen war ich gut genug, und er brüstete sich gern mit meinen Kostümen und Bildern. Alles andere habe ich in seinen Augen immer nur falsch gemacht. Und mache es immer noch. Er lässt mich nicht los. Nie!"

Sandra beeilte sich, um nicht abgehängt zu werden. Die anschwellende Stimme klang sehr zornig. Warum hatte Amelie es plötzlich so eilig?

„Er ist noch da, irgendwo in meiner Nähe. Das spüre ich genau", fuhr Amelie fort.

„Du meinst, er ist noch in deinem Herzen, in deinen Gedanken?" Sandra stieß die Worte hastig, fast atemlos aus. Sie musste inzwischen beinahe rennen, um mit Amelie Schritt zu halten.

„Das natürlich auch. Aber nicht nur. Er ist ständig um mich herum. Weißt du das denn nicht?"

Abrupt blieb Amelie stehen und drehte sich zu Sandra um.

„Einer, der gewaltsam zu Tode gekommen ist, verabschiedet sich nicht, denn er kann sein Schicksal nicht annehmen. Wie die, die in der Felsenhöhle und im Wald verhungert und an Schwäche gestorben sind. Du hast sie doch auch gesehen?!"

Sandra tauchte die Pinselspitze in das kleinste der Gefäße. Leo konnte die Farbe darin nicht erkennen. Als Sandra den Pinsel am Stein ansetzte und eine einzige Bewegung ausführte, sah er das Ergebnis: ein silberner Tropfen, im Augenwinkel des linken Auges, das den Betrachter mit dunklem, ernstem Blick ansah.

„Sie sah mich an, so unendlich traurig. Warum glaubte sie, Friedhelms Geist lasse sie nicht los? Die Frage ließ mir keine Ruhe."

Die Frauen liefen weiter, diesmal nebeneinander her. Der Weg, der nun in den Wald führte, wurde breiter.

Sandra verfolgte Amelies Gedankengänge weiter.

„Bei wem bleibt denn der Geist von jemandem, der umgebracht wurde? Bei dem, den er am meisten geliebt hat – oder bei seinem Mörder?"

Sandra hielt Amelie an der Hand fest und zwang sie zum Stehenbleiben. Die Frauen waren etwa gleich groß und sahen sich gerade in die Augen.

„Das ist doch völlig klar, Sandra", antwortete Amelie schließlich. „Wenn der Mörder noch dazu ein Liebender war, dann gibt es für beide keine Chance. Sie bleiben für immer zusammen – bis in alle Ewigkeit."

Die Migräne, die schon fast wieder verschwunden war, nahm wieder zu. Drei Wörter, die rote Funken versprühten, explodierten in Sandras Kopf:

Liebe – Mörder – Ewigkeit.

Keinen Schritt weiter konnte sie mit der Frau an ihrer Seite laufen. Nur weg von ihr, weg aus diesem stillen, alten Wald, und zurück in die Sonne, nach Hause, zu Kai.

Bevor sie sich von Amelies Blick löste, um den Rückweg anzutreten, fiel ihr noch eine Frage ein.

„Was ist mit Verena, Amelie? Ist ihr Geist auch bei dir?"

Amelie sagte kein Wort. Sie nickte nur.

Sandra ging langsam ein paar Schritte rückwärts, als habe sie Angst, aufgehalten zu werden. Dann drehte sie sich abrupt um und lief quer durch den Wald, bis sie auf einen steil nach unten führenden, engen Weg stieß. Die Abkürzung nach Hause.

Das Bildnis war fertig. Der Stein glänzte mit den feuchten Farben wie frisch poliert. Jetzt war die Maske gut zu erkennen: zwei Gesichter in einem. Leo wusste nicht, worauf er lieber schaute. Das helle, freundliche strahlte einen scheuen Liebreiz aus und erinnerte an ein junges Mädchen, während das dunkle Schwermut und eine tragische Schönheit besaß. Sein Blick blieb länger an der linken, der düsteren Seite hängen.

„Warum steht der Stein ausgerechnet hier?“, fragte er.

„Du hast ihn doch Amelie gewidmet?“

„Sie stand genau hier“, nickte Sandra und sah dabei auf das zweifache Gesicht.

Nur einmal noch drehte sich Sandra um und richtete ihren Blick nach oben.

Amelie stand auf der äußersten Kante des Gelben Felsens, die weißbetupften Nadelbäume verteilten sich unter ihr in weihnachtlicher Stimmung.

Als hätte sie erwartet, dass Sandra zu ihr hochschauen würde, drehte Amelie ihren Kopf in die Richtung der Freundin und winkte ihr zu – mit federleichtem, sorglosem Schwung.

Dann breitete sie ihre Arme aus und ließ sich einfach fallen.

Amelie flog wie ein Raubvogel, der eine Beute gesichtet hatte, zielgerade nach unten, und verschwand im Abgrund zwischen den Bäumen.

Sandra konnte den Aufprall ihres Körpers nicht mehr sehen. Nur hören.

Gerade war es ihm noch kühl gewesen, nun begann er zu schwitzen. Ein unangenehmes Schwindelgefühl breitete sich in Leo aus. Vor seinem inneren Auge sah er, wie genau an der Stelle vor ihm Claudias Mutter hinuntergestürzt war. Er spürte den Moment des Loslassens und wie die Füße sich von der Erde lösten. Das Gefühl von Bodenlosigkeit, das den Körper orientierungslos durch den Raum schweben ließ, löste einen winzigen Moment lang Euphorie in ihm aus.

Plötzlich folgte er Sandras Impuls von damals und erhob sich ruckartig.

„Lass uns gehen. Ich mag hier keinen Moment länger bleiben!“, sagte er und versuchte Sandra mit sich hochzuziehen. Doch die Erinnerung hatte sie in eine Art Trance versetzt. Wie von einem Magnet angezogen, starrte sie nach unten.

Immer wieder hörte Sandra das dumpfe Geräusch von Amelies Körper. Und dann wieder sah sie die schmale Frau, spürte ihren sanften, klaren Blick auf sich, und mit den Augen folgte sie der Bewegung ihrer Hand beim letzten Zuwinken.

Auf dem Rückweg durch den Wald sprachen sie zuerst nicht viel. Leo dachte nach. Er versuchte, den Berg ungelöster Rätsel zu verstehen. Auf ihm saß Amelie. Dann kamen die Fragen.

„Weiß Claudia, dass ihre Mutter zwei Menschen auf ihrem Gewissen hat?“, fragte Leo.

„Bestimmt nicht. Ihre Welt würde erst einmal zusammenbrechen, wenn sie wüsste, dass ihre Mutter eine Mörderin war.“

„Glaubst du, sie verdächtigt Lissy wirklich?“

„Warum nicht? Das wäre ja auch naheliegend. Sie hat, so vermute ich, sich unbewusst geweigert, die Stimme ihrer Mutter in der Werkstatt zu erkennen und bildet sich tatsächlich ein, Lissy gehört zu haben.“

„Welche Rolle spielst eigentlich *du* in dem Ganzen? Warum hast du die Tode durch deine Ausstellung wieder ins Gespräch bringen wollen?“

„Ich selbst wollte nicht diejenige sein, die Claudia die Augen über ihre Mutter öffnet. Und dennoch hatte ich die ganze Zeit über das Gefühl, dass Mühlheim – und vor allem auch Claudia – sich der endgültigen Aufklärung der Tode stellen sollten. Weil es nicht gutgeht, wenn die Wahrheit dauerhaft im Verborgenen bleibt. Und wahrscheinlich habe ich die ganzen Geschehnisse einfach auch künstlerisch verarbeitet.“

Leo dachte an das Städtchen und an die Menschen, die ihm ans Herz gewachsen waren, das ‚Füchsle', der kleine Laden ...

„Haben die Mühlheimer denn nicht von vornherein vermutet, dass Amelie ihren Mann umgebracht hat?", fragte er nachdenklich.

„Sicher. Eigentlich hat keiner je wirklich daran gezweifelt. Aber warum hätte man dafür sorgen sollen, dass sie hinter Schloss und Riegel kommt? Friedhelm hat sie in den letzten Jahren der Ehe gedemütigt, betrogen und hätte sich doch nie von ihr getrennt. Er selbst war nicht beliebt, sondern gefürchtet. Vermutlich hat Amelie etwas getan, was sich andere nicht getraut haben – sich gegen ihn zu wehren, ja, ihn sogar loszuwerden."

„Dann war sie also doch kaltblütiger, als du angenommen hast?" Leo konnte es immer noch nicht glauben. Konnte es wirklich sein, dass die zerbrechliche, empfindsame Frau gezielt einen Mord begangen und ihn auch noch so lange vertuscht hat?

Das hatte sich Sandra auch gefragt. „Wahrscheinlich ist es im Affekt passiert. Amelie hat in der Werkstatt geputzt und währenddessen hat Friedhelm sie, wie so oft, gedemütigt. Da konnte sie sich plötzlich nicht mehr beherrschen – und stach zu. Mit dem nächst besten Gegenstand, der in erreichbarer Nähe lag."

„Na gut, aber wie war das dann mit Verena? Der Mord *muss* doch geplant gewesen sein!"

Sandra nickte. „Dass sie ihre beste Freundin vergiftet, hätte nun wirklich keiner geglaubt. Vermutlich geschah es, weil Verena Amelie mit einem falschen Alibi gedeckt und unter Druck gesetzt hat. So wollte sie, dass Amelie mit Claudia zu ihr zieht. Lissy hat Recht gehabt: Verena hat in Amelie nach einer Ersatztochter gesucht, und das hat Amelie erdrückt. Wieder unter jemandes Fuchtel zu stehen, ertrug sie nicht.

Doch man hat einfach nicht genau hingucken wollen. Die Menschen haben gehofft, dass die Zeit die Wunden heilt und die ganze Geschichte in Vergessenheit gerät."

Für den Rückweg brauchten sie nicht lang. Nur an den engsten Stellen des Weges ließen Sandra und Leo ihre Hände los, aber Sandra ergriff jedes Mal die Hand ihres Begleiters so schnell als möglich wieder. Sie brauchte einen Halt.

Den Boden, den Amelie im letzten Winter unter ihren Füßen verloren hatte, suchte Sandra noch immer zu finden. Als habe die Freundin sie mit in den Abgrund gerissen.

Im Mesnerhaus wurde die Tür von innen aufgerissen, noch bevor Sandra den Schlüssel ins Loch gesteckt hatte.

„Wo wart ihr so lang?"

Kais Augen waren gerötet. Er kam gerade vom Bahnhof zurück. Albert hatte Claudia auf ihren Zug zurück gebracht und Kai mitgenommen, damit er seine Freundin verabschieden konnte. Was hatte ihrem Sohn mehr zugesetzt: der scharfe Wind am Bahnsteig – oder die Trennung von Claudia?

„Ich hab Hunger. Wann gibt's endlich was zum Essen?", fragte er.

Sandra schniefte in ihr Taschentuch. Jetzt etwas kochen, wäre ihr gerade am allerwenigsten in den Sinn gekommen. Eigentlich gehörte sie ins Bett.

„Ich habe noch ein paar Rindsrouladen eingefroren. Wär das was?"

Nichts hätte die aufgewühlten Gemüter besser besänftigen können als der Duft einer leckeren Bratensoße. Leo, Kai und Sandra saßen um den Küchentisch und ließen es sich schmecken.

„Wohin ist Claudia eigentlich gefahren?", fragte Leo.

„Na, zurück ins Internat", antwortete Kai.

Leo brachte Sandra eine große Tasse mit Kräutertee ans Bett.

„Ich brauche aber auch ganz dringend eine Wärmflasche. Die sollte mindestens so groß sein wie du!", bat sie mit krächzender Stimme.

An diesem Abend trat Leo den Weg in die Oberstadt nicht mehr an.

Am Morgen griff Sandra nach Leos Jeans, die neben dem Bett über einem Stuhl lagen. Die Taschentücher waren ihr ausgegangen, Leo duschte und ihre Nase rann. Vielleicht hatte er ja ein Tempo in der Hosentasche.

Eine Serviette, besser als gar nichts. Sie war ziemlich verknittert, und Sandra strich sie oberflächlich glatt. Da sah sie, dass sie beschrieben war. Über einer mit Tinte verschmierten Telefonnummer stand, noch gut leserlich:

„Ich küsse Dich – Lissy."

Der Mensch und seine Geheimnisse

Das Gepäck ließ sich wesentlich leichter in den Kofferraum verstauen, als es auf der Hinfahrt der Fall gewesen war. Jetzt musste immerhin kein Fahrrad mehr hinein. Das alte hatte sich schon längst zu den anderen ausgedienten auf Sandras Ersatzteilfriedhof gesellt.

„Herr Mannski, nehmen Sie das bitte auch noch mit!" Frau Wirth eilte mit einem Plastikbehälter in der Hand zum Auto. Er war mit selbstgemachten Spätzle und einem ordentlichen Stück Wildbraten gefüllt.

„Damit Sie gleich was Gescheites zum Vespern haben, wenn Sie daheim sind!", sagte sie fürsorglich. Ihr kleiner Felix stand noch etwas unsicher auf beiden Beinen und krallte sich in Leos Wade fest. Dann stapfte er los.

„Als Sie gekommen sind, da krabbelte der Felix noch, erinnern Sie sich?"

„Und jetzt dauert es nicht mehr lang, und er springt herum wie ein Alter!", bestätigte Leo. Ja, er war länger geblieben als einen Sommerurlaub lang.

Im Städtchen herrschte Aufruhr: die Kulissen für das neue Theaterstück wurden aufgebaut. Am Abend sollte die Premiere zu „Der Besuch der alten Dame" stattfinden.

Im kleinen Laden um die Ecke wollte sich Leo noch ein paar saftige Bodenseeäpfel für die lange Fahrt holen.

„Mädels, der Mannski! Gebt ihm ein paar Kirschen!", schrie der Alte seinen Töchtern wie üblich zu.

„Aber Vater, die Kirschenzeit ist doch schon lang vorbei", erinnerte ihn Henriette und zwinkerte ihrem Kunden dabei zu. Leo verabschiedete sich nicht anders als sonst. Undenkbar, nicht am nächsten Tag, so wie üblich, den Laden zu betreten.

Er konnte es sich nicht verkneifen, in den Rückspiegel zu schauen. Und wieder hingen vor den Fenstern der schiefen

Fachwerkhäuser farbige Wäschestücke. Fröhlich winkten sie Leo zu, als er das Städtchen verließ.

„Leo, da hat einer angerufen. Er wollte deine Telefonnummer haben. Ich hab gesagt, ich gebe lieber seine an dich weiter. Es geht, glaube ich, um deine Donautalreportage.“ Jochen schob seinem Kollegen einen Zettel zu. Leo kam gerade aus dem Büro des alten Heinrich. Es war ihm gelungen, den Alten für ein neues Thema zu gewinnen: „Kaffee mit Zucker und andere Unarten“ sollte der Titel der neuen Serie lauten. Seit zwei Wochen war er wieder zurück in Köln. Es war Zeit, einen neuen Auftrag an Land zu ziehen.

„Hier Gerd Schickle, Kriminalkommissar. Gut, dass Sie sich melden.“

„Was gibt's, Herr Schickle? Der Vorwahl entnehme ich, Sie sind aus Tuttlingen?“, stellte Leo erstaunt fest.

„Ich habe Ihre Reportage gelesen, in der es um die Legenden im Donautal geht. Darin bringen Sie ja die Todesfälle unter, die sich hier ereignet haben“, erläuterte der Kommissar.

„Ja, und? Das ist doch alles nur in der Andeutung geblieben, ohne Namen und assoziativ. Eine Art modernes Märchen, sozusagen. – Gibt es denn etwas Neues aus Mühlheim?“, fragte Leo alarmiert.

„Das kann man wohl sagen. Ihr Text hat mich auf eine Idee gebracht. Daraufhin ließ ich vor wenigen Tagen die Felsenhöhle durchsuchen. Von oben bis unten, jede Spalte! Dabei haben wir dann einen sehr interessanten Fund gemacht“, berichtete Herr Schickle.

Leo spitzte die Ohren – endlich hatte die Polizei etwas verstanden. Wenn schon nicht Sandras Ausstellung etwas bewirkt hatte, dann wenigstens seine Reportage.

„Und, worauf sind Sie gestoßen?“

„In einer engen Spalte, die man leicht übersehen kann, haben wir im hintersten Winkel, hinter anderen Gegenständen eingeklemmt, einen rosa Gummihandschuh gefunden. Mit Blutspuren daran. Wir haben nun den Beweis dafür, dass Frau Lobmann ihren Mann getötet hat. Das wollte ich Ihnen nur sagen, quasi als Dank für Ihren unbeabsichtigten Hinweis – so können wir den Fall endlich zu den Akten legen."

Es war kurz nach Weihnachten. Vor Leo erstreckte sich eine Seenlandschaft, überall Wasser, soweit sein Auge reichte. Sämtliche Äcker zwischen Nendingen und Mühlheim waren von der Schneeschmelze überflutet.

In den Gärten der Vorstadthäuser blinkten die mit Lichterketten versehenen Tannenbäume in der Dunkelheit um die Wette. Auf dem zugefrorenen Teich vor dem Friedhof zogen lachende Kinder schlittschuhlaufend ihre Bahnen.

Matsch spritzte auf, als Leo mit seinen neuen Winterreifen vor dem Mesnerhaus zum Stehen kam. In seiner Hand hielt er zwei kleine Päckchen, als er an der Türglocke schellte. Aus dem Haus drangen schräge, rhythmische Gitarrentöne, die Melodie klang wie „Süßer die Glocken nie klingen" in punkiger Abwandlung. Kai hatte seine Fingerfertigkeit entscheidend verbessert.

Sandras Kinnlade fiel herab, als sie dem ungeladenen Gast die Türe öffnete.

„Was willst *du* denn hier?", fragte sie unwirsch.

Leo nestelte an den Päckchen in seiner Hand herum.

„Ich wollte dir und Kai was vorbeibringen. Als ‚Dankeschön' für die schöne Zeit im Sommer mit euch. Mit – *dir*."

Einen Moment lang zögerte Sandra, das Päckchen entgegenzunehmen. Doch dann riss sie kurzerhand das grüne Papier auf. Zum Vorschein kam ein Buch.

Auf dem glänzenden Umschlag war eine große Wolke in Form eines Adlers zu sehen, der durch den azurblauen Himmel segelte. Ein schönes Bild.

„Der Mensch und seine Geheimnisse. Eine Sammlung von Leo Mannski", las sie den Titel des Buches.

„Schlag doch mal auf!"

Sandra blätterte bis zur zweiten Seite und stieß auf die kleingedruckte Widmung:

‚Für das schönste aller Geheimnisse – für Sandra'.

Die große Frau mit den krausen roten Haaren ließ ergeben

ihre Arme sinken. Sie trat einen Schritt zur Seite. Ihre schmale Oberlippe verzog sich zu einem Lächeln.

„Na, dann komm halt rein“, sagte sie.

Kleine Informationen zum Text

Seite 28: nachzulesen bei: Blessing, Elmar, „Mühlheim an der Donau", Sigmaringen 1985; Seite 139

Seite 93: schwäbisch für „Brotzeit"

Seite 107: nachzulesen bei: Zepf, Josef „Sagenbuch", 3. Auflage, Tuttlingen; „Das weiße Fräulein von der Kallenburg", Seite 63

Seite 158: „Millemer", donautälerisches Schwäbisch für „Mühlheimer"

Seite 177: Gemeint sind hier Herbstzeitlose

Seite 213: nachzulesen bei Rebholz, Evarist, „Sagenksänzlein", Tuttlingen 1992; „Der Hirte von Mühlheim", Seite 9: „ ... Da ist einmal in Mühlheim ein armer Hirt gewesen. Der hat an einem Sonntagmorgen seine Schäfchen auf den Welschenberg getrieben und hat sie dort oben gehütet ..."

Seite 215: „Das Nachtwächterlied"; Text hier von Siegfried Schmitz, Mühlheimer Nachtwächter

Seite 225: Gemeint ist hier von Rebholz, Evarist, a.a.O.

Seite 225: nachzulesen bei Rebholz, Evarist, a.a.O., Seite 14

Seite 310: nachzulesen bei Blessing, Elmar, a.a.O., Seite 138/139

Seite 322: „So, so, die Lissy ist es gewesen, das habe ich mir doch gleich gedacht!"

Danksagung

Folgenden Menschen möchte ich für ihre Unterstützung meinen Dank aussprechen:

Silke Bunkofer für die raffinierte Idee des Mordinstrumentes; Helmut Wehrstein, (Firma Karl Storz, Tuttlingen), für die Aufklärung über den Gebrauch von Trokaren; Fritz Keller (Polizeidirektion Tuttlingen) für die Informationen über Vorgänge bei polizeilichen Ermittlungen; Martin Kempf für den Ausflug in die Bienenkunde; Hellmut Ploß für den Einblick in sein breites Wissen über Pilze; Ludwig Henzler und Siegfried Kunz für ihre Auskünfte über die Stadtgeschichte Mühlheims; Andreas Leutkart, Annemarie Steiner, Barbara Dominick und Arndt Riester für ihre wohlwollende Kritik zu Stil und Handlung; Eckhard Seltmann für seine Anregungen als Krimifachmann und Germanist; Silke und Jürgen Schweitzer für die verlegerische Betreuung.
Nicht zuletzt gebührt den Freunden, Freundinnen und meiner Familie ein großer Dank für ihre Geduld und ihr Verständnis dafür, dass ich ein Jahr lang mental absorbiert und in kriminalistischen Abgründen verschollen war.

Die Autorin:

Christine Leutkart, Jahrgang 1959, aufgewachsen in Australien, Niedersachsen und Baden-Württemberg, lebt mit ihrem Ehemann und ihren zwei Kindern seit nahezu sechs Jahren in Mühlheim an der Donau.
Sie ist Selbständige Kunsttherapeutin und freie Autorin.
„Vom Gelben Felsen“ ist ihr erster Kriminalroman.

Brigitte Mauderer

Im Wasserfall

Ein Roman aus dem Allgäu

264 Seiten; Paperback

ISBN 3-87164-140-5

Das Verhältnis zu ihrer älteren Schwester Judith war schon immer gespannt. Deshalb wollte Kristina niemals in die Stadt ihrer Kindheit in den Allgäuer Bergen zurück kehren. Doch ihr ehrgeiziger Mann will dort Bürgermeister werden. Gegen ihren eigenen Willen nähert sich Kristina der wie vom Erdboden verschwundenen Schwester und wird in einen Strudel aus Hass und Eifersucht, Liebe und Feindschaft gezogen.